Ronso Kaigai
MYSTERY
232

銀の墓碑銘《エピタフ》

My Brother Michael
Mary Stewart

メアリー・スチュアート
木村浩美［訳］

論創社

My Brother Michael
1960
by Mary Stewart

目次

主要登場人物

カミラ・ヘイヴン……………イギリス人。女学校の古典語教師。本編の語り手
サイモン・レスター…………イギリス人。古典語教師
マイケル・レスター（ミック）……サイモンの兄。第二次大戦中にギリシャの山中で死亡した軍人
ステファノス…………………ギリシャ人。羊飼い。大戦中にマイケルを助けていた老人
ニコ……………………………ギリシャ人。ステファノスの孫息子
アンゲロス・ドラゴミス……ギリシャ人。大戦中にマイケルと協力していたゲリラ
ディミトリオス・ドラゴミス……ギリシャ人。アンゲロスの従弟
ダニエル・ラスコー…………フランス人。考古学者の秘書
ナイジェル・バーロウ………イギリス人。デルフィで活動する画家

銀の墓碑銘《エピタフ》

キムへ、懐かしい思い出のために。

ギリシャ人を好きになれない者は
いかなるものも好きになれない。
レックス・ウォーナー（一九〇五〜八六。英国の作家、詩人、古典文学翻訳家）

わたしがギリシャで過ごした日々と、かのすばらしい国が古代ギリシャ文学愛好者にもたらす影響が実を結んだ本作、『銀の墓碑銘《エピタフ》』は、わたしのギリシャとの恋愛であった。
メアリー・スチュアート

第一章

女よ
何を待っているのだ?
『エレクトラ』（ソフォクレス作）

わたしには何も起こらない。

わたしはのろのろと書き綴ると、小さくため息をついて文面を眺め、ボールペンをカフェのテーブルに置き、ハンドバッグの中を引っ掻き回して煙草を探した。
煙を吸い込みながら周囲を見回した。そういえば、エリザベスに宛てた手紙の最後の憂鬱な一文を思うと、ここで起こっていることにはすこぶる満足だった。惜しむらくは、冒険に飢えた心を満たしてもらえない。アテネは旅人にそんな印象を与える。誰も彼もが動き回り、しゃべり、身振り手振りをしているが——とりわけしゃべっている。アテネで耳に残る音は、嫌になるほど混雑した往来の騒音でも、絶えず鳴り響く空気ドリルの粉砕音でもなく、いまなお一番安い建材である大理石を削る鑿《のみ》の、古代から続く音ですらなく……アテネと言われて思い出すのは、すさまじいおしゃべりの声だ。それはホテルの上階の窓まで、土埃の匂いと車のクラクションに負けじと近づき、スニオン岬のポセイドン神殿から見下ろす海の波のように押し寄せる——アテネ人が言い争い、笑い、しゃべりまくる声は、古代の人々が広場《アゴラ》のにぎわう柱廊で天下国家を論じ合っていた声だ。そのアゴラからさほど離れていない場所でわたしは座っていた。

そこは人気があり、込んでいるカフェだった。わたしは店の奥の、カウンターのそばのテーブルについていた。外壁に沿い、大きなガラスのドアが舗道に向かってひらかれ、オモニア広場の土埃と騒音がひっきりなしに入ってくる。この広場はアテネの商業中心地と言っていい。間違いなく、町の喧騒の中心地でもある。車は一日じゅう混雑している通りを徐行したり、先行車を追い越したりした。人ごみ——車道並みに渋滞している——は広い舗道で渦を巻いた。数人ずつ集まった男は、たいてい黒っぽい街着をぱりっと着こなして、政治論議や商売の話に花を咲かせた。快活な顔つきで、地中海東岸の男が持つ琥珀の〝心を鎮める数珠〟をいじっている。女たちは、着飾った人もいれば、黒のフレアスカートに黒の被り物という農婦の格好をした人もいて、それぞれ買い物をしている。そこへ、花が山と積まれ、動く花園に見えるロバがのんびり通り過ぎ、飼い主は昼前の暑い通りのさざめきに逆らい、家畜をむなしくどなりつけた。

わたしはコーヒーの入ったカップを脇にどけ、また煙草を吸って、便箋を手に取った。そして、これまでに書いたぶんを読み返した。

もうほかの手紙が届いている頃でしょうね。ミコノス島とデロス島のことを書いた手紙や、二日前にクレタ島で書いた手紙よ。どう書いたらいいかしら。ここがどれほどすばらしい国か、伝えたいことがたくさんあるの。かといって、思いつくまま書き連ねたら、脚を骨折して来られなくなったあなたをますます悲しませてしまう！　ええ、こんな話はもうやめるわ……。いまはオモニア広場――この永久《とわ》に変わらずにぎやかな都市でも一、二を争うにぎやかな場所――のカフェにいて、これからどうしようかと頭をひねっているところ。クレタ島で乗った船を降りたばかりよ。この世にギリシャの島々より美しい土地があるとは思えない。中でもクレタ島は比類がなく、壮大で、刺激的で、ちょっぴり不気味でもあった。でも、それは前回の手紙に書いたわね。ところで、デルフィにはまだ行っていないの。人に会うたび、それがひとりでも集団でも、デルフィが旅のクライマックスだと言われたわ。そう願いたいものよ。場所によっては、たとえばエレフシナやアレゴス、おまけにコリントスも、ちょっと期待外れだったから……。言ってみれば、幽霊たちに心をひらいても、神話も魔法も消え失せている。ただし、デルフィは本当に行く価値があるんですって。だから、最後まで取っておいたの。ただ困ったことに、手持ちのお金が心配になってきたわ。お金のことになると、わたしは頭が回らないみたい。ずっとフィリップに任せ切りで、確かに彼が正しかった……。

通りかかった客がテーブルの合間を縫ってカウンターに向かい、わたしの椅子にぶつかった。はっとしてわれに返り、目を上げた。

大勢の客――男ばかり――が、ボリューム満点の昼前の軽食らしきものを目当てに、カウンターに集まってきたようだ。アテネの勤め人は、朝食と昼食の合間をコーヒーより腹持ちがいいもので埋めないと、身が持たないと見える。一枚の皿に、どろりとしたドレッシングをかけたロシア風サラダが山盛りにされ、もう一枚においしそうなミートボールとさや豆のオイル漬けがのり、何枚も並べた小皿には、フライドポテトや小玉ねぎ、魚、ピメントチーズのほか、なじみのない五、六種類の食べ物が盛られていた。カウンターのうしろには陶器の瓶が並び、その細い首のそばに、アエギナやサラミスの農家の涼しい納屋から届いたばかりのオリーブが見えた。真上の棚に置かれたワインの瓶には、サモスやネメア、キオス、マヴロダフネという名前がついていた。

わたしはほほえみ、あらためて手紙に目を向けた。

……けれど、ここにひとりで来てよかったような気がする。誤解しないで。あなたがいなくてよかったわけじゃないわ！　あなたも来られたらよかったのに。わたしはもちろん、あなたのためにも。でも、わかってくれるわね。今回の旅は、わたしが久しぶりにひとりで遠出して——〝紐を外して〟と書きそうになった——ひとりを心から楽しんでいるの。これほど楽しめるとは思わなかったくらい。ねえ、結局フィリップはここに来なかったでしょうね。フィリップがミケーネやクノッソスやデロスの遺跡を歩き回る姿は想像できない。できる？　彼がわたしを自由に歩き回らせるとも思えない。フィリップなら、イスタンブールかベイルートか、いっそキプロス——要するに、どこであれ物事が何世紀も前ではなく、目の前で起こっている場所——に飛んでいく準備をしておいたはず。そこで何事も起こっていなくても、自分で起こしてしまうの。

楽しかった。そう、いつも楽しかったけれど……この話もやめておくわね、エリザベス。ただ、わたしは間違っていなかった。ちっとも間違っていなかったの。いまとなっては自信があるわ。彼とはうまくいかなかった。絶対に。今回のひとり旅で、それをますます実感した。後悔していないし、本当の自分になる時間が持てるという安堵感があるだけ。さあ、もう白状したから、この話はおしまい。ありのままの自分でいたら、わたしはできそこないだとしても、それはそれで楽しいし、どうにかこうにかやっていく。でもね……。

便箋をめくり、左手を何気なく伸ばして煙草の灰を落とした。薬指のつけねには、日焼けした肌に白っぽい輪が残っている。そこにフィリップにもらった指輪がはまっていた。エーゲ海の強い陽射しを十日間浴びて、跡は薄れてきた……。六年の長い歳月は未練を残さずかすんで、あとに残ったのは、やはり消えていく数々の楽しい思い出と、ひそかな好奇心だった。かのアフリカの伝説で、コフェチュア王に嫁いだ物乞いの娘は、本当に幸せになったのだろうか……。

でもね、この偉大なる奴隷解放には別の一面があるわ。たまに、つまらないと感じてしまうの。もう何年もフィリップの、ほら、大波に流されてきたから！　ちょっと行き詰まった気分。ヘラス（古代ギリシャ人が自国を呼んだ語）の森にひとりで置き去りにされた若い女（二十五歳はまだ若い？）に、何か——冒険の匂いがすること——が起こるはずだったのに、何も起こらない。わたしはガイドブックを片手におとなしく神殿を巡り、長い長い夜には、前々から書こうとしている本のために取っているメモをまとめ、この静けさを楽しもうと自分に言い聞かせているところ……。たぶん、これが物事の裏面で、じきに慣れるんじゃないかしら。万一、刺激的な出来事が起こったら、わたしはどんなことをやってのけるだろう——生きるための才覚は身につけたのよ。フィリップの有り余る才能の隣ではお粗末に見えたけれど。でも、人生は女の手にみずからをゆだねないわね？　これからいつものようにホテルの部屋に入り、絶対に書かない本のためにメモを取るつもり。しょせん、わたしには何も起こらないのよ。

煙草を置いて、ボールペンを取り直した。手紙を書き上げたほうがいい。さっきと少し感じを変えないと、わたしは結局、あの婚約解消からの〝解放〟を後悔しているのではないかと、エリザベスが気を回すだろう。

わたしは陽気に書き出した。

おおむね元気にやっているわ。言葉には困らなかった。たいていの人は片言の英語かフランス語を話せるみたいだし、わたしもギリシャ語を六語くらい覚えたし——それでも厄介な場面は何度かあったの！　お金の管理はうまくできなかった。もう文無しだとは言わないものの、クレタ島に行ってしまって——いえ、行く価値はあったけれど、そのせいでデルフィを見逃したら悔いが残りそう。デルフィは見逃せないわ。見逃すなんてありえない。なんとかして行くしかないけれど、一日ツアーでざっと見て回ることになりそう。それが精いっぱい。木曜日にツアーバスが出るから、手を打つしかなさそうね。車を借りる余裕があればいいのに！　ギリシャの神々にいっぺんに祈ったら、どうなるかしら……？

頭上で誰かが咳払いをした。一つの影が便箋の上をどこか申し訳なさそうによぎった。

わたしは顔を上げた。

ウエイターがわたしを隅のテーブルから追い出そうとしたわけではなかった。浅黒い肌の小男が、継ぎを当てた、くたびれたデニムのズボンと、油じみた青いシャツを身につけ、この国の男が必ず生やしている口髭の陰に照れ笑いを浮かべていた。ズボンは紐で吊っていたが、心許ないのか、汚れた片手でしっかり握っていた。

わたしは男にぎょっとした顔を向けたに違いない。男はますます申し訳なさそうな顔になったからだ。それでも男は立ち去らず、へたなフランス語で話し出した。

「デルフィに行く車の件です」

わたしは手紙を見下ろして、ばかみたいに繰り返した。「デルフィに行く車？」

「あなたはデルフィに行く車が欲しかった。違います《ノン》？」

カフェのこの片隅にまで日光が差し込んでいた。わたしは目を凝らして男を見た。「ええ、まあ。でも、どうすればいいか——」

「おれが持ってきます」男は汚れた片手——ズボンを押さえていないほう——を太陽がかんかんと照りつける入口のほうへ振った。

わたしは困惑して、男の手の動きを目で追った。なるほど一台の車が見える。みすぼらしい黒の大型車が舗道の端に停まっていた。

「ちょっと、どういうことか——」

「ほおら《ヴォワラ》！」小男はにやりとして、どこからどう見ても車のキーという物をポケットから取り出し、テーブルの真上でぶらぶらさせた。「これです。生きるか死ぬかの問題、ですよね。ちゃあんとわかってます。だから、なるべく急いで――」

わたしはむっとした。「なんの話か、さっぱりわかりません」

男の笑みが消え、おろおろした表情が現れた。「遅れました。わかってます。すいません。マドモアゼルは勘弁してくれますね？　あれは間に合います。あの車――見かけは冴えないけど、いい車、すっごくいい車です。もしマドモアゼルが――」

「あのう」わたしは根気よく説明した。「車は必要ありません。誤解させたならすみませんが、借りられないんです。つまり――」

「でも、マドモアゼルは車が欲しいと言いました」

「それはそうですね。ごめんなさい。ただ、実を言うと――」

「それに、マドモアゼルは生きるか死ぬかの問題だと言いました」

「マドモ――わたしは言ってないわ。あなたがそう言ったんです。せっかくですけど車は必要ありません、ムッシュー。残念です。でも、いりませんから」

「そう言われても、マドモアゼル――」

わたしはすげなく断った。「お金がないんです」

小男の顔は、真っ白な歯ととびきり魅力的な笑みでたちまち明るくなった。「金《かね》！」見下げ果てたと言わんばかりだ。「金の話はしてません！　だいいち」小男はいとも率直に言った。「もう保証金は払ってあります」

わたしはぽかんとした。「保証金？　払ってある？」

「そうですよ。マドモアゼルが先払いしました」

わたしは安堵のしるしと言えそうな息をついた。これは魔術などではなく、ギリシャの皮肉屋の神々の干渉でもない。単純な人違いだ。

そこで、きっぱりと言った。「お気の毒に。手違いがあったようですね。あれはわたしの車じゃありません。そもそも車なんか借りていないので」

ぶらぶらしていたキーが一瞬止まり、それからわたしの目の前で勢いよく揺れた。「あれはマドモアゼルが見た車じゃない。違う、そっちはものすごく悪い車でした。そっちには――なんだっけ？――ひびがあって、水が出たんです」

「漏水ね。でも――」

「漏水。だから遅くなったんですけど、ほら、あの車が手に入って、めでたしめでたし。緊急の用事があって、ムッシュー・サイモンはデルフィですぐに車が必要ですよね。いますぐ発てば、三時間でデルフィに着きます。いや、四時間か……」小男はしばらくわたしを見つめ、ざっと計算した……。「五時間かな？　そうなれば、ムッシュー・サイモンも助かって、この――」

「生きるか死ぬかの問題も解決する。ええ、そうでしょう。でもね、ムッシュー、やっぱりあなたが何を言っているのかわかりません！　何かの間違いです。あいにくですけど。車を頼んだのはわたしじゃない。ええと、そのムッシュー・サイモンの恋人が、このカフェで車を待っていたんじゃないでしょうか……？　でも、いまはそれらしき女性が見当たらない……」

小男は早口でしゃべった。度を越した早口なので、あとになって気がついた。彼はわたしが畳みかけるフランス語を断片的にしか理解せず、意味――自分が聞きたい意味――がわかるフレーズに飛びついていると。車のキーは相変わらず小男の指先で揺れていた。熱いものを落としてしまいたいと言いたげに。小男が言った。「それそれ。このカフェ。ひとりで座ってる若い女性。十時半。でも、おれが遅れました。あなた、サイモンの恋人ですよね？」

小男が、物わかりの悪い、明るい茶色の目でこちらを見た顔は臆病な猿そっくりで、爆発しかけた怒りがすっと消えた。わたしは彼にほほえみかけ、首を振りながら、やっと身につけた六語のギリシャ語のうちの一語を思い出した。「ネ」と思い切り強い調子で言ってやる。「ネ、ネ、ネ」笑ってシガレットケースを差し出した。「手違いがあってお気の毒に。さあ、煙草をどうぞ」

煙草はどんな悩みにも効く万能薬に思えた。小男の顔に刻まれた皺が魔法のように消えた。潑溂としたほほえみが浮かんだ。キーがじゃらんと鳴ってわたしの目の前に落ち、ズボンを押さえていない手がシガレットケースに伸びた。「こりゃどうも、マドモアゼル。あれはいい車ですよ、マドモアゼル。行ってらっしゃい」

わたしはバッグからマッチを出そうとしていて、顔を上げ、言われたことに初めて気づいた。もう手遅れだった。小男はいなくなっていた。紐を外した犬のように、カフェの出口で人ごみを縫う姿がちらりと見えたが、やがて消え去った。煙草も三本なくなっていた。ところが、あのキーはテーブルのわたしの目の前にあり、黒い車はやはり戸外で強烈な陽射しを浴びていた。

そのときようやく、キーと車と、さっき小男が影を落としていたテーブルクロスをぽかんと見つめて、わたしははたと気がついた。これ見よがしに外国語を使ってみた代償はずいぶん高くつきそうだ。わたしはげんなりして思い出した。ギリシャ語の〝ネ〟は英語の〝イエス〟という意味なのだ。

もちろん、わたしは小男のあとを追いかけた。けれども、人波が舗道におかまいなく押し寄せてはうねり、どちらを向いても、神々のみすぼらしい使いは影も形もなかった。テーブルを担当しているウエイターが心配顔で舗道まで追ってきた。わたしがコーヒー代を踏み倒す気配を見せたら、つかまえる気でいたのだろう。ウエイターには取り合わず、四方八方に目を凝らした。でも、援軍を呼んでこられそうになり、もう小男を探すのはあきらめる潮時だと判断した。隅のテーブルに戻り、キーを手に取って、なおも追いかけてくるウエイターにニコッと笑いかけたが、彼は英語を話さなかった。そこで人ごみをかきわけてカウンターへ向かい、店主を探したところ、こちらは英語を話した。

　大勢の男を押しのけ、恐る恐る「パラカロ」と繰り返した。どうやら、これは英語の〝プリーズ〟に当たる言葉だったらしい。とにもかくにも男たちは道をあけ、わたしはカウンターに身を乗り出した。

「すみません《パラカロ》、ご主人《キリエ》――」

　店主はフライドポテトの山越しにむしゃくしゃした目を向け、それからわたしを見据えた。

「お嬢さん《ミス》？」

「キリエ、困っています。たったいま、妙なことが起こりました。ある男性があそこの車を――ほら、青いテーブルの向こうの――お客の誰かに運んできたんです。手違いから、わたしが依頼人だと思っているようで。わたしがあれを運転してデルフィにいる人に渡すと言うんです。でも、わたしは何も知らないんです、キリエ。すべて誤解ですし、どうしていいかわかりません！」

　店主はトマトのスライスにドレッシングを垂らし、それをカウンターの小さなスツールに座っている大柄な男に押しやると、片手で額を拭った。「代わりに説明しましょうか？　その男はどこにいるんです？」

「そこが問題なんです、キリエ。もう行ってしまいました。わたしに車のキーを――これです――渡して姿を消しました。ひょっとして、ここに車を受け取りに来る人を知りませんか？」

「さあ。何も知りませんね」店主は大きなレードルを取り、カウンターの下で何かをかき混ぜ、外に停まった車を見直した。「何も。あの車を誰に渡すんです？」

「ムッシュー、さっきも言いましたが、わたしには誰か――」

「確か、どこかへ運転していくと――デルフィでしたか？　車を渡す相手を教わらなかったんですか？」

「あら。いいえ。その――ミスター・サイモンという人です」

店主は混ぜたもの――ブイヤベースの一種に見える――を皿によそい、待っているウエイターに渡して、肩をすくめた。「デルフィで？　その名前に聞き覚えはありませんな。うちの客が誰かしら男を見かけたか、車を知ってるかしそうです。ちょっと待っててくださいよ、訊いてきますから」

そして店主はカウンターの男たちにギリシャ語で何やら話しかけ、たちまち活発な、激しいとも言えるやりとりの中心になった。それは四、五分続き、店内の男性客をことごとく巻き込んだが、世間の善意をもってしても、残念な情報がもたらされた。誰もキーを持った小男を見かけず、誰も問題の車を知らず、誰もデルフィでムッシュー・サイモンの名前を聞いたことがなく（この情報を提供した客は、デルフィからほんの数キロ離れたクリーサの住民）、誰もデルフィの人間がアテネで車を借りるとは思わない。おまけに（最後に）とにかく正気の人間が険しい山地のデルフィへ、自分で運転して行くはずがないと。

「もっとも」クリーサの男が、料理を頬張りながらしゃべっている。「そのサイモンが、デルフィに泊まってるイギリス人の旅行者っていう場合もある。それなら全部説明がつく」男は理由を言わず、口いっぱいに海老を食べながら、愛想のいい笑顔を見せただけだったが、言いたいことはわかった。

わたしは弁解がましく言った。「おかしな話でしょうが、キリエ、誰かがなんとかしなくちゃいけないような気がするんです。このキーを持ってきた男性の話では――」わたしはためらった。「その、生きるか死ぬかの問題だと」

クリーサの男がくいっと両眉を上げた。それから肩をすくめた。生きるか死ぬかの問題は、アテネでは珍らしくもないのだろう。男はまた感じのいい笑みを浮かべた。「大冒険だね、マドモアゼル」彼は自分の皿に注意を戻した。

一瞬、わたしは男をじっと見た。「ええ」おもむろに答えた。「それはもう」店主に向き直ると、彼は美しい瓶の一つからオリーブをすくおうと四苦八苦していた。書き入れどきと暑さから、店主のアテネ人らしい礼儀と忍耐も尽きてきたようなので、わたしは笑顔を向けるだけにした。「お世話になりました、キリエ。面倒をかけてすみません。ことが本当に急を要するなら、依頼人が手はずどおりに車を取りに来るでしょう」

「ここにキーを置いていきますか？　うちで預かりますよ。そうすれば、お嬢さんは気を揉まないでいい。いやいや、遠慮はいりません」

「もうご迷惑はかけません。実を言うと――」わたしは笑った。「ちょっと気になるので。もう少し待って、その女性が来たら自分でキーを渡します」

さて、気の毒な店主がほっとしたことに、わたしはまた体をよじって人ごみを抜け、自分のテーブルに戻った。コーヒーのお代わりを頼み、新しい煙草に火を点けて、手紙を書き上げるふりをしたものの、実は片目で入口を見張り、もう片方の目でみすぼらしい黒の車を見張っていた。あれはいま頃――そうよ――生きるか死ぬかの問題で、デルフィの道路を疾走していたはずだったのに……。

一時間待った。ウエイターがまた不審げな顔になったので、手つかずの手紙を脇にやって追加の注文をした。大盛りの豆と小さなピンクの魚をつつきながら、期待が不安に変わっていくのを感じて、ドアの絶え間ない出入りを見つめた。

待っている理由は、店主に説明したほど単純ではなかった。自分にはなんの落ち度もないのにこの件に巻き込まれたので、災い転じて福となせるかもしれないと思いついたのだった。〝サイモンの恋人〟が車を引き取りに現れたら、それとなく――いっそずばりと――デルフィまで同乗させてくれるかと訊いてみよう。また、デルフィまで乗せてもらえそうだと思いついただけではなく……。

こうして時間がだらだらと過ぎ、相変わらず誰も来ず、なぜか、長く待てば待つほど、カフェを出て人任せにしにくくなり、別の可能性が頭に浮かんできた。口の中が乾いて、その可能性を頭から追い出したが、それでも忘れられなかった。これは神々から与えられた難題、贈り物、挑戦かもしれない……。

正午になっても誰も車を引き取りに来なかったので、わたしは皿を押しやり、別の可能性をなるべく冷静に検討してみた。

それはただ、わたしがあの車をデルフィまで運転していくことだ。

理由はどうあれ、件《くだん》の女性は来そうもない。事情があって来られなかったに違いない。さもなければ、レンタカー会社に電話をかけて予約をキャンセルしたはずだ。でも、あの車――緊急に必要になった車――はまだ店の前にあり、すでに出発が一時間半遅れている。かたや、このわたしはデルフィに行きたくてたまらず、すぐにでも出発できる。ピレウスでクレタ島からの汽船を降りたその足でここに来たので、デルフィでの短期滞在に必要な荷物を持っていた。今日出かけて、車を届け、バス代を節約したお金で二日間過ごして、木曜日に観光バスで戻ってくればいい。さっきの出来事は、簡単明瞭で、直接的な神意の介入だったのだ。

自分のものとは思えない指でキーを取り、椅子の背に掛かっている一つきりの荷物——ミコノス織の大きなバッグ——にゆっくりと手を伸ばした。

バッグに手をかけるのをためらった。やがて手を下ろし、座り直して、車のキーをぐるぐる回し、それが回るたびに陽射しを浴びてきらめく様子を見るともなしに見ていた。

とてもできない。これは世の中によくある、絶対にできないことだ。やろうとしただけでもどうかしていた。結局、何があったかといえば、サイモンの恋人が予約のキャンセルと保証金の払い戻しを忘れただけではないか。わたしにはなんの関係もない。ばかなミスをしたとはいえ、なんの関係もない出来事に首を突っ込んだところで、誰にも感謝されない。**生きるか死ぬかの問題**という言い回し——ぺらぺらと言いやすく、相手を言いくるめる口実——は、しょせん言い回しにすぎず、わたしはそこから緊迫感を募らせ、行動する口実を手に入れた（ふりをした）。**とにかく、この件はわたしには関係ない。**当然——唯一——なすべきことは、わかっている。あの車をここに置き、店主にキーを渡して立ち去ればいい。

そう決めると、はっきりと、肌身に染みるほどの安心感に包まれ、あっけに取られた。気持ちのおもむくままに立ち上がり、車のキーを手に取って、バッグをひょいと肩に掛けた。書きかけの手紙がテーブルに置いてある。バッグにしまおうとして便箋を畳み始めたとき、あの一文が再び目についた。

わたしには何も起こらない。

　手に力がこもり、便箋が音を立てた。どうやら、自分に出会う瞬間は思いがけないときに訪れるらしい。はたして心地がいいのかと、これまで幾度考えたことだろう。ようやく、わたしにもそんなひとときが一度訪れた。

　それは長続きしなかった。わたしがさせなかった。諦め混じりの驚きから、気がつくとカウンターに戻り、店主にメモを差し出していた。

「わたしの名前と住所です」息を弾ませて言った。「あとで誰かが車を受け取りに来るといけませんから。ミス・カミラ・ヘイヴン。〈オリンピアズ・ホテル〉、マルニ通り……。わたしが――わたしがあの車を預かると伝えてください。どうか、よかれと思ってしたのだと」

　通りに出て車に乗り込んでから、わたしの最後の言葉は墓碑銘《エピタフ》さながらに響いたという思いが沸いた。

第二章

デルフィはまだずっと先だ。

『イオン』（エウリピデス作）

たとえ、キーを持ってきたのが神々の使者ヘルメス神ではないとしても、その日わたしはヘラスの神という神に守られていたに違いなかった。生きてアテネを出られたからだ。しかも、傷一つなく。ひやりとした場面は何度かあった。わたしの靴をしつこく磨こうとした靴磨きがいて、車までついてきて側面にしがみついた。そのまま車を出していたら、怪我をさせたところだったが、わたしはギアを入れ忘れていた。またあるとき――慎重に時速十マイルで左側の舗道に沿って――オモニア広場を出て聖コンスタンティン通りに入ると、逆走中と思しきタクシーに正面衝突しそうになり、運転手の罵詈雑言にぎょっとして、わたしのほうが引き下がる始末だった。さらに路地では、こちらをちらりとも見ずに歩道から下りる、あきれた歩行者ふたりと出くわした。そこが一方通行だとわたしにわかるはずがない。そのときは運よくブレーキが間に合った。花を積んだロバは運がなかったものの、車体でかすったのは花だけで、乗り手は愛想がよかった。わたしが慌てて差し出した紙幣を受け取らず、それどころかロバの荷籠から落ちた花をくれたのだ。

なんのかんの言っても、現地の人たちはとても大らかだ。唯一感じが悪いのは、じっと動かない路線バスのうしろから、こちらの車がおずおずと出ていったとき、ボンネットに唾を吐きかけた男だった。そんな癇癪を起こすまでもなかった。向こうの車にはかすりもしなかったのだから。

アテネを出て、聖道沿いに走る幹線道路に入る頃には、ふたつのことに気づいていた。ひとつは、エリザベスの古いヒルマンで（無理もないけれど、フィリップはわたしに愛車を運転させてくれなかった）イギリスの田舎道を何週間か走っても、左ハンドルの不慣れな車でアテネを通り抜ける練習にならなかったこと。もうひとつは、このみすぼらしい黒の車には意外と強力なエンジンがついていること。もう少し見栄えがして、古ぼけていなかったら――アテネでよくタクシーに使われている、流線型のフェンダーのついたアメリカ製の大型車だったら――絶対に運転しなかったのに、このくたびれた外観に気を許した。練習した古いヒルマンに乗っている感触にかなり近い。限りなく。それが三分もたたないうちに、この車はジェット機並みに加速するとわかり、凶器にも――無制限に――なりうると察知した頃にはもはや手遅れだった。わたしは車の流れに乗っていて、そのまま走るほうが安全だという気がした。そこで、ハンドルにしがみつき、シフトレバーが右側にあることを思い出してときどき手を変え、オリンポスの十二神に祈りつつ、おっかなびっくり郊外を走り抜けて、とうとうエレフシナとコリントスへ向かう、海岸沿いに延びる二車線の道路に出た。

きらきら光って混雑した通りを過ぎると、道路が広がってすいているように見えた。これが聖道だ。この海沿いの広い道路を、古代の巡礼者がたいまつを手に歌いながらエレウシス（エレフシナの古代名）で秘儀をほめたたえていたのだ。右手に見える湖は、大地の女神デメテルの聖なる湖だ。左手の入江の向こうに、サラミス島が溺れた竜のように伸びていて、そこで——そこで——アテナイの将軍テミストクレスがペルシア艦隊を撃破した……。

でも、わたしは運転しながら右も左も見ていなかった。この道は以前にも通ったことがあり、最初に感じた痛烈な幻滅は克服していた。ここでは、幽霊たちに心をひらいている必要はない。彼らはとうの昔に姿を消したのだから。いまでは、聖道はまっすぐ広々と（日に当たったタールから水が染み出て）走り、セメント工場と鉄工所をつないでいる。聖なる湖には雑草と金属の溶連かすが堆積している。サラミス湾には錆びついた大型タンカーが何隻も停泊して、赤ワインのような海水が、そびえたつアルミニウム精錬所を映し出す。対岸のメガラでは煙突が煙をもくもくと吐き出し、その上を三機のジェット戦闘機がギリシャのえも言われぬ青空に輪を描き、轟音をあげた。そして、あれがエレフシナそのもの。セメント工場から出る黄土色のもうもうたる煙に隠れそうになった、あの薄汚れた村だ。

わたしは道路に目を据え、この車に注意を向けたまま、思い切りスピードを出した。ほどなく工業地帯を抜けると、道路は幅が狭くなり、容赦ない九月の太陽のもと、土埃で白くなって海岸より高くなり、オリーブの木が植えられた赤土の畑を縫った。そこでは小さな箱に似た家々が、どうも行き当たりばったりに、林の合間にうずくまっていた。日焼けして、やせた、粗末な身なりの子供たちは埃にまみれ、わたしが走り去るのを見送った。黒ずくめで、イスラム教徒のようにベールをかぶった女が、かがんでオリーブの木の下にある蜂の巣形の白いかまどからパンを出している。がりがりにやせた雌鶏があちこちをつつき、犬は車に猛然と吠えかかった。ロバたちは小枝をどっさり積んで、土埃の積もった道端をゆっくり歩いている。背の高い荷馬車が小道をゆらゆらと道路に向かってきた。そこに山と積まれているのは、くすんだ緑色に輝く葡萄だった。ラバの脇腹は艶があり、白粉をふいていて、黒葡萄のようだ。空気は暑さと肥しと土埃と収穫した葡萄のかすの匂いがしている。

太陽がじりじりと照りつけた。沿道に木が立ち並んでいれば、天の恵みのように木陰ができていた。正午を少し回ったところで、うだるような暑さだった。せめてもの救いは、車が走ってそよ風が吹くことと、かすんで見えるオリーブの大木のてっぺんが道路と碧空のあいだを舞っていることだった。

暑さの盛りで車はほとんど走っていない。道がすいている午後の時間をフルに活用すると決めたので、炎天下をしばらく走り続け、いまでは自信を持ち、安心さえしていた。この車を運転するこつをつかんだ。それでも自分がしでかしたことを断固として考えまいとしていた。わたしは神々の〝挑戦〟を受けて立ち、その結果はデルフィに到着する――するとしたら――までわからない。

デルフィに到着するとしたら。

自信は着実に膨らんでいった。車で走り続け、見渡す限り何もない景色を抜け、荒涼たる美しさをたたえる田舎を抜けると、オリーブ林から道路がぬっと現れ、アッティカの北に横たわる丘を上った。車は、こうした丘の頂上からボイオティア平原へ下っていく一連の恐ろしいヘアピンカーブを切り抜けた。ところが、一台のバスには勝てなかった。

それはアテネから出ている乗合バスで、わたしは平原を二等分する直線道路を半分ほど走ったところで、これに追いついた。バスは小型で、気味が悪く、嫌な臭いがした。また、乗客とたくさんの箱、雌鶏と少なくとも小さな山羊一頭などの、さまざまな家畜でドアまで満杯のようだった。バスは轟音を立て、土埃を五十ヤードたなびかせていた。わたしは慎重に左へ寄り、スピードを上げて追い抜こうとした。

すでに道路の真ん中にいたバスが、とっさに左を向いてやや加速した。わたしは土埃を吸いながら後退した。バスは道路の中央に戻り、うるさい時速三十マイルに落ち着いた。

三十秒ほど様子を見て、再度挑戦した。バスの後輪にじわじわと忍び寄り、運転手がこちらを見ればいいと思った。

運転手は見た。狂ったようにスピードを上げ、今度もわたしの進路をさえぎり、こちらの車を完全にバスのうしろに回すと、得意げに定位置に戻っていった。わたしは息苦しい埃列車に逆戻りだ。こんなことは気にしない、あの運転手が悪ふざけに飽きたら通してくれる、と自分に言い聞かせたけれど、ハンドルを握る手がこわばっていき、喉のどこかで神経がぴくぴくしていた。もしもフィリップが運転していたら……。いや、もしもフィリップが運転していたら、こんなことにはならなかった。ギリシャの路上では、女性のドライバーは格好の餌食なのだ。

通り過ぎた掲示板に、ギリシャ語と英語の大文字でこう書かれていた。テーベ四キロ、デルフィ七十七キロ。このままずっと、デルフィまでバスのうしろを走るはめになったら……。

もう一度やってみた。今度はバスに近づく際にはっきりとクラクションを鳴らした。驚きかつ感謝したことに、運転手はバスをすかさず右に寄せ、スピードを落とした。わたしはその隙間に向かった。バスと路肩の崩れかけた盛り土のあいだに、車が一台ちょうど通れるだけの、それしかない幅がある。緊張して顔を引き攣らせ、アクセルを踏み込んで突進した。すると、同時にバスが暴走し始めた。

通り抜けられそうもない。バスはどんどん速度を上げ、遅れを取らずについてくる。この車はバスに負けないスピードがあるけれど、隙間はだんだん狭くなり、大型車ですり抜けるという判断に自信が持てなくなった。バスはいよいよあらわに幅寄せをしてくる。本気でこちらを道路から追い出そうとしたのかどうか、いまもってわからない。けれども、緑色のエナメル加工の汚い車体がふらふらと近づいてきて、わたしは怖気づいた。向こうの思うつぼだった。わたしは思い切りブレーキを踏んだ。バスは轟音を立てて走り去った。わたしはまたしても土埃の中に取り残された。

こうしてテーベの外れに近づく頃、乗合バスは停車して乗客を降ろすに決まっていると気がついた。そう考えると、気分が落ち着いた。後退して巻き上がった土埃から逃れると、バスのすぐうしろをゆっくりと、様子を見ながら走った。

前方に見えるのは、テーベに点々と立つ家の最初の数軒だ。この伝説の町は、そう、エレフシナよりも修復が不可能になってしまった。アンティゴネが目の見えないオイディプスを亡命させた場所では、老人たちがコンクリートの舗道で、ガソリンスタンドの給油ポンプの脇で日向ぼっこをしている。彼らが何時間も楽しむ、タブリというバックギャモンに似たボードゲームは、テーベで一番古くからあるものだろう。どこかに、ニンフたちに愛された泉がある。それだけだ。でも、あのときは伝説が消えることを嘆く暇はなかった。わたしはオイディプスのこともアンティゴネのことも考えず、さらにフィリップのこともサイモンのことも、自分の惨めな冒険の前触れのことも考えていなかった。目前の嫌悪感を見据え、ひたすらテーベを目指して走っていた。ただただ、あの汚いバスを追い抜きたい一心で。

間《ま》もなく、それが現実になった。道路脇で待っていた大勢の女たちが止まってくれと合図していて、バスが速度を落とした。わたしはその左手の道路に目を据え、汗ばんだ手でハンドルを握り、バスの背後に迫っていくと、また神経が高ぶってきた。

バスが止まった。道路の真ん中で。横に追い越せるスペースがない。わたしはバスのうしろで止まって待ち、バスが再び発車すると、クラッチを入れ、エンジンを停止させてしまった。イグニションを握る両手が震えた。エンジンがかからない。視野の隅で、遠ざかっていくバスの後部ウィンドウに顔がちらりと見えた。浅黒く若い顔がにやりとしている。わたしが車を出すと、その若者は隣の乗客をつつくように振り向いた。もうひとりの顔が振り向き、こちらをじろじろ見て笑った。そして、またひとり。

そのとき、すぐうしろで――すぐそばだったので、仰天して溝にはまりそうになった――クラクションが鳴った。思わずハンドルを右に切ると、反対車線を飛ばしてきたジープが背後から轟音をあげ、こちらの車を一気に追い越して、歩道側のタイヤで土埃を巻き上げながら、無謀なスピードを保ったままバスの後部に突進して、サイレンのようにクラクションを鳴らし続けた。運転している若い女が目に入った。日に焼けた顔、目にかかるまつげ、面倒くさそうな、すねた口元。運転席にもたれ、さりげない、ふてぶてしいとも言える腕前でジープを操っている。すると、女のドライバーであってもなくても、バスは道を譲り、さっと右へ寄って、ジープが走り抜けるのを丁重に待った。わたしはついていくと決めかねていた。あえてアクセルを踏んだのかどうか、ブレーキを踏もうとしたのかどうか、いまでもよくわからないけれど、何かに突き動かされた。こうして大型車が飛び出して、数インチのところでバスをかわし、ジープに続いて猛然と走り過ぎた。二個のタイヤは道路の中央を走り、あとの二個はヘブライ人を迷わずテーベへ導けるほど土埃を巻き上げて。あのバスのどこに道路側のタイヤがあるのか知らないし、どうでもよかった。バックミラーで確かめもしなかった。

わたしは颯爽とテーベに入り、レヴァディアとデルフィまで続く幹線道路の反対車線を小気味よく走った。

旅人の守り神ヘルメスの手で、わたしは依然として守られていた。レヴァディアでは馬市がひらかれ、それは祝祭《フィエスタ》めいた華やかさもあって、通りは人がひしめいていたが、その後は特筆すべき事柄はなかった。ラバとロバの背に乗った田舎の小さな隊商がのろのろと祭りに向かう光景を見ただけだ。一度はロマ族——本物のエジプト人——の列が、明るい色の毛布を掛けたラバとポニーを連れて移動していた。

レヴァディアを過ぎて、風景が変わり始めた。山並みが迫ってくると、アッティカ地方の昔ながらの景色、鮮やかな色彩が染め上げた平地が沈んで忘れ去られた。道路が茶色の山間《やまあい》を蛇行して、風景はそそり立ち、折り畳まれた山脈になる。険しい涸れ谷の下で、水無川が砂利の川底で白く渦巻いて、蛇の抜け殻を思わせた。谷の両側は乾燥していて、枯れ草の黄色っぽい茂みと、流れてきた石やもろい土があった。

迂回する山々が大きくなるたび、土地は丸裸になり、その輪郭を大きく描く線は、赤から黄土色へ、黄土色から焦げ茶色、黄褐色へと変わっていく色と、何よりも、灼熱の、無限の美しい光だった。そして、その先に、灰色の幽霊のような山塊が長々と連なっている。色は紫ではなく、ここより気候が温和な国で、はるかに望む山のような淡い青ではなく、亡霊の白、荘厳な白銀だった。あれがパルナッソス山、古代の神々の幽霊の棲みかだ。

レヴァディアの先のどこかで、一度だけ車を停めて休憩した。山腹に沿って高所をくねくねと進む道路は陰になり、空気はひんやりしていた。十五分ほど、わたしは道路を縁取る盛り土に腰かけていた。眼下に見える二又の谷底は、三本の道が合流する場所だ。古代の交差点の名残《ゴースト》であり、かつてある若者が、デルポイからテーバイに向かう途中で、老人を殴って馬車から落とし、死なせてしまった……（オイディプス伝説より。オイディプスは山で老人と争い、実父と知らずに殺害した）。

　でも、今日は幽霊《ゴースト》が動かない。物音一つせず、息もせず、鷹の影さえ差しかからない。むき出しの黄褐色の山肌と、無限の、容赦のない光があるだけだ。

　わたしは車に戻った。エンジンをかけながら、ぼんやりと考えた。旅人の守り神は、ここまで実によくしてくれたけれど、残りたった二十マイルの役目を果たせば、わたしの身を運命にゆだねられる。

　実際は、神はわたしをデルフィのちょうど十キロ手前で見放した。アラホヴァという村の真ん中で。

第三章

しかし、すぐに苦境を切り抜けないと、
災難が続きそうだ。

『蛙』（アリストファネス作）

アラホヴァは観光名所だ。観光客の目を意識してはいないが、極めて風光明媚であり、あとはギリシャの建築様式が見どころである。

村は切り立った斜面に作られ、家々は段々をなして、一軒が別の一軒の背後に立ち、一軒の床が別の一軒の屋根と同じ高さになっている。村は丸ごと、いまにも眼下の谷に滑り落ちそうに見える。家の外壁は白く、屋根は深紅で、どの壁にも花を咲かせている植物や、葡萄がたわわになった蔓、琥珀色とヒヤシンス色と血の色に染めた毛糸がたくさん下がっている。短い本通りに沿って絨毯を売る店が並び、日なたに干された絨毯がまばゆい白壁を背景に鮮やかだ。この通りにもいくつか曲がり角があり、通りは八フィートほどの幅がある。その曲がり角の一つで、わたしはトラックにぶつかった。

文字どおりにではない。ボンネット同士が衝突する直前でブレーキをかけると、わたしは体がすくみ、考えることもできずにいた。二台の車がヘッドライトを突き合わせた様子は、さながら二匹の猫が睨み合い、片方は謎めいた静寂を保っているようだ。言うまでもなく、わたしのほうがエンジンをかけたのだ……。

バックするはめになるのはわたしであって、トラック運転手ではないとすぐにわかった。村じゅう――ただし男だけ――が集まってきて、身振り手振りでそう言った。みんな、人当たりがよくて愉快で、すごく親切だった。なんでもしてくれたが、ただ一つ、車をバックさせてくれなかった。こんな車を預かった人間が、なぜバックさせることもできないのか、理解に苦しむらしい。

そうこうしているうち、わたしは車をバックさせてどこかの店先に突っ込んだ。

村じゅうで折り畳みテーブルを起こし、絨毯を掛け直して、なんの問題もないとわたしを安心させた。

車の体勢を整えて再度バックしたら、ロバにぶつかった。村じゅうがわたしに、ロバは怪我一つしていない、一キロくらい先で止まって帰ると請け合った。

わたしは再び車の体勢を整えた。今度は、村人が息をのんで見守る中、ある程度まっすぐなコースを十ヤード稼いだ。そしてカーブに差しかかった。そこで止まった。車をバックさせて二フィートの欄干を越え、山腹を二十フィート下った誰かの家の庭に落とす覚悟は絶対にできていない。肩で息をしながら、猛然と村人たちに笑みを返した。わたしなんか、この世に生まれてこなければよかった、サイモンとかいう人もそうだ。わたしはできるだけのことをしたのに。

陽だまりに車を停めていたので、白壁からの照り返しで目もくらみそうだ。男たちが押し寄せ、にこにこしながら、礼儀正しく――幸いにも――わけのわからない言葉をかけてきた。トラック運転手もにこにこしていて、運転台から身を乗り出し、夕方までこの見世物を楽しむつもりらしい。

切羽詰まったわたしは車のドアにもたれ、最前列にいる救助者に合図した。がっしりした、血色のいい顔の男で、小さな目がきらきらしている。この出来事を面白がっているようだ。男は、フランス語と英語を、おかしな継ぎはぎだとしても流暢にしゃべった。

「ムッシュー」わたしは言った。「これはわたしの手に負えません。自分の車ではないんです。ムッシュー・サイモンという、デルフィの人のもので、これを仕事で緊急に必要としています。わたしは――まだあまり慣れていないし、自分の車ではないので、危険を冒したくありません……。どうでしょう、あなたか、あちらの男性のどなたかが、これをバックさせてくださいません？　あるいはトラックの運転手さんが手を貸してくれるでしょうか。訊いていただけます？　なにぶん、自分の車ではないもので……」

安っぽいプライドからくどくどと説明したあげく、わたしは男が話を聞いていないと気がついた。陽気な汗まみれの顔から笑みが消えていた。「誰に車を届けるって？」

「ムッシュー・サイモンという、デルフィの人に。その人がアテネでこれを借りたんです。大至急」わたしは当てにするような目で男を見た。「お知り合いですか？」

「いいや」男はそう言って首を振った。でも、ちょっと早口すぎた。おまけに、すっと目をそらした。彼の隣にいる男がわたしを睨みつけ、早口のギリシャ語で質問した。〝サイモン〟という言葉を聞き取れたような気がした。わたしの味方が一度頷き、あのすばやい横目でわたしを見て、小声で何やら言った。そばにいる男たちが目を見張り、つぶやいた。新たな好奇心が、こそこそと、どうかすると熱狂的に湧いて、さっきまでの単純な気晴らしに取って代わるのがわかった。

　でも、そんな感じがちらっとしただけだ。質問を重ねるかどうか決めかねていたら、男たちはもう誰もこちらを見ていなかった。あのこそこそした早口のつぶやきがまた始まった。最後の明るい笑顔は消えていた。車を取り囲んでいた男たちが離れていく。控えめでいて、そそくさと、牧羊犬に追われた羊の群れのように塊になって。ひとり残らず、同じ方向を向いている。

すぐそばで〝心を鎮める数珠〟がパチパチ鳴り、あのがっしりした男がささやいた。「彼が助けてくれるよ」

　わたしは「誰が？」と訊いてから、男はもう隣にいないと気がついた。

　振り返って、村人たちがいっせいに見ているほうを向いた。

　ひとりの男が、右手の家々を縫う上り坂に続く、急な階段状の小道をゆっくりと下りてきた。

　年齢は三十歳くらい、黒髪で、車の近くにいる面々のように日に焼けているけれど、その身なりが、外見と物腰に負けず劣らず、彼を紛れもなくイギリス人に見せていた。

　彼は長身ではなく、六フィートに一、二インチ欠けるようだが、肩幅は広いうえ、ゆったりと、力強い動きを保ち、体を鍛えて健康状態が万全だとわかる。端整な顔立ちの人だとわたしは思った。日焼けした細面、黒い眉、まっすぐな鼻、険しい口元。けれども、そのときの表情は、ジェイン・オースティンなら不愉快極まると書きそうだ――つまり、彼があの眉をひそめた放心状態で何を考えているにせよ、その思考を妨げるつもりがないのは明らかだった。

　自分がどこにいるのか、何をしているのか、ほとんど意識していないようだ。階段を駆け上がった子供を押しのけたのも、故意ではなかったと見える。二羽の雌鶏が足元で羽ばたいても立ち止まらない。壁のゼラニウムが花びらを散らし、白いシャツの袖に緋色の雨を降らしていても、それを払おうともしない。

狭い通路の下段に着くと、彼は立ち止まった。なんであれ、没頭していたことから急に抜け出したという感じで、フランネルのズボンのポケットに両手を突っ込み、通りの様子を眺めた。視線はまっすぐ男たちの一団に向かった。かすかな渋面は消え、日に焼けた顔は仮面となり、よそよそしく、冷たく、わたしが村人たちの中に見ていた懸念をなぜか映し出していた。やがて、彼がわたしをまともに見た。目が合って、ちょっと驚いた。その目は、予想していた黒ではなかったのだ。灰色だった。明るく澄み切っていて、らんらんと輝いている。

彼は最後の一段を下りて、車のドアに近づいてきた。村人たちは少しずつ離れていった。彼は雌鶏や落ちてくるゼラニウムの花びらに目もくれなかったように、村人に目もくれなかった。

彼はわたしを見下ろした。「お困りのようですね。お役に立てることはありますか?」

「助けていただけたら、本当に感謝します。実は——この車をバックさせようとしていたんです」

「なるほど」感じのいい声の陰で苦笑が漏れたような気がしたが、顔は相変わらず無表情だった。

わたしは情けない声を出した。「あそこへ入れようとしていました」〝あそこ〟は道路がカーブした先にあるスペースで、五十ヤードほど後方にあり、月と同じくらい遠く離れたところに見える。

「ところが、うまくいかない?」

「ええ」手短に答えた。

「車が故障していませんか?」

「いいえ」わたしは悔しそうに言った。「わたしが運転できないだけで」

「ああ」彼はさもおかしそうだ。

わたしはすかさず言った。「自分の車ではありません」

ここでトラックの運転手が運転台から身を乗り出して、何やらギリシャ語で叫び、イギリス人男性が笑った。笑うと、顔がすっかり変わってしまった。冷淡な仮面がはがれ、たちまち若返り、親しみやすく、魅力的にすらなった。イギリス人男性は、わたしには上手なギリシャ語に聞こえる言葉で叫び返した。とにかく、それはトラックの運転手に通じていた。彼は頷いて自分の運転台に戻り、トラックのエンジンがうなりをあげる音がしたからだ。

イギリス人男性は車のドアに片手をかけた。

「任せてもらえるなら、動かせそうですよ」

「そうでしょうね」わたしは恨めしげに言って、運転席を譲った。「ここは男の国だと聞きました。本当ですね。さあどうぞ」

彼が車に乗り込んできた。わたしは思わず願っていた。この人がギアを入れ間違えればいい、エンジンをかけ忘れればいい、ハンドブレーキをかけたままにすればいい――わたしが一日じゅう重ねていたへまの一つでもすればいいのに、彼はしなかった。癪なことに、車はするするとバックして、角の向こうの石畳のスペースに滑らかに入り、一軒の家の壁から二インチ離れたところでピタリと止まって、トラックが通過するのを礼儀正しく待った。

トラックは轟音ともうもうたる黒煙をあげて近づいてきた。こちらに追いつくと、運転手が運転台から身を乗り出して、わたしの連れに大声で何か言い、にやにやした黒い目でわたしに挨拶をよこした。言葉がなくても、内容は不十分ながらも通じた。あんたは女だから愛らしい、それがあるべき姿だ、というのだった。

トラックは走り去った。運転手が振り向いて、カフェの入口に立っている男の一団に手を振った。ひとりかふたりが応えたが、大半は、車ではなくわたしの連れを見つめたままだ。

わたしは彼に目を向けた。やっぱりそうだった。向こうも気がついていた。目は陽射しに細められ、わたしが驚いたあの潑溂とした表情を浮かべていない。彼は一団を一渡り、ゆっくりと、見定めるように、まったくの無表情で眺めた。彼が躊躇したような気がした。降りようとしたのか、片手を車のドアに伸ばして、またハンドルに戻し、問いかけるようにこちらを向いた。

その顔つきを見て、わたしは彼が口をひらく前に答えた。「わたしの自尊心《アムールプロープル》は気にしないでください。ぜひ、あなたにこの憎らしい車で村を抜けてもらいたいんです。わたしにはプライドのかけらも残っていません。この車を無事にデルフィに届けられれば、自尊心はあとで取り戻せます。本当に、心から感謝します」

彼はほほえんだ。「お疲れでしょうね。しかも、今日はとんでもなく暑い。遠くから来たのですか？」

「アテネからです」

彼は眉を吊り上げたが、何も言わなかった。車は狭い通りを滑るように走っていく。男の一団はすでに姿を消して、カフェでうなだれているところへ車が通りかかった。彼はそちらに目をそらさなかった。

わたしはむきになった。「ええ、はるばるアテネから。それでも傷一つありません」

「それはお見事……。さあ着きました。家並みを抜けたので、デルフィへ向かえます。目的地はデルフィでしたね？」

「ええ」わたしは考え考え言った。「ひょっとして、あなたもそちらへ行くのでは？」

「たまたま、そうなんです」

「よかったら……？」わたしは口ごもり、やがて思い切った。「送っていきましょうか？　物は言いようですけれど」

「嬉しいですね。それから物は言いようとは、ぼくが運転することなら――喜んで」

「まあよかった」わたしは小さく息をついて緊張を解いた。車がエンジン音を響かせて最後の曲がり角を曲がり、スピードを上げて長いらせん状の坂を上り出した。「わたしも存分に運転を楽しみましたけど、ほら、風景を半分見逃しました」

「大丈夫。あなたが風景を少し運んできましたから」

「どういうこと？」

　彼は涼しい顔で言った。「羽根がボンネットについています。実に斬新な外装で、目を奪われますね」

「は――あら！」わたしは手をぱっと口に当てた。「羽根？　本当に？」

「そうなんです。羽根まみれですよ」

　わたしは言い訳がましく説明した。「それはレヴァディアの少し先にいた雄鶏に違いありません。とにかく、若い雄鶏でした。白い羽根でしょう？」

「ええ」

「じゃあ、自業自得です。クラクションも鳴らしたのに。このクラクションを聞いたら、あの雄鶏が死ぬ気だったとわかります。でも、わたしは殺していません。本当に殺していないんです。雄鶏が反対側へ飛び出て、走っていったのを見ました。車についたのは羽根だけ、そうなんです」

彼は笑った。彼もまた、すっかりくつろいでいるようだ。あの放心状態をアラホヴァに置いてきたらしい。ついでに、あのときの凄みを帯びた雰囲気も。本来は感じのいい、何気なく出会った、通りすがりの旅人だったのかもしれない。

「そいつに新しい尾が生えない限り、雌鶏から見向きもされませんね」彼の声が快活に響いた。「それに、ぼくに言い訳を並べることはありません。ぼくの雄鶏じゃないんですから」

「ええ。でも、なんとなく、これはあなたの――」わたしは口をつぐんだ。

「これはなんです？」

「いいえ、別に。まあ、すばらしい景色！」

わたしたちはパルナッソスの山肌に沿う白い道路を走っていた。眼下の左手で、急斜面がプレイスタス谷へ下り、川はパルナッソスの巨大な山腹を縫ってシルフィス山の尾根をめぐり、クリーサ平原と海へ向かっている。プレイスタス谷――この季節、乾いた白蛇と化した砂利の川底が日光で輝いている――の端から端まで、この谷筋の至るところで、ほとばしり、せせらぐ銀緑色の水が谷底を満たし、オリーブ林を流れる。林じたいが川であり、波しぶきほど柔らかい、羽毛のある小枝が銀緑色の奔流をなす。常に吹き渡るそよ風は、小麦畑を渡るときのような流れる影を作らず、白い吐息を漏らし、あえぎながら、しぶきをたてるようにオリーブの冠を四方八方に投げ上げる。谷に次から次へと淡い色のさざ波が立った。そこで、谷の奥で、パルナッソス山が切り立った岩壁を流れに突き入れる場所で、灰色の樹海が忽然と姿を現し、流れていき、あふれ出して彼方の平原を満たし、なおもさざ波を立て、なおも流水の絶え間ない光沢と影に従いながら、ついに西のほうで遠い山並みの斜面に向かい、南のほうで目にも鮮やかな海の輝きに向かって動きを止めた。

しばらくして、わたしは言った。「デルフィに泊まっているんですか？」

「ええ。二、三日前からいます。ずっと旅行を続けているんですか？」

わたしは笑った。「手持ちのお金がなくなるまで。もう時間の問題です。どこかに泊まれるといいんですけど。思いがけず来てしまって、予約していません。〈アポロン〉はいいホテルだと聞きましたが」

「とてもいいですよ。デルフィは観光シーズンの真っ盛りですが、どこかに一部屋見つかります。ぼくらでアポロン神を焚きつけて、誰かを追い出してもらえばいい」ここで間《ま》があいた。「自己紹介したほうがよくありませんか？　ぼくはレスターです」

「カミラ・ヘイヴンです」相手を見ながら慎重に言った。「でも、今日は別名があります。こう呼んでもかまいません……〝サイモンの恋人〟と」

黒い眉が上がった。あのすばやい、明るい、しびれるような視線を向けてくると、彼はまた道路を見ていた。彼は淡々と言った。「それは嬉しいですね。でも、なぜ？　ぼくがアラホヴァであなたを助けたから？」

頰に血が上ってきた。そのことは考えていなかった。わたしはすかさず答えた。「いいえ。ただ、わたしはアテネから彼女――ほかの女性――の代理を務めていただけです。この車で」

「この車？」彼はぼんやりと言った。

「ええ」わたしは思わず息をのんで、隣をちらっと見た。これは想像していたより間《ま》が抜けた話に聞こえそうだ。「これは――まあ、どうしましょう、終わりから話し始めてしまったけれど……とにかく、これはあなたの車です。アテネから届きました」

今回、彼の目に映るのは当惑の色ばかりで、わたしの正気を疑う気持ちもちょっぴり混じっていたかもしれない。

「どういうことでしょう。ぼくの車？　アテネから？　それに〝ほかの女性〟とはなんのことです？失礼ですが――なんの話をしているんですか？」

「すみません。こんなふうに唐突に言い出すべきじゃありませんでした。最初から順番に説明しないと。わたし――ばかな真似をしてしまって、怒らないでください、ミスター・レスター。よかったら、すぐに事情を話しますが、肝心なのは、これがあなたの待っていた車だということです。あなたが車を借りに行かせた女性は、現れませんでした。わたしは人違いでキーを渡されて――あなたに車を運んできました。あの――これでいいでしょうか。あなたに会えて、本当に幸運でした――」

「ちょっとお待ちを。口を挟んで申し訳ないが――やっぱり、なんの話か皆目わかりません。誰かがアテネでこの車を借り、あなたがキーを渡され、ここまで運転してきたんでしたね？」

「ええ」今回はわたしの声がぼんやりと響いた。「では――では、あなたではなかった？」

「絶対に違います。アテネでもどこででも、車を借りた覚えはありません」

「でも、あのときアラホヴァで――」いっそう面食らい、ばかみたいだと感じて、わたしは言い淀んだ。

「なんでしょう？」車がスピードを落として、狭い渓谷に斜めにかかった小さな橋に差しかかり、その先の曲がりくねる坂道に向けてスピードを上げた。彼の口調はさりげないが、なぜか強い好奇心が感じられた。「どうしてぼくが知っているはずだと思ったんですか？」

わたしは早口で答えた。「わたしが間違えました？　てっきり……ほら、あなたはサイモンと呼ばれていますよね？」

「それがぼくの名前です。アラホヴァで聞いたんですか？　あの男たちに？」

「いいえ。あの、ええ、ある意味で。でも……それはもういいんです。確か、あなたはデルフィに泊まっているとか？」

「ええ」

わたしはきっぱりと、ばかの一つ覚えみたいに繰り返した。「だったら、あなたに違い、あり、ありません！　そうに決まってます！」

「断じてそうではありませんよ」さっとこちらに向けた値踏みするような目は、わたしの顔に浮かぶ苦悩の色を映していたらしい。そのとき彼はほほえみ、やさしく言ったからだ。「でも、この謎の出所はまだわからないな。当然、レンタカー会社から車を借りた人の名前と住所を聞きましたよね？それを失くしたか、書き留めるのを忘れたかしたんですか？」

わたしは消え入りそうな声で答えた。「まさにそこですね。それは思いつかなかったので」

彼はあっけに取られた顔をして、それから、わたしが思うに、愉快そうな顔をした。「なるほど。それは思いつかなかったのか。ただし、彼の名前はサイモンというんですね？」

「ええ。ですから、まったくばかな真似をしました。あのときはそれでいいような気がして、アラホヴァではおとぎ話のようにうまくいったと思ったのに、いまでは……」わたしは言葉を濁した。彼から目をそらして青い谷底を見ながら、思いの丈を率直に、無防備そのものの強さで伝えた。「ああ、もう。その人があなただったら、どんなに嬉しかったことか！」

言い出したとたん、それがどう聞こえるかに気がついた。この数分間で二度目に、頬に赤く血が上った。口をあけて何かを、なんでもいいから言おうとしたが、彼が先回りして感じよく言った。「ぼくがその人だったらよかったんですが。もっとも、あまり心配しなくて大丈夫。あなたが考えるほど事態は深刻じゃありませんよ。もしよかったら、ぼくが手を貸しましょう。何があったか、話してくれませんか？」

わたしは一切を打ち明けた。ありのままの事実を微に入り細をうがって。例の小男が車のキーを持って近づいてきたときから、あの決断を下した運命の一瞬まで。あの決断のせいで——いとも鮮やかに、と思っていた——わたしはアラホヴァでサイモン・レスターの足元に着地したのだ。とにかく、事実だけを話した。情けなく絡み合った動機や、不安、自問、空元気は抜かした……が、なんとか話し終えると、意図していたより話してしまったような気がした。妙なもので、話してしまってもかまわなかった。彼は手を貸すと言ってくれた。次は向こうの番だ。それはおなじみでありながら、あまりなじみのない感情で……。

座席に深く座り、その朝の十一時から初めてくつろいだ。眼下では、大きくうねるオリーブ林をそよ風が白い足で駆け抜け、傍らでは、熱くなった道路沿いに、太陽が赤土から土埃の匂いを叩き出し、岩が輝いて暑さを熱風のように送り返した。

彼はわたしのたわいもない話になんの感想も言わず、最後まで耳を傾けた。そして、これしか言わなかった。「わかりました。すると、実際にはこうとしか考えられませんね。あなたは、見知らぬ男のために見知らぬ車に乗ってきた。その男は、詳細不明の目的で車を必要としている。あなたはどこで彼を見つければいいかわからない」

「そう言ったら身も蓋もありませんけど――そのとおりです。だから、ばかみたいな真似だと言っているでしょう」

「たぶんね。しかし、あなたの立場になれば、ぼくだって同じことをしましたよ」

「あなたが？」

彼は笑った。「もちろん。正気の人間なら、こんな挑戦を受けて立たずにいられません」

「本当に？」

「本当です」

わたしはふうっと息を吐き出した。「おかげでどれほど気分が楽になったか、見当もつかないでしょうね！　それでも、あなたならこの冒険をやり遂げたわ！　大胆なだけではだめだという気がします。おまけに有能でないと。あなたはアラホヴァで立ち往生しなかった――万一していても、この車をバックできていたはずです！」

「そうですね。アラホヴァか」彼の顔に表情が戻った。彼は小さな声で付け加えた。「デルフィのサイモン……」

わたしは慌てて言った。「妙な話でしょう？　サイモンがふたりもいるなんて？　さっきも言いましたが、クリーサから来た男性は、この近辺でその名前の人物を知りませんでした。デルフィは小さな町ですよね？」

「そうですとも」

「それなら、あの男性には見分けがつきますね。だから、あなたに違いないと思ったんです」

答えはなかった。またあの、ぼんやりとした表情だ。てっぺんに大釘が並んだ、乗り越えられない壁。わたしは彼にこっそり疑いの目を向けて、恐る恐る訊いてみた。「何か手違いがあったんでしょうか？　つまり、実際にサイモンがあなただとして。誰かが伝言を聞き間違えて、すべてが混乱してしまったとか。アテネの知り合いに、そんなことをしそうな人は……？」

「いません」そっけないほどに断固とした答え方だ。「ありえない話です。先週はアテネに連絡を取らなかったので、伝言が間違えられたかどうかはわかりません。それに、車を借りたのは女性でしたね。それが誰なのか、見当もつきません。ええ、ぼくにはなんの関係もなさそうですよ」ぶっきらぼうだったと感じたのか、彼はちょっと間《ま》を置き、がらりと変わった口調で続けた。「でも、もう心配しないでください。すぐに解決しますから、あなたはデルフィを満喫できます。行ってよかったと言うんじゃないかな」

「とてもいいところでしょうね」

「そうですよ」彼は前方を見たまま、物憂げに頷いた。「ここから村は見えませんが、遺跡は断崖のこちら側にあります。高い崖の下にある山の懐に。ほら――あれがアポロン神殿。断崖の下に〈輝く岩〉と呼ばれる斜面がある。見えますか？」

見える。前方で、山が巨大な岩壁を谷に突き出し、そのまわりでオリーブ林の川が、船首のまわりで海水が渦巻くように揺れ、あたり一面に広がって平原を満たす大きな湖になっていた。高みの、断崖が山とつながる場所に、アポロン神殿がある。六本並んだ杏《あんず》色の石の円柱は、背後の木立に忍び寄る夕闇に照り映えていた。上方には、日に焼けた絶壁がそびえ立つ。下方はごちゃごちゃとした、まだ何かわからないが、遺跡や宝庫や神殿らしきものが見える。いまいる場所からでは、柱が本物とは思えない。人の手や鑿《のみ》が触れたことのある石ではなく、実体のない、音楽で作られた伝説の柱だ。オリンピアの建物が――神の手を離れたばかりで――空と大地のあいだを浮遊したままでいる。見上げれば、ヘラスの得も言われぬ美しい空が広がり、見下ろせば、オリーブの銀色の流れが絶え間なく、さわさわと海へ続いていく。家一軒なく、人っこひとりなく、獣一匹いない。この世の初めにそうだったとおりに。

そのとき、サイモン・レスターが車を停めていたとわかった。その場で、カサマツの木陰になった路肩で、数分ほど止まっていたらしい。彼は口をきかなかったし、わたしもきかなかった。

だが、彼の目をとらえたのはアポロン神殿の輝いている円柱ではないと気がついた。視線は、手近なものに向けられていた。道路の先のパルナッソス山腹の奥に。彼の視線をたどっても、何も見えなかった。むき出しの岩が揺らめく熱気をあげ、上方へ連なっていくばかりだ。

少しして、わたしはこう言っただけだった。「ところで、村は断崖の裏手にあるんですね?」

「ええ。道路は遺跡の下の木立を通り、それから山の肩を回ってデルフィに入ります。村を過ぎると、急な下り坂になって平原へ向かいます。クリーサ――カフェのお知り合いが来た町――はその中間地点くらいです。下り切ったところで、道路はアンフィサ方面とイテア方面に分岐しています」

「イテア? それは漁港ですよね? 巡礼者たちが聖地を目指していた時代に、上陸していた土地では?」

「そうです。向こうの海の波打ち際に、ちょうど家並みが見えますよ」彼はふと話をそらしたが、するりと切り替えたので、自分の考えを突き詰めているとわかった。それは景色のことでも、イテアに通じる道のことでもないと。「あなたがどうやってぼくの名前を知ったのか、いまだに不思議でなりません。アラホヴァの男たちに聞いたんでしたね。それは……どんな話を……？」

「いえ、別に。わたしは事情を説明しようとしていました。あの場で車をバックさせるわけにいかないと――ええ、バックさせた経験もないし、この車は車体が長いんですもの。これはわたしの車ではなく、サイモンという、デルフィにいる人に届けるものだと言いました。その言葉で、あの人たちにはぴんと来たらしくて……。中のひとりが別の人に何やら言い、みんなが振り向いてあなたを見つめたわけです。あなたはそんな目で見られていました。気がついたかどうか、わかりませんでしたけど」

「気がついていましたよ」

「ええと、これで話は終わりです。向こうに着いたら、あなたが車を借りたと思われるでしょうね。そうそう、あなたがデルフィから来たと聞いて、サイモン――わたしの〝サイモン〟かもしれないと察しをつけたんです。あの人たち……」わたしは口ごもった。「あの人たちも、あなたが当人だと思い込んだようでした」

あるかなきかの間《ま》があいたあと、彼の手はイグニションに向かった。「なるほど」彼はさらりと言った。「なるべく早くデルフィに着いて、目当ての人を見つけたほうがいい。そう思いませんか？」

「もちろん思います」わたしは笑った。「こんなに遅れたんですから、その人は道端で目を凝らし、そわそわしているでしょう。つまり、あの小柄な男性が正しくて、もしもこれが本当に――」そこで口をつぐんだ。なかば無意識に繰り返すまで、例の言葉を忘れていた。

「なんですか？」

わたしは彼を見ながら、のろのろと言った。「生きるか死ぬかの問題なら……」

車はまた、今度はスピードを上げて進んでいた。眼下にオリーブの海が流れ、煙のように揺れていた。上方では、容赦ない陽射しが岩に照りつけた。

彼が言った。「その男が言ったのはそれだけですか?」

「はい。でも、それを繰り返しました」

「〝生きるか死ぬかの問題だ〟と?」

「それだけを。ただし、フランス語で話していました。〝イリ・ヴァ・ド・ラ・ヴィ〟です」

「そして、男がまじめに言っていると思ったのですね?」

わたしは慎重に答えた。「ええ。そう思います。その場で差し迫った問題と受け取ったかどうかわかりませんが、いえ、そう受け取ったから、この車でこうしてばかな真似をしたんでしょう」

「あなたがこの車を預かり、これに伴うリスクを負ったのは、一刻も早く届けねばならないと、無意識に感じたからですか?」

「それほど明確な理由ではなく——ほかにも理由があって……。でも、そうです。ええ」

車は長い坂道を轟音をあげて上り、らせん状の山道を下りていった。わたしは熱くなった革にもたれ、膝の上で手を組み、彼を見ずに言った。「あの小柄な男性の言うとおりなら、あなたは〝サイモン〟ではないほうがよさそうですね?」

彼は答えた。眉一つ動かさない。「かえって好都合です。さあ、着きましたよ。どこから手をつけましょう? サイモンから? それとも、ホテルから?」

「両方とも。ホテルの人なら誰よりも彼を知っていそうですし、とにかく英語を話すでしょうから。

わたしはギリシャ語を六語しか知らないので、ひとりで遠くへ行けません」

「あるいは」サイモンは重々しく言った。「その六語で、意外と遠くまで行けるかもしれませんよ」

第四章

かくてそなたは雪をかぶったパルナッソスを仰ぐクリーサにやってくる。
麓は西を向き、岩が一点に張り出し、うつろで、石だらけで、木に覆われたベールが麓に広がっている。

（ホメロス風の詩）

『アポロンに捧ぐ詩』

幸い、〈アポロン・ホテル〉に空室があった。

「ただし、一晩だけです」経営者は言った。やはり英語を流暢にしゃべる。「まことに遺憾ですが、明日の確約は致しかねます。いったん――なんと申しましたか――仮予約とさせていただきました。お部屋をご用意できますかどうか、なんとも申せません。ご用意できない場合には、この通りを進むと〈カスタリア・ホテル〉がございます。もしくは、デルフィの外れに立つ〈ツーリストパヴィリオン・ホテル〉にお泊りになれば、すばらしい眺めが楽しめます。もっとも」経営者は愛想よくほほえんだ。「あちらは超高級ホテルですよ」

「ここに勝る眺めはないでしょうね」わたしは言った。

これはお世辞ではなかった。村にわずか二、三列並んだ平屋根の家は、あせた黄土色とピンクとまばゆい白で、山の急斜面に段々をなしている。村の入口で、道路が二又に分かれて二本の目抜き通りを作り、それが交差する地点に〈アポロン・ホテル〉が立ち、谷を越えたコリントス湾のはるかな光を向いている。

ホテルの外では、テラスとして使われる道路の端で、二本のプラタナスの大木の下の広い日陰に、木のテーブルと椅子がいくつか置かれていた。サイモン・レスターはそのすぐ向こうに車を停めていて、そこで待っていた。わたしは予約の手続きをすませ、彼と話しに行った。

「大丈夫です。今夜は泊めてもらえます。いまはそれだけが気がかりで」わたしは手を差し出した。「お礼を言わせてください、ミスター・レスター。助けてもらえなかったら、いままでどこにいたことか。谷底あたりではないかしら。ゼウスの鷲たちに骨をつつかれてね！」

「どうか気にしないで」彼はわたしを品定めするように見下ろしている。「さて、これからどうしますか？　まずは休憩してお茶を飲むか、あれが」身振りであの車を示した。「気になってしかたありませんか？」

わたしはためらいがちに答えた。「どうにも気になります。すぐに出かけて、できることをしたほうがいいと思うんです」

「そのう」彼は言った。「こう言ってはなんですが、あなたは休憩したほうがよさそうです。この件をぼくに、ひとまず任せてくれませんか？　部屋で横になり、お茶を運ばせてはどうです。ちなみに、ここではおいしい紅茶を飲めますよ。その間にぼくが二、三尋ねて回りましょう」

「まあ、それは――いけません。わたしの問題を抱えてもらうなんて」口では困惑気味に言いながらも、自分の問題を彼に丸抱えしてほしいと切実に願っていた。わたしは弱々しく締めくくった。「そんなことはさせられません」

「いいじゃありませんか。ここまで来てあなたにはねつけられ、お節介はやめてと言われたら、それこそ酷でしょう」

「そんなつもりじゃなかったんです。わかっていますよね。ただ――」

「あれはあなたの問題だから、一部始終を見届けたい？　当然です。でも、実を言うと、ぼくもいまでは興味津々でして。こうなっては、ぼくの問題でもあります。ぼくの分身に巻き込まれたんですから。手伝わせてもらえたら、本当にありがたい。それに」彼は言い添えた。「あなたはもう休憩してお茶を飲み、ぼくに流暢だが変わったギリシャ語で探らせたほうがよくありませんか？」

「あの――」わたしはまたもや口ごもり、それから本音を言った。「ぜひそうしたいです」

「じゃあ決まりだ」彼は手首に目をやった。「いまは四時二十分くらいですね。待ち合わせは一時間後にしましょうか？　五時半に戻って報告します。いいですか？」

「いいです」わたしは途方に暮れて彼を見た。「ただ、先方の男性が見つかって、腹を立てていたら――」

「なんでしょう？」

「その責任をあなたに負わせたくありません。それはおかしいわ。自分が招いた災難は甘んじて受けます」

「驚きますよ」彼はもったいぶった言い方をした。「ぼくはもう大きな責任を感じているんですから。

話は決まりましたね。またあとで」

片手をすばやく振りながら、彼は階段を下りて下方の道路へ姿を消した。

わたしの客室は谷を見渡せるうえ、背の高い窓とバルコニーもついていた。陽射しを避けて鎧戸を下ろしてあるのに、室内は光に満ち、光を浴びて球状になり、光で輝くように感じられた。二階へ案内したメイドがドアを閉めて出ていくと、わたしは窓辺に近寄り、鎧戸を上げた。熱気が突風のように吹き込んできた。太陽は西へ回っていき、部屋の窓から谷を完全に横切った。谷と平原には眠気を催す熱気が充満している。寄せては返すオリーブの波が動きを止めていて、あの波打つ灰色の葉が作り出す、涼しいという幻想すら消えていた。遠くでは、楔形の輝く水が平原の外れを示し、天日レンズがきらりと光るように目を射った。

わたしは目を閉じて、また鎧戸を下ろした。それから服を脱いで、冷たい水でゆっくりと体を洗った。そのあとベッドの端にしばらく腰を下ろして、髪を梳かしていると、メイドがお茶を運んできた。お茶を飲みながら――サイモン・レスターが言ったとおり上等だった――枕にもたれ、足をベッドに上げていた。もうサイモン――どちらのサイモンも――のことや、車のことは考えず、小さな白い部屋の影になった静けさだけを考えていたような気がする。

やがて、膝に載せていたトレイをベッドサイドのテーブルに移し、横になってくつろいだ。いつしか眠気に襲われていて……。

目覚めると、さわやかな気分と妙に不釣り合いな雨音がしていた。ところが、光は相変わらず鎧戸を白く叩きつけている。戸を少しだけ上げると、太陽はまだ照っていて、ますます傾いていくが、猛威を振るっていた。窓の半分はもう影になり、影と沈みゆく太陽の合間にプラタナスの木々が大枝を

一、二本挟んでいる。あの雨音はプラタナスの葉が、夕方になって出てきた風でざわざわ鳴っている音ではないか。
わたしはバルコニーの下のテラスを見下ろした。彼がいた。プラタナスの木の下に座り、煙草を吸っている。テラスのそばの手すりに椅子を寄せ、そこに片腕が置かれていた。くつろいで座り、いかにも落ち着いて、周囲に目を向けず。車は先ほど駐車した場所に停まっている。もしも——見かけどおりに——車を届けるもうひとりの〝サイモン〟が見つからなかったとしても、彼は別に落ち込んでいないようだ。

わたしは彼をつくづくと眺めて考えた。サイモン・レスターは、よほどのことがない限り悩んだりしない人だ。あの穏やかな物腰、人生について屈託なく、陽気に振る舞う態度……それとともに、すべてがいわく言い難い感じになった。彼は自分の欲しいものがわかっていて、それを手に入れる、と言えば、誤った印象を与えそうだ。むしろ、下すべき決断はなんでも下して、あとで取り消した——これを恐ろしいまでの自信を示す気楽さでやってのけたのだ。

出会ったその日に、わたしはサイモンの中にこういうところをどこまで見て取ったのだろう。自分にはどう考えても欠けている資質をたちまち見抜いただけかもしれない。でも、自立心に鮮明な印象を受けたことを覚えている。それは、さんざんフィリップから聞かされた自慢話で伝わったどんな長所より揺るぎなく、完全で、同時に質の面では似ても似つかないと。それでも、どこが違うのかわからなかった。ただ、わかるのは、サイモンがわたしを大ばかだと思わせなかった点を、ひそかに感謝していたことだ。そして、あからさまに感謝したのは、〝もうひとりのサイモン〟捜しを手伝うと、いともあっさり引き受けてくれたこと……。

また鎧戸を下ろして、サイモンはあえて〝自分を探すふり〟をしたのではないかと思った。だが、いろいろ考えると、それはないだろう。

わたしはサイモンの真価がよくわかっていなかったようだ。

階下に下りると、サイモンは両手をズボンのポケットに突っ込み、車をじっくり見ていた。隣にいるギリシャ人が着ている明るい青のシャツに、観光ガイドのしるしであるバッジがついていた。

サイモンが顔を上げてほほえみかけてきた。「のんびりできた？」

「おかげさまで。それに、お茶が本当においしくて」

「それはよかった。じゃあ、ショックに耐えられますね？」サイモンは頭を車のほうへ向けた。

「やっぱり。見つからなかったんですね？」

「影も形もないんです。ほかのホテルを回ってみましたが、その名前の客はいませんでした。次に博物館に行って、ここにいるジョージに会ったんです。彼もやはり、デルフィのサイモンという男を知らないそうです」

ギリシャ人が言った。「あんたは別だよ、ミスター・レスター《キリエ》」

「ぼくは別だね」サイモンは頷いた。

わたしは弱り果てた。「どうしたらいいでしょう？」

「キリエ・レスター」ギリシャ人がサイモンをいぶかしげに見つめている。「もうひとりのサイモンはいないんじゃないかな？　しかも、それは手違いでもないんでは？　何者かが――なんて言ったらいいかな――あんたの名前を騙ってるとか？」

「勝手にぼくの名前を出して？」サイモンは笑ったけれど、彼はその可能性をすでに考えていたような気がした。わたしだって考えついた。「それはありそうもないよ。一つには、誰がそんな真似をする？　もう一つは、何者かがそんな真似をしたとして、緊急の事情があったなら、いま頃はこいつを引き取りに現れているさ」

「そうだろうな」

「間違いないね。だが、ぼくはこの妙な出来事の真相を探ってみたい。ここにいるミス・ヘイヴンのためだけでなく。彼女は気を揉んでいるんだ。なあ、ジョージ、それでいいね？　考えにくい話だが、サイモンはひとりもいない。木製の義足をつけた爺さんも、七歳半のラバ引きも、遺跡の発掘作業をしている男たちの中にも」

「作業員は知らないが、確かに、問題の男がここにいたら、車を探しに来たはずだな。デルフィにサイモンはいない。ひとりもね」

「じゃあ、近くの町は？　きみは地元の人間だろう？　このあたりの人たちを大勢知っているね。たとえば、クリーサだ。もしかしてクリーサに……あそこは数キロしか離れていない。どうだろう？」

ジョージは首を振った。「いないね。おれにはわかる。クリーサにサイモンがいたら、覚えてたよ。それにアラホヴァの……」

サイモンは車のフェンダーを人差し指でなぞった。「続けて」

ジョージは悔しそうに答えた。「だめだ。アラホヴァの人間も、てんで覚えがない」

サイモンはハンカチを取り出して、指先の汚れを拭き取った。「いずれにせよ、ぼくは探り出す。今夜、向こうに戻る」

ギリシャ人がサイモンにすばやく向けた目には、好奇心が浮かんでいたようだ。だが、彼はこう言っただけだった。「そうか。ま、残念だが、これ以上のことはわからん。ただし——おっと、こりゃ別の話だ。あんたの役に立たんな」

「それでも聞かせてくれないか。誰かを思いついたのかい？」

ジョージが慎重に切り出した。「イテアにシモニデスという人間がいる。問題の男じゃないだろうが、サイモンに似た名前はこれしか思いつかん。しかしな、キリエ、ほかを当たってみてはどうだろう？　おれだって、誰も彼も知ってるわけじゃない。あとは、従兄のエリアス・サラントポロウが観光警察《ツーリストポリス》に勤めてる。いま頃オフィスにいるか、カフェにいるか……一緒に来るなら、案内しよう。郵便局の向かいだ」

「場所はわかる」サイモンは言った。「ありがとう。ただ、きみの従兄もほかの情報を知らないんじゃないかな。癪に触る話じゃないか？　じきに解決するだろうが、その前に手を打たなきゃいけないと思う。きみの言う、イテアのシモニデスに当たってみよう。ところで、シモニデスとは何者だ？　何をしている？」

無理もないが、ジョージはサイモンの言葉を文字どおりに受け取った。「小さなパン屋をやってる。目抜き通りの真ん中の映画館のそばで、海に面したところだ。名前はヤンナキス・シモニデス」ジョージは手首を見た。「十分後にバスが出る。店はバス停の近くだぞ」

サイモンは言った。「車があるんだ」わたしと目が合うと笑みを浮かべた。それに応えるわたしの笑みは、こわばっていた。車はその場に、偽物のように置いてある。そんなものは見たくない。

サイモンはジョージに会釈して、ギリシャ語で何やら言ってから、車のドアをあけてくれた。

わたしは心もとなさそうに尋ねた。「どうしても?」

「もちろん。これは立派な配達の試みですよ。さあ行きましょう。イテアに早く着けば、それに越したことはない。一時間もすれば暗くなる。疲れましたか?」

「まだ平気です。でも——運転してくれますよね、ミスター・レスター?」

「当然ですよ。あなたはまだイテアの道路を見ていませんからね。それから、どうかサイモンと呼んでください。そのほうが〝ミスター・レスター〟より響きがいいし、おまけに……」隣に座ったサイモンの笑みは、意地が悪かった。「あなたに心地いいという錯覚を与えそうだ」

わたしはそれに答えず、視線だけを返したが、車が走り出したとたん、自分でも驚くほどの勢いで言った。

サイモンは意外そうな目をこちらに向けたが、なぜか面白がっていなかった。「それは大げさな言い方ですね」

「そうかしら。わたしが話す分には大げさではないかも。だって、世界一の臆病者ですから。これを——これを放っておく分別があればよかったのに。この厄介な車はオモニア広場に置かれたままでいるべきだし、それに、それに——」

「それに、あなたはデルフィにいればよかったと、まだ思っている?」

「そうです」わたしは認めた。「でも、それはお見通しでしょう?」

「もちろん」

車はデルフィの上側の狭い通りを慎重に進んでいて、教区司祭館の向かいの坂を上り詰めると、勢いよく下って村の外にある下側の道路に出た。

わたしは唐突に訊いた。「そのシモニデスがわたしたちの探している男だと、ちょっとでも思います？」

「その可能性はまずないですね」これではやや無愛想だと思ったのか、サイモンは付け足した。「とにかく、探ってみてもいいでしょう」

「調べが進んだと思えることがあると？」

この問いには答えが返ってこない。わたしは続けた。「つまり、デルフィにサイモンがふたりいると考えるのは、偶然にしてはちょっとできすぎです」

「サイモンというのは」サイモンは淡々と言った。「決してありふれた名前じゃない」

様子を見たが、サイモンはもう口をひらかなかった。わたしたちは村をあとにして、赤土の盛り土と石に挟まれた、なだらかな下り坂に入った。少し前に道幅が広げられていた。溝と小山は、日焼けした土にできた生傷のように見える。そこに夕日の鮮やかな光が、濃い琥珀色の光とともにあふれ、そこかしこで枯れた薊《あざみ》が繊細かつ鋭利に残り、精巧な銅線細工の趣がある。道路の上方に立つ新築のホテル〈ツーリストパヴィリオン・ホテル〉は、山肌の新たな傷に見え、沿道の裂けた溝を思わせた。曲線を描く窓がきらっと光り、車はその下を走り抜けて、オリーブの平原へ続く下り坂の最初のヘアピンカーブに入っていった。

わたしはそれとなく訊いた。「ここデルフィで休暇を過ごしているところ？」

それはこれまでの話題と無関係の話《ノン・セクィター》、会話の埋め草程度、こんな場所で出会った誰にでも口にしそうな、軽い問いかけのつもりだった。ところが、そう言うそばから、さっきの話題に逆戻りしたのがわかった。ほかのことを言いかけたが、サイモンはたわいもない話だと思った様子で、早くも答えていた。

「そんなものかな。ぼくは教師です。ウィントリンガムに住んでいます。古典語を教えているんですよ」

わたしが何を予想していたにせよ、この答ではなかった。この尊敬すべき資格。わたしはおずおずと言った。「それなら、古代ギリシャの遺跡に興味があるはずですね。わたしと同じで」

「まさか同業者じゃないだろうね。やっぱり、貧しい案内役かい？」

「そうなんです」

「古典語の？」

「ええ。といっても、女子校ではラテン語を教えるのよ。情けないことに」

「きみは古代ギリシャ語を知らないの？」

「少しは知っているわ。ほんの少し。単語を聞き取って、言われたことを理解する程度は。うんと基礎的な知識はあって、看板の意味におよその見当をつけられる場合もあるし、アテネの〈ヘロデス・アッティコス音楽堂〉に『アンティゴネ』（ソフォクレスによるギリシャ悲劇の一篇）を見に行って、同じ呼び声を三千年間聞いてきた漆黒の空を背景にコロスがゼウス神に呼びかける声を聞くと、みぞおちに妙な感じがするくらい」サイモンに打ち明けたことが気恥ずかしくなり、わたしはまた口をひらいた。「ひどい道ね」

車はまたヘアピンカーブを回り、クリーサ平原に突き出したパルナッソス山の壮大な肩を猛スピードで下った。眼下に村があり、その下でもオリーブの木があふれ、大河となって海へ向かっていた。

サイモンは陽気に言った。「どのバスにも、運転手の前に聖画像《イコン》が付けてあるね。おまけに正面についた小さな電池式の赤いライトが灯る。この道路では、カーブでイコンが激しく揺れると、みんなが十字を切るんだ」

わたしは声をあげて笑った。「運転手まで？」

「そういうことさ。そう、運転手まで。ときどき思うけど」サイモンは言った。「運転手は目も閉じているんじゃないかな」サイモンはこの大型車にますます急になるカーブを曲がらせ、向かってきたトラックを数センチのところでかわし、話を続けた。「もう目をあけていいよ。ここはクリーサだ」

頬に血が上るのがわかった。「ごめんなさい。怖気《おじけ》づいたみたいね」

「まだ疲れているんだ。それだけだよ。イテアに着いたら何か飲んで、例のシモニデスを探そう」

「いいえ、やめて」とっさに反対した。早すぎたくらいだ。

サイモンはちらっとわたしを見た。「本当に怖いんだね？」

「あの――ええ、そうよ」

「ぼくだったら心配しない。全然しないな。大したことじゃないよ。でなけりゃ、とっくに解決していたはずさ」

「そうね。確かにくだらないわ。愚にもつかない、つまらない、取るに足りないことだけど、さっきも言ったとおり、わたしは世界一の臆病者なの。嘘じゃなくて。わたしだってチャンスが与えられれば、人並みに手際よく、自分の面倒は見られると、ずっとそう思い込もうとしてきたのに、いざ、こうなってみると……。ああ、わたしはいざこざにも耐えられないのに、なぜこういう大混乱に遭わずにすむと思ったのかしら」わたしは口をつぐんだ。こんな話はフィリップには決してしなかったと気づいて、はっとした。

サイモンが穏やかに話している。「いいんだよ。ぼくがここにいるしね。どんなことに巻き込まれても、きみを引き止めるから、座ってくつろいでいて」

「もしも」わたしは言った。「サイモンが見つかったら」

「もしも」サイモンは言った。「そうなればね」


ありがたいことに、イテアに着くと、何もかもサイモンに任せてしまえた。

イテアは港町で、古代にはデルポイ（デルフィの古代名）のアポロン神殿に向かう巡礼がここに上陸していた。この神殿は、古代世界で長きに渡って宗教の中心地であった。現在、近代的な交通機関に慣れたわたしたちは、昔の人々が徒歩か、馬に乗るか、小舟ではるばる旅をして、光と平和と癒しの神を崇めたり、神殿の下の祭壇にいる高名な巫女に助言を仰いだりしたと思うと、驚きを覚える。早道はイテア経由だ。海の旅は障害が多いけれども、山道を歩く旅より疲れないし、危険も少なかった。そしてここ、巡礼たちが押し寄せたイテアの小さな港町に差しかかり、入江からプレイスタスの曲がりくねった川谷が見え、現代のデルフィがあるパルナッソス山の肩の向こうで、〈輝く岩〉の明るい崖が聖なる泉を守っていた。

今日《こんにち》のイテアは薄汚れた漁村であり、一本の長い通りに商店と海に面した軽食堂《タベルナ》が立ち並ぶ。その通りと道路で区切られた、埃っぽい大通りの五十ヤードほどにコショウボクが木陰を作り、そこに村の男たちが集まって、いつもの酒やアイスクリームやべとべとしたハニーケーキを楽しむのだ。

サイモンは木立の下に車を停め、あまりスズメバチがたかっていない鉄製テーブルへわたしを連れていった。またお茶を飲みたいけれど、そんな島国根性が恥ずかしくてたまらず――好みに近いものが出てくるとは思えず――フレッシュレモネードを注文して飲んだら、おいしくて、冷たくて、本物のレモンが鼻にツンときた。これに、シリアルみたいなパスタが添えられたが、はちみつと刻んだナッツで頭がおかしくなるほど甘い。すごくおいしかった。スズメバチも大喜びだ。ふたりとも食べ終わると、わたしは堂々とお代わりを頼み、その場に残って食べ、いっぽうサイモンはシモニデスのパン屋を探しに出かけた。

わたしはサイモンを見送り、しつこい特大のスズメバチを思案顔で追い払った。

なんとなく、ヤンナキス・シモニデスは目指す相手ではないような気がした。「デルフィにいるムッシュー・サイモン……」でも、デルフィにムッシュー・サイモンはひとりしかいない。

サイモンの態度にも、妙に冷静なところがあった。アラホヴァの一件があり、デルフィで何をしていたのかというわたしの問いを聞き流したふしがある。事態はちょっと難しいパズルではなくなってきた。見る見るうちに、謎になりつつある。その中心にサイモン・レスターがいる。そしてサイモンの恋人が……。

わたしはお菓子を食べ終えて、立ち上がった。支払いはサイモンがすませていた。彼が通りの先で戸口に立っているのが見えた。そこはレストランらしく、外に大型の炭コンロが置かれていて、一頭を丸ごと串に刺したラム肉を、青いエプロン姿の頑丈そうな女がゆっくりと回している。サイモンは彼女に話を聞いているようだ。彼女は盛んに頷きながら、空いている手を振り、そのまま通りを進むよう促していると見える。

サイモンは振り返り、わたしがコショウボクの下に立っているのを見て、手を上げた。そして漠然と通りの反対側を示して、そちらへつかつかと歩き出した。

サイモンの身振りから、なんらかの情報をつかんだけれども、わたしに同行してほしくないのだと思い、わたしは彼を見送った。サイモンは百ヤードほど進んだところで、ためらい、次に掲示板を見上げ、さびれた映画館の暗がりに踏み込んだ。彼の姿が消えると、わたしは大通りを逆方向に歩き始めた。聞き込みを任せることができてよかったと、つくづく思った。彼が本当に謎の中心人物だとしても、口が堅くて安心できる……。

その間、わたしはデルフィを訪れた目的を果たそうとした。偶然イテアに、古代の巡礼の出発地に来たのだから、昔の巡礼者がコリントス湾から初めて上陸した際に見たように、アポロン神殿を見てみたい。

港の端に沿って足早に歩いた。右手では、海の色が夕日に向かって薄れていき、一艘の漁船が虹色にきらめく入江を渡ってくる。船体は青緑と白で、船首は水面《みなも》に映る像の上で誇らしげにカーブを描く。あれと同じ緋色の帆を掲げて、礼拝者たちが港に入ってきた時代、アポロン神がまだデルポイにいたのだ。

わたしは海辺を離れ、大急ぎで通りを渡った。貧相な家並みの陰に隠れ、古いオリーブ林に戻りたかった。そこではプレイスタス渓谷をまっすぐ見上げられ、わたしと神殿をさえぎるものは、不滅の岩と木と空だけだ。

目抜き通りの裏手には、例によって家が立ち並んだ、コンクリートのわびしい小道が数本、木立の合間に一見無造作に散在していた。わたしは最後の家を通り過ぎ、荒れ果てた倉庫のような建物を避けて通り、オリーブ林の外れまで一直線に続いていると見える、コンクリートのひび割れをたどった。コンクリートには、乱れ敷き（不揃いの石やタイルを敷いた舗道）のように縦横にひびが入り、割れ目から薊が伸びていた。わたしはのんびり歩いていたロバを脅かしてしまい、ロバは土埃を巻き上げてオリーブ林に突っ込み、暗がりに消えた。じきにコンクリートが途切れ、いつしか足元は暮れなずむ木立の柔らかい地面になっていた。夕刻が近づくにつれて風が強まり、頭上ではオリーブ林がまた波打ち始めていた。

前方の、明るい光で空き地だとわかる場所に向かって急いだ。運がよかった。そこは地面が小高くなったところがあり、北のほうではオリーブの樹海がまばらになっていた。小山に立つと、揺れている木々のてっぺん越しに、古代の巡礼の道が、わたしが生きる世紀に損なわれていないのが見えた。そこでしばらく立ったまま、薄闇がひたひたと押し寄せる神殿の方角に目を凝らしていた。

神殿の円柱は、クリーサの断崖の曲線に隠れて見えないが、カスタリアの泉の黒い裂け目があった。その上に連なる大きな岩壁の名前は火焔樹、薔薇色、輝く岩……。沈みゆく太陽が、火焔樹の崖を火のように駆け上った。

やっぱり、とわたしは思った。デルフィにはこうやって来なければ……。ガイドのあとから遺跡に直行するのではなく、真珠さながらの入江に小舟で上陸して、巡礼者たちが見ていたように、旅路の果ての、標識灯のように遠くで燃えている遺跡を仰ぐのだ。

暗闇の切れ端のようなものが頬をかすめた。蝙蝠《こうもり》。日が暮れ、駆け足で迫ってくるエーゲ海の宵闇だ。振り向くと、背後の家々で明かりがぽつぽつ灯り始めた。ちょうど見えた街灯が、海沿いにまばらに立っていた。ずいぶん遠く離れて見える。わたしが立っているところで、オリーブの大樹の影が雲のように垂れ込めた。わたしは村に帰ろうと踵《きびす》を返した。

もと来た道を帰らず、車が停まっている方向だと判断したほうへ歩き、小山を下りてオリーブ林の奥に進み、ねじれた、薄暗い幹の合間をすたすたと歩いていった。

百ヤードばかり歩くと、木が減ってきた。少し左手のほうに、一軒目の家の明かりが見えた。村外れだ。その家を目指して、柔らかい土埃を足早に通り過ぎたとき、すぐそばで何かが光り、さらに右手でも光り、わたしはぎょっとして立ち止まった。懐中電灯が木立の奥で光を放ったのだ。この日の冒険で想像力が暴走していたせいか、呼び起こそうとしていた古代の謎のせいだったのか、とにかく急に怖くなり、懐中電灯の明かりの手前にオリーブの太い幹を挟んで、立ちすくんだことに変わりはない。

そのとき、明かりの正体がわかった。林の奥にコテージが一軒ぽつんと立っている。よくある、二枚の窓がはまった箱型の建物のそばに、材木の山と差し掛け小屋があり、痩せた鶏たちがつる草のねぐらについていた。さっき見えた光でわかったが、ひとりの男が、家の側面あたりに停まっている自動車らしきものにかがみこんでいた。ジープのようだ。見ていると、男はボンネットをあけ、懐中電灯でエンジンを照らして身を乗り出した。屈折した光に浮き彫りにされた顔が見えた。いかにもギリシャ人という顔だ。肌が浅黒く、縮れ毛が広い頬骨を英雄風に伝い、丸みのある頭は彫像の頭のように短い巻き毛で覆われている。

コテージの中で明かりを灯したと見え、窓の一つからほのかな長方形の光が斜めに放たれ、外の埃っぽいがらくたを照らした。薪割り台に斧が刺さったまま、光を浴びて輝いている。古い石油缶が二缶。鶏のエサを入れる縁が欠けた琺瑯《ほうろう》びきの深皿。わけのわからない不安が消え、わたしはさっと向きを変えた。

ジープのそばにいる男は、暗闇でわたしのスカートが揺れたのを見たに違いなかった。その証拠に、顔を上げたのだ。わたしが男の顔をちらっと見るなり懐中電灯が消えた。彼はにやにやしていた。わたしは背を向けて、急いで立ち去った。歩きながら、しばらく懐中電灯の光を当てられたような気がしたが、ギリシャ人は追ってこなかった。

サイモンは車内で煙草を吸っていた。わたしを見ると、車を降りて、助手席側のドアをあけようとやってきた。わたしの目つきに、彼は首を振って返事をした。

「だめだ。思いつく限りの質問をしてみたが、そこで行き止まりだった」サイモンは運転席に座り、エンジンをかけた。「真面目な話、今日は切り上げたほうがいい——デルフィに戻って夕食をとり、解決するまでゆっくり待てばいいさ」

「でも、解決するかしら？」

サイモンは車をUターンさせて、デルフィに戻るべく発進させた。「すると思うよ」

先ほど〝謎〟について考えていたことから、わたしは言い返さず、あっさりと答えた。「じゃあ、放っておきましょう。お望みどおりに」

サイモンは横目でわたしを見たけれど、何も言わなかった。村の明かりが遠ざかり、車はオリーブ林を縫う狭い道路でスピードを増した。サイモンがわたしの膝に何かを落とした。葉のついた茎で、触れるとおいしそうな匂いがする。

「これは何？」

「バジルだよ。ハーブの王様だ」

わたしはバジルを何度も唇にかすめてみた。香りは甘く、ミントのようで、土埃の臭いを抑えて鼻を刺激する。「〝メボウキの鉢〟の？　哀れなイザベラがロレンツォの首を埋めたのは、この草の下だったかしら？（〝メボウキの鉢〟はボッカチオ作『デカメロン』の中の一話。メボウキはバジルの和名）」

「そうだよ」

そこで間《ま》があった。車は十字路を渡り、ヘッドライトが〝アンフィサまで九キロ〟という看板を照らした。わたしたちは右折してクリーサに向かった。

「さっきはイテアで巡礼の道を探しに行ったのかい？」

「ええ。ちょうど日が落ちる前に、すばらしい眺めを楽しめたわ。〈輝く岩〉は最高だった」

「じゃあ、山の尾根を見つけたんだね？」

わたしは意外そうな声を出したに違いない。「知っているの？　ここに来たことがあるのね？」

「きのう、ここにいたんだ」

「イテアに？」

「ああ」道路はもう上り坂になっていた。短い沈黙のあと、サイモンはほとんど表情を変えずに言った。「ほら、ぼくだって、例の件について本当に知らないんだよ」

バジルの葉はひんやりと唇に触れている。ようやく、わたしは言った。「ごめんなさい。そんなに見え見えだった？　でも、どう考えればよかったの？」

「たぶん、きみが考えたとおりでよかったんだ。この一件はまともじゃないが、結局、大したことはないんじゃないかな」サイモンがほほえむのが見えた。「助かるよ、意味がわからないふりをしないでくれて」

「だって、わかるの。わたし自身、ほとんどそれしか考えていなかった」

「知っているよ。でも、十人中九人の女性が〝どういう意味？〟と訊いただろう。ぼくたちはあら探しと弁明にまみれて、身動きが取れなかったさ」

「どちらにも用はなかったけど」

サイモンは言った。「〝ああ、アントニーはさぞ驚いたことだろう〟（シェイクスピアの戯曲『アントニーとクレオパトラ』より）」

わたしは思わず訊いた。「どういう意味？」

すると、サイモンは笑った。「気にしないで。今夜は夕食につきあってくれるかい？」

「まあ、嬉しいわ、ミスター・レスター――」

「サイモンだよ」

「サイモンね。ただ、わたしは――その――」

「それはよかった。きみのホテルでいい？」

「ねえ、別に――」

「きみにはぼくにつきあう義務がある」サイモンは澄まして言った。

「わたしには義務がある？　ないわ！　どうしてそんなことを考えついたの？」

「償いだよ。ぼくを疑った――なんのことであれ、ぼくを疑ったよね」車はクリーサの曲がりくねった通りを上っていて、明かりのついた店を通り過ぎたとき、サイモンは手首に目をやった。「もうすぐ七時だ。さてと、あと三十分で食事をする気になるかな――七時半でどうだろう？」

わたしは根負けした。「何時でもあなたに合わせるわ。でも、七時半ではギリシャの夕食にしては早すぎない？　それほどおなかがすいているの？」

「まあ、そこそこ。だが、それが理由じゃない。ぼくは――その、用事があって、今夜それを片づけたいんだ」

「なるほどね。実は、わたしには早すぎることはなさそう。お昼は軽くすませたし、びくびくしていて楽しめなかったの。だから、お誘いありがとう。大歓迎よ。夕食は〈アポロン〉で、と言ったわね？　あなたもあのホテルに泊まっていないの？」

「いいや。ぼくがこっちに着いたときは満室だったから、山の上の広いアトリエに泊まる許可を得た。きみはまだ見ていないだろうね。村の裏手を二百フィート上ったところにある、見苦しい大きな四角い建物だ」

「アトリエ。画家のアトリエのこと？」

「そうだよ。もともと何に使われていたのか知らないが、いまは管理人がいて、遠くから来た画家や、ホテル代を払えない正真正銘《ボウナ・ファイデ》の学生に貸し出されている。ぼくはそこで詐欺行為を働いているけど、何日かデルフィにいたかったのに、部屋が見つからなかったんだ。そのアトリエに落ち着いたから、文句なしだよ。いまのところ、ほかの借り手はひとりしかいない。イギリス人の若者で、本物の画家で……しかも腕がいい。本人はきみにそう言わせないだろうけど」

「でも、あなただって、そのアトリエを使う正当な資格があるわ」わたしは言った。「学ぶ者とされるんですもの。それに、古典学者として、いかなる値引きでも受ける正真正銘《ボウナ・ファイデ》の資格があるわよ。〝詐欺行為〟がどうこうじゃないわ」

サイモンは横目でわたしを一瞥したけれど、暗くて表情が読めなかった。彼はそっけなく言った。

「ここに来たのは、古典語を研究するためじゃない」

「ほんとに」この言葉は間《ま》が抜けて聞こえた。質問に聞こえなければよかったけれど。でも、この一語はわたしたちのあいだを、主要な未決議案のようにさまよった。

いきなり、サイモンが前方の闇に向かって口をひらいた。「兄のマイケルは、大戦中にここにいたんだ」

すでにクリーサは眼下になった。左手のはるか下を見ながら断崖の上を走っていると、細い月の下でイテアの明かりが数珠つなぎになっていた。

サイモンは、あの表情に欠けた調子で言った。「兄はしばらくペロポネソス半島にいた。ＢＬＯ――英軍連絡将校《ブリティッシュ・リエゾン・オフィサー》――として、わが軍とゼルバスが指揮していたギリシャのゲリラとの連絡を取っていた。のちに、民族人民解放軍《ELAS》、最大の抵抗組織に同行して、ピンドス山地へ移動した。一九四四年にはこの地方にいて、アラホヴァの住民の家に身を寄せていた。ステファノスという羊飼いと、その息子のニコラオスだ。ニコラオスは死んでいるが、ステファノスはまだアラホヴァで暮らしている。今日、ステファノスに会いに行ったが、レヴァディアに出かけていて、夜になるまで戻らないと――彼の家婦に言われたよ」

「家婦？」

サイモンは笑った。「奥さんさ。すぐにわかるが、このへんでは、みんなに居場所がないとだめなんだ。どんな男もある場所のものであり、どんな女性も男のものじゃないかな」

「そうね」わたしは悪気なく言った。「それが女性の人生に意義を与えてくれる。お気の毒に」

「もっとも……。とにかく、今夜もう一度、ステファノスに会いにアラホヴァに行ってくる」

「わかったわ。じゃあ、これは――あなたにとって巡礼みたいなもの？　紛れもないデルフィ巡礼かしら？」

「そう言ってもいいだろう。ぼくは兄の魂を鎮めに来たんだ」

わたしは息をのんだ。「まあ。わたしったら、ばかみたい。ごめんなさい。気がつかなくて」

「兄が死んだことかい。ああ、そうだよ」

「この地方で？」

「ああ、一九四四年に。パルナッソス山のどこかで」

車はデルフィに続く道路の最後の一区間に入っていた。左手に、豪華な〈ツーリストパヴィリオン・ホテル〉の明かりがついた窓がきらめいた。右手のはるか遠くで、細い月が入り乱れる星々の中で早くも消えかけていた。その下で、海はほんのりまばゆく、黒いサテンのリボンを思わせた。

なぜかわたしは、ふと暗闇に呼びかけた。「サイモン」

「うん？」

「どうして〝鎮める〟と言ったの？」

少し沈黙。それからサイモンはごく軽い口調で言った。「もしよかったら、あとで話すよ。でも、いまはやめておく。もうデルフィだ。きみと車をホテルに届けるから、三十分後にテラスで待ち合わせだ。いいね？」

「いいわ」車は前に停めてあった場所に停まった。サイモンが車体をぐるりと回って、こちら側のドアをあけてくれた。わたしは車を降りて、この午後の調査を手伝ってもらったお礼を繰り返そうとしたところ、彼は首を振り、笑って手を振り、ホテルの脇の急坂を上って姿を消した。

事態が急展開して、ついていけないと思いつつ、わたしはホテルに入った。

第五章

物語はもうよい。かつてはそうしたものを想って泣いたのだから。

『ヘレネ』（エウリピデス作）

サイモンの物憂げな巡礼がわたしのデルフィ初訪問に影を落としそうだという不安が消えたのは、夕食のために階下へ下り、テーブルを見つけようとテラスに出たときだった。

午後七時半は、ギリシャで夕食をとるには早すぎる時間で、コショウボクの下のテーブルはまだ一つしか埋まっていなかった。そこの客も、やはりイギリス人だった。サイモン・レスターはまだ来ていないので、一本の木の下に腰かけた。黒っぽい大枝に明かりが吊るされ、暖かい夕風に揺れている。そのときサイモンの姿が見えた。テラスの手すりの下で、陽気で騒々しいギリシャ人の一団に仲間入りしていた。輪の中心は、ハイカーの格好をした金髪の若者と、ぎこちなく載せられた荷籠に隠れそうな、とても小さなロバだった。

金髪の若者は、荒地で骨が折れるハイキングをしてきたばかりだろうか。顔や手、服は薄汚れ、顎の無精髭は伸び放題、目は――わたしが座っている場所からも見える――疲労で充血していた。ロバはまだ元気なほうで、若者の傍らに気取って立ち、画家の手回り品と思しきものを大量に背負っている。箱、ざっと包まれたカンバス、小型の折り畳み式イーゼルだけでなく、寝袋、あまりおいしくなさそうな黒パンの端っこなど。

デルフィの若者の半数が、わたしのハニーケーキにたかったスズメバチよろしく、この見知らぬ男を出迎えるために集まったようだった。笑い声がどっとあがり、不快な英語が聞こえ、背中を叩く音がした――わざわざ叩かなくても見知らぬ男の注意を引けただろうに。彼は疲れてふらふらしているが、汚い髭だらけの顔が歓迎に応えてほころんだ。サイモンも笑っていて、ロバの耳を引っ張ったり、若いギリシャ人たちと爆笑できるらしい冗談を交わしたりしている。しばしばあがる「アヴァンティ！　アヴァンティ！」という大声が不思議だったが、その声がよろよろと歩いているロバを陽気に叩く音と一致しているとわかった。叩くたび、〝アヴァンティ〟の毛皮から土埃がもうもうと上った。

そのうち、サイモンが顔を上げてわたしに気がついた。彼は金髪の若者に何か言い、ギリシャ人たちと笑いながら言葉を交わして、急ぎ足でテラスに上ってきた。

「すまない、かなり待ったかい？」

「いいえ。下りて来たばかりよ。下で何をしているの？　あれは現代のスティーヴンスン？（ロバート・ルイス・スティーヴンスン。一八五〇〜九四。英国の小説家。代表作に『宝島』など。『旅は驢馬を連れて』という旅行記を書いた）」

「そうそう。彼はオランダ人の画家でね、ロバを連れて山地を歩いたり、野宿したりしていた。よくやったよ。ヨアニナから来たところだが、それは荒地を延々と歩いてきたことなんだ」

「確かに歓迎されているわね」わたしは笑った。「デルフィじゅうの人が出てきたみたい」

「観光客の往来にも損なわれないのが、ギリシャ人のフィロクセニアで――〝歓待〟とは、文字どおりには〝見知らぬ人に寄せる愛〟という意味なんだ」サイモンが言った。「そろそろ、デルフィは少し世間ずれしたほうがよさそうだね。とはいえ、彼は伝統的に一宿一飯を振る舞われる」

「アトリエで？」

「ああ。そこが彼の徒歩旅行の終着点だ。本人の話だと、明日はモデスティン（『旅は驢馬を連れて』に登場する雌ロバ）――あのロバのアヴァンティさ――を売って、アテネ行きのバス代を手に入れるらしい」

「あのイーゼルやその他もろもろを見て、あの人はアトリエから来たお知り合いのイギリス人の画家だとばかり思ったわ」

「ナイジェルかい？　いいや。彼にはあんな冒険は無理じゃないかな。自信がないタイプだから」

「でも、いい画家なのよね？」

「うまいと思う」サイモンはメニューを手に取り、それをぼんやりとよこした。メニューはギリシャ語で書かれていたため、わたしは彼に返した。「だが、ナイジェルは思い込みで――または、どこかのばかに吹き込まれて――自分の画風はもうだめだと言うんだ。なるほど流行の画風ではないが、その気になれば、彼は美しい絵を描ける。あれは稀有な才能で、最近の鼻につく画家に交じっても目を引けると、ぼくは考えればよかったな」サイモンはまたメニューをよこした。「ナイジェルはあまり色を使わない――何から頼む？――が、デッサンが正確かつ繊細、しかも大胆なんだ」

　わたしはメニューをサイモンに返した。彼は殴り書きされた表をためつすがめつ眺めた。「ふむ。そう。実は、どこかのばかがナイジェルに、きみの画風は時代遅れ《ヴュージュー》だ、とか言った。〝女々しい〟という言葉も入っていたっけ。ナイジェルは痛いところを突かれて、〝受ける〟と思う画風に変えようと奮闘中だが、残念ながら成功しそうもない。ああ、頭がいい奴でね。そこは実に魅力的だし、ある種の市場で認められるかもしれない——ただし、独自に切り開いた市場ではないから、それほど影響がない。もう一つ惜しいのは、ちょっとデルフィに長居しすぎて、彼のためにならない女と離れがたい仲になったことだ。女は姿を消したが、憂鬱が残った」彼はほほえんだ。「見てのとおり、憂鬱はぼくのほうに残ったよ。ここ三日間、アトリエでナイジェルとふたりきりだったから、相談相手になっていたのさ」

「というより、舎監かしら？」

サイモンは笑った。「そうとも言えるね。ナイジェルはいろいろな意味で若く、習慣は捨てがたい。人は助けが来て当然だと思うものだが、画家には機嫌がいいときでさえ、どれほどのことをしてやれるだろう。まして機嫌が悪いときは、彼らはいわば精神の荒野と化して、好意的な聞き手が話についていくこともできなくなる」

「そんなに機嫌が悪いの？」

「そうだな。さっき、ナイジェルは絵がうまいと言ったね。きっと、苦悩は才能に応じて……。さあ、何を食べようか？　きみが選んだら？」サイモンはまたしてもメニューをよこした。

わたしは根気よくメニューを返した。「いまにも飢え死にしそう」とサイモンに訴えた。「この腹の立つメニューを見た？　わたしにわかったのは、じゃがいも《パタータ》とトマト《ドマタ》とメロンだけ。あのおいしい厚切り子羊の串焼きにマッシュルームを挟んだ料理を出す国で、ベジタリアンになるのはごめんですからね」

「すまなかったね」サイモンはしおらしく言った。「串焼きがあったよ、ほら？　スブラキだ。じゃあ、それでよし」サイモンは料理を注文すると、しばらくしてわたしのほうに眉を上げた。「飲み物はどうする？　どのくらい味覚が鋭くなってきたかな？」

「もうレッツィーナを飲み下せるかというなら、答えはイエスよ。ただ、味覚とどう関係があるのかしら」レッツィーナは松やに《レジン》で強く風味をつけてある軽いワインだ。口当たりがいいと言えるし、舌がヒリヒリするほど辛口とも言える。ワインは美しい銅の蓋付き小ジョッキで運ばれ、テレピン油の匂いがする。レッツィーナを好きになる――または、好きなふりをする――のは、ギリシャに滞在しているなら正しいことだ。観光客として、わたしは誰にも引けを取らない気取り屋なのだ。「レッツィーナね、いいわ」わたしは言った。「ほかに何か、スブラキと一緒にどう？」

サイモンの目を皮肉の影がよぎったような気がした。「まあ、ほかのワインがいいなら――」

わたしはきっぱりと言った。「噂では、レッツィーナを飲み慣れたら、それが世界一のお酒になって、あとは何を飲んでも味がしないそうよ。ブルゴーニュ産のワインもクラレットも――ほかのお酒は味がしないの。そうなるところを邪魔しないで。味はほのかでいて長続きして、もうすぐ好きになりそう。でも、あなたがサモス島の甘いワインを飲みたいなら、おつきあいするけど？」

「とんでもない」サイモンはむっとして言うと、ウエイターに声をかけた。「レッツィーナを頼む」

運ばれてきたワインはおいしくて――レッツィーナにしては――一緒に出された食事は最高だった。わたしはオリーブオイルを見たくもないという向きではなく、ギリシャ料理が大好きだ。わたしたちはおろしたチーズをかけたオニオンスープから始めて、次にスブラキを食べた。これはレモンとハーブで味付けして出される。付け合わせはフライドポテトとさや豆のオイル漬け、大皿に盛ったトマトサラダ。それからチーズ、さらにハルバも。これはすりつぶしたナッツと蜂蜜で作ったお菓子で、とてもおいしい。締めくくりは、ギリシャのすばらしい葡萄。霧がかかった瑪瑙《めのう》のように華麗な実をつけ、アポロン神殿を見下ろす泉の水で冷やされる逸品だ。

サイモンは食事をしながら愉快に話して、マイケル・レスターのことも、デルフィを訪れた目的も、一度として触れなかった。わたしにしても、相変わらず日中は不安を感じていた事情をきれいに忘れていた。ようやく思い出したのは、一台のトラックがテラスの前をがたがたと走り過ぎ、スピードを落として狭い道の端に停まった車を追い越そうとしたときだった。

サイモンはわたしの視線を追った。ギリシャコーヒーの入った小さなカップを置いて、テーブル越しにわたしを見た。

「まだ気がとがめてる?」

「前ほどじゃないわ。その余裕があまりなくて。それより、すごくおいしい食事だった。本当にありがとう」

「思ったんだが――」サイモンは考え込むように言いかけて、口をつぐんだ。

わたしも負けず劣らず考え込むように言った。「アラホヴァはまだずっと先だ。そうでしょう?」

サイモンはにっこりした。「図星だよ。さてと。あれはきみの車だ」

わたしは勢い込んで言った。「それは違うじゃないの。あれには二度と手をつけたくない。わたし――もう権利を放棄したわ」

「それは残念だ。なぜなら――ぼくが得たと考えるきみの許可で――数分でアラホヴァまで走ってみせる。一緒に来てもらえないかと思っていたんだが」

わたしはびっくりした。「わたしも? でも、わたしなんかに用はないでしょう!」

「頼む」

なんとなく、わたしは頬が染まったような気がした。「でも、やっぱりそう。それはあなただけの――個人的な用事だから、他人につきまとってほしくないはずよ。ここはギリシャかもしれないけれど、おもてなしの度が過ぎるわ！　だって――」

「きみを動揺させたりしない」サイモンはほほえんだ。「昔の話でね、もう現在の悲劇ではないんだ。単なる――そうだな、好奇心としてもいい」

「動揺することはなさそうね。ただ、考えていたのは――ええと、わたしたちは知り合いでもない。それに、これはどう考えても個人的な用事よ。〝巡礼〟と言ってもいい、と言ったわね。覚えてる？」

サイモンは慎重に切り出した。「ぼくが本当に言いたいことを言ったら、頭がおかしいと思われるのがおちだ。しかし、これは言わせてくれ――嘘じゃない――今夜つきあってくれたら、心から感謝する」

少し間《ま》があいた。ギリシャ人の集団はとっくに散り散りになっていた。画家もロバも消えてしまった。ほかのイギリス人の客は食事を終えて、ホテルに戻っていた。遠くの見えない海の上に細い月がかかり、白く散らばる星の中で杏色《あんず》に見えた。頭上では、プラタナスの木立を吹く風が雨音のように響いた。

わたしは言った。「もちろん、行くわ」それから立ち上がった。サイモンが煙草の火をもみ消して、立ち上がると、わたしは彼に恨みがましい目を向けた。「わたしはあなたになんらかの義務があると、そう言われたんですものね」

サイモンは慌てて言った。「いいかい、ぼくは決して――」そこでわたしの目つきに気づき、彼はにっこりした。「わかりましたよ、お嬢さん、きみの勝ちです。二度ときみをいじめません」そう言って、車の助手席側のドアをあけてくれた。

「マイケルは十歳年上だった」と、サイモンは言った。「ふたりきりの兄弟で、母はぼくが十五歳のときに死んだ。父の生活はマイケルを中心に回っていて——ぼくの生活もそうだったんだろうな。兄が召集されて地中海に行くと、家の中は火が消えたようになって……父は毎日、新聞とラジオを抱えて椅子に座り、なんとか兄の消息を知ろうとした」彼の口元をうっすらと笑みがよぎった。「容易じゃなかった。言ったとおり、マイケルがＳＡＳ——英国陸軍特殊空挺部隊《スペシャル・エア・サービス》——に同行して来た当時、ドイツ軍がギリシャを占領していた。兄は、山岳部でゲリラとともに一年半のあいだ諜報活動を行った末に殺された。言うまでもなく、情報はめったに入らず、その情報ですら必ずしも正確ではなかった。たまに、彼らは首尾よく手紙を出した……。誰かが夜間に飛び立つと知ったら、届けてもらえることを願って、手紙を渡そうと必死になる。やがてその手紙はカイロ経由で本国に郵送されるかもしれない……が、それは運任せだし、当時は誰も紙を持っていなかった。だから、便りはほとんどなく、物足りなかったよ。あの頃、マイケルから届いた手紙は三通きり。最初の二通に書かれていたのは、ぼくは元気だ、万事が計画どおりに進んでいる——眉唾ものの決まり文句だが、手紙が届いた四カ月前、兄がそれを書いた時点では生きていた証拠になる」

　サイモンは言葉を切り、暗闇ではいっそう恐ろしくなる急カーブの運転に取り組んだ。

「その後、ギリシャでの任務について、兄の戦友からいろいろ教えてもらった。彼らはここで兄と同じ一三三部隊に所属していて、戦闘中もときどき連絡を取り合っていた。兄はゲリラ兵付きの連絡将校だったと言ったね。ドイツ軍に侵攻されたギリシャの組織を説明したほうがいいかな――それとも、詳しく知っているかい？」

「あまり詳しくないの。ただ、ＥＬＡＳが主要なゲリラ組織で、ドイツ軍との戦闘より自国の共産党員の隠れ家作りに熱心だったことは知っているわ」

「へえ、それを知っているのか。きみは驚くぞ。一九四四年ですら、それを理解しない人がどれほど多かったことか。当時はドイツ軍がギリシャから撤退すると、ＥＬＡＳが自国民に敵意を向けて――共産党のクーデターを仕組もうと――われわれが彼らに密輸した武器と資金を利用して、同胞を殺し始めた。どちらも党のために使える日まで、山岳地帯に隠していたんだ」

「でも、ほかには任務を果たしたゲリラがいたんでしょう？」

「いたとも。そもそも多くのゲリラ集団が存在したから、マイケルの任務は何よりもまず、彼らを首尾一貫した作戦計画におおむね沿わせることだった。でも、その任務でマイケルの心が傷ついたように、ギリシャにいたあらゆる英軍連絡将校の心が傷ついた。ＥＬＡＳは、薄汚れた手が届く範囲でほかのすべてのゲリラ組織を殲滅《せんめつ》していったんだ」

「ドイツに占領されていたさなかに、自国民と戦ったというの？」

「事実、そうなんだよ。殲滅した集団もあれば、吸収した集団もあって、ついには重要なゲリラ組織はあと一つ、ゼルバスというリーダーが率いるギリシャ民主民族連盟《ＥＤＥＳ》しかなくなった。ゼルバスは誠実な男で、立派な軍人だった」

「覚えているわ。お兄さんはペロポネソス半島にいたのよね」

「そのとおり。ＥＬＡＳは兄まで抹殺しようと躍起になった。誤解しないでくれ。ＥＬＡＳにも勇敢で善良な人たちがいて、目覚ましい働きをしたが、数々の……」つかの間、サイモンは口をつぐんだ。

「不埒な行為が……いいことを打ち消してしまった。ギリシャにおける抵抗組織の物語は、読み物として面白くない。ドイツ軍に略奪されて焼かれた村々は、その後はＥＬＡＳ――自国民――に略奪されて焼かれた。村人が作る哀れをもよおす物資を目当てにね。そして最後の醜態が、かの有名なズメルカ山の戦いだ。そこでゼルバスとＥＤＥＳはドイツ軍と、アレス（勇気の神を名乗るとは、歴史に残るサディストの悪魔にしては傲慢な偽名をつけたものだ）が率いるＥＬＡＳと対峙していた。ＥＬＡＳはゼルバスが完全に戦闘に入るまで待ち、山腹で彼を攻撃したんだ」

「ゼルバスを攻撃した？　彼がドイツ軍と戦っているさいちゅうに？」

「ああ。ゼルバスは両面攻撃に数時間耐え、なんとかドイツ軍を撃退したが、やはりＥＬＡＳへの貴重な補給品の一部を失った。ドイツとの戦いが終結した、新たな夜明けの日に備えて、貯えていたものだろう」

　沈黙が流れ、それがエンジンのうなる音ではっきりとした。土埃と枯れたバーベナの匂いがする。秋の星々は乳白色で、アスターの花ほどの大きさだ。そのほのかな輝きを背にして、糸杉の若木が槍のように並んでいる。

「それはぼくがデルフィを訪れる理由につながる」サイモンは言った。

「マイケルからの三通目の手紙ね？」

「鋭いね。ああ、そうだ。マイケルからの三通目の手紙さ」

　サイモンはギアを入れ替え、車はスピードを落として慎重に曲がり、道路に対して直角にかけられた狭い橋に入った。彼はいつもの感じのいい、感情を交えない声で続けた。「三通目が届いたのは、兄が戦死した知らせを受けたあとだった。ぼくはそのときは読まなかった。実は、父が手紙を持っていたことも知らなくてね。父はたぶん、ぼくが最悪の事態を乗り越えたばかりなのに、手紙を読んだら逆戻りすると思ったんだろう。ぼくは十七歳だった。それ以来、父はマイケルのことを決して話さなかった。半年前に父が亡くなるまで、ぼくは手紙の存在を知らなかったが、遺産管理人として書類を整理する必要に迫られたんだ。その手紙は……」

サイモンは再び言葉を切った。わたしは不思議なスリルを感じていた――この当然の反応（これを呼び覚ました物話は、幾世紀を通じて語られてきたのだろう?）は、昔からある寓話に対するものだ。死者……謎めいた手紙……異国の山地につながる消えかけた手がかり……。

「その手紙は短かった」サイモンは続けた。「ただ、それは――どう説明したらいいかな――色めき立っていたよ。字まで弾んでいた。年の差こそあれ、ぼくはマイケルをよく知っていた。兄があの手紙を書いたときにひどく気持ちが高ぶっていたのは確かだ。おそらく、パルナッソス山のどこかで見つけた物のせいだったんだろう」

あの妙なスリルが戻ってきた。夜が天を駆け抜け、星空になった。左手には、山が神々の失われた世界のようにそびえている。突然、ありえないという気がした。わたしがここにいて、これ――わたしたちの車のタイヤが土埃をカサカサと走り抜けるこの地面――がパルナッソスだなんて。その名は背筋を伝わるおののきだった。

わたしはすこぶる妙な声で言った。「それで?」

「よく聞いてくれ」サイモンは言った。「ぼくがその手紙を読んだとき、戦後に集めた情報を参考にした。ぼくたち、ぼくと父は、マイケルがどこでどんな活動をしていたかを突き止め、兄がここで知り合った戦友の数人に会っていた。聞いた話では、兄は一九四三年の春にこの地域に送られ、殺されるまでの一年以上、ＥＬＡＳの一組織とともに活動していたそうだ。組織のリーダーはアンゲロス・ドラゴミスという男だ。この天使《アンゲロス》――これが広く知られていた名で、これほどふさわしくない名前もなかった――についてはよくわからなかった。一三三部隊のうち、実際に彼に会った者はほかにひとりしかいなかったし、この二、三日にここで聞き込みをしたら、やんわりと断られた。ギリシャ人はアンゲロスのような連中を誇らしく思わないんだ。その一派が一つや二つは見事な働きをしなかったわけじゃない。ゴルゴポタモスの吊り橋がドイツ軍に抗して破壊されたとき、アンゲロスはアレスやゼルバスと行動をともにしたし、リドリキオンの橋の事件もあった。そこでは――それはまあ、いまは関係ないな。要するに、このアンゲロスという男は、ＥＬＡＳの指揮官アレスを手本にしていたらしく、アレスと同じやり方で、この地域で影響力を持ったんだ」

「味方から略奪したってこと？」

「それもそうだが、もっとひどいこともした。放火と略奪と拷問と家屋の破壊という、お決まりのおぞましい行為が重ねられ、住民は――たとえ命が助かっても――飢えにさらされた。さらに不愉快なことに、アンゲロス自身がこの地域の出身なんだ……。ああ、そうだ。受け入れがたいね。とにかく、奴は死んだ……少なくとも、死んだとされている。一九四四年の十二月に共産党のクーデターが失敗したとき、ユーゴスラヴィア国境の向こうに消え、以後はまったく音沙汰がない」

「いずれにせよ、この地域に戻ってこようとはしないでしょう」

「そうだね。とにかく、それがマイケルとともに活動していた男だった。言ったとおり、彼らは目覚ましい軍功をあげた――が、ここにドイツの大軍が押し寄せ、アンゲロスの一派は散り散りになって山中に隠れたんだ。マイケルは単独行動を取ったと思う。このパルナッソス山のどこかに隠れていて、何週間かは捕虜にならなかった。だが、ある日、哨戒隊に見つかった。兄は逃げたが、敵が撃った弾の一発が当たった——大怪我ではなかったものの、動けなくなり、手当てをしなかったら重傷になるところだった。兄の連絡相手のひとりがステファノスというアラホヴァの羊飼いで、今夜ぼくたちが会う男だ。ステファノスはマイケルの身柄を引き取り、奥さんと一緒に世話をしてかくまった。ドイツ軍がアラホヴァを襲撃しなかったら、兄を国外に逃がしてくれたんじゃないかな」

道路沿いに糸杉の若木が剣のように立ち並んでいる。ドイツ軍はまさにこの道路を進軍してきたのだ。「それで、ドイツ軍はお兄さんを発見したのね」

「いいや。だが、兄がここにいると聞いて、ステファノスの息子のニコラオスを連れ出して射殺した。両親がマイケルを引き渡そうとしなかったからだ」

「サイモン！」

サイモンは物静かに言った。「当時はありふれた出来事だった。きみはまだこの夫婦を知らない。もてなしていた味方を裏切るくらいなら、目の前で家族が殺されるのを黙認するんだよ」

「状況の裏返しね」わたしはＥＬＡＳとアンゲロスのことを考えていた。

「そのとおり。ただし、きみがＥＬＡＳをとがめるなら、この二つを覚えておいてくれ。一つは、ギリシャ人は根っから好戦的な気性を持っていること。壮大でありながら悲惨な歴史が、それを物語っていないかい？　ギリシャ人は戦う相手が見つからなかったら、隣人と戦うはずだ。もう一つは、ギリシャは貧しいこと。極貧の人々にとって、約束をもたらす教義は手っ取り早く心に届く」

「覚えておくわ」

「ぼくたちは忘れてしまったのかな」サイモンは言った。「貧しさとはどういうものか。人が……ああ、気にしないでくれ。だが、貧しい人たちにはたいていのことが許されていいと思うな」

わたしは何も言わなかった。またしてもフィリップを思い出していた。そして、カルカソンヌの城塞の下にいた物乞いのことを。フィリップは「やれやれ！」とあきれた声で言い、リンパ節炎にかかった手に五百フランを落として、それきり忘れてしまった。いまここで、この物柔らかな声が闇の中で過去の悪行を語り、ごく当たり前のように、いわば並々ならぬ思いやりを示している。それは、これまでわたしが――じかに――触れたためしのないもので……。

〝哀れな裸の不幸な者たちよ、おまえたちがどこにいようと
この叩きつけるような容赦ない嵐が待ち受ける
その家を持たない頭と何も食べていない腹で
輪を結んだ穴だらけのみすぼらしい服で
いかにおのれを守るのか……？〟

暗闇から矢が飛んできたように、はっとして気がついた。謎があろうとなかろうと――わたしはサイモン・レスターが大好きだ。

サイモンが言った。「なんだい、それ？」

「なんでもないわ。話を続けて。ドイツ軍がニコラオスを射殺して、マイケルは立ち去ったのね」

「ああ。兄はまた山地に移ったようだ。その時点から、何があったのかほとんどわからない。ここに

送られていた英軍連絡将校のひとりから戦後に聞いた話と、デルフィの司祭の話から、ありのままの事実をつなぎ合わせたんだ。司祭は、父が初めて問い合わせをしていた時分に返事をくれた」

「ステファノスは手紙をくれなかったの？」

「ステファノスは字が書けない」サイモンは言った。「その後のことは、憶測するほかない。ニコラオスの死という悲劇のあと、マイケルは再び山地に向かった。肩の傷は完治していなかったが、体調はよかった。ステファノスと奥さんに引き止められたが、ニコラオスは幼い息子と娘を残していてね……マイケルはもう誰の命も危険にさらさないと言った。兄は出ていった。わかるのはここまでだ。兄はそこを登り——」影に覆われた山を指さす。「捕まって、その場で殺された。パルナッソス山のどこかで」

わたしは少し間を置いてから尋ねた。「すると、あなたはステファノスと話して、お兄さんの居場所が知りたいのね？」

「居場所は知っているよ。兄はデルフィに埋葬されている。アポロン神殿を臨む、アトリエからほど近い小さな墓地だ。墓参りには行ってきた。いや、ステファノスに訊きたいことはそれじゃない。マイケルがパルナッソス山のどこで死んだかを知りたいんだ」

「ステファノスは知っているの？」

「彼が遺体を発見した。マイケルの最後の手紙を送ったのも彼だ。遺体が身につけていた品と一緒にね。彼が遺品を、さっき話した連絡将校にこっそりと送り、ようやくぼくたちの手に入った。送り主がわかったのは、後年、マイケルがデルフィに埋葬されたと判明してからのことだ。ぼくたちはパパス——例の司祭——に手紙を出した。司祭が掛け値なしの事実を教えてくれたので、父はもちろんスったらしい」
テファノスに手紙を書き、その司祭を通じてまた返事を受け取り、それで、まあ——そういう具合だ

「あなたがマイケルの手紙を見つけるまでは」
「ぼくがマイケルの手紙を見つけるまでは」

車は影に包まれた断崖を回っていて、前方で山腹を滝のように流れ落ちるのが、アラホヴァの急斜面の明かりだった。

車はゆっくりと路肩に寄って停まった。サイモンはエンジンを切り、内ポケットの財布を取り出した。そこから一枚の紙を抜いて、彼はわたしに手渡した。

「ライターを擦るまで待っていてくれ。煙草を吸うかい？」
「いただくわ」

ふたりとも煙草に火を点けると、サイモンが小さな火をかざして、わたしはぺらぺらの紙を広げた。一枚の安っぽい紙に殴り書きがしてある。雨に濡れたのか、しみがつき、少し汚れていて、前の折り目に沿ってそこかしこが破れ、何度も読み返されて隅が折れている。わたしは紙をそっとひらいた。触れていたくなかったような、妙な感じに襲われた。

かなり短い手紙だ。パパへ、で始まっている……。二十七歳の屈強なマイケル・レスターが幼児語を使っていると思うと、どこかほほえましいのはなぜだろう？

パパへ
この手紙は近いうちに送られる見込みがゼロなので、いつそちらに届くかわかったものじゃない

が、ぼくとしては書くしかない。ちょっとパーティ（戦闘の意）をしてきたが、それはもう終わり、ぼくは無事だから心配は無用だ。この月並みな軍隊俗語を使う規定を、パパも腹立たしく思うかな？時と場合によっては、それも必要だろうが、いま——今夜——はどうしてもパパに伝えたい、なんとかして紙に記録したいことがある——戦争にも、ここでの任務にも、まったく関係のない内容なのに、それでも書き留められず、どうすればわかってもらえるだろう？　パパもよく知っているとおり、ぼくが私信を託せる者に会う前に何があってもおかしくない。ぼくの記憶が多少は正確なら——そして、古典の勉強（ああ、はるか昔だ！）にもう少し身を入れていたら、この場面をカリマコスの詩で伝えたかもしれないのに。あれはカリマコスだと思う。でも、その出典を忘れてしまった。もうあきらめるしかなさそうだ。ただ、明日は信用できる男に会うので、何があろうとも、彼に話すつもりだ。万事うまくいけば、これはもうすぐ終わり、われわれがともにここの明るい砦に戻ってきたら、そのときはパパに見せられる——弟のサイモンにも。あいつはどうしている？　愛していると伝えてくれ。その日まで——はたしてどんな日になるのか！

あなたの愛情深い息子

マイケル

署名は殴り書きで、紙からはみ出しそうだった。わたしは紙を慎重に折り畳み、サイモンに返した。彼はライターを消して、手紙を丁寧にしまった。「ぼくの言いたいことがわかるかい？」

「ええと、お兄さんのことは知らないけれど、これはいつもの書き方ではなかったのね」

「それどころじゃない。ぼくはこの手紙がひどく奇妙だと思う。おかしな、書き殴りの、ほのめかし。

いわば――ぼくがマイケルをよく知らなかったら――ヒステリックとも言える。女性が書くような手紙だよ」

「言いたいことはわかるわ」

サイモンは笑って、車のエンジンをかけた。「すまない。ただ、兄はなんらかの強い感情に駆られて、手紙を書いていたのではないかな」

「わたしもそんな気がするの。だって、お兄さんは過酷な状況に置かれて――」

「兄はそういう状況を何度も乗り越えてきた。そこへ、私信をめぐるくだりと〝わかってもらう〟という言葉。兄には本気で伝えたいことがあったんだ」

「ええ。あなたはカリマコスを調べてみたんでしょうね。その人が誰だか知らないけれど」

「調べたさ。この詩人はべらぼうに多作でね。だめだよ、作品中に手がかりはなかった」

「じゃあ、〝明るい砦〟は？」

「それは、かつてデルポイの巫女が背教者ユリアヌス（異教信仰にも寛容だったローマ皇帝）に下したお告げを訳した言葉だ。それこそ兄が言いたかったことだと思う。アポロン神殿に触れているんだよ」

「なるほど。それでは詳しくわからないわね」

車は再びアラホヴァの明かりに向かっていた。「さっき、〝手がかり〟と言ったでしょう。いったい何を見つけたいの、サイモン？」

「マイケルが見つけたものだよ」

一呼吸置いて、わたしは慎重に切り出した。「ええ、わかったわ。つまり、〝われわれがともにこの明るい砦に戻ってきたら、そのときはパパに見せられる〟もののことね？」

「そうだ。兄は何かを見つけ、そのことに興奮して、〝記録〟したいと思っていた――その言葉も使っている。覚えているかい？」

「ええ。でも、それってたぶん――？」わたしは口をつぐんだ。

「たぶん？」

わたしは口ごもりながら言った。「あなたの気のせいかもしれないでしょう？　それは確かに妙な手紙だけれど、ほかにも読みようがあるわよね。もっと単純な読み方が。わたしだったらこう読んだという……もっとも、わたしはお兄さんのマイケルの人となりを知らないけれど」

「で、その読み方とは？」

「まあ、それがある種の興奮、というより感情だとしたら、その理由があるのでは？　お兄さんには、ごく自然に、お父さんとあなたに伝えたいことがあったのではないかしら？　たとえば……」わたしはどきまぎして、また口をつぐんだ。

サイモンはあっさりと言った。「たとえば、あれは単純明白な愛情だったと？　マイケルが窮地を脱せないという不吉な予感を抱いて、父に何かを……別れを告げたかったかもしれないと？　いや、違うな、マイケルに限って。兄はある人たちに深い愛情を抱いても、その気持ちは自分の胸にしまっておいた。さらに、ぼくは兄が〝不吉な予感〟を覚えたとも思わない。兄は危険を察知しても、騒ぎ立てなかった。それに、現に何かを〝見せ〟たいと書いている。父とぼくに……ここギリシャで」

「この国のことかもしれないわ。実際、とっても面白いところですもの。そうだとしたら、お父さんは興味を引かれていたかしら？」

サイモンは笑った。「父も古典学者だったんだ。この国に十回も来たことがある」

「まあ、そうだったの。ええ、それなら事情は変わってくる」

「たぶんね。いや、ぼくが正しいと思う。兄は何かを見つけたんだよ、カミラ」少し間《ま》があいて、あのぴりぴりしたスリルが戻ってきた。震えが消えたのは、サイモンが淡々と言葉を続けたときだった。「それが何だったか、ぼくは知っている確信があるが、確かめる勇気がなかった。まず、マイケルが死んだ状況を正確に知りたい。どこで、どうやって……」

またしても間《ま》があいた。サイモンは、わたしが手紙について並べ立てた言葉を反芻していたに違いない。考え込むように先を続けたからだ。「いや、すべてを考え合わせると、自分が正しいとわかっている。ちょっと妙な話に思えるだろうが……。〝感情〟の部分はきみの言うとおりかもしれない――ただし、ミックらしくないんだ。兄はひどくのんきに見える話し相手でね。じっくりつきあわないと、手ごわい男で、自立心が旺盛だとわからなかった」

まるで弟のサイモンみたい……。その考えが頭に閃いたので、一瞬、声に出してしまったかとひやりとした。サイモンにはわたしの考えていることがお見通しだという、ばつが悪い思いをした。

わたしは早口で、ばかみたいに言った。「アラホヴァに着いたわ」

これも言うまでもない言葉だった。車は早くも押し寄せる壁に囲まれ、色とりどりの絨毯――鮮やかに明かりが灯った店先に掛かったまま――が側面をかすめそうだった。二、三頭のロバが縄と鞍を外され、通りをうろついていた。一頭の山羊が、誰かの庭の塀にいるのが見えた。山羊は憎悪に燃える目をこちらに向けてから、影に飛び込んで消えた。おなじみの土埃と肥料と排気ガスとワインの澱の匂いがした。

サイモンは車をその日の午後と同じ場所に停めた。彼がエンジンを切り、わたしたちは外に出た。

そして、険しい小道のほうに引き返した。わたしが初めて彼の姿を見たところだ。小道の上り口の真向かいは、村のカフェの一軒であり、テーブルが十台ばかり置かれ、水漆喰が塗られた部屋が道路に向かってひらいていた。テーブルはおおかた埋まっている。男たちがこちらをじっと見て……いや、わたしのことは見ていなかった。誰も彼もがサイモンを見つめていた。

サイモンは小道の上り口で立ち止まり、わたしの肘に手を添えた。あのいくぶん用心深い表情が、浅黒い顔の男の集団に浮かび、とどまり、消えた。サイモンがほほえみながらわたしを見下ろした。

「ここを上るよ。足元に気をつけて。階段は上りにくいし、ロバたちがよけいな天災をもたらすから。ステファノスはね、このてっぺんに住んでいるんだ」

わたしは上を見た。その小道の幅はおよそ四フィートで、かなりの急坂だ。段々はあまりに離れていて、最低限の仕上げを施したパルナッソス山の急斜面でできていた。ロバたち――丈夫なロバの群れ――はこの道を何度も通ってきた。坂の途中に、ぼんやりした明かりが一つ見えた。

わたしは何に首を突っ込んだのかしら、という思いが沸いた。ELAS、ステファノス、パルナッソス山で死にかけ、デルフィの上方で野ざらしになっていたマイケルという男……ふと、こうしたことが頭に浮かび、今度は暗くて急な小道と、腕に押しつけられるサイモンの手があった。いったい、ステファノスからどんな話を聞くのだろう。

すると突然、わたしはそれを聞きたくないことに気がついた。

「ア、ヴ、ァ、ン、テ、ィ、」隣で、サイモンがさも愉快そうに声をかけた。

臆病風を払いのけ、わたしは小道を上り始めた。

第六章

……弟を探せ。
愉快ではない話だが、聞いてもらわねばならない。
『エレクトラ』(エウリピデス作)

ステファノスの家は二階建ての小さな建物で、階段のてっぺんに立っていた。一階は小道にまともに面していて、家畜——ロバ一頭と山羊二頭と騒々しい雌鶏——が飼われ、石段が家の外壁を伝って家族の住む上階へ伸びている。石段の上り口で、広いコンクリートの台がポーチと庭を兼ねていた。低い手すり壁は、観葉植物でいっぱいの植木鉢が所狭しと置かれ、素朴な枝で組まれた棚で覆われて、葡萄の木を育てるあずまや《パーゴラ》になっていた。見ると、サイモンが身をかがめて重たい大枝をよけ、下がっていた葡萄の房がわたしの頬をひんやりとかすめた。ドアの上半分があいていて、明かりがあふれ出て葡萄の巻き鬚を金色に染めた。家族の夕食の温かく脂っこい匂いがして、ロバと山羊の匂いと、わたしが植木鉢の一つに手をかすめた、ゼラニウムの麝香の匂いが混じった。

わたしたちが階段を上ってきた音は、家の中にも聞こえていた。ポーチを歩いていると、ドアの下半分があいて、そこに老人が立った。室内のほのかな明かりを背にしているせいか、大きく見えた。わたしは足を止めた。サイモンは背後で、まだ影の中にいる。先に行ってもらうため、わたしが脇へどくと、彼は手を差し出し、何やらギリシャ語で挨拶しながら進み出た。老人は体を固くして外をのぞいた。思わず叫び声を漏らすように口をひらき、それから少し身を引いたようだった。彼は堅苦しい言い方をした。「マイケルの弟よ、歓迎します。うちの家婦が、今夜あなたが来ると言いました」サイモンは、老人の目に留まった気配のない手を引っ込め、やはり堅苦しい調子で言った。「サイモンといいます。お会いできて嬉しいです、キリエ・ステファノス。こちらはミス・ヘイヴン。車に乗せてきてくれた友人です」

老人はわたしにちらっと目を向けた。それだけだった。彼は首をかしげて、おもむろに言った。

「どちらも歓迎します。お入りください」

老人は背を向けて室内に入った。

ここではっきりさせたほうがよさそうだが、これとその後の会話は大半がギリシャ語で交わされたため、わたしには理解できなかった。でも、あとでサイモンができるだけ正確に英語に翻訳してくれたので、当時は会話をめぐる感情の動きと呼べるものをのみこめた。そこで、話し合いがあったとおりに書き記す。

見たところ、バルコニーでの最初の挨拶から、わたしたちへの歓迎は必ずしも熱のこもったものではなく、これは意外だった。ギリシャ滞在中にギリシャ人のすばらしいもてなしを数多く見てきたので、当惑もすれば、不愉快にもなった。わたしがステファノスに話しかけられなかったのはかまわない――しょせん、わたしは女であり、そのため社会的地位が低い――が、彼はサイモンが差し出した手を拒絶したときはことさらもったいをつけていたのに、わたしたちを室内へ招き入れるしぐさは鈍重で、（どうやら）不本意そうだった。

わたしは不安げにサイモンを見上げ、ぐずぐずしていた。サイモンはちっとも気分を害したように見えない。こちらに片方の眉を上げ、わたしが先に家に入るのを待っているだけだ。

居間と寝室を兼ねた一室きりの部屋は、天井が高くて正方形だった。床は磨かれた板張りで、水漆喰の塗られた壁にどぎつい色で描かれた聖画が掛かっていた。明かりは一つきりの裸電球から降り注いでいた。片隅に古めかしい石油ストーブがあり、その上に片手鍋の並んだ棚と、食べ物と食器の目隠しになる青いカーテンが見える。一方の壁を背に特大のベッドが置かれ、それが茶色の毛布で覆われて、昼間はソファの役目を果たしているようだ。ベッドの上の壁に小さな聖母子像が掛けられ、その前で赤い電球が光っている。ヴィクトリア朝風の食器棚、磨かれたテーブル、キッチン用の椅子二脚、安っぽいアメリカ製の布を掛けたベンチ一台。これで家具はおしまいだった。板張りの床に敷かれた絨毯が、鮮やかな色調をもたらしていた。華麗な深紅とオウムの羽根のような黄緑で、地元で織り上げられた一枚だ。その部屋はひどく貧しく、恐ろしく清潔な雰囲気が漂っていた。

高齢の女性が、片方の硬い椅子のそばでレンジの左側に座っている。ステファノスの妻だろう――この家の女主人だ。黒ずくめの服を着て、家の中にいるのにイスラム教徒のようなスカーフをかぶっている。それは口と顎を覆い、ギリシャで野良仕事をする者に東洋風の印象を与える。いまは顎の下まで下ろされていて、彼女の顔が見えた。暑い国の農婦がそうなるように、ひどく老け込んでいる。

目鼻立ちがくっきりとしているのに、肌に無数の皺が刻まれ、歯が欠けていた。女主人はわたしにほほえみかけて、おずおずと歓迎するしぐさを見せた。わたしのほうは会釈らしきものと、ぎこちないギリシャ語の「こんばんは」で応え、指さされた椅子に腰かけた。彼女はもう挨拶せず、サイモンの挨拶に応えた表情は不安そうで、怯えていると言ってもよかった。節くれだった指が膝に上り、そこに視線が落ちてとどまった。

サイモンはドアに近いほうの椅子に座っていて、老人はベンチに腰を下ろした。わたしはいつしか老人を見つめていた。ホメロスの叙事詩から抜け出したのかと思わせるほど、神話の国に溶け込んでいる。顔は褐色で、妻と同じく皺が寄り、柔和な家長の面持ちだ。白髪と顎鬚は、アテネの博物館で見た最高神ゼウスの彫像のそれのようにカールしている。服は色褪せた青の、長いチュニックの一種で、前のボタンは留められ、裾が腿まで届く。その下にはいた白の綿の乗馬ズボンらしきものは、膝を黒のバンドで縛ってある。頭には小型の柔らかそうな帽子が載っている。組み合わせた力強い指は、握る杖がなくて落ち着かないようだ。

老人はわたしに目もくれず、濃い白の眉毛の下からサイモンを見た。目つきは鋭く、おまけに――わたしが思うに――品定めしているようだ。そばの片隅で、女主人は静かに座っている。階下で家畜が動き回る音がして、誰かが通りから小道を小走りに近づく音が聞こえた。

ステファノスが口をひらいたところへ、邪魔が入った。外のすばやい足取りが駆け足で石段を上ってきた。ひとりの若者がバルコニーに駆け込むと、片手でドアの枠をつかみ、もう片方の手をズボンのウエストに突っ込んで、戸口で立ち止まった。それはおよそ芝居がかった格好で、彼は芝居がかった若者だった。年齢は十八歳くらい、やせていて肌は褐色で美しく、豊かな黒い巻き毛と潑溂とした容貌の持ち主だ。くたびれた縞模様のフランネルを着ている。こんなに派手でお粗末なテディボーイ・ルック（一九五〇年代の英国に流行した、個性を主張する反体制ファッション）のシャツを見たのは初めてだ。

若者は言った。「おじいさん？　例の人が来たの？」

それからサイモンに目を向けた。わたしのことは目に入らないようだが、こちらはその扱いに慣れてきたので、女主人を見習って、ひたすらおとなしく座っていた。若者はサイモンにほほえみかけ、早口のギリシャ語でまくしたてたが、祖父の高圧的な物言いにさえぎられた。「誰に来いと言われた、ニコ？」

ニコはステファノスにぱっと向き直った。彼はいちいち動きがすばやくて、優雅だけれども落ち着きのない若い猫を思わせた。「〈レフテリスの店〉でさ、この人がまた来たって聞いたんだ。おれも会いたかったんだよ」

ニコがサイモンをさっと品定めするような目を向けた。「この人に話した？」

「もう会ったな。そこに座って黙っていなさい、ニコ。わしらには積もる話がある」

「何も話しとらん。いいから座って、黙っていなさい」

ニコは言いつけに従おうとしたが、視線はサイモンに向けられていた。黒い瞳を輝かせたものは、冗談――あるいは悪意――混じりの興奮であってもおかしくなかった。それに対してサイモンは、わたしにもわかりかけてきた、例のどうでもよさそうな顔を向けた。彼はシガレットケースを取り出していて、今度はわたしのほうを見た。わたしは首を振った。「ニコは？」若者は片手を差し出したところで止め、手を引っ込めて、再びまばゆい笑みをサイモンに向けた。「ううん、いらないよ、キリエ」ニコは祖父を盗み見てから、大型ベッドに近づいて身を投げ出した。サイモンはライターを出して、煙草に慎重に火を点け、ライターを丁寧にポケットに戻してからステファノスのほうを向いた。

老人はじっと座っていた。まだ口をきかない。沈黙が戻り、重く、熱がこもった。若者はベッドの上でもぞもぞと動いた。ニコの目はサイモンから離れない。わたしの隣にいる女主人は身じろぎもしていなかったが、様子をうかがうと、彼女が横を向いて目が合った。恥ずかしくてたまらないというように膝の上の両手に視線が落ちた。そのとき、女主人がわたしの服をしげしげと眺めていたとわかり、なんだかほっとした。ステファノスも内気なのだ。

サイモンもそれを見抜いていたのだろう。その証拠に、ステファノスが口火を切るのを待たなかった。ひたすら気安くしゃべって空白を埋めた。

「キリエ・ステファノス、ようやく会えましたね。お宅の女主人にも。父とぼくは、あなたがたが兄にしてくれたことに対してお礼の手紙を書きましたが――その、手紙では事情を言い尽くせません。父はすでに故人ですが、ぼくが重ねてお礼を言うのは、父の代弁をしているせいでもあります。気持ちのすべて――言いたいことのすべて――を必ずしも言葉にできないものですが、あなたはぼくの気持ちを理解し、生前の父の気持ちを理解してくれますよね」サイモンは女主人に顔を向けてほほえんだ。彼女は笑みを返さなかった。痛みを訴えるような声を漏らして、座ったまま身じろぎしたように見えた。薄い唇はあいたり閉じたりして、手は痛々しいまでに握り締められた。

ステファノスが嚙みつかんばかりに言った。「今更、話すことなどない、キリエ。わしらは手を尽くしたんだ」

「多大な尽力でした」サイモンは穏やかに言った。「あれ以上のことはできなかったでしょう。もし兄も、あなたの息子だったとしても」彼は女主人にすばやく目をやった。「この話はやめましょう、奥《キリア》さん。あなたにはたどりたくない記憶がありますから。また、苦しめる質問をしないよう心がけます。ただ、こちらに出向かずにいられませんでした。父のため、自分のためにお礼を言い……兄のマイケルが最期の日々に友人を見つけた家を見るために」

サイモンは言葉を切って、ゆっくりと周囲を見回した。再び沈黙が支配した。階下では家畜がのろのろと歩き、中の一頭がくしゃみをした。サイモンの顔に読み取れる表情は浮かんでいないが、若者のきらめく目が再び彼に向けられてから、もどかしげに祖父へ向かった。けれども、ステファノスは何も言わなかった。

やがて、サイモンが言った。「では、ここだったんですね」

「ここでしたよ、キリエ。階下《した》の、飼い葉桶のうしろの壁に隙間がある。マイケルはそこに隠れました。あくどいドイツ人どもは、藁やら肥料が入った袋のうしろまで見ようと思わなかったんです。案内しましょうか?」

サイモンは首を振った。「けっこうです。さっきも言ったとおり、あの日を思い出してほしくありません。それに、あれこれ訊くまでもないでしょう。あの司祭《パパス》があなたの代筆をした手紙にほとんど書いてありました。マイケルが肩を負傷したこと、ここに保護を求めて来たこと、あとで……後日、山地に戻っていったこと」

「あれは日の出前でした」老人は言った。「十月の二日です。わしらはここにいてくれと頼みました。マイケルは具合がよくなかったし、山じゃ村より早く雨降りの季節になりますんで。しかし、マイケルは頑として聞き入れなかった。せがれのニコラオスの埋葬を手伝うと、立ち去りました」老人はベッドで聞き耳を立てている若者を顎で示した。「そのときはあれと、いいですか、あいつの姉のマリアがいたんです。いまじゃマリアは、村で店をやってるゲルギオスの女房ですよ。ドイツ人どもが来たとき、子供らは母親と一緒に畑に出てました。さもなけりゃ、どうなってたことか。あの子たちまで殺されてたかもしれません。キリエ・マイケルが」老人は三音節でミ・ハ・イールと発音した。「どうしても残らなかったのは、子供らのためです。マイケルは山に登っていきました」

「ええ。数日後、兄は殺された。あなたはここことデルフィのあいだのどこかで兄の遺体を見つけ、下ろして埋葬してくれました」

「そうです。遺体が身につけてた物は三週間後にペリクレス・グリバスに渡し、あの人がそれをガラクシジオンから夜間に出発するイギリス人に届けました。しかし、これは知ってますね」

「それは知っています。兄が殺された場所を教えてほしいんです、ステファノス」

短い沈黙が流れた。ニコという若者は、瞬きもせずにサイモンを眺めている。ニコが自分の煙草を取り出して吸っていることに、わたしは気がついた。

老人は物憂げに答えた。「教えますとも。明日では?」

「差し支えなければ」

「あなたのためなら、差し支えありません」

「本当にいい人ですね」

「あなたはマイケルの弟ですから」

サイモンは優しく言った。「兄はここに長いこといたんですね?」

わたしの隣で女主人がふと身じろぎして、柔らかく澄んだ声で言った。「マイケルはあたしの息子でした」彼女の頰を涙が伝うのを見て、わたしは気まずくなった。「ここにいればよかったんです」

彼女は言い、思い詰めた口調で繰り返した。「ここにいればよかったんです」

サイモンは言った。「でも、兄は行かねばなりませんでした。ここにいて、あなたと家族をまた危険な目に遭わせるわけにいきません。ドイツ軍が戻ってきたら――」

「戻ってこなかったよ」ベッドで言い切ったのはニコだった。

「そうだ」サイモンは振り向いた。「マイケルは山地で捕まった。しかし、兄が捕まらなかったら――ここにずっと隠れていたら――ドイツ軍は村に戻ってきたかもしれず、そこで――」

「連中はマイケルを捕まえなかった」老人が言った。

サイモンはすばやく振り向いた。ステファノスはじっとベンチに座っている。脚をひらき、そのあいだで手を握り、重そうな体を心もちかがめて。目は白い眉の下で、どこまでも暗く見えた。ふたりの男は見つめ合った。気がつくと、わたしは硬い椅子の上でもじもじしていた。あたかも、その場面はスローモーションで、音もなく、不可解に起こっていながら、神経に障る感情が原動力となっているかのようだ。

サイモンは慎重に切り出した。「どういうことですか?」

「要するに」ステファノスは答えた。「マイケルはドイツ人どもに殺されたんじゃない。ギリシャ人に殺されたんです」

「ギリシャ人に?」サイモンはぽかんとして繰り返した。

老人は『オイディプス王』（ソフォクレスによるギリシャ悲劇の代表作）の舞台から抜け出したようなしぐさを見せた。わたしには、男たちの会話が悲劇の響きを帯びていること以外はまだ何もわからず、それはあきらめと恥に対する妙に強い印象をたたえていた。

「アラホヴァの男に」ステファノスは言った。よりによって、こんなときに明かりが消えた。

ギリシャ人は電力系統が引き起こす気まぐれに慣れているようだ。すかさず女主人が石油ランプを出して火を灯していて、部屋の真ん中のテーブルに置いた。それは安手の光沢金属でできた醜悪なランプだが、杏色の柔らかい明かりとオリーブオイルの甘い匂いをともなって燃えていた。顔に濃い影が落ちると、ステファノスはいっそう悲劇俳優に見える。ニコはうつぶせになっていて、きらきらした目でほかのふたりの男を見つめている。これは本当にお芝居だとでも言いたげに。たぶん、彼にとって父親の死は現実離れした出来事であって、このやりとりは刺激的な過去の息吹にすぎないのだろう。

サイモンが言っている。「ああ……そうですか。それでいろいろなことが単純明快になります。ところで、その男が何者か知りませんよね」

「いや、実は知っとります」

サイモンの眉が上がった。老人は苦笑した。「わしらがなぜそいつを殺さなかったのかと考えてますな、キリエ。わしらはマイケルを息子のように思っていたのに」

ベッドからニコが滑らかな声で言った。そこに悪意がこもっていたに違いない。「イギリス人はそういう手を打たないよね、おじいさん」

サイモンはニコをちらっと見たが、ステファノスに穏やかに言った。「そういうことを考えていたわけではありません。ぼくはその男がどうなったのかと考えていました。まだ生きているようですが」

「説明しましょう。まずは、その男の名前はドラゴミスだったと教えなきゃいけませんな。アンゲロス・ドラゴミス」

「アンゲロス？」

老人は頷いた。「はい。あの男のことは知ってますね。司祭《パパス》さまが書いてくだすった手紙で、マイケルはあの男と協力していたと伝えましたから。しかし、あなたが来なかったら、絶対にアンゲロスのこの話をしなかった。あなたがここにいるからには、事情を隠しておけません。あなたには知る権利がある」

　サイモンは煙草の火をマッチ箱の蓋に押しつけて丹念に消した。顔は静かで表情がなく、目は隠れている。若いニコがベッドの上でまた転がって、にやにやするのが見えた。

「知ってのとおり、アンゲロスはマイケルが手を組んでいたＥＬＡＳ隊のリーダーです」ステファノスは言った。「マイケルがこの家を出たとき、山に登って、彼らと合流しようとしたんでしょう。ドイツ軍が大々的な山狩りを始めた頃、隊は散り散りになっていて、大半のメンバーは北へ移動してました。アンゲロスもそのひとりです。なぜこの方角に戻ってきたのかわかりませんが、奴がパルナッソス山でマイケルを捕らえ、その場で殺したことは間違いありません」

「なぜ？」

「そりゃなんとも。ただ、当時はそうした殺人が珍しくなかった。マイケルとアンゲロスも、アンゲロスの隊の行動をめぐって揉めたのかもしれませんな。マイケルはアンゲロスをせきたてたんでしょう。いまとなってはわかりますが、奴は兵力と物資を温存して、のちの戦いに備えたかった――ドイツ軍が出ていってからの戦いに」

サイモンがはっと顔を上げた。あの明るい灰色の目でひたと見据えて。「アンゲロスはあの一味だったのですか？　本当に？」

「間違いなく。とてつもない危険を冒したもんです、あのアンゲロス・ドラゴミスは。奴はドイツ軍がギリシャを出て間もなくアテネにいて、カラメの虐殺に加わった。ああ、あなたは奴がずっと同盟国を裏切ってたと睨むでしょうな」

ステファノスはかすかに笑った。「マイケルにはわかるはずもなかった。そう、これはまた別の争いでした。決して一致協力できないふたりの男の争いだったんでしょう。アンゲロスは芯から腐って、マイケルは……そんな奴と手を結ぶのをよしとしませんでした。ふたりは前にも衝突しましてね。マイケルから聞きました。アンゲロスは高慢ちきで、おまけに弱いものいじめで、マイケルは――そう、マイケルは進んで協力もできず、流されることもできなかった」

「そのとおり」サイモンは新しい煙草を選んでいた。「しかし、兄は〝殺された〟と言いましたね。ふたりの男が衝突して喧嘩になっても、それは殺人ではありませんん、ステファノス」

「殺人でした。喧嘩でしたが、公平じゃなかったんです。マイケルは怪我をしてましたから」

「たとえそうでも――」

「マイケルはまず背後から頭を殴られました。石か銃の台尻で。そこに大きな跡が残り、皮膚が裂けてました。その一撃で殺されず、気絶さえしなかったのは奇跡です。それはともかく、マイケルは背後にアンゲロスが迫った気配を感じて、振り向きました。裏切り者に背後から一撃され、肩に怪我を負っていたにもかかわらず、格闘したんです。マイケルは――どこもかしこも傷痕だらけでした」

「そうでしたか」サイモンは煙草に火を点けようとしている。「ちなみに、アンゲロスはどうやって兄を殺したのでしょう？　銃を使わなかったようですね。ナイフですか？」

「首の骨を折られてました」

ライターがサイモンの煙草のすぐ前で止まった。灰色の目が老人を仰いだ。わたしが座っているところから彼の目の表情は見えないが、ステファノスが一度、頷くのが見えた。ゼウスが頷いたかのように。ニコの目がふと細められ、長いまつげのあいだで光った。サイモンはライターで煙草に火をつけた。「大喧嘩だったに違いありませんね」

「マイケルをやすやすと殺せなかったはずです」老人は言った。「しかし、肩に傷を負ってたうえ、頭を殴られちゃ……」

ステファノスの声は消えていった。彼はもうサイモンを見ていない。部屋の明かりに照らされた壁の向こうの何かを見ているようだ。場所と時間の果てにある何かを。

少し間《ま》があいた。しばらくして、サイモンが煙草の煙をふうっと吐き出した。「ええ」彼は言った。「まったく。ところで、そのアンゲロスという男……どうなりました？」

「それがわからんのです。むろん、アラホヴァには戻ってきませんでした。噂じゃ、大勢の同類と一緒にユーゴスラヴィアへ行ったとか。権力争いに敗れたからです。あれから十四年、誰も音沙汰を聞いてないので、もう死んでるでしょう。親戚はひとりきり、従弟のディミトリオス・ドラゴミスですが、なんの音沙汰もないそうです」

「従弟がいるのですか？　ここに？」

「ディミトリオスはいま、イテアに住んでます。あいつもアンゲロスの部隊で戦いましたが、指導者じゃありませんでした。それに——まあ、ことによっちゃ忘れるのが一番です」老人の声がかすれた。「ただし、アンゲロスが同胞に加えた仕打ちは、あれは忘れられちゃいない。奴はカラメにいて、ピルゴスにもいたと言われてます。そこで大勢のギリシャ人が死にました。わしの従兄で、年寄りのパノスも」節くれだった指が膝の上でぴくぴくと動いた。「たとえ、あの……。この話はアンゲロスの権力闘争のことなんかじゃなく、奴が戦時中にしたことですらないんです、キリエ・サイモン。奴は邪悪でした、キリエ。悪事に目がない男だった。人が苦しむところを見るのが大好きで。子供と年寄りの女を痛めつけるのが何より好きで、自分の手で何人殺したかをアレス神よろしく鼻にかけた。男の——または女の——目玉をえぐり出しながら、笑みを浮かべてた。いつだって、あの笑みだ。奴は邪悪な男だから、マイケルを裏切って殺したんだ」

「では、兄が死んで以来、ここでその男を見かけなかったなら、なぜ彼が兄を殺したと確信を持てるのですか?」

「姿を見ました」老人があっさりと答えた。

「彼を見たのですか?」

「はい。間違いありません。わしが近づくと、奴は背を向けて駆け出しました。しかし、追えなかったんです」ステファノスはまた黙り込んだ。まああある、短い陰鬱な間合いだ。「実は、マイケルがまだ生きてたもので」

再びサイモンの目がぐっと上がって老人の目と合った。老人は頷いた。「そう。マイケルはほんの一分かそこら生きてた。だから、わしはマイケルのそばにとどまって、アンゲロスを取り逃がしたんです」

「アンゲロスはあなたを襲おうとしなかったのですか？」

「まったく。奴もまた、さんざん痛めつけられてました」老いた羊飼いの目に満足げな表情が浮かんでいた。「マイケルはあの裏切り者に頭のうしろを殴られても、しぶとく戦ったんです。アンゲロスはわしを撃とうとしましたが、奴のリボルバーが岩の下に転がってるのをあとで見つけました。格闘してるうちに飛び出したようで。このへんはドイツ人だらけでしたからね、奴はマイケルを気絶させて、ひそかに殺すつもりだったんでしょうが、手早くも利口でもなかったもんで、振り向かれてしまったんです。わしが断崖のてっぺんに登って、下にいるふたりを見たとき、アンゲロスはちょうど立ち上がろうとしてました。振り向いて銃を探そうとしましたが、うちの犬に襲われて、逃げるしかなかったんですよ。銃がなけりゃ、奴は手も足も出ません」ステファノスは骨ばった褐色の手で口元を拭った。「わしはマイケルをデルフィに運びました。そこが一番近かったもんで。話はこれでおしまいですよ」

「兄は何も言わなかったのですか？」

ステファノスがためらい、サイモンの視線が鋭くなった。ステファノスは首を振った。「たいしたことじゃありません、キリエ。何かあったら、あの手紙に書いてもらってました」

「でも、何かしら言ったのですね？」

「二言だけ」ステファノスは答えた。「〝あの御者〟」

その言葉は〝オ・エニオホス〟であり、現代ギリシャ語ではなく、古代語だった。わたしには、多くのデルフィ滞在者には耳慣れた言葉でもあった。なぜなら、デルフィ博物館に立っている有名な青銅の像を指すからだ。それは若者の像であり、こわばった襞がついたローブをまとった御者が、失われた馬たちの手綱をいまだにつかんでいる。わたしはサイモンのほうを見た。アンゲロスとマイケルの名前にあふれたやりとりの、どこに御者の居場所があったのだろうか。

　サイモンは、わたしに負けず劣らず戸惑った顔をしている。「〝あの御者〟と？　間違いありませんか？」

「いや、記憶があやふやで。山道を必死に崖の下まで駆け下りたもんで、息を切らしてて、気が動転してました。マイケルは、わしが近づいて数秒で息を引き取ったんです。しかし、わしがちゃんとわかって、あの言葉を言ったように見えました。ありゃ古代語ですが、デルフィ博物館の像に使われてるんで、なじみ深いんです。しかし、どうしてマイケルがわしにあの言葉を言おうとしたのか、そりゃわかりません。あれが本当にマイケルが虫の息で言ったことだとしても」ステファノスは少し背筋を伸ばした。「重ねて言いますが、はっきり覚えてたり、意味のある言葉を聞いてたりしたら、とうに知らせてましたよ」

「なぜアンゲロスの件を伝えてくれなかったのです？」

「もう終わったことでしたし、アンゲロスは消えてました。マイケルの父親には、息子さんは戦死したと、裏切り者の手にかかったんじゃないと思わせるほうがよかったんです。それに」ステファノスは一言で言った。「わしらはやましかった」

「すっかり終わった話だから」サイモンは言った。「マイケルの弟が兄の死にざまを調べようとアラホヴァへ来ても、村の男たちは避けて通り、案内役は握手もしないのですね」

　老人は苦笑した。「よくわかりました。まだ終わってませんな。不名誉が残ってます」

「あなたの不名誉ではありません」

「ギリシャの不名誉です」

「最近、わが国はそれを相殺する行為を一つや二つしましたよ、ステファノス」

「政治なんぞ！」老人はどの政治家もこんな目に遭わせたいというしぐさをして、サイモンを笑わせた。見計らったように女主人が立ち上がり、青いカーテンを引いて、大きな石の壺を取り出した。彼女はテーブルにグラスを並べ、濃い色の甘口ワインを注ぎ始めた。ステファノスは言った。「では、一杯つきあってください」

「心から喜んで」サイモンは言った。女主人は彼にグラスを渡して、次にステファノス、ニコ、最後にわたしにも渡した。彼女は自分のグラスを取らなかったが、その場に立ったまま、はにかみながらわたしを眺めていた。わたしはワインを飲んだ。マヴロダフネのように黒みがかっていて、サクランボの味がする。わたしはグラス越しに女主人にほほえみかけ、ギリシャ語でおずおずと話しかけた。

「とてもおいしいです」

女主人の顔にぱっと笑みがこぼれた。彼女は何度も頷いては嬉しそうに繰り返した。「とてもおいしい、とてもおいしい」すると、ニコがベッドで寝返りを打ち、アメリカ訛りの英語で訊いた。「ギリシャ語話せるかい、お嬢さん？」

「いいえ。ほんの二言、三言よ」

ニコはサイモンのほうを向いた。「あなた、よくギリシャ語そんなにうまくなったね」

「きみより若かった頃に、兄のマイケルから教わったのさ。その後も勉強と読書を続けたんだ。いつか、ここに来るのはわかっていたからね」

「なんでもっと早く来なかったの？」

「旅費がかかりすぎるんだよ、ニコ」

「じゃあ、いまは金持ちなんだね」

「ぼちぼちやっているよ」

「なにそれ《オリステ》？」

「つまり、金には困らない」

「そうか」黒い目が見開かれて、澄み切った表情になった。「こうしてあなたはやってきた。アンゲロスとお兄さんの事情もわかった。おれが別の話を教えようか、キリエ？」

「えっ？」

「アンゲロスはまだ生きてること」

サイモンは慎重に訊いた。「確かなんだろうね、ニコ？」

「デルフィの近くで姿を見られてる。山の上で」

「なんだって？　最近の話か？」サイモンは詰問した。

「そりゃもう」ニコはあの美しくも毒のある微笑をサイモンに向けた。「でもさ、ただの幽霊かもしれない。パルナッソス山には幽霊がいてね、キリエ、光が動いたり、声が岩場を響き渡ったりする。こういうのを見る連中がいるんだ。このおれは、見ないけど。それって古代の神々じゃない？」

「ひょっとしたらね」サイモンは言った。「それは本当かい、ニコ？　そのアンゲロスが姿を見られたというのは？」

ニコは肩をすくめた。「おれにわかるわけないよ。見たのはヤニスでさ、ヤニスってのは――」ニコは自分の額に向かって意味ありげなしぐさをした。「あのゲリラに父親の農場を焼かれたとき、アンゲロスに母親を殺されたんだ。それからずっとヤニスは頭がいかれてて、アンゲロスの姿を〝見て〟きた——ああ、もう何度もね。幽霊が本当にいるんなら、いまでもパルナッソス山を歩いてるな。だけど、ディミトリオス・ドラゴミスは——こっちは間違いない。あいつは、あなたが来ることをあれこれ訊いてた。ここアラホヴァの男はみんな、あなたが来ることを知ってて、話したり考えたりしてるのに——ディミトリオスは、デルフィに行ったりアラホヴァに来たりして質問してた——ああ、ごまんと質問してたよ」

「彼の見かけはどんな感じかな?」

「従兄と同じで小さいよ。顔じゃなくて——なんて言うの?——体格《なり》が。だけど、気は小さくない」

ニコは何食わぬ顔をしている。「もしかして、ディミトリオスに出くわすんじゃないかな。でも、怖がっちゃだめだ。それに、アンゲロスのことを気にしないで、キリエ・サイモン」

サイモンがにやりとした。「気にしていたように見えるかい?」

「いいや」ニコは真顔で答えた。「どっちみち、あいつはもう死んでるよ」

「もしもヤニスの話が正しくて、アンゲロスが死んでいなかったら?」

「そりゃあ」ニコはなんだか生意気な言い方をした。「あなたはしょせんイギリス人だもの、キリエ・サイモン。そうだろ?」

「それがどうした?」

ニコはチャーミングな笑い声をあげて、ベッドで寝返りを打った。ステファノスがふいにギリシャ語でがなった。「ニコ、おとなしくしろ! こいつはなんと言いました、キリエ・サイモン?」

「ニコはぼくがアンゲロスに渡り合えないと思っています」サイモンはのんびりと答えた。「ほら、ニコ、受け取れ」サイモンは若者に煙草を一本投げた。ニコはそれを猫のような姿勢でつかんだ。まだ笑っている。サイモンはステファノスに向き直った。「アンゲロスが付近で目撃されたというのは、本当でしょうか?」

老いた羊飼いは白い眉の下で、孫に鋭い目を向けた。「すると、こいつはあなたにあの話をしたわけですな? 終戦以来アンゲロスを十回は見たというばか野郎が、ある噂を流すようになったんです。そうそう、ドイツ人どもまで二十回見たそうで。その手の与太話に取り合わんでください」

サイモンは笑った。「あるいは、パルナッソス山の光と声に?」

ステファノスは言った。「日が落ちてからパルナッソス山に登ったら、不思議なものを見ないはずがありません。神々がいまだにあそこを歩いていますから、神の国を心して歩かない人間は愚かですよ」またしても孫息子を睨みつける。「ニコ、おまえはアテネで山ほど愚行を覚えたな。おまけに、そいつはぶざまなシャツだ」

ニコは体を起こした。「そんなことない!」彼はむっとして、文句を言った。「アメリカ製だよ!」

ステファノスは鼻で笑い、サイモンはにやにやした。「ギリシャへの援助かな?」

老人がしゃがれ声で笑い出した。「こいつはアテネにだめにされましたが、悪い奴じゃありません、キリエ。こっちに戻って働きますから、わしが一人前の男に仕立てます。キリエ・サイモンにもう少しワインを注ぎなさい」これはステファノスが妻にかけた言葉で、彼女はすかさずサイモンのグラスを満たした。

「これはどうも」サイモンはがらりと口調を変えて続けた。「そのディミトリオスという男がぼくのことを訊き回っていたのは、本当でしょうか?」

「本当ですよ。あなたが来るとわかってから、奴はなんだかんだと訊きました——いつ来るのか、何日いるのか、何をしに来るのか、などなど」ステファノスは苦笑した。「わしはその男とはあんまり口をききませんな」

「しかし、なぜです？　なぜ関心を持つのでしょう？　彼はマイケルの死に関係があると思いますか？」

「なんの関係もありゃしません。そこは戦後に確かめました。ディミトリオスがここに戻ってくる前に。さもなけりゃ、あの男は決して」ステファノスはさらりと言った。「戻って来る気になれなかったでしょう。いいや、奴は何も知りません。一度、一年前——いや、一年半前か——奴はわしに声をかけ、何があったのか、マイケルはどこで殺されたのかと訊きました。まっとうに恥じ入り、マイケルのことをほめてましたっけ。しかし、わしは息子たちのことを誰にも話しません。黙り込むんです。だから、誰も本当のところを知りません。もう亡くなったデルフィの司祭さまと、戦死した弟のアルキスは別ですが」

「それからぼくですね」

「それからあなただ。明日、山に連れてって現場を見せましょう。それはあなたの権利ですから」

ステファノスは白い眉の下から、今度もつくづくサイモンを見上げた。やがて、おもむろに、とりとめもなく口をひらいた。「わしに言わせたら、キリエ・サイモン、あなたはマイケルにそっくりですな。ニコの奴は——ニコは思った以上に浅はかで……」

第七章

巫女は口がきけず
声も、おぞましい鼻歌も消え
偽りの言葉は円屋根を駆け抜けない。
神殿から現れるアポロンは
もはや予言ができない……。

『聖誕賛美』　（ミルトン作）

デルフィへの帰り道、サイモンは口をきかなかったので、わたしは黙って隣に座っていた。あの重苦しく、どこか違和感を覚えるやりとりで、どんな言葉が交わされたのだろう。ステファノス――異国情緒たっぷりにホメロス風――の言っていたことは、ただならぬ感じがありそうだし、ニコの怜悧な美貌にはギリシャ人の本質があった。今日の安っぽいアメリカ製の服を着たニコにも、黒と赤で描かれた古代の壺絵の人物にも、移り気なたちが見て取れた。

ようやく、デルフィに近づく頃、沿道で密生した木々に星明かりをさえぎられ、サイモンはスピードを落とし、広い駐車場に入って車を停めた。そしてエンジンを切った。たちまち水の流れる音が響いた。サイモンが明かりを消すと、黒い木立が迫ってきた。松の匂いが漂ってくる。ツンと鼻を突く、冷たい匂いだ。松林は星明りを浴びて大きく浮かび上がり、いい匂いのカサマツが幾列も並んで、水が湧き出る裂け目に向かって生い茂る。林の向こうに岩場の暗がりが広がり、〈輝く岩〉はもう輝いておらず、漆黒の尖塔や塔と化していた。

サイモンは煙草を取り出して、わたしに一本勧めた。「さっきの話だが、どこまでわかった？」

「全然だめだったの。わかったのは、マイケルとＥＬＡＳのリーダーのアンゲロスの話をしていたことだけ」わたしは苦笑した。「これで、あなたが内輪の話にわたしを同席させた理由がよくわかったわ」

サイモンは唐突に切り出した。「その内輪の問題がおかしな具合になってね」

わたしは様子をうかがった。

「よかったら、聞いてほしいんだ」

「もちろん聞くわ」

わたしたちは車内で煙草をふかし、サイモンは、羊飼いのコテージで起こった出来事を何もかも正確に話してくれた。目にしたばかりの場面から受けた印象は生々しく、自分のイメージを彼のイメージに、いわば焼きつけて、動きとしぐさが言葉にどう関わっていたかをすんなりと理解できた。

聞き終わっても、わたしは黙っていた。言うことが見つからないのは、れっきとした理由があった。小道の階段でわたしを立ち止まらせた直感は本物だった。これはわたしの手に負えない。以前に自分を無力だと感じたとしたら――レンタカーをめぐる小競り合いを恐れていたわたし――いったいいまはどう感じるだろう？　兄を殺された件について、わたしが偉そうに慰めを言うとか、まして意見を言えるわけがない。殺人が起こったのは十四年前かもしれないが、殺人という言葉じたいが一種の衝撃をもたらす。発覚までに何年の月日が流れていようとも、事実を詳しく知るのはつらい。わたしはサイモンをよく知らないので適切な言葉をかけられず、ただただ黙っていた。

サイモンのほうも何も言わず、わたしがなじんできた、あの感情を抑えた声で、訊き出したことを話したきりだった。わたしはふと考えた。サイモンは、マイケルの手紙について、あるいは彼が、サイモンが知っていると言った〝発見物〟について、もっと教えてくれるだろうか……。でも、何も言わない。サイモンは吸殻を窓から地面に放り、同時に話を投げ出したと見える。がらりと口調と話題を変えて、こう言ったからだ。

「遺跡を抜けていかないか？　きみはまだあそこを見ていないし、まずは星明りで見るのも悪くない。最初はひとりになれるまで待ちたいなら、やめておくけど？」

「いいえ。行きたいわ」

わたしたちは松林を縫う険しい小道を登った。目が暗闇に慣れ、道が見えるようになった。細い奔流を渡り、松葉で柔らかくなった道を通った。

しばらくすると、木々の下から広い空間に出て、転がっていた石の塊で足元が悪くなり、星明りで遺跡の壁がぼんやりと見えてきた。

「ローマ時代に市《いち》が開かれた広場だよ」サイモンは言った。「向こうにあるのは、店やその他もろもろだった。デルポイの尺度では、これは新しい部類だから、さっさと通り過ぎて……。さあ着いた。

ここが神域の入口だ。階段は急だが、滑らかな広い道が建物を縫って神殿にじかに通じている。見えるかい?」

「よく見えるわ。これは……星明りで見ると、壮観ね」

石畳の参道が宝庫の荒廃した壁と神殿のあいだをジグザグに走るのが、かろうじてわかった。この明かりに照らされた神域はばかに大きく見える。前方の至るところで、山の斜面に沿って、眼下で道路を縁取る松の木のあいだに、星明りを浴びて見渡す限り、壊れた壁が、幽霊のような柱が、石段と台座と古代の聖域の祭壇が迫ってきた。わたしたちはその参道をゆっくりと歩いた。両脇にさまざまなものが見える。かつてアテナイ人の宝が納められていたドリス式の小さな建物、預言者シビュラが腰かけてトロイア戦争を予言した岩、〈アテナイ人の柱廊〉に立ち並ぶ細い柱、大祭壇の形……。そのとき、肝心のアポロン神殿に着いていた。むき出しの壊れた土台が山の中腹で、巨大な擁壁《ようへき》に支えられて宙に浮き、六本の大柱は満天の星空を背景に闇夜でもくっきりと浮かび上がった。

わたしは小さく息をのんだ。

隣でサイモンが老羊飼いの言葉を引き合いに出した。「〝神々はいまだにかの地を歩き、神々の国を心して進まぬ人間は愚か者である〟」

「神々はいまでもここにいる」わたしは言った。「わたしって、ばかなのかしら? でも、本当のことよ」

「三千年の歴史」サイモンは言った。「何度もの戦争、裏切り、地震、奴隷制、忘却。そして、人間はやはりここで神々に気がつく。いいや、きみはばかじゃない。知性と想像力のある者なら、誰の身にも起こることだ。ここはデルポイ……まあ、古代の二輪馬車が走る音を聞いたのは、ぼくたちが初めてじゃない。そうとも」

「それが本当に聞こえたのは、ギリシャでもここだけよ。あれこれ想像しようとしたのに——ほら、わかるでしょう。でも、だめ、デロス島でも何も聞こえなかった。ミケーネには幽霊がいるけれど、ここことは違う……」

「哀れな人間の幽霊か」サイモンはつぶやいた。「だが、ここは……もしも、ある場所がデルポイのように——何年かな？——およそ二千年間宗教の中心地だったなら、何かが残っているのだろうね。何かが石に備わり、あたりに満ちているに違いない。ここの風景も効果を上げている。世界でも指折りの景観だろう。もちろん、これは聖地の環境にすぎない。神殿に上ってくるまでのね」

斜面が神殿の土台に続き、そこに、一部は砕けて危険な、巨大な石材が敷き詰められていた。わたしたちはここを注意深く進んでいき、ついに土台の縁に、柱と柱のあいだに立った。眼下に擁壁が垂直に続き、その下に険しい山腹と点在している聖堂の名残がある。はるかな谷は無限に広がる闇であり、夜風の小さな動きと、松とオリーブの木の音で満ちていた。

隣でサイモンの煙草が赤く光って消えた。彼は星に照らされた谷に背を向けていた。柱に寄りかかり、神殿のうしろの山を見上げている。わたしには、木々の濃い影と、それを背景にした淡い色合いの石の形しか見えなかった。

「あそこがどうかした？」

「あそこで御者像が発見されたんだ」

その言葉で全身にビリビリと衝撃が走り、現実に引き戻された。デルポイを発見して圧倒され、サイモンがほかのことに気を取られているのを忘れていた。

わたしは言葉に詰まった。結局、話をデルポイのあたりさわりのない方向へもっていったのは、サイモンのほうなのだ。わたしはためらいがちに切り出した。「ステファノスの話は正しいと思う？　納得がいく？」

「全然いかない」サイモンは快活に答えた。彼の両肩が柱を離れた。「これからアトリエに来ないか？　ナイジェルに会って、コーヒーか酒でもどうだい」

「ぜひ行きたいわ。でも、もう遅くない？」

「この国では遅くないよ。どうせ、まだ誰も寝やしない。昼寝はするのに。郷《ギリシャ》に入《い》っては、っていうじゃないか……。それとも疲れたかい？」

「ちっとも。さっきから疲れたはずなのに、疲れていなくて」

サイモンは笑った。「それはこの空気や、光や、ヘラスで生きている単純な陶酔感の賜物だな。この効果は長続きもする。じゃあ、来てくれるね？」

「喜んで」

わたしはサイモンに腕を支えられて神殿の土台を歩きながら、自分に対する驚きと、一種のあきらめを感じる余裕があった。ああ、まただわ、と思った……。前にもわたしは、ちょうどこうしてフィリップに言われるまま、フィリップを追って、のんびり歩いていたものだ。でも、今回は違う。いったい何が違うかを、立ち止まって分析しなかった。

わたしは言った。「道路まで下りていくんじゃないの？　どうしてこっちの道へ？」

「下りなくていいんだ。アトリエは神殿のかなり上に立っている。デルポイに面した山の肩を越えたところに。聖堂の名残を縫って登ったほうが楽だよ」

「でも、車は？」

「あとで、きみをホテルに送り届けたら取ってくる。そこから、さっきの道路を歩けばすぐ近くだ。さあこっちへ。足元に気をつけて。ここは歩きやすい……。この階段の先に小さな劇場がある。右手のあれは、アレクサンドロス大王がライオン狩りのさなかに命拾いした記念に建てられて……。ここが劇場だ。アテネやエピダウロスのものに比べて小さいが、芸術品じゃないか？」

星明りの下で、壊れた床が滑らかに見えた。半円を描く座席の列が高く連なり、まるで新しくて壊れていないように、聖なる樫の木と糸杉の背景に向かっていく。壊れた大理石の小さなカップに似た劇場は森閑としていて、聞こえる音といえば、人影が絶えた敷石に、そよ風が吹きつける乾いた小枝がこすれ合う音だけだ。

わたしは衝動的に言った。「あなたはひょっとして――いえ、ごめんなさい。するわけないわね」

「ぼくが何をしないって？」

「なんでもないの。思慮に欠けていたわ。事情が事情だけに」

「事情というと？　ああ、あれか。気にしなくていい。きみはここでギリシャ語の暗唱を聴きたいんだね。それが〝海《タラサ》よ！　タラサ！〟にすぎないとしても。これでいいかな？　……どうしたんだい？」

「別に。ただ、そんなふうにわたしの心を読み続けたら、あなたは不愉快な旅の連れになりそう」

「きみも読心術を実践するべきだね」

「才能がないの」

「ないほうがいいかもしれない」

「どういうこと?」

サイモンは笑った。「なんでもないよ。ところで、図星だろう?」

「ええ。それに、タラサ以外の言葉もお願い。思いつくなら、詩を何行か。エピダウロスの劇場では誰かが暗唱している声がして、まるで奇跡のようだった。小さな声でも、最上段の座席に届いたのよ」

「それはここでも同じだ」サイモンが言った。「ただし、壮観とまではいかないな。よし、お望みならば」彼はポケットの中を探りながら話した。「ちょっと待って。ライターを出さないと……。声をきちんと届けるには、舞台の中央を見つける必要があって……それは敷石に十字でしるしがついている……」

サイモンがポケットからライターを取り出すと、金属がチャリンと石にぶつかる音がした。わたしはすばやく音のするほうにかがみこんだ。「何か落ちたわ。お金かしら。ここ……とにかく、すぐ近くよ。明かりを下に向けてくれる?」

カチッと音がしてライターに火が点き、サイモンがそれを地面に近づけた。間もなく、きらりと光る硬貨が見えた。わたしはそれを拾ってサイモンに差し出した。手のひらの小さな円盤の上をオレンジの色の炎が輝きながら駆け抜けた。「これはきっと――金貨?」

「そうだよ。ありがとう」サイモンは金貨を受け取ってポケットに放り込んだ。落としたのは一ペニー硬貨か、せいぜい三ペニー切手だったという口ぶりで。「これはステファノスが送ってくれた遺品の一部だよ。さっき話したとおり、彼はマイケルが最後に身につけていた物をよこしたんだ。そこにソヴリン金貨（英国の旧一ポンド。一九一五年に廃止）が三枚あった」サイモンはわたしから離れ、ライターを下に向けたまま、舞台の中央のしるしを探した。一見、女の子にデルポイの遺跡を案内する、楽しい仕事しか頭にないみたいだった。

「サイモン……」

「ほら、ここだ」サイモンはライターの火を点けたまま、背筋を伸ばした。わたしの顔つきを見ていたに違いない。彼がほほえみかけてきた。あの意表を突く、すてきな笑み。「ねえ、これは現在の悲劇ではないと言ったはずだね？　気に病むことはないと。さあ、ここの中央に来て、自分の声が座席の列を昇っていくのを聞いてごらん」

わたしはその場所まで足を進めた。「確かに、あなたは言ったわ。でも、その話をしたとき、あなたはお兄さんのマイケルが殺されていたと知らなかった。それで事情が変わるんじゃない？」

「たぶんね。ほら、こだまが聞こえる？」

「なんてこと、ええ。気味が悪いわね？　あそこの岩山から音が戻ってくるみたい。手ごたえがあるもののようだわ。まるで……そう、まるで音が固まったように……。本当に何か暗唱してくれるの、それともやめておく？」

サイモンはあえてわたしの言葉を誤解したようだった。「これほど観客がいないことだし、やってみようかな。何にする？」

「専門家にお任せするわ。ただ、ちょっと待ってね。うしろの席に行くから」

わたしは狭い通路を上り、円形劇場の三分の二まで届いたところで座席を見つけた。成形した大理石の座席は意外にも座り心地がよく、日中の陽射しのおかげでまだ温かかった。眼下で円形の舞台は小さく見える。その形はかろうじて見極められた。サイモンは実体のない影にすぎない。やがて、彼の声が暗闇の井戸から湧き、轟くギリシャ語の詩が立ち上って砕けてこだまして、高い岩山を吹き渡る風のように回った。ある語句が、ある名前が音の奔流から浮かび出て、矢羽根が矢を導くように、音楽の方向付けをした。ハデス、ペルセポネ、ヘルメス……。わたしは目を閉じて耳を傾けた。

サイモンが言葉を切った。そこで間があいた。こだまが崖を登り、ゴングのざわめきのようにさまよい、そして消えた。それから彼の声が澄み切って穏やかに、英語で聞こえた。音楽を翻訳している音楽が。

〝……ハデス、ペルセポネ、死の使いヘルメスよ
永遠《とわ》に続く憤怒と怨念
神々の子らは、あらゆる人殺しと
あらゆる不義の盗人を目の当たりにして
ほどなくやってくる！
わが傍らにいて、わが父を殺された仇をうち
わが弟を故郷に連れ帰りたまえ！〟

サイモンは再び口をつぐんでいた。言葉がわたしの頭上で途絶え、こだまを追いかけて、夜風が動いたような感じがした。背後で柊の葉がカサカサと音を立て、それから、山のずっと上で、さまよっている動物、山羊か、ひょっとしてロバの足元で土埃と小石が散らばる音がした。さらに、金属が触れ合う音もしただろうか。やがて、夜がまた静まり返った。わたしは立ち上がり、急な通路を下りて

いった。

サイモンの声が聞こえる。穏やかでよく通る声だ。「どうだった？」

「すばらしかった」わたしは最下段に着いて、舞台に近づいた。「本当にありがとう。でも──あなた、悲劇はもう終わったと言ってなかった？」

知り合って（七時間あまり？　ひょっとして、わずか半日なのだろうか？）から初めて、サイモンはうろたえた口調になった。「どういう意味だい？」舞台の中央を離れ、近づいてきた。

「あのスピーチはちょっと──生々しかったわ。違う？」

「わかったんだね？」

「ええ。ソフォクレスの『エレクトラ』の引用でしょう？」

「ああ」そこで言葉が途切れた。サイモンはポケットに片手を入れていて、引き出す拍子に硬貨がぶつかる音がした。数枚の硬貨をぼんやりとジャラジャラ鳴らしている。そのうち、こう言った。「じゃあ、ぼくが間違っていた。まだ終わっていない……少なくとも、ぼくたちが明日ステファノスに現場を見せてもらい、そして──」

サイモンは黙り込んだ。サイモン・レスターは几帳面に一人称複数を使う癖があるらしいと、わたしはじっくり考えた。わたしたちに見せるの？、と言っておけばよかったのに、言わなかった。こう訊いただけだ。「そして？」

サイモンは唐突に言った。「そして、ぼくは見つける。マイケルが見つけた物を──兄の命を奪った物を。金《きん》だよ」

「金ですって？」

「そうさ。マイケルの発見について、ぼくなりに心当たりがあると話したね。ぼくはそれを、兄の手紙を読むなり考えて、兄が肌身離さず持っていたソヴリン金貨を思い出した。さっきステファノスの話を聞いて、確信したんだよ。あれは兄が見つけた金だ。アンゲロスがささやかに埋蔵したイギリスの金が、共産主義が台頭する日に備えて蓄えられた」

「そうね、でもサイモン……」わたしは口ごもった。なんと言っても、サイモンはわたしよりマイケルを知っている。

サイモンがソヴリン金貨をポケットに突っ込んで戻すと、カチンと触れ合う音がした。彼は顔をそむけて円形劇場の側面を見た。

「これが小道に続く道だよ。ぼくが先に行ったほうがいいだろう。ところどころ、階段がひどく壊れていてね」

サイモンは背後のわたしに手を差し伸べ、ふたりで一緒に急な階段を上った。彼はてっぺんで立ち止まり、暗闇に手を伸ばしたようだった。木の葉がさらさらと揺れる音がした。サイモンが振り向き、丸くてピカピカして冷たいものをわたしの手に押しつけた。「ほら、どうぞ。柘榴《ざくろ》の実だよ。最上段の席のうしろに小さな木が生えていて、前々から一つもぐ口実が欲しかったんだ。ただちに食べよ、ペルセポネ。そうすれば、そなたはデルフィにとどまることになる（ギリシャ神話より。冥府の柘榴を口にしたペルセポネは一年の半分を冥府で、半分を地上で暮らした）」

その小道を歩くとようやく木立を抜け、先の見通しがはっきりついた。そこはふたりで並んで歩ける幅があった。サイモンは静かに話しながら歩き続けた。「ぼくが正しいと思うんだよ、カミラ。あれこそマイケルが見つけた物だと思う。以前もそうじゃないかと思ったが、兄がアンゲロスという男に殺されたとわかったからには、確信した」

わたしはまだ自分の考えをたどりながら、気もそぞろに尋ねた。「でも、ステファノスの話では、マイケルは喧嘩のさいちゅうに殺されたのよ。アンゲロスと彼は——」

「マイケルがそういうタイプの男と口論していたら、背中を向けるはずがない」サイモンは言った。

「ステファノスがそこを見落とすとは意外だね」

「でも、それはずいぶん前の喧嘩で、マイケルは片づいたつもりでいたのに、アンゲロスが——」

「同じことが言えるよ。かつて殺人を引き起こすほどの恨みを抱かれた——もしくは、そう思った——男に、マイケルがお人よしにも背中を向けるだろうか」

「向けないわね」

「だが、パズルのピースを全部出して組み合わせたところで、何がわかる?」サイモンは言った。

「言ったように、われわれ——イギリス人——は、ドイツの占領中に武器と金貨をここに空輸していた。ゲリラに使わせるためだ。アンゲロスは、さっきステファノスに聞いてわかったが、占領期間の末期には共産主義クーデターのために働いていた。そこで、彼はあとで使おうとして、武器と補給品を隠す気だったと考えていい。これは推測だが、ぼくたちはどんな事実をつかんでいる? アンゲロスは、部下がドイツ軍を避けようと北へ散り散りに逃げるとき、南へ向かう——たったひとりで。そしてマイケルと出くわし、殺す。遺体を調べる前に邪魔が入る。マイケルの服からソヴリン金貨と、何かを発見したと書き殴った手紙が見つかる」

「そうね」わたしは言った。「でも——」

「もしも、アンゲロスがそんな武器と金貨を隠していて、英軍連絡将校《BLO》のマイケルに見つかったとしたら、それはマイケルを殺す申し分ない動機にならないだろうか？」

「ええ、なるわね。つまり、マイケルはアンゲロスに出くわしたとき、その件を直談判して――いいえ、そんなはずない。同じ理由で反対できるわ――それでは、アンゲロスにマイケルの頭を殴る機会がなかっただろうから」

「どうしても考えてしまうんだ」サイモンは声を落とした。「アンゲロスは、マイケルが隠し場所を発見した証拠を目にしたと。隠し場所は洞窟か何か――パルナッソス山は洞窟が多くて穴だらけだ――の中にあって、ステファノスの家を出たマイケルが、そこに避難していたとしたら？　数日間、ドイツ軍が地域を離れるまで身を潜めていたはずだ。いっぽう、宝箱の元へ引き返してきたアンゲロスは、英軍将校が洞窟から出てくるのを目撃した。彼の洞窟から……。ありえることだ。マイケルがアンゲロスの姿を見なかったとしても、明らかにそのようだが、ギリシャ人は待ち伏せして、その場で兄を抹殺しようとしたんだ。要するに――」

「要するに、あなたの考えるとおりなら、隠し場所はマイケルが殺された現場のすぐ近くね」

「そういうことだ。まあ、そのうちわかる」

「何かがあったとしても、とっくに奪われているでしょう」

「たぶんね」

「アンゲロスが戻ってきて奪ったはずよ。すぐにではなくても、しばらくして」

「生きて戻ってきたならね。ミックが死んだ三カ月後に、奴はこの国を出て二度と戻らなかった」

なるべくさりげない口調で訊いてみた。「そうなの？　もしもよ、ニコの話が仮に――あくまで仮によ――正しかったら、そのときはどうするの？　アンゲロスがまだ生きていたら？　いまも、ってことよ」

サイモンは笑い出した。「それは神々のみぞ知るところじゃないか？」彼が投げたりつかんだりする金貨が、手のひらでくるくる回った。「きみはどう思う？　アポロンに金貨を捧げて、アンゲロスをいますぐデルフィに連れ戻してくれるかどうか尋ねようか？」

「アイギストスをオレステスの短剣に突き差してくれるかどうか？（『エレクトラ』より。エレクトラと弟オレステスは、父の仇アイギストスに復讐する）」

負けじとわたしも軽い調子で話そうとしたが、心ならずも声がうわずった。

「いいね」金貨が再びサイモンの手のひらに落ちて、指に包み込まれた。彼は星明りの下で影になり、わたしを眺めていた。「いいかい、悲劇は終わったと言ったのは本当だったんだよ。ぼくはミックの死を気に病んでもいなければ、大げさに受け取ってもいない。今夜、あんな事実がわかってもね。ただし、兄があんな薄汚い手で殺されたのが許せない。それは――ぼくの思いどおりなら――何より薄汚い動機からだ。しかも殺人者は罰せられず、おまけに大金を持っているかもしれない。別に大金を見つけたいわけじゃないが、知りたいんだよ、カミラ。それだけだ」

「ええ、わかった」

「ここに来たのは、ステファノスと話してマイケルの墓を見たら、それで満足するためだ。でも、このまま放っておけなくなった。本当に悲劇が終わり、なぜあんなことになったのかわかるまで。こんなに年月が経っては、手がかりは残されていないだろうが、目を凝らすしかないな。それと、オレステスのほうは――」サイモンの声に愉快そうな響きがあった。「別に復讐しようという野望もないが、万一殺人者に会ったら……。ぼくがその男と話したいのがわからないかい？」彼はまた笑った。「それとも、ぼくの能力については、きみもニコと同意見かな？」

「いいえ。とんでもない。ただ、そのアンゲロスという男……その、彼は――」わたしは口ごもり、黙ってしまった。

「危険だと？　じゃあ、きみの考えでは――ぼくがその男に会ったとしても――決着をつけるべきではないんだ？」

「目には目を？　そんな制度はもう認められないでしょう」

「まさかと思うだろうね。認められるのさ。だが、イギリスでは、ご立派で、不人情な、費用のかかる組織がきみの代わりに敵《かたき》の目を奪う。個人が罪悪感を覚えるのは、内国歳入庁宛てに振り出された小切手にサインをするときだけだ。ここでは、ちょっと違う。誰もきみのために汚れ仕事をしない。きみが自分で手を下して、それを知るのはハゲタカだけだ。あとはアポロンだな」

「サイモン、それは道徳に反しているわ」

「あらゆる自然の法則もそうだ。道徳は社会現象だよ。知らなかったのかい？」

「賛成できないわ」

「そうかい。きみはそう思っていればいいさ、カミラ。ここは世界一美しい国であり、世界一苛酷な国なんだよ。ともすれば、人は自分の視点ではなく、この国の視点でものを言うようになる。ときには、どうしたって……。それにしても、きみは自説を曲げない人だね」サイモンは笑いながらわたしを見下ろした。「そもそも、ぼくの言葉を信じてはだめだ。ぼくは法律を守る普通の市民で、何より厳格な教師だからね……。さて、このオレステス式の悲劇はもうたくさんだ。マイケルは十四年前に死に、デルフィは三千年前からここにあるんだから、デルフィに死者を埋葬させよう。ちなみに、ちょうどここなんだ。小道の脇の、木の下にあるのが墓地だよ。さあ、今夜きみが少しでも眠るつもりなら、一杯やりに行かないか？　あれがアトリエだ」

　墓地を振り返ることもなく、サイモンは急ぎ足で先を行き、平地を歩いてアトリエの明かりへ向かった。

第八章

神々が愛でる者……。

（メナンドロスの言葉）

そのアトリエは、デルフィの村の裏にある絶壁のてっぺんに立つ、長方形の建物だった。のちに、わたしが日の光で見ることになるのは、目障りな大箱が、天然石を切り出された台地に置かれた光景だった。というわけで、正面の窓からは谷の雄大な眺めが見え、うしろの窓は、建物の二階まで届く岩壁に面していた。こちらの、北側は大きな〝正面〟ドアで、堂々たる厚板ガラスの扉は絶対に使われない。住人が出入りするのは東側の小さなドアで、それは一階の端から端まで貫く廊下に通じていた。

室内は、とことん殺風景かつ機能的になっている。廊下と階段は大理石でできていて、塵一つ落ちていない。下の階は廊下の左側に画家たちの部屋が並び、谷越しに南を向いていた。どこも極めて簡素なつくりで、各部屋の備品はこれだけだ。鉄のベッドの枠組みと毛布と枕、C（水）とH（湯）の栓がついているが、どちらもCばかり出る洗面台、がたがたする小さなテーブル、服を掛けるフック。各部屋の奥には大理石の床のシャワー室がある――おおかた、ここもC専門だろう。部屋の向かいにほかのドアが並んでいる。ひらくのを見たことがないが、厨房施設か管理人室だと思われる。宿泊している画家たちは、よく日が当たる上階で絵を描く。ここは廊下の北側に部屋が続き、彼らのアトリエや物置と化していた。

だが、それもこれも、あとでわかったことだった。今夜、この建物は狭い石切り場に置かれた目障りな長方形の箱にすぎず、裸電球一つの光がドアを照らしていた。

わたしたちが声の響く廊下に入ったと思うと、少し先の部屋のドアがあき、ひとりの若者が弾丸のように飛び出してきた。その拍子に、ドアに支えてほしいと言わんばかりにドアの枠をつかんでしがみついた。彼はうわずった声で言った。「ああ、サイモン、いまちょうど――」そのとき彼はわたしに気づいて黙った。当惑しながらも、ドアからこぼれる一筋の光を浴びて芝居がかったポーズを取っている。

若者の登場のしかたはニコとそっくりだが、似ているのはそこだけだった。その若者――きっとナイジェルだろう――にはニコの美貌もたくましくなる兆しもないため、ニコのような自信はないに等しかった。その行動に明確な意志はなく、現にいまはいたたまれない様子で、部屋に戻ってドアに鍵を閉めたいとでも思っているらしい。彼は背が高く、やせ型で、金髪だった。肌はひどく日に焼け、目はすぼめた青い目で、これは船乗りやパイロット、いつも遠くを見る人間のもので、日光を浴びすぎたように見える。まばらな顎鬚のせいで若く頼りなく見え、髪は色褪せてわらの色になっていた。わずかに肉感的な口元と、画家の力強く不格好な手をしていた。

サイモンが言った。「やあ、ナイジェル。こちらはカミラ・ヘイヴンといって、〈アポロン・ホテル〉に泊まっている。一杯やりに連れてきた。それに、きみの絵を見たいそうだ。いいかな?」

「そうか。いいよ。もちろん。喜んで」ナイジェルはもごもごと答えた。「じゃ、じゃあ、ぼくの部屋へどうぞ。こっちで飲みましょう」脇に立って通してくれたナイジェルは、ますます赤くなり、部屋でひとりでも飲んでいたのではないかと、わたしは勘繰った。彼の目に妙な表情が浮かび、ドアの枠をつかんだときと同じ自制心を働かせ、自分にしがみついている感じがした。

ナイジェルの部屋は、建物のほかの部分と変わらず、基本的に殺風景で、めちゃくちゃで、心地よく散らかっていた。まるで、見かけによらず豊かな画家の個性が、本人が知らないうちに、この修道院めいた小部屋に流れ込んでいたようだ。ベッドの足元にリュックサックが置かれ、中身がばらばらに飛び出している。ニコのものよりまともな色のシャツ二枚、絡まったロープ、絵具を拭ったと見える汚れたハンカチ数枚、オレンジ三個、『ディラン・トマス詩集』。洗面台の縁に引っかけてあるタオルは、タンポポのように真っ黄色だ。ベッドの上に丸められたパジャマには、ワインレッドと青緑色の縞模様が入っていた。そして、ひびの入った白壁のそこらじゅうに、スケッチが画鋲ででたらめに留めてある。大胆なものから繊細なもの、鉛筆のスケッチから、紙の隅を留めて乾かしているうちに丸まった水彩画まで、さまざまな画法があり、わたしはサイモンから聞いた話を思い出した。

けれども、一瞥する余裕しかなかった。もてなし役がわたしの横を駆け抜けて、部屋で一番いい椅子を引っ張ってきたからだ。薄汚いオレンジ色のキャンバス地の椅子だった。

「す、座りませんか、ミス……ええと? ここにある一番いい椅子に。すごくきれいですよ」

わたしはお礼を言って腰を下ろした。サイモンは窓辺に近づき、広い窓台に腰かけて片脚をぶらぶらさせた。ナイジェルは相変わらずそわそわとシャワー室に突進して、床に並んだ瓶を引っ掻き回している。すぐに、タンブラー二個とウゾの大瓶をつかんで戻ってきた。

「この酒は好きですか?」と心配そうに訊いた。「ここにはこれしかなくて」

ナイジェルにはわたしをなごませ、あえて嘘をつかせるところがある。「大好きです」と、わたしが答えて観念すると、彼はグラスの一つに酒をなみなみと注いで手渡してくれた。

「水で割りましょうか?」

さて、ウゾはギリシャ版のアブサン（ニガヨモギで味付けされた、アルコール度の高いリキュール）だ。アニスの実で作られ、けっこう軽くて（わたしの考えでは）恐ろしく気持ち悪い味がする。わたしはこの酒をストレートではとうてい飲めない。いっぽう、飲みやすいように水をたっぷり加えれば、飲み込む量がぐっと増える。

われながら、気丈にも言った。「ええ、お願いします」

ナイジェルは洗面台の上から水差しをつかんだ。またしても、彼の動きはニコの動きを滑稽に真似ている、とはっきり気がついた。どちらもすばやく、唐突で、鋭角的だけれど、ニコの動きには目を見張るほど美しい猫の優雅さがあり、ナイジェルのほうは不器用で、ぎくしゃくしている。画家が不器用とは、妙な話ではないか。ナイジェルがわたしのグラスに水を注ぐのを見たら、手が震えていた。それはやはり、ますますもって妙だった。

酒は白く霞み、濁り、キニーネのように忌まわしくなった。わたしは言った。「もういいです。どうもありがとう」ほほえみかけると、ナイジェルは不安そうな子犬の表情を浮かべ、いよいよ若やいだ。二十三歳くらいだろうが、背伸びして顎鬚を生やしたせいで、かえって十九歳に見える。わたしは健気にほほえんで、グラスを掲げた。

「あなたに乾杯《ギア・ス》、キリエ・ナイジェル」わたしは言った。「ごめんなさい。でも、あとの名前を知らないんです」

「ナイジェルと呼んでください」ナイジェルは答えにならないけれども、いかにも嬉しそうに言った。酒をちびちびと飲んでいると、サイモンと目が合った。わたしがウゾをどう思っているのか、彼は百も承知なのだ。相手を睨みつけ、酒をもう一口飲みながら、キリエ・サイモン・レスターは鋭すぎるとあらためて考えた。わたしは震えをこらえてウゾを飲み下し、男たちを興味津々で眺めた。ナイジェルはサイモンのグラスを三分の二まで満たすと、自分には歯磨き用のコップを取り上げて酒を注ぎ、口元に運んで「ギア・ス」と早口で言い、一気に半分飲んでしまった。

「乾杯。同志よ」サイモンは言った。「いい一日だったかい?」

ナイジェルは顔を赤らめて酒にむせ、なんとか言葉を絞り出した。「ああ。ああ、おかげさまで。すごくよかった」

「どこに行ってきた?」

若者は漠然と手を振り、ウゾの瓶をテーブルから落としかけたが、床までは届かなかった。「あそこまで」

「というと、神域までかな?」

「いいや。山まで」

「またパルナッソスに? 結局、古道を通って羊飼いたちを探し回ったのか?」サイモンはわたしのほうを向いた。「ナイジェルは〝古代ギリシャ人の典型〟の連作を描く契約を取り付けたんだ――農民の頭部と高齢の女性と羊飼いの少年、などなど。濃いインクで下絵を描いて淡彩絵具を塗る手法で、実にすばらしい作品を描いたんだ」

ナイジェルが唐突に言った。「わくわくするよ。どんなにわくわくするか、想像もつかないだろうね。山羊を見張ってる汚い男の子を見て、実際に描き始めたら、もう美術館でその子になんべんも会っていたと気がつくんだから。先週アンフィサで見つけた女の子は古代クレタの住民、純ミノア人で、髪がカールしてたりした。そりゃあ、おかげで難しくもなるさ。どんなにがんばっても、元のギリシャの壺絵を真似てるように見える」

わたしは笑った。「でしょうね。わたしは今日、早くもゼウスひとりと不敵なエロスひとりと二十種類ほどのサテュロスにお目にかかりました」

「ステファノスとニコかい？」サイモンが訊いた。

わたしは頷いた。「ナイジェルはあのふたりに会ったほうがいいわ」

ナイジェルが訊いた。「誰のこと？」

「ステファノスはアラホヴァの羊飼いで、ホメロスの詩から抜け出してきたような容姿をしています。ニコはその孫で、彼は——まあ、アメリカ製の若者向けの服を着た美青年にすぎません。でも、頭部だけが目当てなら、最高のモデルですよ」わたしは話しながら考えた。サイモンはナイジェルに、マイケルのことも今夜の外出の目的も教えていないようだ。

サイモンはこの場でもナイジェルに教えない。彼は言った。「きみもふたりに会えるかもしれない。ステファノスはふだん、デルフィとアラホヴァのあいだを登ったどこかにいる——きのう、案内した古道の近くだ。きみが今日も歩いたのはあの道かな？　どこまで行った？」

「ずいぶん遠くまで」ナイジェルはまたきまりが悪くなったのか、ぼんやりと周囲を見回して早口で付け足した。「あの神域と谷に座ってるのはうんざりしたんだ。散歩がしたかった。〈輝く岩〉の上に登り、道に出てから――うんまあ、ひたすら歩き続けた。暑かったけど、上のほうはそよ風が吹いてたよ」

「今日の仕事はなしか?」

ただの雑談だったのに、ナイジェルのひどく日焼けした顔に血が上った。彼が身構えたように見えたが、わたしは内気さゆえだと思った。彼は「ああ」とぽつりと答え、グラスに鼻を突っ込んだ。

わたしは訊いた。「羊の群れにパンの笛(長さの異なる数本の管を束ねた笛。ギリシャ神話で牧神パンが用いたとされる)を吹く羊飼いはいなかったんですか? パルナッソス山に? ショックです、ナイジェル」

これを聞いてナイジェルはにっこりした。「いないんですよ、残念ながら」

「じゃあ、神々もいない?」わたしは星に照らされた神殿を思いながら尋ねた。

ところが、ここでナイジェルの内気ぶりがたちまち頭をもたげた。彼はグラスに鼻を突っ込んで、噛みつくように答えた。「いません! ぼくは何もしなかったと言ったでしょう! 歩いてただけです。とにかく、あんな頭部の絵はつまらない。食い扶持稼ぎにすぎません。あなただって気に入らないでしょう」

「でも、もしよかったら、作品をいくつか見せてほしいんです。あなたの絵がどんなにすばらしいか、サイモンから教わってきたもので――」

ナイジェルはかすれた声ですかさず口を挟んだので、ちょっと怒りを爆発させる効果があった。

「やれやれ! サイモンが出任せを言ってるんです。ぼくの絵は出来が悪い。自分じゃ気に入ってますけど、それだけですよ」

「作品によっては上出来だよ」サイモンは穏やかに言った。

ナイジェルは鼻で笑った。「気取った作品はね。愛らしいラスキン（ジョン・ラスキン。一八一九～一九〇〇。英国の作家、美術評論家、画家）風の水彩画さ。日曜新聞の美術評論家がこきおろす声が聞こえないか？　あんな絵は紙くず同然だ。きみもわかってるじゃないか」

「あれは一級品で、きみはそれをわかっている。もしも、きみに――」

「やれやれ。もし、もし、もし」ナイジェルは吐き捨てた。彼はコップを乱暴に置いた。「あれは紙くずだと、ようくわかってるくせに」

「しかし、あれがきみのやりたいことで、あれがきみに進路を示してくれる。肝心なのはそこだろう？　ああいう絵が〝ナイジェル・バーロウ〟で、おまけに、あれは珍しい」

「あんなのは紙くずだ」その繰り返しに力がこもった。

「あの絵では、いますぐ生計を立てられないということかな。もっともだ。しかし、それでも――」

「〝おのれに忠実であれ（『ハムレット』のポローニアスのせりふ）〟か？」と、ナイジェルはうわずった声で訊いた。興奮しているせいか、恨みがましく聞こえた。「面白くもおかしくもないこと言わないでくれ！　そもそも、どうでもいいんだ。あんな絵はなんとも思わない、いいね？」

サイモンはナイジェルにほほえみかけた。わたしはそのとき初めて、あの気立てがよく、泰然としたサイモンの自制心に隠されたものを見抜いたような気がする。わたしがうらやんできた華やかな自信とはあまりにも違う。サイモンは気にかける。このたまたま知り合った、悩める、ぱっとしない若者は無礼千万なのに、その身に起こったことを、サイモンは心から気にかける。だからこそ、十四年後に戻ってきて、マイケルの身に起こったことを突き止めようとしたのだ。それは現在の悲劇ではなく、しょせんサイモンは復讐者《オレステス》ではない。でも、彼は気にかけた——父親のため、ステファノスのため、あの女主人のため。**何人のみまかりゆくもこれに似て、みずからを傷つける。われは人間にかかわるなれば。**そうだったのね。サイモンは人間にかかわっていて、いまこの場では、人間とはナイジェルを指す。〝人は助けが来て当然だと思うものだが〟と、サイモンは言っていた。人が何を当然だと思っているかで、相手を一番早く理解できるのだろう。

サイモンはグラスを置いていて、今度は片膝を抱えた。「わかったよ。ポローニアス退場。じゃあ、きみはぼくたちに宣伝文句を考えてほしいのか、ナイジェル？」

ナイジェルは答えた。もう無礼ではないが、まだ少しむくれている。「絵を見に来る人を集める戦略だろ？　シェフィールドの荒野あたりでひらく個展を満員にする切り札かな？　きれいなだけの絵が二枚売れれば、ぼくの名前が地元紙に載るって？　それが言いたいのかい？」

サイモンはやんわりと言った。「どこかで始めるしかないさ。それも努力のうちだと思えないのか？　努力すれば、とことん身を落とすことはなかったかもしれないね」

「なんのこと？」わたしは訊いた。

サイモンはにやにやした。「教師になったのさ」

「あら。まあ、言いたいことはわかりますとも」

「そうだと思った」

ナイジェルがつっけんどんに言った。「笑うのはけっこうだけど、ぼくは教えるのが下手で、死ぬほど嫌で、ぞっとするんだよ」

「究極の地獄だね」サイモンは愉快そうに頷いた。「さあ、戦略を授けよう、ナイジェル。きみの絵を笑いに来た客に金を払わせるんだ。きみはスパンコールで作品を作るか、どの絵も水中で描くか、〝つねにモーツァルトの旋律にのせて描く〟画家として大衆紙に売り込むか」

ナイジェルはやむなく恥ずかしそうな顔をサイモンに向けた。「カウント・ベイシーのジャズの曲なら、なんとか描けそうだな。わかったよ、どうするんだ？　発見芸術《アールトゥルヴェ》（漂流物等、見つけた物をあるがままに芸術品として見る）と称して、さびた鉄くずが普通にねじれてるやつを、《恋する女》とか《犬を食う犬》とか、タイトルをつけるのかい？」

「こういう手もありますけど」わたしは言ってみた。「ロバを連れてギリシャじゅうを旅して回り、それから本を書くんです。挿絵入りの」

それを聞いたナイジェルは振り向いたが、ろくに話を聞いていなかった顔をしていた。やはり飲み過ぎていたのだろうか、とわたしはまたしても考えた。「えっ？　ロバ？」

「ええ。今晩デルフィに、ヨアニナから着いたばかりのオランダ人の若者がいました。スティーヴンソンのように、ロバを連れて、歩いて山を越え、道中で絵を描いていたんです。ほうぼうの村で何枚もスケッチして、おおむね自活していたんじゃないでしょうか」

「ああ、あいつか。ええ、ぼくも会いましたよ。いまはここにいます」

「そうそう、うっかりしていました。彼はここに泊まりに来たと、サイモンから聞いています。絵を見せてもらいました？」

「いいえ。あいつはくたびれて、それどころじゃありません。九時頃に寝ました。原爆でも落とさなきゃ、目を覚まさないでしょう」ナイジェルはわたしをしばらく見つめていた。わたしに焦点を合わせにくく、会話に意識を戻しにくいという感じだ。彼はのろのろと続けた。「自分に忠実でいて……

チャンスに恵まれたら、できることがあるとわかっているのに……それでも必死にチャンスをつかむしかない……」ぼんやりとした青い目が鋭くなり、サイモンに据えられた。「サイモン……」

「なんだ?」

「きみが戦略も〝努力のうち〟だと言うのは、そもそも、それが他人の足を止めて目を引くからだろう? ぼくの絵がパッとしなかったら、戦略では第一関門しか突破できない。言うまでもないよ。でも、もし本当にぼくの絵が一流なら、みんなが足を止めて目を向けてしまえば、作品じたいが大事になるのでは? そういうことだよね」

「そうかもしれない。きみの場合、戦略次第で大きく変わりそうだな」サイモンはほほえんだ。「思うに、多くの一流画家は、当初は妙な脱線――大衆の目に訴える力――としか考えていなかった道を進んでいった。名指しこそしないが、誰だかわかるね」

ナイジェルは笑顔を見せなかった。相変わらず何を言われても上の空で、くよくよと思い悩んでいた。逡巡した末に、いきなり切り出した。「まあ、それが自分に忠実だってことだよね。つまり、それはさ、何があろうと、望むものを手に入れるってことだと思わない? 進むべき道をまっしぐらに行き、他人にかまっていられないって? 画家――偉大な画家――はそんなふうに制作に取り組むよね? 結果さえよければ、それでいいんだろ?」サイモンは答えをためらったのか、わたしのほうを向いた。「きみはどう思う?」

「偉大な画家に詳しくないけれど、個性（〝成功〟とは言わないわ）の秘密は、一つの考えを貫くことじゃないかと、前々から思っていたの。偉人は目的地を知っていて、脇道にそれたりしない。ソクラテスと〝美と善〟。アレクサンドロス大王と世界のギリシャ化。違うレベルで――こう言ってよければ――キリストもそう」

ナイジェルはサイモンを見た。「どう？」声は尖っていて、食ってかかるようだ。「どうだい？」何やら、わたしにはわからない事情があるらしい。しかも、サイモンにもわからないようで、彼はそれを気にしている。

サイモンが落ち着いた声で言った。あの涼しげな目が生き生きとして、年下の男を見つめている。「きみの言い分にも一理ある。偉人は目的地を知っている。そう、彼らはそこに到着するが、それはあらゆる反対を押し切ってではなく、立ち止まらずに突き進んだ場合だよ。確か、ポローニアスは退屈な老人だったね？　きみはぼくではなく、彼の説を受け売りした。ぼくはポローニアスに賛成できないが、あの引用の末尾には注目すべきだ。〝おのれに忠実であれ……これさえ守れば、誰も裏切るはめにならない〟。自分に忠実であることが他人の訴えを聞き入れないという意味なら、とうていうまくいかないね。そうとも、誰もが認める真の偉人――かのソクラテス――は、自分で切り開いた直線道路をひた走らない。その先に待つものがわかっていて、脇道にそれはしないが、ずっと、ほかの何か――あるいは誰か――が行く手を阻むことを計算に入れている。すべてを法則と考え、そこに自分の居場所を見つけるんだ」

わたしは思い返しながら引用した。「〝われは人間にかかわるなれば〟？」

「そういうことさ」

「なんだい、それ？」ナイジェルが訊いた。

「セントポール寺院の首席司祭になった詩人、ジョン・ダンの詩の引用だよ。これは『瞑想』という連作の一つだ。〝……何人も孤島ではあらず、みずからにしてまったきはなし〟。そのとおりだよ。結局、この法則に占める居場所が肝心なんだ」

「ああ、だけどさ、画家は?」ナイジェルは嚙みつくように訊いた。「普通の人とはわけが違うじゃないか。画家はある衝動に突き動かされる。命を懸けてやるべきことができなけりゃ、いっそ死んだほうがましだ。世の中の無関心を打ち砕かなけりゃ、自分がぶつかって砕けてしまう。どうしようもない。才能を存分に発揮するには、たいていのことをしてもいいんじゃないだろうか。結果的に、絵がそれに値するならば?」

「目的さえよければ手段を選ばないのか? 行動規範として、許されないね」サイモンは言った。

「絶対に許されない」

ナイジェルは座ったまま身を乗り出し、再び声を荒らげた。「いいかい、何も恐ろしいこと――人殺しや犯罪のことなんか言ってない! だけど、ほかに手立てがないとしたら――」

わたしは言った。「いったい、何をするつもり! ロバを盗むの?」

ナイジェルが勢いよくこちらを振り向いたので、椅子から落ちるかと思った。すると、彼はいきなり笑い出し、ヒステリーの発作を起こす寸前に聞こえた。「ぼくが? ヨアニナまで歩いて、旅行記を書けって? このぼくが? 嫌だね! 狼の群れが怖いんだ!」

「狼はいないよ」サイモンの声は冗談めかしていたが、目はじっとナイジェルを見つめていて、顔に苦悩の影があった。

「じゃあ、亀がいる!」ナイジェルはまた酒瓶をつかんでわたしに向き直った。「ウゾのお代わりは? いらない? サイモンは? ほら、グラスを持てよ。知ってるかな、ミス・カミラ、きみのあとの名前を忘れたけど、ここの山で亀が走り回ってたことを? 野生の亀だよ。ひとりっきりで人里離れたところにいたら、そんなのに出くわしたと思ってみてよ」

「わたしだったら、とっとと逃げるわ」

「どういうことだ、ナイジェル？」サイモンが窓台から訊いた。

これからどうなるのかと、わたしはしばらく気を揉んでいた。ナイジェルは片手に酒瓶を持ったまま、途中で動きを止めた。硬直している。ますます顔を赤らめ、日焼けして、皮がむけてきた肌の下で青ざめた。みにくい平べったい指を、瓶を投げつけんばかりに握り締めている。目に涙があふれているように見えた。その目はサイモンの目を離れ、彼は酒瓶を下ろした。それから、妙にくぐもった声で答えた。「ごめん。ぶざまな姿をさらしちゃって。きみたちが来る前から、ちょっと浮かれてた。それだけさ」

それからナイジェルは、例の不器用な男の子を思わせる、鋭角的な動きでわたしに目を戻した。「きみにどう思われるのかな。卑劣な奴だと思ってるだろうが、ぼくはちょっと参ってきたんだよ。ぼくは――ぼくは気まぐれで、そういうものなんだ。偉大な画家はね」ナイジェルが恥ずかしそうにほほえみかけ、わたしは笑みを返した。

「いいのよ」わたしは言った。「偉大な画家はみんな、認められようと必死に努力してきたわ。死後の名声ではない限り、評価されればなおさら快い。きっとあなたもそうよ」

ナイジェルは膝をついて、ベッドの下から使い古した紙挟みを引っ張り出した。わたしはやはり、彼の熱に浮かされたような態度が目についた。手が震えている。「ほら」彼は言った。「スケッチを見せるよ。なんらかの価値があると思ったら、そう言ってほしい。そう言ってよ」彼は紙挟みから紙束を取り出している。

わたしは心もとなかった。「でも、わたしの意見は役に立たないわ。絵のことはわからないんだもの」

「ほら」ナイジェルはわたしの手にスケッチを押しつけた。「それはサイモンが言ってる一枚だ。それに、これ」彼は床に脚を折って座り、憎しみがこもっていたかもしれない目でサイモンを見た。「ぼくは自分に忠実になるよ、ポローニアス。必ずなってみせる。たとえそれが、ほかの誰にも忠実じゃないということでも。きみの司祭の友人が書くのと違って、ぼくは人間にかかわってない。ぼくはぼく自身だ。ナイジェル・バーロウ。いつか、きみにもそれがわかる。きみやほかの連中にも。ちゃんと聞いてる？」

「聞いているとも」サイモンは静かに答えた。「きみの絵を見ようじゃないか」

ナイジェルは一枚の絵をサイモンに押しやり、数枚をわたしによこした。「これ。あとはこれ。あと、これと、これと、これ。どれも世間をあっと言わせないだろうけど、支援があって、ちょっと運がよければ、きっと……。そうじゃない？」

わたしは膝の上の絵を見下ろし、ナイジェルの目がこちらをひたと見据えていることを意識した。目の回るような暴言を吐いたくせに、頼りない表情が戻っていて、あの最後の質問で、熱が入りすぎた声が単純かつ不安そうな問いかけになった。わたしは思わず、いい絵でありますように、と一心に願っていた。

願うまでもなかった。ナイジェルの筆遣いは正確で力強く、それでいて繊細だ。一本一本の線が明確で、恐ろしく効果を上げていた。最小限の労力で描くスケッチだけで、対象の形ばかりか、厚みと手触りまでうかがわせた。なぜかそのテクニックが連想させるのは、フランスの花模様の色褪せた優雅さと、デューラーの絵の鋭くて、繊細で、そのくせ力強い印象を合わせたものだった。ただの下絵もあるが、ナイジェルがひときわ苦労した作品もあった。遺跡の建物の習作集だ——感嘆符のように並ぶ糸杉を背後に立つ、壊れたアーチの一部。遠くにくっきりと見えるアポロン神殿の柱。垂れ下がった艶やかな葉とともに、小枝についた三個の柘榴《ざくろ》の見事な絵。オリーブの木のスケッチも数枚あり、すてきにねじれた姿に、膨れた銀色の雲の頭がついていた。植物と花の習作には色が、中国人の精巧さに迫る淡彩が施されていた。

顔を上げると、ナイジェルがあの不安そうな子犬の目で待っていた。喧嘩腰の態度は跡形もなかった。「ナイジェル、これはすばらしいわ！　もちろん、絵を見る目はないけれど、こんなに絵を好きになったのは久しぶりよ！」

立ち上がり、ベッドに座って、周囲にスケッチを広げて眺めた。中の一枚を取り上げた。岩肌の小さな裂け目から伸びてきたシクラメンの群生のスケッチだ。花びら、葉、岩の質感の違いが見事に伝わってくる。花の下の、同じ裂け目に、わたしがギリシャの至るところで見た覚えのある岩生植物の名残が生えていた。枯れて土埃にまみれ、岩に砕け散っている。その上で、シクラメンの翼のような花びらが、清らかで、繊細で、力強く見える。

わたしの肩越しにサイモンが言った。「ナイジェル、これはすごい。ぼくは見たことがなかったな」

「そりゃそうだよ。今日描いたばかりなんだ」ナイジェルは生意気な物言いをして、スケッチを奪い返そうとするように飛んできた。その日は仕事をしなかったとサイモンに言ったことを、わたしは覚えていたが、本人はやっと思い出したらしい。再び顔を真っ赤に染め、気まずそうに膝を折って座ったからだ。

例によって、サイモンは気にも留めない。そのスケッチを取り上げて、じっくりと眺めた。「これには色を塗るつもりだったのかい？　なぜ気が変わったのかな？」

「水がなかっただけさ」そう言って、ナイジェルはサイモンからスケッチを取り返し、床に置かれた紙挟みに戻した。

わたしは言った。かなりの早口だった。「肖像画を見せてもらえる？」

「もちろん。ほら、ここにある――ぼくが食い扶持稼ぎにしているスケッチだ」ナイジェルの口調に妙な響きがあり、サイモンがさっと彼のほうを向いた。

そこには、まったく違う手法で描かれた肖像画が全部まとめてあった。これはそれなりに効果的で、ナイジェルの美しく簡潔なタッチは、ドラマチックに、大げさに描かれた太い線の中でも印象に残る。見事な筆遣いが、ここでは滑らかさになり、二、三の陳腐な絵を巧みに組み合わせた定型表現となっていた。考えようによっては、元の肖像画も、やはり手持ちの絵から生まれたのかもしれない。ナイジェルがしてきたことは、言うまでもなく、〝類型〟を発見してそれを記録する行為だが、モデルの中には見るからに生きている人々もあれば、彫像や壺絵、いっそ想像から得た、有名な〝古代ギリシャ人の典型〟の抽象概念だという可能性もあった。一枚の見事な頭部は、モデルがステファノスであってもおかしくないが、それには形式ばって型にはまった雰囲気があり、ギリシャ神話の挿絵を思わせた。少女の顔は目が見開かれ、ベールで濃い影が落ちていて、こんな説明文をつけてもよかったはずだ。〈ギリシャ――東方への入口〉。また別の肖像画――類型の中でも、わたしにとって見覚えがあり、ずっと生き生きして見えた――は若い女のもので、投げやりな大きな瞳とすねた唇を持つ、フランスのシャンソン歌手ジュリエット・グレコの顔だった。その下は男の頭部の絵であり、これまた形式ばっていながら、不思議に魅力的だ。頭は丸みがあり、太い首についていて、額の下のほうに、雄牛のような巻き毛がみっしり生えている。髪は両耳の下までもじゃもじゃ伸びて顎の線に近づき、英雄が描かれた壺絵を思わせ、こうした側面は、彫刻された頬にかかる硬い巻き毛のように、堅苦しく描き入れられていた。上唇は小さく、唇は厚く、口角をきゅっと持ち上げて不変の三日月形の笑みを浮かべている。古代《アルカイック》ギリシャの神々の彫像がつねに見せている笑みだ。

わたしは言った。「サイモン、これを見て。正真正銘の〝アルカイック・スマイル〟ね。これをヘルメスやアポロンの壊れそうな彫像で見ると、現実味がなくて、粗野に思える。でも、わたしは実際にこれをギリシャのそこかしこで、男性たちの顔に見てきたわ」

「これも描いたばかりかい?」サイモンは訊いた。

「どれ? ああ、それか。そうだよ」ナイジェルは上目遣いにサイモンを見て、ためらい、やがて見せかけを、それがなんであれ、捨てたようだった。「今日描いたんだ」彼はわたしからスケッチを受け取り、しばらく眺めた。「たぶん、きみの言うとおりだろう。これじゃ形式ばってる。うろ覚えで描いたら、壺絵と代わり映えがしなくなった。しかしまあ」

「これはポルミスの頭部そっくりだな」サイモンは言った。

ナイジェルがぱっと顔を上げた。「ああ、そうなんだよ! それそれ。これで何を思い出すのかと考えてたんだ。これはざっとスケッチしたんだよ。それでも、コレクションに入れる〝類型〟になってるし、カミラが言うとおり、モデルはちゃんと実在する。彼女はこの奇妙に引き攣った笑みをほうぼうで見てきたし、ぼくもそうだった。面白い、と思ったね」

「ポルミスの頭部ってなあに?」わたしは訊いた。

サイモンは答えた。「確か、オリンピアで発見された頭部像だよ。喜劇作家だったポルミスのものとされているんだ。あの頭には髭があって、これにはないが、同じ厚ぼったい頬と硬い巻き毛と、この象徴的な笑みがある」

わたしは笑った。「あらあら。それがいまだにあの山地を歩いているのね。まるで生まれ変わったような、いかにも西方から来た気分。その顔が、ほら――」

わたしの手はジュリエット・グレコ似の絵の上をさまよった。

サイモンが笑い出した。「そのとおり。いかにも西方だよ」彼は言った。「これはわれらが最愛のダニエルだろう、ナイジェル？　まさか彼女を〝古代ギリシャの類型〟に入れたりしないよな？」

「ダニエル？」わたしは言った。「ああ、フランス人なのね、それじゃ。なんとなく、そんな感じがしたわ」

ナイジェルはサイモンの手からスケッチを受け取っていて、それもまた、紙挟みにしまっていた。彼は押し殺した声で言った。「彼女はフランスの学会に入っている男の秘書として、ここにいたんだ」

「フランスの学会？」

「考古学のね」サイモンが答えた。「そのフランスの考古学会は、ここデルポイの遺跡を発掘する〝権利〟と称するものを持っている。最近も発掘現場で活動していて――山のかなり上のほうで行方不明の財宝を探し回っていた噂があった。道路の両脇にも、調査用の穴がいくつも掘ってあるが、そこで発見されたのはどれもローマ人のものだった」

「なるほど。最新の品々ね」

サイモンはにっこりした。「そういうことだ。とにかく、資金が尽きたせいだろう、発掘隊は荷物をまとめるはめになった。一部の作業員はまだ後片付けを続けていて――手押し車や道具や撤去すべきものがある。しかし、考古学者たちは引き揚げてしまった。残念ながら」

わたしはナイジェルが横目でサイモンを見たことに気づいて、前にサイモンから聞いた話をふと思い出した。〝彼はデルフィにちょっと長く滞在しすぎて、彼のためにならない女と離れられない仲になった〟

わたしは言った。「本当に残念。発掘作業を見られたらよかったのに。何か出てきたら、どんなに興奮するかしら！」

サイモンは笑った。「そ、の、手、の、興奮はめったに味わえないよ！　長年、何トンもの土を掘っては戻すの繰り返しだ。ただし、同感だね。何か出てきたら、さぞやすばらしいだろう。それにしても、なんという国か！　数年前にオモニア広場で排水管を修理中に掘り出された、あの壮麗な黒人と馬の像を見たかい？　庭を掘り始めるたびに、山肌を耕すたびに、何が見つかるだろうと考えてごらん。なにしろ、御者像でさえ――」彼はそこで話をやめ、指に挟んだ煙草を引っくり返した。煙草の先から渦巻いて立ち上る青い煙に見とれるように。

ナイジェルが顔を上げた。「御者像？」声のこそこそした響きは変わらない。彼は床に膝をついたまま、スケッチをなんらかの順番で紙挟みに入れ替えている。「御者像？」ほかのことを考えているのか、さっきの言葉を繰り返した。

サイモンは煙草の煙を吸い込んだ。「うん。あれは、一八九六年になってようやく発見された。デルポイ遺跡の主な神殿や宝庫が発掘されて、かなり経ってからのことだ。少し前にマレーの『ギリシャ彫刻の歴史』を読んで、なぜデルポイの記述はお粗末なのかと首をひねったが、考えてみれば、あの本が書かれた一八九〇年には、ここの彫刻は半分も知られていなかったんだ。ほかにもまだ、いまでも木立の下の片隅に埋まっているかもしれない」

ナイジェルは膝を折って座ったまま、両手でスケッチをなんとなくいじっていた。本当にあれが食い扶持稼ぎだとしたら、ずいぶん無造作な扱いだという気がした。

ナイジェルはもう顔を上げて、またスケッチが手から落ちていた。

「サイモン」今度もあのこわばった声がした。

「なんだい?」

「あのね――」ナイジェルはふと言い淀み、振り向いた。そのとき、このアトリエの玄関ドアがひらいてバタンと閉まった。廊下をコツコツと靴音が近づいてきた。

驚いたことに、ナイジェルが蒼白になった。わたしのほうへさっと向き直り、残りのスケッチをベッドから落として荒っぽく山にすると、せかせかとまとめて床の紙挟みに押し込んだ。

やはり荒っぽく、部屋のドアが押しひらかれた。

戸口にひとりの若い女が立ち、人で一杯の、散らかった狭い部屋をうんざりした顔で眺めた。あの肖像画の、グレコにそっくりの女だった。彼女は口の端《はた》から煙草を放さず、ゆったりした声で言った。

「こんばんは、サイモン、ダーリン。こんばんは、ナイジェル。あたしの絵にひざまずいて祈ってたの? じゃ、祈りはかなえられたわ。戻ってきたわよ」

第九章

あの娘――
処女《おとめ》ではあるまい――
　船荷のように押しつけられた荷物が
　わたしの心の平和をかき乱す！
『トラキスの女たち』（ソフォクレス作）

ダニエルはほっそりしていて、中背で、そのスタイルを最高に（見方によれば最悪に）見せる細身のジーンズと、細い毛糸で編まれた、体にぴったりしたセーターを身につけていた。どうやって胸をあの形と位置に保つのかと、それだけが気になってしかたない。胸はとても高く尖っていて、それは彼女の特徴で、真っ先に目が留まる点だった。二番目は表情で、ナイジェルの絵の飽き飽きした顔つきにそっくりだ。顔は卵形で、青白い。目はとても大きく真っ黒で、茶色と緑色の混じった影が隅々まで落ちていて、よけいに大きく疲れて見える。カールした長いまつげが、下唇に挟まれているらしい煙草から青くたなびく煙をとらえていた。唇に淡い色の口紅が引かれ、それが青白い顔ととびきり大きな黒い目になじまず、異彩を放っている。髪は黒くてまっすぐで、わざと乱してあり、刃がカーブした爪切りバサミを使って暗闇で切り落としたみたいに、めちゃくちゃ格好よくカットされていた。表情は厭世観ともいうべき軽蔑の面持ちだった。年齢は十七歳から二十五歳までのどこにでも当てはまりそうだ。本人は三十歳より上だと言ってほしそうな顔をしていた。

ここで、彼女のまつげはとても長く、偽物ではなく、実に美しかったと書いておこう。わたしが描写したダニエルは偏見に満ちていると思われてはいけないからだ。あのときわたしが偏見を抱いた唯一の理由は、ナイジェルの顔に浮かんだ表情だった。彼は床に膝をついて、不器用な手に繊細なスケッチを抱えたまま、戸口を見て「ダニエル！」とかすれた若い声で言った。あれでたちまち、無残にも本心がばれてしまった。

ナイジェルはスケッチを紙挟みに押し込んで立ち上がった。

最初に挨拶をしたきり、ダニエルはナイジェルに取り合わなかった。のみならず、冷ややかな一瞥をくれたあとは、わたしのことも見なかった。彼女の目はサイモンの全身に注がれていた。

ダニエルは繰り返した。「こんばんは」彼女がこの単純な言葉をどうやってセクシーに響かせるのか、わたしには見当もつかない。

「こんばんは」サイモンは言った。ちっともセクシーに聞こえなかった。彼はちょっぴり愉快そうで、警戒した様子でもあり、それがわたしはいらいらした。なぜいらいらしたのか、いまは言う気になれず、あのときは言おうとしなかった。

ナイジェルがかすれた声で言った。「ここで何してるの？　きみはデルフィを発ったと思ってた」

「発ったわよ。でも、戻ってきたの。入れてくれないかしら、ナイジェルくん？」

「いいとも。さあ、入って。すごいや――まさか、戻ってくると思わなかった。入ってよ。こっちに座って」ナイジェルは駆け出して、とっておきの椅子――わたしが空けていたもの――をダニエルのために引っ張り出した。ところが、彼女はそこを素通りして、窓辺に立っているサイモンのほうに向かった。そして、すぐそばに近づいた。「今日からここに泊まるわ、サイモン。〈ツーリストホテル〉にはうんざりだし、どのみち、もうお金がないの。来てもかまわないわよね……サイモン？」

「全然かまわない」サイモンはダニエル越しにわたしを見た。「きみを紹介したほうがいいね。カミラ、こちらは、もう察していそうだな、ダニエルだ。カミラ・ヘイヴンと、ダニエル・ラスコー。ダニエルはときどきフランス学会に同行して来ると言ったね。エルヴェ・クレマンの秘書なんだ。名前は聞いたことがあるんじゃないかな。『後年デルポイで発見された遺物』の著者だ」

「ここに来る少し前に読んだわ。どうぞよろしく」わたしはダニエルに挨拶した。

ダニエルはわたしをちらっと見て、かろうじて無礼にならない程度に頷いた。それから顔をそむけると、さも優雅に見える物腰で、向かいのベッドの端に腰かけ、細い脚を曲げてヘッドボードにもたれた。彼女は小首をかしげ、細めた目でサイモンを見つめた。

「あたしの噂をしてたわけ？」

ナイジェルが勢い込んで言った。「きみの肖像画がきっかけでね――ぼくが描いたやつさ」彼があのぎこちないしぐさで伝えたのは、ベッドのわたしの脇に置かれた、乱雑に突っ込まれた紙挟みだった。

「ああ、それね」

「とてもよく描けていると思いません？」わたしは訊いた。「あなたが入ってくるなり、誰だかわかりました」

「まあね。ナイジェルは才能のある子だと、あたしたちもわかってる」ダニエルはサイモンに向けた笑みをちょっぴりナイジェルに向け、持て余した手を伸ばして、紙挟みから二、三枚のスケッチを抜き出した。ナイジェルは思わず駆け寄ろうとしたが、オレンジ色のキャンバス地の椅子に座り、骨ばった膝のあいだで両手をぶらぶらさせた。

「そう、これは悪くない肖像画ね。あたしの目はほんとにこれほど大きいかしら、ナイジェル？」ダニエルはスケッチ集をぱらぱらとめくっている。彼女自身の肖像画。わたしたちが〝ポルミスの頭部〟と呼んだ、びっしりと生えた巻き毛とこわばった笑みのある絵。シクラメン。そして、さっきは見なかった、男の肩から上のスケッチ。「花？」ダニエルが言い出した。「あの人たちはあなたにお金を払って、こんなことさせてるの、ナイジェル？　これは誰よ？」

ダニエルの口調は問いかける際に変わっていた。なんの前触れもなく変わったので、わたしはぎょっとした。サイモンが振り向き、ナイジェルは跳び上がりそうになった。「誰？　ああ、そいつか。今日、パルナッソス山で会った奴。きみが来る前にちょうど話してたんだけど、そいつはまるで古代の――」

「嘘。嘘でしょ！」ダニエルはポルミス頭と、もう一枚のスケッチを持っていた。彼女はふと前者を落として、後者を前に突き出した。「これじゃないわよね。これじゃ」

ダニエルの声には自制している感じがあり、意外にも、両手が震えていた。だが、わたしが「ちょっと、いいですか？」と声をかけて手を差し出し、そっとスケッチを取っても、彼女は逆らわなかった。わたしはスケッチをしげしげと見て、次にじっと眺めた。若い男の頭とむき出しの喉が描かれていた。顔は美しいが、ニコの活気にあふれた、いかにもギリシャ風の美貌ではない。よそよそしく、険しく、悲しげだ。思うに、彼は〝古代ギリシャ人の典型〟には程遠いけれど、妙に見覚えがあった。しかし、彼にはナイジェルの画廊の一角を占めるつもりはなさそうだ。この肖像画にだけは、ナイジェルの〝花の手法〟と呼べそうな技術が使われていたのだった。それは彼独自のスタイルで、作品は繊細で、確実で、目を見張るほど美しかった。

「まあ、ナイジェル……」わたしは言った。「サイモン、これを見て！」ダニエルはほかのふたりがベッドに近づくに任せた。見る見る興味を失ったようで、こう尋ねただけだった。「その絵は今日描いたの？」

「そうだよ」ナイジェルのほうは、サイモンにスケッチをよく見る暇を与えず、ようやく、今度こそ手際よくスケッチを一枚残らず紙挟みに戻して、ベッドの下に押し込んだ。どぎまぎした様子で、さっきまでのように怒りっぽく見える。けれども、ダニエルは質問を重ねなかった。またヘッドボードにもたれ、独特のちょっと退屈したような口ぶりで言った。「もう、ナイジェルったら、お酒を出してくれるの？」

「ちゃんと出すって」ナイジェルが慌ててウゾの瓶を取って、置き直したので、揺れて中身がこぼれそうになり、彼は洗面台に駆け込んでグラスを洗った。

わたしは使ったグラスを置いて、立ち上がるふりをした。ところが、そのときサイモンと目が合い、彼が小さく首を振ったような気がした。わたしは座り直した。

サイモンはダニエルを見下ろした。「きみはもう発ったのかと思ったよ、ダニエル。〝発掘隊〟は出ていったんじゃなかったのか？」

「ああ、あれね。あたしたち、ゆうべアテネに着いて、あたしは現代社会に戻る頃合だと思ったけど、エルヴェとひどく揉めちゃって、デルフィに戻ろうかなと……」ダニエルはふいにほほえみ、真っ白な歯をのぞかせた……。「戻ろうと思ったの。だから、ここにいるのよ」

ナイジェルは訊いた。「クビになったってこと？」

「そう言っていいわ」ダニエルは煙草の煙越しに一瞬ナイジェルを見ると、わたしのほうを向いた。「サイモンはお上品な嘘をついたの。ほんとのとこ、あたしはエルヴェ・クレマンの愛人だったのよ」

「ダニエル！」

「いいかげんにしてよ、ナイジェル！」ダニエルはじれったそうに肩をすぼめた。「知らなかったふりはやめて」それからわたしに言った。「でも、エルヴェが退屈な人になってきたのよね」

「そうでしたか」こちらも如才なく調子を合わせた。

ダニエルの表情は、長いまつげの下で巧妙に作られているようだ。「ええ、そうよ。男ってみんな、いずれそうなると思わない？　あなたは男にうんざりしないの、カミラ・ヘイヴン？」

「たまには」わたしは答えた。「でも、それは――たまに――女性が相手でもあることです」

その一撃はダニエルの傍らを素通りした。「あたしは女も大嫌い」彼女はあっさりと言った。「だけど、エルヴェは、彼は本気で縁を切ろうとしてた。彼がここの〝発掘隊〟をやめてアテネに戻らなかったとしても、あたしは彼と別れるしかなかったわね」彼女はもうもうとした煙を吐き出すと、振り返ってサイモンを見上げた。「だから戻ったの。でも、ここで寝泊まりするしかなさそう。アトリエで。もう自立しなくちゃいけないし、〈ツーリストパヴィリオン〉とか、そのへんのホテルに払う現金はなくて……」彼女はサイモンを見つめたまま、ゆっくりとほほえんだ。「野宿するしかないわけ」

ダニエルが語尾に何を匂わせているのかわからないが、最後の単純な言葉で、サディストと同じベッドで寝る運命になったとでも言わんばかりだった。そして、サディストとはサイモンのことだ。わたしはまたしても強烈な不快感に襲われた。ダニエルを気の毒に思うか、いっそ面白がるか、どちらかにしたかったはずなのに、なぜかそれができなかった。どうやら、ダニエルは大人になりきれないふりをしているのではなさそうだ。厭世観《ヴェルトシュメルツ》はポーズではなく本物であり、しかも重症らしい。大きな目に浮かぶ、投げやりな色合いもそうだ。しかし、わたしは彼女に寄せるべきだった同情をナイジェルに寄せていた。彼はいま、大急ぎでグラスを拭きながら早口でしゃべっている。

「戻ってくれたなんて最高だよ。わかってるよね。もちろん、このアトリエに泊まってよ。ここにはぼくとサイモンとオランダ人の画家だけ——」

「オランダ人の画家？」

サイモンがすらすらと答えた。「二十歳《はたち》くらいの若者で、ヨアニナから歩いてきて、へとへとに疲れているんだ」

ダニエルは美しいまつげの下からサイモンをさっと見上げた。「ふうん」彼女が吸いかけの煙草を洗面台に放り投げると、そこで煙草がくすぶった。「もう一本ちょうだい、サイモン」

サイモンは言われたとおりにした。「カミラもどう？」

「いただくわ」わたしは言った。

ナイジェルがストレートのウゾを三分の一注いだグラスを持って、わたしを押しのけた。「お待たせ、ダニエル」ナイジェルの顔は不安そうで、集中していた。聖杯を捧げ持っているみたいだ。ダニエルはグラスを受け取り、ナイジェルにまばゆい笑みを放った。彼が瞬きして、日焼けした頬骨がますます赤くなるのがわかった。「ナイジェルくん、戻ってきてよかったわ」

「ダニエル——」ナイジェルはダニエルのほうにぎこちなく動いたが、彼女はそれに気づかないふりをしてやんわりとよけ、ヘッドボードにもたれて彼にグラスを掲げた。

「乾杯《ギア・ス》、ナイジェルくん……。あら、つきあってくれないのね」

古臭い手のはずだったが、この場合は違った。ナイジェルは振り向いて酒瓶をつかみ、自分の空いたグラスに一、二インチ酒を注いだ。ところが、彼が向き直ると、ダニエルはあくびをして、伸びをして、長い首についた頭をのけぞらせ、サイモンに手を伸ばした。手の爪はとても長く、真っ赤に塗られていた。「実はね」あの退屈そうな、滑らかな声のまま、彼女は切り出した。「あたしはサイモンの恋人なの。そうでしょ、サイモン?」

わたしは跳び上がったに違いない。サイモンは煙草の煙を見下ろして、のんびりと言った。「そうかい? 感激だね。ただし、そうなると、きみがけさアテネでぼくに車を借りた理由を教えてもらわなくちゃ」

ダニエルの伸ばした手が止まり、すばやく引っ込められた。細い体がベッドの上でよじれた。彼女が部屋に入ってから初めてした、無意識の動きだった。それはちっともセクシーではない。愕然としているだけだ。「なんの話?」

「けさ、きみがぼくの名義で借りた車だよ。きみが〈アレクサンドロス〉というカフェで引き取ろうとしていた車さ」

黒い目がサイモンの目を一瞬とらえ、それから下を向いた。「ああ、それ」ダニエルの声は相変わらず落ち着いていて、ハスキーだ。「どうしてわかったの？」

「ねえ、ダニエル。きみはあれをぼくに借りてくれたんだよね？　ところが、引き取りに来なかった。当然、〈アレクサンドロス〉の店員から連絡が来たんだよ」

「でも、そんなはずないわ！　どうやってわかったの！」ダニエルが今度はむっとしてサイモンを見上げた。

「どうやってかは気にしないでいい。どうしてかを教えてくれ」

ダニエルは肩をすくめてウゾを飲んだ。「デルフィに戻りたかったの。あたしが車を借りたと言ったわね。ギリシャでは女なんか相手にされないから、あなたの名前を使ったのよ」

「おまけに、これは生きるか死ぬかの問題だと言った？」

「えっ？　よしてよ。そんなこと言いっこないわ」ダニエルは笑った。「芝居がかった人ねえ、サイモン」

「そうかな。芝居がかった場所だからね、ここは。そういうせりふがなじむ。しかし、きみは車を借りたことは借りた」

「ええ」

「しかし、それに乗らずに来た」

「ええ」

「なぜ？」

わたしは沈痛な面持ちで考えた。すでにカミラ・ヘイヴンという愚かな女が車に乗ってしまっていたからだ。どうしてサイモンはよけいな口出しをしたのだろう。わたしはことさらダニエル・ラスコーともめたくなかった。それに、ダニエルがあの忌々しい車を――誰の名義であれ――借りたのに、バスでデルフィまで来るはめになったとしたら、わたしに腹を立てても無理はない。彼女は疲れた様子もなく、機嫌も悪くないけれど、かなり遅くに着いたようで、それはわたしのせいだろう。

「なぜ?」サイモンは繰り返した。

ダニエルはすねた顔で答えた。「ジープを貸すというエルヴェの申し出を受けたから。そのほうが好都合だったの」

わたしは考えもせずに言った。「どこかで見かけたと思いました! テーベの手前でわたしを抜いたジープに乗っていた女性だったんですね。あなたのことはよく覚えています。道路の反対車線を走っていましたから」

ダニエルはあくびをして、歯のあいだから舌をのぞかせた。こちらには目もくれなかった。「そうだったかも。そのほうが面白かったのよ」

サイモンは言った。「すると、きみはカミラより先にここに着いたんだね。いままでどこにいた?」

ダニエルはむっとして答えた。「それがどうかした? ぶらぶらしてたのよ」

わたしは訊いた。「イテアで?」

ダニエルはベッドですばやく背筋を伸ばした。ウソが少しこぼれた。「どういう意味?」目の前で、サイモンの顔を驚きの表情がよぎり、見慣れた仮面に覆われた。わたしの血の巡りがほんの少しよくなった。彼が興味を持っている。これにはなんらかの意味がある。

わたしは答えた。「今夜、イテアであなたのジープを見たんです。村外れのオリーブ林に立つ家のそばに停まっていました。いまのいままで、同じ車だと気がつきませんでしたが、思い出したんです。

フロントガラスにきらきらした人形がぶら下がっていました——たいてい聖画が掛かっているところに。テーべの近くで追い越されたとき、それに目を留めたことを覚えています」

ダニエルは酒を飲んでいない。吸い続けている煙草から立ち上る煙がベールとなって、彼女の目を隠した。「今夜？　どうしてそう言い切れるの？　暗かったんでしょ？」

「ええ。でも、そこには懐中電灯を片手にエンジンをいじっていた男性がいて、明かりが人形をとらえました。そのあと、明かりは家の中に入ったんです」

「ほんと」ダニエルはストレートのウゾをあおった。それでもけろりとしている。「まあ、それなら同じジープだったみたいね。あたしはそこに……知り合いと一緒にいたし」再び語尾が濁り、あのまなざしがサイモンに向けられた。ナイジェルは迷子の犬のようにダニエルを見つめている。多少は——驚くほど——情けが沸き起こり、彼女は先を続けたのだろう。「あたしはいつも昼間にイテアに出かけるのよ。何週間もそうしてる。泳ぎに行くの。ナイジェルは知ってるわ」

ナイジェルはすぐさま答えた。まるで、最後の言葉が立証の答弁だったように。「知ってるとも。だけど——今日は本当に向こうに行ってから来たのかい？」

「そうよ」ダニエルはナイジェルに輝く笑みを向けた。「あなたも出かけてたでしょ？」

「ああ」

「そうじゃないかと思った。あたし、エレーナにアテネのおみやげを持っていって——」

「エレーナって？」ナイジェルがすかさず訊きただした。

「イテアに住んでる友達よ。あたしと同じところでよく泳ぐから、家まで送ってあげたの」

「そうかあ！」ナイジェルは言った。

ダニエルは一瞬彼を見てからわたしに向き直ったようだった。「そういうあなたは、カミラ・ヘイヴン？　あなたはまずイテアに行って、それからここに来たのよね？」

「一時間前に着いたばかりです。ただの観光客なんです。〈アポロン・ホテル〉に泊まっています」

「でも、あなたはイテアに直行した」その言葉にはどこか棘があり、とがめているように聞こえたので、わたしは慌てて言った。「まずホテルに寄りました」それから付け加えた。「イテアまで行ったのは、あの車を借りた人を探すためです」

　ちょっと言葉が途切れた。「あの……車を借りた人？」ダニエルは繰り返す。

「ええ。わたし――わたしがオモニア広場の〈アレクサンドロス〉から車を運びました。そ、それから、車を待っているとされた〝ムッシュー・サイモン〟を探していたんです」

　ダニエルは小さな雲のような煙を吐き出して、ベッドのヘッドボードにもたれ、煙越しにわたしを見た。「ふうん……なるほどね。あなたがあたしの車をここに届けたの？　あなたが？」

「ええ」わたしは惨めな気持ちで答えた。「〈アレクサンドロス〉というお店にいると、レンタカー会社の男性が来て、あなたと間違えられました。車のキーを渡され、これは緊急の用事だ、その〝ムッシュー・サイモン〟がデルフィでなるべく早く車を欲しがっている、と言われたんです。わたし――わたしたちは話が食い違って困り果て、相手の男性はわたしにキーを残して消えました。会社の住所は見当もつきません。どうしていいかわからなかったのですが、自分でここに来たかったんです。えと――その男性がしつこく、これは〝生きるか死ぬかの問題〟だと――」

「またそれね」

「またそれです」わたしは続けた。「結局、あなたのご不便にならなかったようで、ほっとしました。

わたしよりずっと前に到着したんですもの。テーベの手前で追い抜かれましたからね」

ダニエルはつんけんした口調で訊いた。「じゃあ、あなたはどうしてサイモンを探しにイテアに行かなきゃならなかったの？」

「あら、行きませんでした。わたし——そのう、サイモンがすぐに見つけてくれたので。でも、彼は車の一件を何も知らず、意味がありませんでした。わたしたちは別の〝サイモン〟を探しに行ったんです。正確に言うと、映画館のそばでパン屋を営むシモニデスを」

「そこは」ダニエルが口を挟んだ。「オリーブ林じゃないわ」

「ええ。わたしは巡礼の道を見に行ったんですよ」

「巡礼の道？」ダニエルはぽかんとした。

サイモンが言った。「ああ。きみは巡礼の道を知り尽くすべきだね、ダニエル」

ダニエルは慌てて言った。「どうしてよ？」

「ねえ、きみ。きみはここで、考古学者の秘書として働いていたからさ」

「愛人よ」ダニエルはすかさず言い返した。

ナイジェルがわたしの背後で唐突に声をあげた。「そんな言い方しないでよ」

ダニエルは毒舌を振るおうとしたかのように口をひらいたが、また閉じて、独特のゆったりした笑みをナイジェルに向けた。わたしは彼を見なかった。そして、すぐさま言った。「あの、ダニエル、車の件は本当にすみません。そう——たぶん、あのときは正しいことをしていたつもりでしたが、軽はずみだったようです。いまになって、不便をかけないといいんですが——」

「あなたがここまで車を運んできた」ダニエルは振り向き、細めた目で、渦巻いている煙越しにわたしを見た。「この先も使うといいわ」

わたしは一瞬ダニエルを見た。それから、慎重に言った。「もっともですね」

「あなたは車をここまで運ぶように頼まれてない。わたしは欲しくない。処分に困ってるみたいだけど、代金を支払う余裕があるといいわねえ」ダニエルは背を向けて、煙草の灰を洗面台のほうにはじき飛ばした。灰は届かず、床に落ちた。

短い間《ま》があいた。わたしは用心深く尋ねた。「誰に支払うんでしょう?」

ダニエルがぱっと向き直った。「どういうこと?」

「言ったとおりのことです」

「あら、あたしに決まってるでしょ。保証金は受け取ったと聞かなかった?」

「ええ、そう聞きました」

「それで?」

わたしは立ち上がり、自分のハンドバッグを手に取った。「ただ、ちょっと驚いたのは、あなたはジープを調達しておきながら、レンタカー会社に連絡して予約をキャンセルしなかったことです。お話のとおり、お金が足りなかったなら、保証金が役に立ったでしょう。そもそも、なぜ車を借りたのかわかりません。バスに乗るほうが安上がりなのに。レンタル契約書の控えを見せてもらえませんか? レンタカー会社の住所が出ていますよね」

ダニエルはすねた顔をした。「明日ね。控えはどこかにあるわ」

「そうですか」わたしはナイジェルにほほえみかけた。「もう行かなくちゃ、ナイジェル。さもないと、ベッドに入る前に夜が明けるわ。お酒をごちそうさま、絵を見せてくれてありがとう。すばらしい絵だと思う――嘘じゃないわよ。あの最後の一枚は……そう、傑作じゃないかしら。あれは凡作じゃない。本当よ。おやすみなさい」

サイモンは立ち上がった。わたしが背を向けて歩き出すと、彼も進みかけたが、ダニエルがすばやく身をくねらせてベッドを下りた。まるで蛇だ。彼女はサイモンに迫った。

「サイモン――」ダニエルの爪がまたサイモンの袖にかかった。「あたしの部屋は廊下の突き当たりでね、シャワーが厄介なことになってるの。ポタポタ滴を垂らしてて、あれじゃ夜も眠れないわ。直してもらえない？」

「ぼくに直せるかな。とにかく、まずカミラを送り届けたら――」

わたしはこわばった声で言った。「送ってもらう必要なんかないわ。帰り道はすぐにわかるもの」

「――戻ってきて、車を移動しなくちゃいけない。神殿の下に停めてきたんだ」

ナイジェルがわたしにドアをあけてくれていた。振り向いてサイモンを見ると、ダニエルにすがりつかれていた。「本当に気にしないでくれ。あの車の責任はぼくが負うべきだ……ダニエルが言ったとおりさ」

サイモンの目が愉快そうにわたしの目をとらえた。わたしは唇を噛み、それから言った。「わかったわ。じゃあ――ありがとう」

「どういたしまして。なにしろ、あの車がぼくの名義で借りられた以上、ぼくにも責任の一端がある。そうじゃないか、ダニエル？」

ダニエルがまつげの下からわたしに敵意に満ちた一瞥をくれ、視線をサイモンに戻した。甘ったるい口調だ。「そんなものありゃしないわ。でも、あなたがそう思うなら……。あとでシャワーを直してね。もう、うんざりしてるの」

「今夜はだめだよ」サイモンは言った。「おやすみ。おやすみ、ナイジェル。いろいろ助かったよ。じゃあ、またあとで」

ホテルへ下る道は、およそ十二分かかる、急勾配のでこぼこ道で、わたしたちは足首を痛めないよう注意して、ダニエルのことを話さないようにしていた。わたしにとって、最初のほうは簡単だった。

ホテルに着くと、サイモンが言った。「カミラ」

「はい？」

「機嫌を直せよ」

わたしは笑った。「いいわよ」

「きみがキリスト教国一の傲慢な態度を取ろうと、カンカンに怒ろうと、何をしようとかまわない。いいね？」

「申し分ないわ」

「車の件は心配しないで。さっきはあまり――あれこれ言わなかったが、ぼくもあの車がここにあってよかったという気がする。だから、もう悩むことはない」

「わたしはしないわ」きっぱりと言った。「自分の愚行の尻拭いをあなたにさせるなんて」

「ぼくたちもしない」サイモンは穏やかに言った。「この場で言い争うなんてね。きみは寝たほうがいい。今日は長い一日だったし、明日はもっと長くなりそうだ」

「わたし、明日はここを発つしかなさそう」

「明日？　おいおい、そこまで怒っていないだろう？」

「怒っているわよ。いいえ、問題はそこじゃなくて。ホテルに泊まれないかもしれないこと」

「しまった、忘れていた。それじゃ、アトリエに来ないか？　中の様子は見たね。簡素だが、清潔で、とても使い勝手がいい。それに、いまならきみには――」灰色の目の隅がきらめいた。「お目付け役がつく」

「考えておくわ」わたしはあまり気乗りのしない様子で答えた。

サイモンはちょっと考えてから言った。「そうしてくれると嬉しい。ぼくは――明日は発たないでくれ。きみも来てくれると思っていたんだ」

わたしはまじまじとサイモンを見た。「でも――あなたはステファノスと一緒にパルナッソス山に登るんでしょう？」

「そうだよ。きみに来てほしい。来てくれるだろう？」

「でも、サイモン――」

「来てくれるね？」

わたしはかすれた声で言った。「こんなのどうかしている」

「わかっている。しかし、それが現実だよ」

「あなたのすこぶる個人的な用件よ。いくらわたしが――わたしが自分の問題にあなたを引っ張り込んだからといって、あなたが自分の問題につきあってくれとわたしに頼む必要はないのに」

サイモンはまた愉快そうな顔をした。「ないよ。来てくれるね？」

「ええ。もちろん」

「長い山歩きになるぞ。一日がかりの仕事だ。ホテルで部屋が空いていないと言われたら、アテネに電話をかけて、きみをアトリエに入れる許可を取らせてくれ」

「アテネに電話を?」

「あのアトリエは美術大学の施設でね、きみはぼくと同じく画家では通らない。学生の身分で入るしかないんだ」

「まあ、それはそうね。じゃあ、ダニエルは?」

サイモンはにっこりした。「たぶん、考古学の世界にいた経歴がものを言うんだろう。彼女はぼくの名前で車を借りるとしたら、アトリエに部屋が欲しいときはエルヴェの名前を使う」

「そうね。じゃあ、アテネに連絡してくれたら、明日の夜、あちらに移るわ。何時から動く?」

「八時半に電話をかけるよ」サイモンは例のはじける笑みを浮かべた。「おやすみ、カミラ。それから、ありがとう」

「おやすみなさい」

サイモンが踵《きびす》を返したところへ、わたしは声をかけた。しまったと思ったときは手遅れだった。

「シャワーの蛇口を直してあげて」

「蛇口か」サイモンはつぶやいた。「面倒くさいな。おやすみ」

第十章

登場人物の言葉あるいは行動は、その理想を明確に表すものだ。現れた理想が優れていれば、性格も優れている。優れた性格はどんな登場人物にも、女性にも設定できる。

『詩学』（アリストテレス著）

翌朝はやけに早く目が覚め、またすぐに眠れなかったので、今日の冒険が始まる前に、起きてひとりで遺跡を見ることにした。すると、まだエリザベス宛ての手紙を投函していないことを、苦笑しつつ思い出した。わたしは客室を引き払う準備をしながら、バッグから手紙を引っ張り出して、追伸を殴り書きした。

わたしには何も起こらないと書いたかしら？　それがきのうから起こっているの。生きていたら、手紙を書いて、これまで知らせなかったことを伝えるわね。

愛をこめて　カミラ

まだ七時を回ったばかりなのに、早くも猛烈な陽射しが降り注いでいる。わたしは村の通りを歩いて手紙を投函してから、階段状の通りを縫って、山腹に向かう険しい坂道へ曲がった。

そこは幅の広い階段で、日光をさえぎる水漆喰の白壁が並んでいた。ただでさえまばゆい白を、至る所で植物の緑が和らげている。どの壁や屋根からもこぼれ落ちるのは、つる草とシダ、鮮やかなピンクと緋色のゼラニウム、そして美しい滝のように降り注ぐマリゴールドとルドベキア・ヒルタ。足元では、雌鶏が地面をつついたり引っかいたりした。わたしはときどき脇に寄った。そこをロバからバがおっとりと階段を下りていき、黒いベールをかぶった農婦があとを追い、ほほえんで「おはよう」と軽く挨拶した。

階段はやがて村を出て、山腹へ続き、小石の山と縁石が道路を建設中だと示していた。わたしはそこを慎重に歩いて、作業員たちの気さくな好奇の視線を浴び、じきに、気づかないうちに遠くに来ていて、いつの間にか最後の家を離れ、アトリエの上のひらけた山腹に出ていた。

登りの道は険しかった。おまけに陽射しが強い。小道は崖の根元に沿って続き、この早朝は崖が狭い日陰を作っていた。日陰の奥に平らな石を見つけ、そこに腰かけて登りの疲れを癒やそうとした。

わたしが歩いている道は、昨夜サイモンとふたりでたどった道の続きのようだ。アトリエの上を通り、傾斜して、記憶にある松林に入り、そこからさらに急勾配となって荒廃した神域へ消えていく。ここからさほど遠くない、眼下になった道の右手にアトリエが見えた。あの石切り場に、切り出されたまま、真四角でみっともなく捨てられて。その向こうで、オリーブの谷間が広大な光の海でちらちらと光り、その先に再び山また山が連なり、それから海があった。

そのとき、アトリエ付近の動きに目を奪われた。

誰かがわたしと同じくらい早い時刻にうろついている。台地から続くでこぼこ道を登っていく、もつれた足音が聞こえた。すると、彼が見えた。やせた、金髪の人物がリュックサックを背負い、足早に、ほとんど音を立てず、わたしが日陰に座っているほうへよじ登ってきた。向こうはこちらを見ていなかった。神殿の上の松林へ突進していて、たちまち遠ざかっていく。

彼は小道に着いた。七十ヤードほど離れた、墓地を示す囲いのそばにいる。足を止め、一息ついて景色を見晴らすかのように振り向いた。

わたしは立ち上がって相手を呼び止めようとして、彼の振る舞いがどこか気にかかり、じっとしていた。彼は数歩下がったり横へ行ったりして、一本の松の木の影に入った。木漏れ日でまだらになった影が彼をとらえて隠し、斑点をつけ、姿を消した。彼はそこで、微動だにせず、なんの景色も見ていない。足元の地面を眺めるようにうつむいている。わたしはふと思いついた。彼は耳を澄ましているのだ。まだ動かない。うららかな朝に物音一つしないけれど、谷の反対側で山羊のベルが鳴り、村で雄鶏がコケコッコーと鳴いた。アトリエから物音はしない。人の気配もない。

ナイジェルが顔を上げ、周囲を見回している。相変わらず、例の怯えた、忍びやかな身のこなしで。どこへ行くのであれ、あとをつけられたくないのだ。ダニエルを思い出し、彼の気持ちがわかったような気がした。わたしは彼の逃亡を邪魔するつもりもない。ひとりでほほえみ、その場にとどまった。動かない限り、ナイジェルには気づかれないと思ったし、事実、気づかれなかった。彼はくるっと向きを変え、小道を離れ、どんどん登って松林を抜け、古代の競技場がある場所に向かった。さらにその先に、道は〈輝く岩〉の上へ続き、パルナッソス山の上部に消えていた。

わたしは一、二分してから立ち上がって歩き出した。じきに、わたしも松林の陰に隠れた。右手には倒れそうな柵と、墓地を縁取る枯れ草の茂みがあった。

いまにして思えば、なぜこんな真似をしたのだろう。ただ、その頃には、マイケル・レスターの問題はすでに自分の問題になっていた。ギシギシときしむ門を押しあけて、わたしは墓石の合間を進んだ。見つけたとき、綴りをゆっくりと言わないと、確かにこれだと自信が持てなかった。

ΜΙΧΑΕΛ ΛΕΣΤΗΡ

この異教の十字架、外国の墓碑銘《エピタフ》……わたしの耳にサイモンの声が、いまでも彼を語っている。〝ぼくの兄のマイケルだ〟。そのうしろでは、ほかの声が、ほかのことを訴えるのも聞こえる。〝わが家の女主人、アンゲロスの従弟、マイケルの弟〟……〝何人も孤島ではあらず、何人もみずからにしてまったきはなし〟。

わたしは暑い早朝の静寂の中で、サイモンのことを考えていた。今日はサイモンの冒険の旅に同行しなくてはならない。わたしもまた、訴えに応えてしまったからだ。サイモンはマイケルが死んだ場所を見に行く。彼はわたしにも来てほしいと望んだ。

では、わたしは？ なぜ行くと答えたのかしら？ ゆうべはどうかしていると言ったし、本当にどうかしているのに……。でも、サイモンに請われたこととはまったく別に、自分にも行く必要があるという、妙な気持ちがしていた。わたしにも、探しているものがある。

一羽の鳥が、風に吹かれた葉のように小さく輝いて、暑い静寂の中を飛び交った。わたしは向きを変え、埃っぽい小山の合間を縫って門へ向かった。

いまはもうサイモンのことではなく、自分のことを考えていた。自我とか、フィルにもらった指輪を送り返したときに誇示しなければならないと感じた主体性《アイデンティティ》ではなく、きのうは軽く考えたのに、まだ忘れられそうもない身元《アイデンティティ》のことだ。カミラ・ヘイヴンではなく、ただの〝サイモンの恋人〟のこと。

すばやく門をくぐり、小道を足早に下ると、やがてアポロン神殿の上に出た。

デルフィのことをさんざん書いてきたものの、実は、ここについて書き記すのは容易ではない。この地では、心と感覚が奪われて涸れてしまう。目と耳と崇拝する本能さえあれば、それでいいのだ。

陽射しを浴びて、坂をゆっくりと下っていった。ここに小さな柘榴《ざくろ》の木があり、劇場の大理石の割れ目に絡みついていた。葉はそよぎもせずに垂れ、濃い緑色で静まり返っている。実は炎の色をして、魔女除けのガラス玉のように艶やかだ。ここが危険極まる階段で……ここが劇場の舞台で、ゆうべサイモンがせりふを言ったところだ。中央にしるしが見えた。そこで声が拾われて山腹へ投げ出される。いよいよ、神域に続く階段が……それはアレクサンドロス大王の記念碑に違いなく……これはアポロン神殿の土台だ。

六本の大柱が、底知れぬ谷を背景に炎のようにそそり立っている。

あたりに人影はない。わたしは神殿の土台を横切り、端で大柱の一本にもたれて腰を下ろした。石が熱い。頭上の、崩れかけた柱頭にツバメの翼がたくさん見えた。ずっと下では、オリーブの木々が谷に沿って揺らめいている。遠くに臨むエリコン山は青であり、銀色であり、女神アフロディテの鳩のような灰色でもある。そこらじゅうで小鳥の鳴き声がするのは、デルフィは野生動物の保護区域だからだ。どこか遠くで、羊の首につけたベルが鳴っている……。

まだ八時だったのに、わたしは腰を上げ、参道を歩いて神殿から神域の端まで行くと、鬱蒼と生い茂った松が神域を下の道路から隠していた。松林の下の道を歩いて、道路のカーブに収まった博物館に向かった。かなり長い時間歩き回っていた気がしたのに、まだ入口が閉まっているのを見て驚いた。ガイドの制服を着た男が道の向こうの木立の下で座っているので、そちらに渡って話しかけた。

「博物館ですか？」男がわたしの問いかけに答えた。「九時半にならないとあきません。しかし、この遺跡をすぐにガイドしましょうか、どうです？」

「せっかくですけど、けさはお断りします」わたしは言った。「見てきたばかりなんです。でも、明日なら。まだデルフィにいられれば……。明日もここにいますか？」

「この時間には必ずいます」男は浅黒く四角い顔に、はっとするほど青い目をしていた。外見は洗練されていて、とても流暢に英語を話す。

わたしは言った。「御者像を見たかったんです」

「そうでしょうね」男がにっこりして、真っ白な歯をのぞかせた。「ですが、ここデルフィには、ほかにも見るべきものがあります」

「それは知っていますが、誰もが博物館で真っ先に見に行くのは、あの像じゃありませんか？」

「そうでしょうね」男は繰り返した。「明日、来てくれたら、博物館も案内しますよ」

「ぜひお願いします」わたしはちょっと考えた。「あの——もしかして、上のアトリエに泊まっている若いイギリス人の画家を知っていますか？　やせていて、金髪で、まばらに顎髭を生やした？」

「ええ、知っています。もうだいぶ前からデルフィにいる人ですよね、違います？」

「そうだと思います。彼はふだん――これまでよく博物館に来ていましたか？」

「来ていましたとも。よくスケッチをしに来ます。絵を見たことがありますかな、キリア？　あれは実にいい、まさに傑作ですよ」

「ゆうべ、何枚か見せてもらいましたが、彫像や遺物のスケッチはなかったようです。彼なら、そういう絵も巧みに描くでしょうに。御者像のスケッチはしたでしょうか？」

「もちろん。あの像は入場者が真っ先に見に行くものだと言いませんでしたか？　確かに、われわれの小さな博物館では、あの像が呼び物《ピエス・ドゥ・レジスタンス》なのです」

「彼が――その画家がきのうここに来ていたかどうか、気がつきました？」

妙な詰問をされても、ガイドはびくともしなかった。観光客と接した経験から、そうとう辛抱強くなったのだろう。彼は首を振った。「あいにくと。わたしはここに一日じゅういましたが、遺跡に下りていたあいだに、彼がここに来ていたかもしれません。ツアーは一時間ほどかかります。彼に会いたいなら、遺跡の上のアトリエで寝泊まりしています。そこでは道路を建設中ですよ」

「あとで会いに行きます」そろそろこの話題を切り上げる頃合だろう。「村の上からどんな道路を作っているんですか？　どこへ続いているんでしょう？」

「競技場です。もう見ましたか？」

「まだです」

「神殿の上のほうにありますよ。デルフィに来る観光客の多くが競技場に目もくれませんが、それは登り坂があまりにも険しいからです。競技場はこよなく美しい――楕円形のトラックに階段状の座席だけで、古代の姿をとどめていて、景色も……オリーブ林と谷と海の景色もずっと変わりません。そこで、車やバスで観光客を運べるように道路を作るんです」

野生のままで美しい自然保護区に、またしても乗用車やバスが侵入すると思うと、胸が痛むのをこらえた。「そうですか。ギリシャの収入源になるなら、いいことでしょう。あなたはデルフィの人ですか、キリエ?」

「いいえ。わたしはティノスの者でして」

「まあ。すると……戦時中はこちらにいなかったのでしょうね?」

ガイドはほほえんだ。「ええ。わたしは働いて――せっせと働いて――いました。わたしの島で」

わたしの島。ほら、やっぱりこの言い方。ティノスの者。

それなら、この人はマイケル・レスターを覚えていないはずだ。名前を聞いたことさえないかもしれない。どちらにしろ――わたしははっとした――サイモンが関心を持ってほしいと望む範囲を超えてはいけないのだ。返事はこれだけにとどめた。「そうですよね」

ガイドは鮮やかな手さばきで煙草を回している。

「当時のデルフィにはガイドなど無用でしたよ、キリア。あの頃は、誰も神殿や自然保護区や御者像に目もくれませんでした! 残念だと言ってもいいでしょう――デルフィが世界の中心であった、信託神殿の時代に人々がここに詣でた頃のように、人々がここに来る時代が訪れていたら、争いは解決されるとわかったでしょうに」あの鋭く知的な表情と、ぱっと浮かぶ笑みが再び現れた。「いまのは、いいですか、わたしが観光客を案内するときの決まり文句です。実に効果的な口上ですから。実に効果的な。デルフィ隣保同盟。国際連盟。国際連合。実に効果的です」

「きっとそうですよね。そこにデルフィと隣国の戦いにまつわる情報も加えますか？　クリーサを荒廃させたこと、アテナイ人がスパルタ人に勝利した記念碑、スパルタ人がアテナイ人に勝利した記念碑、そして、スパルタ人をどこより怒らせたであろう場所に突き立てた、ギリシャの記念碑。それに――」

「加えることもあります」ガイドは笑っている。「どうしても――なんと言いましたっけ？――足元に気をつけて（慎重な言動をする、という意味）、明日あなたを案内しなくてはなりませんね？」

「そんなわけでは。わたしはわざわざ旅行の前に本を何冊も読んできました。そこで、ここで起こったことを知るのはますます面白くなります。写真もたくさん見ました」わたしはまた言い淀んだ。

「あの御者像は……」慎重に切り出した。

「あれがどうしました？」

わたしは手にガイドブックを持っていた。『デルフィのかんたんガイド』という本で、表紙にはかの有名な像の頭部の写真が載っている。その本を差し出した。「これです」この像の噂はかねがね聞いていますけど、本当に好きになれるかどうか。この目。オニキスと白い琺瑯《ほうろう》がはめ込まれているんですよね？　それに、長い金属のまつげまで。なるほど、まるで生きているようですが――あの、わかりますよね」わたしは写真を指さした。「この狭い額と強靭な顎。これは厳密には美しい顔ではないでしょう？　それでいて、誰もがこの像は傑作だと言うなんて」

「あなたも言いますよ。写真では本当の印象はわかりません。あの御者像は、比類なきオリンピアのヘルメス像と同じです。写真で見ると、あの神は優男で、大理石は滑らかで、石鹸のように艶やかです。しかし、像そのものには度肝を抜かれます」

「わかります。わたしもあの像を見ました」

「でしたら、御者像を見る覚悟を決めてください。あれはギリシャでも指折りの彫像です。わたしが彼を見るたびに——毎日です——どんなことが真っ先に思い浮かぶか、わかりますか？」

「えっ」

「彼はとびきり若いのです。あれだけ厳粛で、優雅でありながら、とても若い。以前は彼が馬車の所有者——競走の勝者——だと考えられていましたが、現在では二輪馬車を所有する貴族の御者だとされています」

　わたしはおずおずと言った。「パウサニアス（二世紀後半のギリシャの旅行家）がデルフィについて記述した中に、情報がありますよね？　青銅の二輪馬車には裸の〝馬車の持ち主〟がついていて、それが御者を、良家の子息を従えていたかもしれなかったと？」

「いたはずです、ええ。しかし、それはわれらが御者像に当てはまりません、キリア。その証拠は、御者が紀元前三七三年に起こった地震の大規模な地滑りで埋もれ、発見されないまま、そこに——なんと言いましたっけ？——支持壁（ギリシャ語では〝大地保持壁〟です）が立てられ、岩と土が再び神殿をのみこまないようにしたのです」

「擁壁《ようへき》ですね」

「ああ、これはどうも。擁壁ですか。さて、つまり、パウサニアスがデルフィに来る二世紀ほど前に、われらが御者は姿を消していたわけです」

「なるほど。それは知りませんでした」

ガイドは煙草を回すのをやめていた。口にくわえ、緩んだ葉にパチパチと音を立てて火を点けた。

「現在では、御者はゲロン、つまり馬車競走の勝者に選ばれた集団のひとりとされていますが、なんとも言えません。多くのものが何世紀にも渡って失われたり、破壊されたり、盗まれたりして、われわれの発見をめぐる真実はただの当て推量です。そして、デルフィがひどい目に遭ったのは、大変に豊かだったからですよ。確か、ここには六千もの記念碑があったとされています――とにかく、それは発見されなかった碑文の数です」ガイドはほほえみ、真っ白な歯を見せた。「御者像を壊して隠した地滑りは、神々の御業でした。おかげで略奪者の手を逃れたからです。フォキス人は、あの像が埋もれて二十年足らずで神域の遺跡を埋め、言うまでもなく、後年数え切れない文化財が破壊されたり、略奪されたりしました」

「知っています。ローマ帝国の将軍スラや皇帝ネロなどのしわざですね。ネロは何体の青銅像をローマに持ち帰ったとされていますか？」

「五百体です」ガイドはまた笑った。「どうしたって、明日は無駄口を叩けませんね！」

「ですから、旅行前に情報を詰め込んできただけです。それほど詳しくは――」

博物館の向こうのどこかで、急に派手な物音と叫び声がした。わたしはどきっとして、話をやめて振り返った。「あれはなんでしょう？」

「なんでもありません。作業員同士のいざこざですよ」

「いざこざ？　大戦が勃発したように聞こえます！」

「われわれは争ってばかりいる民族のようです。今日は作業員が揉めているんです。フランスの考古学者の〝発掘隊〟の作業員が残っていて――〝発掘〟が終わっても、作業員は道具を片づけ、手押し車を走らせたレールなどを撤去します。夜間にラバが一頭迷い出たうえ、今回は道具がいくつか行方不明になっていて、作業員は競技場の道路を敷設している労働者が盗んだと非難してましてね。そこで——まあ、ああしたいざこざになるわけでして」

「道具とラバが？」わたしは大騒ぎにちょっと耳を傾けた。ステレオ音声で聴くエルアラメインの戦いのようだ。わたしはそっけなく言った。「あの人たちは、隣保同盟もデルフィの平和も聞いたことがないのでしょう」

ガイドは笑顔になった。「そうかもしれません」

「では、もう本当に行かなくては。明日、ガイドをお願いできる場合は連絡します。この時間はここにいるんですよね？」

「いつでも」

目の前に情景がありありと浮かんできた。誰かが——いつも——デルフィの路上で、悠々と早朝の陽射しを浴びている。「来られるときは、八時までに来るようにします。だめなら——」

「かまいません。あなたが来たら、喜び勇んで案内します。来なくても、かまいませんよ。ところで、お宿は〈アポロン・ホテル〉ですか？」

「ええ」

「とてもいいホテルでしょう？」

「快適です」わたしは、しばらくその場で博物館の閉じたドアを見ていた。ガイドは煙草の煙越しに、あの鋭い、詮索好きでない青い目をこちらに向けていた。わたしは言った。「キリエ……あなたは戦時中にここにいなくても、博物館の彫像や所蔵品の消息を知ることがありましたか？　たとえば、あの御者像は？　どこにありました？　隠されていたとか？」

「ある意味では。彼はアテネにいました」

「まあ。そうですか。わかりました」

背後でみすぼらしい黒の車がずるずると停まった。サイモンがドアからわたしにほほえみかけた。

「おはよう」

「あら、サイモン！　わたし、遅れた？　まさか探し回っていたの？」

「答えはどちらもノーだ。ぼくは早起きして、きみがここに来ていると聞いてね。朝食は食べた？」

「何時間も前にね」

「どうして人は八時前に朝食をとると、うんと偉そうにしゃべるのかな」サイモンは助手席に身を乗り出して、ドアをあけてくれた。「さあ乗って、出発しよう。きみが運転したいなら、話は別だけど？」

わたしはその質問に答えようともせず、さっさと助手席に座った。

車が角を曲がり、神殿の下をまっすぐに伸びる道で加速すると、単刀直入に言った。「例の御者像は、戦時中はアテネにあったのね。人目を避けたらしいわ」

サイモンはちらっとわたしを見た。「ああ。そう、きっとそうだろう」彼がほほえむのが見えた。わたしは言い返した。言い訳がましい口ぶりで。「まあ、あなたはしょせんわたしを巻き込んだ張本人だもの」

「そのとおりだね」ちょっと間《ま》があった。「けさは神殿まで下りたのかい？」

「ええ」

「そうするんじゃないかと思った。ぼくもたいてい六時頃までに出かけたよ」

「今日は行かなかったの?」

サイモンはにっこりした。「ああ。きみが神殿を独占したいだろうと思って」

「あなたはとても――」わたしは言いかけて口をつぐんだ。サイモンは、何を言おうとしたのかと訊かなかった。わたしは無関係な話題ではないとばかりに言った。「あなたでも、かっとなることはあるの、サイモン?」

「どうしてそんなことを訊くんだい?」

「あら、あなたは他人の心を読めると思っていたわ!」

「そうか。じゃあ、ええと……。ゆうべのことか」

「それは推測するまでもないわよ。ええ、そう。ナイジェルはあなたに対して失礼極まりなかった。気に障らなかったの?」

「気に障る?　なぜ?」

「どうして気に障らないの?」

「とにかく、ナイジェルのせいで気に障ることはないだろうね。ついてない奴だから。彼にとって人生は厳しく、そのうえ、あの女に夢中になってしまい、さんざん迷惑をかけられた。ただ、ゆうべは――」サイモンが言葉を切り、彼の目尻に再びあの不安の皺が刻まれたのが見えた。「ゆうべはどこか様子が変だった。本当に変だったよ。ナイジェルにはよくある、ピリピリ、イライラして、あの魔女に鉤で吊られてもてあそばれていただけじゃない。もっとほかの問題があった」

「酔いが回っていたんじゃなくて?　本人はそう言っていたわ」

「そうかもしれない。しかし、それは問題の一部でしかない。そもそも、ナイジェルはあまり酒を飲まないのに、ゆうべはずいぶん飲んでいた。きみと同じで――ウソが嫌いなのに。そう、途方もなくおかしなことがあるんだ。それがなんなのか、ぼくはどうしても知りたい」

「あなたがアトリエに戻ってから、ナイジェルは何も言わなかったのね？　何か打ち明けようとしたとたんに、ダニエルにさえぎられたみたいだったけど」

「ああ、ぼくもそう思った。だが、あれからナイジェルに会っていないんだ。戻ってみたら、部屋は空っぽだった。しばらく待ったが、そのうち寝たよ。彼が入ってきた物音はしなかった」

「ひょっとすると」わたしはちょっと辛辣な調子で言った。「シャワーの栓を直していたのかも」

「それも思いついたよ。しかし、違った。ダニエルの部屋のドアはあけっぱなしになっていた。彼女も中にいなかった。ふたりで散歩に行ったのか、もう一杯飲みに村まで下りたのか、そんなところだと考えた。そして、けさぼくが起きたときにはナイジェルは消えていた」

「ナイジェルは山を登っていたわ。見かけたの」

「姿を見たのかい？」

「ええ、七時頃。もっと上を目指していたのか、墓地の脇から松林を縫っていったわ」

「ひとりで？」

「ええ。むしろ、ひとりぼっちになりたいように見えた。わたしは話しかけなかったし、ナイジェルもこちらに気づかなかったみたい」

「まあ、今日はナイジェルが仕事に取りかかって、なんでもいいから、収穫があるといいね。今夜は会えるだろう」サイモンは笑みを浮かべてわたしに目を向けた。「けさはほかにも発見があった？」

「一つだけ」わたしは考える暇もなく言った。

「それは?」

思わず、あっさりと答えていた。「たまたま発見したことだったの。ゆうべ、それを話し合ったのよ、ナイジェルと。子供時代に教わったことなのに、いままで実感したためしがなかったわ」

「なんだい?」

「あの〝きみの司祭の友人〟という言い方よ。ナイジェルが彼を呼んでいた」

「そうそう、あれか」サイモンはひとしきり黙っていて、それから柔らかい声で、なかばつぶやくようにダンの詩を引用した。「〝何人も孤島ではあらず。みずからにしてまったきはなし。人はみな大陸の一部、本土のかけら、一片の土くれが波に洗い流されれば、欧州が小さくなるさまは、さながら岬が消え、汝が朋輩《ともがら》や汝が荘園の失せるよう。何人のみまかりゆくもこれに似て、みずからを傷つける。われは人間にかかわるなれば。ゆえに問うなかれ、誰がために鐘は鳴るやと。汝がために鳴るなれば〟。傑作じゃないか? これは、もっとたびたび思い出されるべきだよ」

車がスピードを落とし、道の端で土埃を立てて歩く三頭のロバの一団を通り越そうとした。先頭には高齢の女性が横向きに座っていた。左手に糸巻き棒を、右手に心棒を持ち、ロバの背で絶え間なく白の毛糸を紡ぎつつ、手元を見もしない。女性はほほえみながら会釈して、わたしたちを見送った。

サイモンは言った。「けさはなぜそれを実感したんだい?」

逡巡した末に、わたしはきっぱりと答えた。「マイケルのお墓を見たの」

「わかった」サイモンは本当にわかったのだろう。

「こういう厄介な国だもの。人は大きな影響を受けるわ――精神的にも肉体的にも、たぶん道徳的にも。過去は生き生きしていて、現在は強烈で、未来は切迫している。ここの光は、わたしが知っているどこの光よりも二倍激しく命を燃やす感じがするの。だからギリシャ人はあれほど目覚ましい行為をして、だから独自性を保ち、二十世代続いた苦役を生き抜けた。ほかの民族なら破滅しかねなかったわ。ここに来て、神話に取りつかれた遺跡と絵のような農民をたくさん見たら、そう思うようになって、気がつくと……」わたしはそこで話をやめた。

「どうした？」

「なんでもないわ。無駄なおしゃべりをしていたわね」

「楽しいおしゃべりじゃないか。続けてくれ。何に気がつくんだい？」

「マイケル・レスターのお墓は心を打たれる、とても大切なもので、ミケーネにある英雄アガメムノンのお墓や、詩人のバイロンやギリシャの元首相ヴェニゼロスやアレクサンドロス大王のお墓のようだった。マイケルと、彼に似た男性たちは、同じ景色の一部なんだわ」わたしは言葉を切り、それから力なく続けた。「ギリシャ。もう、この国の何が人をけしかけるのかしら？」

サイモンはひとしきり黙っていたが、やっと言った。「その秘密はわれわれ全員のものじゃないかな——西洋人の。われわれはギリシャの論理で考えるようになり、その法律に従って生きるようになった。この国にほとんどすべてを与えられ、われわれの世界には価値があると知ったんだ。真実、理路整然とした思考、自由、美。それはわれわれの第二の言語、第二の考え方、第二の母国だ。われわれの誰もに、母国と——ギリシャがある」

曲がりくねった道を走ると、前方に深い谷がひらけて、丸みを帯びた美しい山が現れた。銀緑色に青い筋が走り、雲を思わせる灰色の山肌だ。

「ああ、なんてことだ」サイモンは言った。「目の前の山を見てごらん。あれはエリコン山（古代名ヘリコン山。アポロンとミューズが住むとされた聖山）だ。エリコン山だよ。それでも、この国がなぜ人をその気にさせるか理解できない？」

「もうできるわ」

それきり、わたしたちは話をせず、アラホヴァに着くと、ステファノスとニコが角のカフェで待っていた。


「おれの靴下、どう？」ニコが訊いた。

「とてもすてき」わたしは心からほめた。その靴下は確かに、この風景の中では感嘆されるべきものだった。まぶしく、ショッキングピンクのはっとする色合いなのだ。日にさらされて熱くなった石の山道で、雲一つない空を背景にネオンのように輝いている。

「キラキラするんだよ」ニコが説明した。

「わかるわ。どこで買ったの？」

「アテネ。ニューヨークの最新流行なんだ」

「アテネによく行くの？」

「ううん。十四歳の頃に働きに行った。〈アクロポール・パレス・ホテル〉の給仕だったのさ」

「そうなの。そこで英語を覚えたの？」

「少しは。この村の学校でも覚えたよ。上手だろ？」

「とても上手よ。どうしてアテネに残らなかったの？」

「こっちにいたほうがいい」ニコはわたしたちが登ってきた道を振り返った。眼下のアラホヴァは小さくなり、色付きの屋根が小型の滝をなしていた。ニコが向き直って、けげんな顔をした。「ここには何もない。金もない。だけど、ここのほうがいい。アラホヴァはおれの村だ」また、あの表情。「イカレてると思う？　あんたは金がうなるほどあるロンドンから来た。ギリシャ人は、みんなどこかイカレてるよな？　おれはアテネを出ていくほどのばかだと思うんだろ」

「これまで出会ったギリシャ人は、いわば神々しい狂気を備えた人ばかりだったわ」わたしは笑った。「でも、あなたはイカレてないわよ、ニコ。そうね、お金があろうとなかろうと、ここのほうがいいわ。やむを得ない事情がない限り、二度と町に住んじゃだめ！　ちなみに、わたしはロンドンに住んでいないの。そこから何マイルも離れた田舎の村で、あなたみたいに暮らしている」

「アラホヴァに似た村で？」ニコは仰天している。とっくに気がついていたが、すべてのギリシャ人にとってイギリスとはロンドンであり、ほかの何物でもない。ロンドン。黄金で舗装され、青玉の門で囲われた巨大な都。

「アラホヴァにはあまり似ていないわね」

「それがあんたの村で、同様にアラホヴァはおれの村だ」

「ちょっと違うわ、ニコ。わたしたちはそういう感覚を失ったような気がするの。ところで、その場所までどのくらい歩いていく《メイキング・フォー》の？」

「こしらえる《メイキング》？　なにそれ《オリステ》？」

「向かっていく《メイキング》。マイケルが死んだ場所に」わたしは静かな声で言い、数ヤード先をステファノスと連れ立っていくサイモンの背中を見つめた。

「ここから一時間くらいだね。もう少しかかるかな。アラホヴァよりデルフィに近いんだ。そこは……なんて言ったらいいのか、へこんだ場所で――」ニコは言葉を切って、手ですくい出すしぐさをした。

「窪地？　こんなふうな？」

「そう。それそれ。窪地だ。崖の下あたりに岩が落ちたとこ。うちのおじいさんは道を知ってるよ。おれが聞いた話じゃ、窪地は北西向き――つまり、デルフィとアラホヴァに背を向けて、アンフィサに面してる。この道は山の斜面に沿ってて、おれたちは途中で道を離れて、窪地のある崖に向かって登ってくんだ。ずいぶん前には獣道があったけど、もうないんだろうな。どのくらい先かわからないや。行ったことないんだ、おれはね。おじいさんは道を知ってるよ。疲れたの？」

「いいえ。ずいぶん暑いけれど、疲れていないわ」

「ギリシャでは」ニコがおもむろに、わたしを見ながら言った。「女はすごく丈夫だよ」

わたしは村のカフェを思った。そこで日がな一日、のんびりしている男たち。「そうでないと困るわね」

「ああ、そうだよ」ニコはわたしの言葉を、おそらくわざと勘違いしたのだろう。「ギリシャでは、男は強い。ああ、めっぽう強いんだ」

なぜか、その瞬間、ニコのなまめかしい美貌が確かにめっぽう強く見えた。その威張った態度、こちらに向ける目つきは、地中海の男が好む意味深長な口喧嘩を招きかねない。でも、勘違いという手ならこちらも使える。わたしは声を弾ませた。「じゃあ、山でアンゲロスの影を見ても、あなたと一緒なら安心しきっていいわね、ニコ」

「どうしてさ？」一瞬ニコはうろたえた。「ああ、そうだよ！　そりゃあ、おれのそばにいれば安心さ！　おれがあいつを殺してやる。あいつはひいおじいさんの弟の息子のパノスを殺す手助けをしたんだから、とにかく始末しなくちゃ。だいいち——」また威張った態度が消え、ニコらしい若々しく素朴な快活さが現れた。「いちころさ。向こうは年寄りで、こっちは若いんだ」

「彼はせいぜい四十歳かしら」わたしは頷いた。「それで、あなたは何歳なの？」

「十七歳だよ」

わたしはしらばっくれた。「ほんとに？　ずっと年上だと思っていたわ」

ニコは嬉しそうな笑みをぱっと向けた。「そう思う？　ほんとにそう思う、美人さん？」

「ニコ！　あなたには分別ってものがないの？　わたしは二十五よ」

「そんな年？　でも、二十五には見えない」ニコは気前よく言った。「ちょうどいい年なんだね。ほら、ここは道が荒れてる。おれの手につかまって、お嬢さん」

わたしは笑った。「そこまでおばあさんじゃないわ、ニコ。本当にちっとも疲れていないの。暑いだけ」

その日の暑さといったらなかった。北西に向かって休みなく登っていくと、右側を陽がじりじりと照りつけ、白い岩に影をくっきりと投げかけた。こうして歩いている山道は、便宜上、道とされているだけだ。山腹の斜面を削ってあり、さほど急ではないが、でこぼこで、尖った石もある。木立ははるかかなたに遠ざかり、この山腹は松にも糸杉にも区切られず、まぶしい白の巨大な片翼となって、真っ青な空から左手の涸れた水路へ伸びていた。この水無川の、足を痛めつける道の向こうに、再び岩壁がそそり立ち、今度は群青色の影で行く手を乱暴にふさいでいた。頭上の、一瞥するだけで目を傷めそうな高さの空で、三羽の鳥が舞い、ゆっくりと、羽を動かさず輪を描き、見えない糸のついたモビールのようだ。鳥のかすかな、快い鳴き声が聞こえるような気がした。この静けさを破るのは、わたしたちの靴がこすれたり触れ合ったりする音と、お互いの息遣いだけだった。

山道は、落石と石屑とでできた壁らしきものへ突き進み、そこで止まり、消えていた。前を行くステファノスが足を止め、振り向いて、すぐうしろを歩いているサイモンに話しかけた。ステファノスは岩のバリケードを指さして、何か言っている。

どうやら山崩れらしく、赤と黄土色の土の奔流が険しい斜面を流れ落ち、そこで止まっていた。砕けた岩と落下した巨大な石灰岩が混じっていたためだ。山腹のずっと下のほうで、土砂が赤い川の三角州のように広がっている。巨岩が勢いよく滑り降り、不注意に突進して、怒れる神の手にかかったように、水路の狭い溝をせき止めていた。

ステファノスは道をそれ、山崩れの脇の険しい山肌をつらそうに登ろうとしていた。

「ここで道をそれるの？」わたしは尋ねた。

サイモンが振り返った。「いいや。まだこのまま歩く。この岩が道をふさいでいるんだ。しばらくステファノスについていけば、安全に向こう側へ越えられる場所がある」

「大嵐だったんでしょうね」わたしは前方の土石流の跡と、はるか下に放り出された巨岩を眺めた。

「嵐じゃない。地震だよ」サイモンは言い、わたしの顔つきを見て笑った。「そう、人は忘れる生き物だよね？　ここは苛酷な国だと言ったじゃないか。中でもここは、荒れた地域だろう。このへんは昔から地震が多かった。どの古代の神殿にも聖堂にも、柱が一本でも残されているのは奇跡だよ。登れるかい？」

「ええ、大丈夫。手を貸さないで、サイモン。ニコの手前、頑張りを見せなくちゃ」

「その意気だ――ぼくの手前もね……。それでいい。ここで越える。一見、地面が安定しているが、足元に気をつけて」

わたしたちは岩屑《がんせつ》の上をそろそろと進んでいった。高いところに登ると、頭上で崖ごとはがれ落ちている場所が見えた。崖は裂けていくつもの巨大な白い槍の穂先と化し、それを背景に小さな破片が赤黒い土だまりに重なっている。わたしたちはこの歩きにくい斜面を這うように下り、岩屑が振り落とされた道へ向かった。

「地震の神《ポセイドン》が寝返りを打ったのかしら」わたしは言った。「しかも、この様子では最近のことみたい。崖の亀裂は入ったばかりに見えるわ。違う?」

ステファノスはわたしが言っていた話の大筋がわかったらしい。振り向いて、道で待っていて、今度はサイモンに話しかけた。「なんですって?」わたしは訊いた。

「ステファノスの話では、二、三度小さな揺れが――ちなみに、これは小さな揺れだ――十二年ほど前にあったそうだ。パルナッソス山のもう少し奥は、がらりと変わってしまった。この地域に毎日のように通う人間でなければ、いったん道をそれたら最後、居場所がわからなくなるらしい。もう一つ、ぼくたちが目指している場所は、彼がマイケルを発見したときとは様相が一変しているそうだ。以前は低い崖の下の空き地だったのに、いまでは落石に囲まれて、いわば窪地、つまりへこんだ土地になっている」

サイモンが話を終えると、ステファノスは頷いた。老人はあの立派な白い眉の下からわたしに視線を向けた。そして、サイモンに何か尋ねた。

「疲れたかい?」サイモンが訊いた。

「いいえ」

サイモンはほほえんだ。「くたくたになるまでイギリス人の頑張りを見せないことだ。いいね?」

「大丈夫よ。暑いだけだから」

ショッキングピンクの靴下が隣にちらっと見えて、ニコが小石を落として山羊のようにぴたっと着地した。彼は大きなポケットから水筒を取り出し、蓋をひねってあけた。「飲んでいいよ、お嬢さん」

ありがたく飲ませてもらった。水筒はアンモニアゴムの匂いがして、おとなしいロバを思わせるが、水はおいしくて、まだそこそこ冷たかった。

「ギリシャの農婦はさ」ニコはあの独特の、澄んだまなざしを向けてきた。「険しい土地を何時間も飲まず食わずで歩けるんだ」

「それはラクダも同じね」わたしは水筒に蓋をしてニコに返した。「ありがとう、ニコ。おいしかったわ」

「どういたしまして、美人さん」ニコはサイモンにも水筒を差し出した。その表情としぐさが、このうえなく優しい心遣いを示した。

サイモンはほほえんで首を振った。

「よし」ステファノスが言い、振り向いて歩き続けた。老人とサイモンがまた前に出て、ニコとわたしはうしろについた。

窪地に近づいた頃には、正午になろうとしていたに違いなかった。

わたしたちは落石の少し先で山道をそれ、ステファノスの揺るぎない足取りを追って、岩と乾いた土でできた、標識のない砂漠へ曲がった。ときには小石とともに容赦なく巻き上げられた赤茶けた土埃の中をのろのろと登り、ときには天然のままの白い岩のギザギザのある縁を軽快に歩いた。太陽は高く昇り、ものすごく暑い。暑さで空気が揺らめいて、岩の広い曲線じたいが脈打っているようだった。あの高みで絶えず吹いている涼しい風がなかったら、耐えられなかっただろう。

窪地までの道を三分の二進んで、登りの大半を終えた頃、わたしは元気を取り戻して、きびきびと歩いていた。曲がりなりにもイギリス女性らしさを発揮していたのだ。

「ギリシャの農婦はね」隣でニコが言い出した。「昔は木材とか葡萄とか、重い荷物を運んでたんだ。しょっちゅうさ」

「わたしの前でもう一度ギリシャの農婦の話をしたら、悲鳴をあげて寝そべって、一歩だって動きませんからね。そもそも、あなたの話なんか信じない」

ニコがにやにやした。「本当の話じゃないよ」とうとうわたしに一歩歩み寄った。「きみって、すごくすてきだなあ」

「まあ、ニコ、嬉しいことを言ってくれるのね！」

「おまけに、すごく美人だ。りんごを食べるかい？」

ニコはポケットからりんごを取り出して、アフロディテへの賞品を進呈するパリスよろしく、それをわたしに手渡した。まばゆいばかりの称賛のまなざしは、以前にどこかで試して、効き目があるとわかったものではないだろうか。

それはやはり効き目があった。わたしの心が晴れたのだ。笑ってりんごを受け取り、ニコにお礼を言うと、なんとなく気が紛れた。なぜなら、ニコもステファノスも、わたしにりんごを皮つきで食べさせようとせず、ニコがむきたがり、ステファノスがナイフを持っていたからだ。そこで、ふたりがギリシャ人らしく激論に突入した傍らで、サイモンがりんごの皮をむいてわたしに手渡した。

「最も美しい者に」サイモンはパリスの審判を気取って言った。

「ここにはあまり競争相手が見当たらないわね。とにかく、ありがとう」

それから間《ま》もなく目的地に着いた。

第十一章

あの大地に足跡はつかない。
どこもかしこも身を切るような石だらけ……。

『エレクトラ』（エウリピデス作）

窪地はそれほど高所ではない。アラホヴァじたい、海抜およそ三千フィートに位置していて、わたしたちは村を出てから合計八、九百フィート登ったに過ぎなかった。そこはまだパルナッソスの広大な山岳地方の丘陵を出ていないのに、ひどく辺鄙な場所であり、わたしたちは遭難してもおかしくなかった。村がだんだん見えなくなってから、目に映る生き物といえばトカゲと、鮮やかな空高くで輪を描き、快い声で鳴くハゲタカだけだった。

その場所は、厳密には窪地ではなかった。低い崖が並んだ場所を掘り出されたへこみであり、崖のてっぺんには、険しい、非常に長い頂上が、馬の首に生えたたてがみのように続いていた。遠目には、崖は端整な形だが、近づいて見ると、ギザギザの入江と岬の形に裂けていて、冬の豪雨が山肌を一気に削り取った様子が見て取れた。

あちらこちらに、瞬時に起こった大規模な破壊の爪痕があった。地震で岩山から大きな塊がもぎ取られ、切り出されて石灰岩の斜面に戻され、岩屑《がんせつ》が大量に投げ落とされたため、尖った崖の何百フィートも下で、歩きにくく、危険な箇所もあるがれ場（岩だらけの急斜面）がなだらかな山腹を覆っていた。

そこに差しかかると、ステファノスが脇を向き、崖の上を越える短い回り道に入り、わたしたちは斜めに並んだ岩に近づいて、しばらくすると端にたどり着いた。

老人はそこで立ち止まり、杖に寄りかかって、わたしたちが追いつくのを待った。

サイモンはステファノスの隣に立ち、下を見下ろした。

「ここがその場所？」

「ここがその場所です」

そこは、数えきれない年月に渡って、崖の表面に切り開かれた石切り場であっても不思議はなかった。おそらく五秒の揺れで、地震の神があの半円形の傷を崖に切りつけて残骸を投げ落とし、まだ尖っている岩の障壁をなしたのだろう。地震の活動の結果、地面にほぼ半円形のへこみが作られるに至った。直径七十ヤードほどの、でこぼこの噴火口のようなもので、北側はわたしたちが立っている歩ける崖に囲われ、あとは転げ落ちた岩でほとんど遮断されていた。

火口底の中央はひらけていたが、それを囲む壁が、すっかり見慣れた赤い土埃と岩屑の山でできていた。春になれば、さぞや美しくなるだろう。そこは風雨から守られているためだ。雪解けと雨が高山植物を潤したに違いない場所で、みすぼらしい枯れた植物と茂みが見えた。眼下に、小さなセイヨウネズの美しい緑が張りつき、足の真横で岩に挟まれた二本の低木はヒイラギに見えるが、およそ似つかわしくないほど、ウニ並みに棘だらけの大きな実をつけていた。

右手の、窪地の西側には唯一の出口らしきものがある。これは岩壁の割れ目であり、そこに向かって滑らかな火口底が上がっていき、がれ場を作っていた。わたしたちが立っている高さから見て、この〝門〟を越えた下に、古い山道の名残が西へ続いて山脚の周囲で消えているようだった。

ステファノスがわたしの視線の方向をとらえた。「あちらが奴の向かった方角ですよ」

もちろん、ステファノスはギリシャ語で話し、サイモンがその場では簡単に、あとで詳しく通訳してくれた。でも、わたしは今度も老人の言葉を聞いたまま頭に刻みつけるつもりだった。

「あれが奴の進んだ道です。古道をアンフィサへ向かいました。あの道は、アンフィサの道路沿いの、オリーブ林の裏の使われなくなった石切り場の上に出ます」ステファノスはひとしきり黙り込み、わたしたちの足元にある窪地を見下ろした。誰も口をきかない。陽射しがわたしたちのうなじに照りつけ、わたしはふと、ひどく疲れを感じた。

やがて老人がまた口をひらいた。慎重に、あれこれ思い出しながら。「わしはちょうどここに、崖のてっぺんに来ました。あの頃はいまと様子が違ってて……ここの、みんなで立ってるとこには、猫の歯みたいな尖った岩がありました。それは地震でなくなりましたが、あの頃はアテネの者でも見逃さなかった道しるべだったんです。崖の下には、いま見えるような、砦のように壁をめぐらして門のある、窪地はありませんでした。崖があるだけで、下に大きな岩がいくつか転がってて、きれいな石でできた空間がありました。そこであのふたり、マイケルとアンゲロスを見たんです。その場所は埋もれてません。目印をつけたんで、わかります。あそこです」柄の曲がった杖が向けられた。滑らかな石でできた、まぶしい底のほぼ真ん中に、石の小山《ケルン》が積み上げられ、細い三角形の影を放っていた。「あれはあとで作りました」ステファノスは言った。「地震で崖がずれて、この場所がすっかり見違えるほど変わってから」また言葉が途切れ、老人は横目でわたしを見た。「そろそろ下りましょう……。よくよく注意するよう、ご婦人に言ってくれますかな、キリエ・サイモン？　小道は険しく、山羊専用に作られてますが、一番の早道です」

サイモンから注意を伝えられ、窪地に下りる小道が確かにあるとわかった。それはわたしたちのすぐそばの、二本のトキワガシの低木のあいだで崖を離れ、急勾配を曲がりくねり、鬱蒼と生い茂ったヒイラギとくすんだ枯れアザミを過ぎて、窪地の底に達していた。ここを犬が駆け下りて、アンゲロスに襲いかかったに違いない。そしてステファノス自身も、日なたで死にかけていたマイケルに駆け寄った……。

太陽が中天高く昇り、窪地の底は日陰がほとんどなくなった。しかし、崖の小道が広い場所に出るところで、翼に似た岩がほっとする角度で青い影を投げかけていた。わたしはそこで足を止め、腰を下ろして温かい石にもたれた。ステファノスは休まず歩き続け、サイモンもついていった。ニコは隣の埃っぽい地面に勢いよく座った。ニコが口をきかなければいいと思っていたら、彼は黙っていた。枯れたアザミを潰して、土埃に模様を引っかき始めた。だが、描いたものに取り合わず、ほかのふたりの男を一心に見つめていた。

ステファノスはサイモンを窪地の底へ連れていき、小さなケルンの横で立ち止まった。それを指さして、今度は早口で話している。片手が動いてしぐさをして、また同じ場所に戻った。わたしの目にも当時の光景が見えるようだ。そこで太陽に照りつけられて横たわる瀕死の男。尖った石が猫の歯のように積み上げられた崖の上をやってくる羊飼い。あの曲がりくねった小道を駆け下りる犬。〝門〟

から逃げ出して、アンフィサと海へ向かう山道を目指している殺人者。

やがてステファノスが物憂げに振り向いて、わたしたちがいる場所まで重い足取りで戻ってきた。老人はため息をついてわたしの隣に座り、ニコに二言三言言うと、ニコはくしゃくしゃになった煙草の箱を取り出して、彼に一本手渡した。ニコは祖父の煙草に火をつけてから、あのまばゆい笑みを浮かべ、わたしにも勧めてくれた。わたしたちは黙って煙草に火を点けた。

サイモンはまだ窪地の真ん中に立っているが、兄が死んだ場所であるケルンを見下ろしてはいない。もう向きを変えていて、あの冷ややかな、相手を見定めるようなまなざしで、窪地の側面をゆっくりと見渡した……崩れた岩壁がわたしたちを取り囲み……その大部分は岩山から外側に崩れていて、二枚の翼壁を作り、大きな一枚岩と楔《くさび》になって古い頑丈な岩の崖に積み上げられ……奥行きの浅い洞窟のうねった曲線が、崩れた岩山がえぐられた部分であらわになっている。崖の表面が剥がれ落ちて奥が露出するまでは、深かった洞窟だ……。

もらった煙草は軽くて緩く巻いてあり、ほんのり山羊の味がした。麗しのニコにはどこか、そう言えば、下等動物を思わせるところがある。わたしが煙草を半分吸って、ニコの煙草は全部なくなった頃、隣にサイモンの影が落ちた。

「昼食にしようか？」サイモンが訊いた。

わずかな緊張感――サイモンではなくステファノスがもたらしている――がほぐれ、これが普通のピクニックだったかのように、昼食の話題に花が咲いた。心地いい日陰で休憩して、アラホヴァから持参した極上の食べ物を広げると、わたしの疲れはたちまち消えていった。昼食はロールパン――ニコのリュックサックに入れてあったので乾燥気味――にラムの冷肉をたっぷり挟んだサンドウィッチ、厚切りのチーズ。紙に包んだオリーブは木に温められたような気がするが、実はニコの体温で温まっている。固ゆで卵一個、新鮮なサクランボで作られた、すごく中身が詰まった、すごく甘いケーキのたぐい、大粒の葡萄一握り。葡萄も温まり、ちょっとくたびれていたけれど、太陽の恵みの味がした。

気がつくと、サイモンは食べながら、まだあたりを見回していた。考え込むような視線はひっきりなしに、背後にある、近年になって裂けた崖に戻っていった。「ああなったのは、さっきの話に出た、戦後間もなくの地震のときですね?」

ステファノスはケーキを頬張ったまま答えた。「そうです。その年は衝撃が三、四回ありました。一九四六年ですよ。村に被害はありませんでしたが、こっちじゃ岩がごろごろ動きました」彼は頭で崖のほうを示した。「こういう場所はここだけじゃありません。この尾根沿いには、揺れと、次は天気に山をかじられた場所がいくつもあります。地震が始める悪さを、氷と雪は何度も冬を越さずに終えるんです。これとそっくりなへこみが三つ、四つ、五つあるのは、もともとの絶壁がわずかに残る場所です。わしらが下りてくる山羊の道だけが……見えますかな? そこは崖じたいは動きませんでしたが、あのとおり、岩がうず高く積み重なって、崩れかかった教会のようです。そうそう、さっきも言いましたね、キリエ・サイモン、しょっちゅう山に登らない人間はすぐに道しるべを見失うもんです」

「たとえば、崖の上に立っていた尖塔とか?」

「その話をしましたかね? ああ、しましたな。あれはさほど高くはなかったんですが、何キロにも渡って道しるべの役割を果たしました。あの日、わしをマイケルの元に導いてくれました。彼が言うには、ここの、〈猫の歯〉のそばにある洞窟を知っていて、そこに潜んでドイツ軍の捜索をやり過ごそうとしていたんです。わしは食料を運んで、彼をけがの手当てができそうなアラホヴァに戻そうとしました。しかし、その結果はもう話したとおりですよ」

サイモンの目は、あらわになった洞窟の奥行きの浅い後方に向けられた。そこは、陽射しをさえぎるようにやや狭くなっていて、彼の表情からは何もうかがえなかった。「洞窟？　あれですか？　あの半分が崩れる前はかなり奥行きがあったでしょうね」

ステファノスは重そうな肩を上げた。「あれが問題の洞窟かどうかはわかりません。そうとも考えられます。ただし、この崖は洞窟だらけで……パルナッソス山はあのとおり蜂の巣ですから、大勢が隠れていられた地域もあるんです」

サイモンは煙草の箱を取り出していた。「カミラ？　とにかく、ぼくはこのへんをざっと見てくるよ。煙草はどう？　受け取れよ、ニコ……」サイモンはゆっくりと立ち上がり、日陰でだるそうに座っている老人を見下ろした。「すると、あなたはマイケルをここからデルフィまで運んだわけですね？」

ステファノスは苦笑した。「十四年も前のことですから、若かったんですな。それに、デルフィまでの道は、さっき来た道よりずっと近い……が、険しいんです。ほら、アラホヴァはデルフィの四百メートル近く上にあるもんで。こうした山登りは出だしが肝心ですから、今日はアラホヴァ経由で来たわけです」

「ぼくはやはり……うん、離れ業だったと思います。さて、あたりを少しうろついてきます。あの洞窟をよく見たいので。奥にもう一つ、小さな入口があるようです。一緒に来ますか、それとも休憩していますか？」

「行きます」

「ニコは？」

ニコはさっと優雅に身をくねらせ、立ち上がってズボンの埃を払っている。「行くよ。すごく目がいいんだ、おれ。何か見えるものがあるとしたら、おれには見える。猫もびっくりするくらい、暗がりで目が利くからさ、中にも洞窟があるなら、おれが案内するよ、キリエ・サイモン」

「きみの靴下を追っていくよ」サイモンがそっけなく言うと、ニコはにやりとした。その靴下は窪地でちらちらと光り続け、洞窟の奥の影で消えた。ステファノスはのろのろと立ち上がろうとしていた。サイモンはわたしを見て眉を上げた。

わたしが首を振ったので、サイモンとステファノスはわたしを残して、なおさらのろのろと、光る靴下を追っていった。やがて、そそり立つ影がふたりをのみこんだ。

わたしは煙草を吸い終わって火をもみ消してから、くつろいで静かに座り、日陰と静けさと、わたしの日陰の向こうにあるまぶしい暑気を楽しんだ。男たちの姿は見えない。洞窟に入ったのか、それとも窪地の奥に壁を作った残骸の山の向こうだろうか。もう物音もしない。静寂はすさまじく、暑さのようにどんよりしていた。わたしはその一部であり、わたしの石にのったトカゲのようにじっと座っていた。

何かの動きが、現実であれ気のせいであれ、崖道の上で目に留まり、わたしはそちらを向いてぼんやりと考えた。わたしがここでうとうとしている合間に、ニコは崖っぷちに回る道を見つけたのだろうか。ところが、そこには何も見えず、陽射しが白い岩を叩きつけているだけだった。紫と濃い灰色と赤の影は、動きにつれて、ひとりでに揺らめくように見えた。光と影が織り成す鮮明な模様を背景に、トキワガシの緑と崖の表面からアーチ形にせり出すセイヨウネズの涼やかな曲線は、泉の水音のようにさわやかだ。はっと思い出したが、あの木の脇を下りてきたとき、眼下にほかにも植物があったのに、崖を這い下りる危険の中でほとんど気づかなかった。

緑のあるところには必ず、九月なら、水がある……。ニコの水筒に入った山羊の匂いのするぬるい水ではなく、冷たい水が。崖のてっぺんで再び影が一つ揺らめいたが、わたしはろくに興味を示さなかった。細い弓型のセイヨウネズの下に目が向いていた。そこに、幻のように、輝くエメラルドがちらりと見えた……。

わたしは腰を上げると、窪地の端を通り、巨大な落石を縫って歩いた。服に引っかかったでこぼこの二つの岩に分け入り、頭を下げ、崖を斜めに支える石灰岩の下を通ろうとしたら——そこに草が生えていた。色はどきりとするほど鮮やかで、太陽と石のせいで目もくらむ変化が起こってから、それはそれは美しく、わたしはその場で立ち止まり、まるまる一分間、見つめていたに違いなかった。それは目も綾な緑のリボンとなり、水で運ばれた鉄の赤でたっぷり筋がついた二つの丸石のあいだを流れていた。けれども、いまは水がない。泉があるのかもしれない、と思った。水量は、峰の上で降ったりやんだりする雨に左右されたのだ。たぶん、砂漠に降る雪と同じで、にわか雨のあとで草が伸び、翌日に日が暮れるとともに水は消えたのだろう……。草むらはそこにあり、それじたいが冷たい水たまりのようで、緑の日陰の緑の想いが、しっとりした手触りで、窪地の片隅に、日陰になった岩ではかなわなかったみずみずしさを与えている。

やれやれと腰を下ろし、両手を地面に広げると、柔らかい草が指のあいだに飛びついた。緑に交じった小さな花は、淡い青の釣り鐘形で、イトシャジンに似ている。崖の表面に生えているものもあり、その種はこの十年で、地震の残骸の至るところに落ちて根づいていた。この潤った場所に限って、まだ花が咲いているが、巨岩の合間の四方八方で種をつけている茎の色褪せた茂みが見えた。ここには、ほかの高山植物も生えていた。淡い色のけばだった葉と、細く乾燥した花柄がハチドリの舌のように突き出しているもの。巻きひげの房が乾いて六角形になり、茶色の金網に見えるもの。実をつけた小さなヒイラギが、崖の亀裂にわざわざ根を下ろしたもの。もう一本、水不足でも枯れていない花を見つけた。目の高さのすぐ上の割れ目に、シクラメンがあった。白っぽい筋が入った青緑色の葉が、赤い茎でピンとはねた曲線をいくつも描いて差し出されている。花はやさしい薄紅色で、たくさん咲いていて、乾いた崖にとまった蛾の列のように張りついている。花の下の、同じ割れ目では、枯れて、日照りでぼろぼろになっていく別の岩生植物の名残があった。その上で、シクラメンの花は清らかで、繊細、かつ、たくましく見えた……。

何かが頭の隅に引っかかっている。わたしはシクラメンを見つめ、自分がオランダ人の画家と楽しげな村の子供たちに囲まれたロバのことを考えていると気づき、なぜともなく、いま頃ナイジェルは何をしているだろうと思った。

帰りは近道を通った。

洞窟の捜索は実を結ばなかったと見え、サイモンは調査を長引かせてステファノスとニコを引き止めたくないようだった。わたしたちは西側の山道から窪地を離れ、がれ場の下にある険しい斜面を這うように下りた。

尾根の下方にある涸れ谷の底に下り切ろうとして、わたしが岩山のてっぺんで垣間見た、かろうじて見える道に行き当たった。これでも、恐ろしいほどの悪路だ。この道を百ヤードほど慎重に進むと、道が二又に分かれていた。右の道は急激に下っていき、崖の突起部をほぼ一気に回って見えなくなる。左の道はデルフィに向かう下り坂になっている。わたしたちは左へ曲がり、往路をちょうど半分こなしたところで、前方に高地の端が見え、その先に、プレイスタス谷が海に至る経路を切り開く山道が見えた。

ステファノスが足を止めてサイモンに話しかけた。そして、サイモンがわたしのほうを向いた。

「ステファノスがこの道を帰ってきたのは、きみが疲れていると思ったからだ。この道はまっすぐデルフィへ続いている。神殿の上に出るから、きみは〈輝く岩〉の裏側に下りて、競技場を突っ切ればいい。崖を下りる斜面は険しいが、気をつければ危険はないよ。なんなら、一緒に行ってもいいが、まず道に迷わないからね」

わたしがきょとんとしていたのか、サイモンは言葉をつないだ。「車はアラホヴァにある――忘れたのかい？　ぼくはこれからステファノスと一緒に崖の上を戻り、車を回収するつもりでいた。ただし、きみをずっと引っ張り回す必要はない」

わたしはほっとした。「ああ、サイモン――例の車ね！　すっかり忘れていたわ。どうしてあなたがわたしの尻拭いをしなきゃいけないの。でも、実は行ってくれたらすごく嬉しい！　ニコには黙っていてほしいけれど、帰りたくなってきたの」

「まあ、デルフィまでそれほど時間はかからないし、ずっと下り坂だ。いや――待てよ、やっぱり一緒に行こう」

「あなたがあとで車を取りにアラホヴァまで戻るはめになるなら、そんな真似はさせられないわ。ここからデルフィの道のりで迷うはずがないし、崖の道は気をつけて歩くから」わたしは振り向いてステファノスに手を差し出し、礼を言ってから、ニコにも同じことをした。ステファノスらしい、と思った。ずっとわたしには見向きもしなかったのに、一行を一時間ほど回り道させて、わたしに最短の帰り道を教えてくれたとは。老人はわたしの手を見て重々しく頷き、背を向けた。ニコはあの美しい目でほろりとさせる表情を浮かべ、わたしの手を取った。「また会えるよね、お嬢さん？　しょっちゅうアラホヴァに来るんだろ？」

「ぜひ来たいわ」

「姉さんの店に絨毯を見に来る？　すごくいい絨毯だよ、色とりどりで。名産さ。ギリシャ風の最高級のブローチとか壺も扱ってる。あんたに言わせれば安物だよ。姉さんに、あんたのことを友達だと言ってもいいだろ？」

わたしは笑った。「絨毯や壺を買うとしたら、お姉さんのお店に行くわ、ニコ。これは約束よ。じゃあまたね、ありがとう」

「またね、お嬢さん。こっちこそありがとう、美人さん」

キラキラした靴下がステファノスを追って小道を突き進んでいった。

サイモンはにっこりした。「彼の祖父がいまの話を半分でも理解できたら、孫を叱り飛ばしていただろうね。悪気のない堕落というものがあるのかな？　あるとしたら、ニコはそれだよ。アテネが少しアラホヴァに混じっていて。魅力的なミックスじゃないか？」

「ニコみたいに美しいなら、そうね……サイモン、本当に洞窟で何も見つからなかったの？　それとも、ふたりの前で言いたくなかったことがあったの？　まったく何もなかった？」

「何も。内側にも小さな洞窟があったが、洗った鍋のように空っぽだった……。その件はあとで話す。もうふたりを追っていかないと。夕食をとりに〈アポロン〉に行くから、そこで落ち合おう。食後に、きみをアトリエに落ち着かせる。食事をつきあってくれるだろうね？」

「まあ、嬉しい、わたし――」

「じゃあ、気をつけて。夕食のときにね」サイモンは片手を上げて、派手なピンクの靴下を追っていった。

わたしはしばらく見送っていたのに、サイモンは振り返らなかった。

そのときふと、ちょっと意外な感じがして気がついた。きのうのいま頃、わたしはまだサイモンに出会ってもいなかったのだ。

わたしは向きを変え、デルフィに向かってそろそろと道を下りていった。

第十二章

女を捕らえよ！　パルナッソスから投げ捨て、
崖の岩棚を跳ね落とさせ、岩山にあの優美な髪を梳かせよ！
『イオン』（エウリピデス作）

夕刻になり、太陽が正面に見える頃、わたしはとうとうデルポイ遺跡のアポロン神殿を見下ろす絶壁の一つの上に出た。はるか眼下と右手に神域があり、記念碑群や柱廊、参道が小さく見え、陽射しで輪郭がくっきりとしていて、博物館にある石膏の模型のようだ。アポロン神殿の柱は縮んで、おもちゃのように小さい。真下にカスタリアの泉の割れ目がある。絡み合う木々がそこを埋める光景は、暗い滝の趣がある。早くも、その木で埋まった割れ目の向こうで、火焔樹の崖が炎のような夕日を浴びていた。

わたしは崖っぷちから数フィートあとずさり、石に腰を下ろした。片側にやや背が高いセイヨウネズの茂みがあった。その先と周囲は、一面に熱い石が転がる、お決まりの埃っぽい場所だ。競技場に続く小道は右手に向かって茂みを過ぎるけれど、わたしは疲れていて、この崖のてっぺんで吹く涼しい海風が、まだ残る午後の炎暑を和らげてくれた。

わたしは頬杖をつき、静かに座って見下ろしていた。眼下の神殿の夢見る大理石、目の高さより下で鷹が輪を描く、青と銀色の広大な谷、傍らで太陽に照らされている絶壁……。だめだ、まだデルフィを離れられない。それがあのアトリエで不愉快なダニエルのそばで眠ることだとしても、あの車で作った借りを返すために、離れるわけにいかない。きっと明日と——あさって、しあ……あと何日いたら、デルフィがあらわにするものを見たり味わったりできるようになるだろう？　とどまらなくてはだめだ。そして、この決断（すばやく自分に言い聞かせた）は、サイモン・レスターと彼の用事とは関係ない。まったく。なんの関係も。そう思うと、サイモンは明日のわたしたちの予定をどう決めたのかしらと、わたしはいつしか考えていた……。

「ここで何してるのよ？」

すぐうしろで声がした。さっと振り向くと、ダニエルがセイヨウネズの茂みの陰から現れていた。今日は緋色のフレアスカートと青緑色のブラウスを身につけ、胸元をV字にあけている。かなり下まで。お決まりの煙草は下唇にくっついている。唇は血色の悪い肌と対照に、淡いピンクの口紅が塗られていた。今日はマニキュアも淡いピンクだ。それは日焼けした細い両手にはおかしいし、ちょっとそぐわなかった。

「あら、こんにちは」わたしはにこやかに挨拶した。今夜アトリエでこの女性の隣人になるなら、また無礼な態度《マナー》を取られても、昨夜のように腹を立てていられない。

けれども、ダニエルにそんな分別はなかった。よきにつけ悪しきにつけ、マナーは彼女の世界に存在しない。彼女はただそこにいるだけで、他人はそれが気に入らなくても、ひたすら耐えるしかないのだ。彼女はあの険のある声で、まるで本気で知りたいかのように繰り返した。「ここで何してるのよ？」

わたしはちょっとばかり驚いた声を出してみた。「座って景色を眺めています。あなたは？」

ダニエルが近づいてきた。腰を突き出して膝を閉めた、ファッションモデルのような歩き方で。彼女はわたしと崖っぷちのあいだで足を止め、スタイル画を思わせるポーズを取った――片側のヒップを出し、爪先を十二時七分の角度にひらき、細い片手で煙草を振った。いまにも口をひらいて舌先を見せそうだ。

ダニエルは言った。「暑い盛りに泉から来るには長い道のりだわ」

「そうですよね。その道はすごく疲れました？　それとも、アトリエから崖のてっぺんを回ってきたばかりですか？」

ダニエルはきらりと光る目をこちらに向けた。なぜわたしがここでしていることを気にするのか、どうしてもわからなかったが、明らかに彼女は気にしていた。それでも、わたしたちがどこにいたかを教えるつもりはない。あれはサイモンの巡礼であって、誰のものでもないからだ。サイモンがわたしを連れていくことにしたなら、そう、それは彼の事情だ。でも、ダニエルには教えてあげない。

ダニエルが言った。「サイモンはどこ？」

「さあ」わたしは正直に答えた。「探していたんですか？」

「ううん、別に」意外にもダニエルは進み出て、わたしの足から二ヤード足らずのところに座った。お尻で薊を踏んだとたん、一度フランス語で猛烈な悪態をついてから、埃っぽい地面に優雅に落ち着いて、ほほえみかけてきた。「煙草をどう?」

「ええ、いただきます」考えもせずに答えてしまった。

ダニエルはしばらく黙ってわたしを見つめ、わたしは煙草を吸いながら、いらだちを抑えようとしていた。立ち上がって彼女と別れたいのに、そうはいかなくなった。まったく、こういうタイプと向き合うと、人はどうして自分のタブーにしがみつくのかしら。どうしてわたしの思慮深いマナーはわたしを立たせてくれず――ダニエルがわたしの立場だったら、絶対に立っていた―― 〝もううんざり。あなたはマナーが悪いふしだら女で、あなたなんか大嫌い〟と言って、下山させてくれないの? でも、わたしはそこに座ってさりげない表情で、もらった煙草を吸っていた。正直に言うと、いい品だった。それどころか――ニコの煙草を吸ったあとでは――神々しいほどの美味。なぜ和解の申し出をされたのかと不思議になり、わたしは用心しつつ彼女を見た。〝ギリシャ人が贈り物を持ってくるときは恐ろしい……〟。

「あなた、〈アポロン〉のランチに行かなかったわね」

「ええ」わたしは認めた。「あなたは行きました?」

「どこでランチをとったの?」

「お弁当を食べたんです。外で」

「サイモンと?」

わたしは両眉を上げ、この詮索に冷ややかな驚きを示そうとした。しかし、あいにく効果はなかった。「サイモンと?」ダニエルが繰り返す。

「ええ」

「彼が車で出かけるのを見たわ」

「そうですか」

「どこかであなたを乗せたわけ?」

「ええ」

「どこに行ったの?」

「南へ」

これを聞いたダニエルは三十秒黙り込んだ。それから言った。「どこに行って、何をしていたか、どうして教えたくないの?」

わたしは弱り果てた顔でダニエルを見た。「なぜ教えなくてはいけないんですか?」

「どうして教えちゃいけないの?」

「なぜなら」わたしは答えた。「質問攻めにされたくないから」

ダニエルはこの答をよく考えた。「ふうん」あのだるそうな大きな目がこちらに向いた。「どうしてよ? サイモンとふたりで何か企んでたの?」

ダニエルの口から出ると、この他愛ない質問は一つの意味しか持たない。わたしは憤然として叫んだ。「なんですって!」それから笑い出した。「いいえ、ダニエル。違うわ。わたしたちは車をアラホヴァまで運び、そこに置いてから、徒歩で山を越えてデルフィに来たの。パルナッソス山の眺めがいい場所でピクニックをしたのよ。その後、わたしは歩き続け、サイモンは車のところに戻った。ここにずっと座っていたら、車で通りかかるんじゃないかしら。見てもわからないといけないから教えるわね。あなたが借りた車は黒の大型車よ。メーカーはわからないわ。車のことはうといの。これでいい？　煙草をありがとう。もう行かないと」わたしは三分の二ほど吸った煙草をもみ消して、立ち上がった。

　ダニエルは立ち上がらずに少し動き、しなやかに、蛇のように身をくねらせた。彼女はわたしにほほえみかけた。煙草はとうに唇から落ちていて、傍らの地面でくすぶっていた。彼女はそれを拾おうとしない。ほほえみながら、きれいな白い歯とそのあいだにのぞく舌を見せていた。舌は唇と爪のように淡い色だった。「あたしに腹が立ってるのね」

　二十五歳という大人の重みがのしかかり、わたしはめっきり老け込んだ気分になった。「ねえ、あなた」わたしは声をかけた。「どうしてそんなふうに思ったの？」

「ほら、ただ」ダニエルは座ったまま答えた。「サイモンのことで妬ましくて」

　むしょうに逃げ出したかったが、この言葉はいい退場のせりふをくれなかった。わたしは大人になった年月の大半をかなぐり捨て、子供っぽく訊いただけだった。「ほんと？」

「男って」土埃の蛇の声がした。「みんな同じよ、たいていは。でも、サイモンにはほんと、何かがあるわ。あなたも感じてるでしょ？　おおむね、あたしは恋人にうんざりさせられるけど、サイモンが欲しいの。心からそう思ってる」

「そうなの」

「ええ。そうよ」ぼそぼそと話す声には抑揚が欠けていた。「だから、サイモンには何があるのか教えてあげる。それは――」

　わたしはすばやく口を挟んだ。「だめよ、やめて、ダニエル！」

　ダニエルはわたしに目を向けた。「あなたも彼に恋してるのね？」

「ばか言わないで！」意外にも、わたしは語気を荒げた。「ろくに知らない人なのに！　そもそも、これは――」

「知らないからってなに？　あたしは二秒あれば、その男が欲しいかどうかわかる」

わたしはダニエルに背を向けた。「じゃあ、もう行かないと。またあとで会いましょう。じゃあね」

「明日もサイモンに会うの？」

その質問は何気なく、先ほどと同じぼそぼそした声で出てきたが、それほど何気ないものではなかった。なぜかわたしは立ち止まり、ダニエルに向き直った。「あの――わからないわ」

「彼は明日何をするの？」

どう考えても何気なくはない。わたしは「知るわけないわ」と、できるだけ冷ややかに答えてから、実はよく知っていることに気がついた。サイモンはあの窪地にまっすぐ戻り、間違いなくマイケルの洞窟と仮定した場所を捜索するはずだ。そして、やはり間違いなく、ダニエルに付きまとわれたくないだろう。この気まずいやりとりは、まさに彼女には付きまとう計画があると示しているようだ。

わたしは手ごわい敵に一歩譲る口調で言った。「いいわ。教えるわね。明日、サイモンと約束しているの。一日レヴァディアに出かけるつもり。馬市がひらかれていて、ロマ族の人もいるので、サイモンは写真を撮りたいそうよ」

「あらそう」ダニエルは太陽に向かって細めた目で谷の彼方を見ていた。それから、また例のきらりと光る目をこちらに向けた。「それにしても、なんて無駄なことを」

わたしはダニエルに慣れてきたものの、ふと湧き上がった怒りを抑え切れなかった。「じゃあ、彼はゆうベシャワーの栓を直しに来なかったのね？」

ダニエルの美しいまつげがはためき、目は憎悪の念ですっと細くなった。「あなたって、ずけずけものを言うのね？」

「わたしの悪い癖《マナー》よ」わたしは言った。「ごめんなさい。今度こそ行かないと、夕食の前にお風呂に入れないわ。またあとでね。今夜から、わたしもアトリエに泊ることを知っていた？」

ダニエルは目を見開いた。そこに嫌悪感が残り、今度はいらだちが現れ、次にどちらも突然、不思議にも、打算めいた表情に上塗りされた。「それは好都合じゃない？」その言葉はダニエルにしか含めないことを含んでいた。そのとき、彼女の目つきが再び変わるのがわかった。視線がわたしの肩を通り越し、顔に驚きと、別の何かが見えた。

わたしはすばやく振り向いた。

ひとりの男が、セイヨウネズの茂みの陰から歩み出ていた。見るからにギリシャ人で、浅黒く、頬骨が広く、縮れた巻き毛に白髪が交じり、薄いけれども肉感的な唇の上に髭をまばらに生やしていた。中背で、体つきはがっしりしている。年齢は四十歳前後だろうか。かなりくたびれた、灰色のストライプのスーツとえんじ色のシャツを着て、朱色のネクタイを締めている。ネクタイが控えめに見えるほど色褪せていなかったら、色と色が衝突していただろう。

男はフランス語で話した。「やあ、ダニエルじゃないか」

まるで、ダニエルは〝大丈夫だよ〟と言われたようだった。彼女の驚きの表情が消え、緊張も緩んだ。「あらまあ。ここにいるって、よくわかったわね」

わたしは思った。それは、おふたりがさっきまでセイヨウネズの陰にいたのを、わたしが邪魔したからでしょう。やがてこの考えを、ダニエルの逢引きはこんなものよ、というひねくれた思案とともに振り払った。彼女のそばに五分間いて、半ポンドの麝香の香りを嗅いでも想像力が豊かにならない。ダニエルが地面からのんびりと――あまりにものんびりと――言った。「こちらはカミラ・ヘイヴンよ。今日の午後はサイモンと出かけていて、今夜はアトリエに泊るそうなの」

男は会釈して、わたしに笑みを向けた。「はじめまして《アンシャンテ》」

「ディミトリオスよ」ダニエルがわたしに言った。「この人は――」

「ガイドです」とディミトリオス。「今日の午後、マドモアゼルは神殿を見てきましたか？」

セイヨウネズの茂みの陰で聞いていたくせに。「いいえ。今朝早く行ってきました」

「ほう。今度は〈輝く岩〉のてっぺんに登って、日の名残を見ようというわけですね」

「暗くなるまで、まだしばらくかかりますよね？」

「さほどかからないでしょう」ディミトリオスは言った。ダニエルが彼のほうに頭を向けたのが見えた。彼女の頭はわたしの太腿の高さにあり、目はまつげが下りていて見えなかった。わたしの背筋を何かが、冷たい足の昆虫のように這い下りた。その男は、その若い女に負けず劣らず、ぞっとする。

わたしはまたしても強いショックを受けた。「もう行かなくては。夕食前に入浴して、用意を――」

「あの岩ですが」ディミトリオスは言った。「パイドラデス、〈輝く岩〉と呼ばれています。観光客には必ず〈輝く岩〉の話をするんですよ。岩を縫ってカスタリアの泉が流れています。あの水はギリシャでも随一です。泉の水を飲んでみましたか、マドモアゼル？」

「いいえ、まだです。その――」

ディミトリオスが一歩近づいた。わたしは彼と崖っぷちに挟まれた。「あの岩が神殿を見下ろす姿は守護者のようではありませんか？　なぜなら、そのとおりだからです。あの岩は神域を守っていただけでなく、あれじたいが刑の執行地でした。あの崖で処刑された人たちがいたんです——冒瀆罪ですよ、マドモアゼル。知っていましたか？」

「いいえ。でも——」

また一歩近づく。ディミトリオスはほほえんでいる。魅惑的なほほえみだ。声は感じがいい。傍らの地面で、ダニエルが顔を上げたのが見えた。その目は、いまでは男ではなく、わたしを見つめている。彼女はすこぶる親切にほほえみかけていた。目はちっとも疲れておらず、珍しく澄んでいる。わたしはディミトリオスから一、二歩下がった。崖っぷちまで四フィート足らずだ。

突然ディミトリオスが言った。「気をつけて」わたしは跳び上がり、彼の手が伸びてわたしの腕にかかった。優しい触れ方だ。「あなたは神を裏切った者として、ここに処刑されに来たわけではありませんよ、マドモアゼル」彼は笑い、ダニエルはほほえみ、わたしは必死に考えていた。なぜ腕を振り払って逃げられないのだろう。わたしはこのふたり組が大嫌いで、震え上がってしまう。ここで立っているのは、この憎たらしい男が話しているうちに歩き出すのは失礼だからだ。

「観光客に必ず話すんですよ」ディミトリオスが続けている。「一つの特別な話を。ここに処刑のために連行された、ある裏切り者がいました。それを崖っぷちまで連行してきたふたりが……ちょうどそこで……裏切り者を突き落とそうとしました。裏切り者は下を覗き込んで……ええ、マドモアゼル、下まではかなり距離がありませんか？……どうか顔から落とさないで、背中から落としてくれと頼みました。その気持ちはわかりますよね、マドモアゼル？」

ディミトリオスの手は、まだわたしの腕にかかっていた。わたしは腕を引いた。彼の手が肌をそっと滑って肘の内側に届いた。彼は深爪をしていて、親指がひどく切れてかさぶたができていた。わたしは彼に背を向けて腕を引こうとしたが、彼の指に力がこもった。彼の声がわたしの耳の中で少し速くなった。「そこで、裏切り者は投げ落とされ、マドモアゼル、彼は落ちて――」

わたしは息を切らした。「放してください。高いところが苦手なんです。放してください」

ディミトリオスはほほえんだ。「おやおや、マドモアゼル――」

ダニエルの声が、かすれた、かぼそい響きで聞こえた。「あれはあなたの客かしら、ディミトリオス？」

ディミトリオスが抑えた声をあげた。彼の手がわたしの腕から落ちた。彼はさっと向きを変えた。

男ひとりと女ふたりの三人連れが、アラホヴァの方角からゆっくりと小道を歩いてきた。女たちは器量が悪く、ずんぐりして、中年だった。男は太り気味で、カーキ色のショートパンツをはき、片方の汗だくの肩から大きなカメラを提げていた。三人は好奇心のない赤ら顔でこちらを見ながら、並んだ肉牛のように、天国の天使たちのようにのろのろと通り過ぎた。

わたしは崖っぷちから駆け戻った。最高級のシャンパンからコルクが飛び出す要領で。ディミトリオスに挨拶などせず、ダニエルにさよならと声をかけることもしなかった。

三人連れのあとから小道を駆け下りた。ギリシャ人も若い女も、もう追いかけてこない。しばらくして、わたしは歩調を緩めてゆっくりと歩き、頭を整理しようとした。ダニエルとあの嫌らしい恋人――あのギリシャ人は彼女の恋人に違いない――は、なぜかわたしを脅そうとして、まんまとやり遂げた。あのとき、びくびくすると同時にばかみたいだと思っていた。それは不快で複雑な感情だ。けれども、結局そこに何があったかといえば……たちの悪いいたずらと歪んだユーモアのセンス？　それ以外のものを想像するのはばかげている。あんな気持ちになったのも、心身ともに疲れた一日を過ごしたせいだ。わたしはダニエルが嫌いで、それを態度に表していた。彼女がわたしを脅かして恥をかかせたかったのは、逢引きを邪魔されたからだ。また、ひょっとしたら、サイモンのこともあって……。

競技場に着いた。平坦な競走路に人影はなく、静かに陽を浴びて、大理石のスタンドに包まれていた。わたしはむき出しの地面を走るように横切り、スタート位置の柱のあいだを足早に抜け、神殿に通じる道に下りた。まだ心臓がどきどきして、喉が締めつけられている。その道はちょっと下がり、がくんと下がり、くねくねと曲がって、水が滴る泉を通り過ぎ、いきなり劇場の上の平らな道に下りてきた。そこではあの三人の観光客が、相変わらずのんびり歩きながら、わけのわからないことをオランダ語らしき言葉で話していた。すぐ下の劇場にも人がいて、階段の上や、アポロン神殿の土台の至るところに人がいた。ここの木陰に立って、動悸がおさまるのを待っても大丈夫だ。もう大丈夫……。

斜めに差し込む日光はひっそりとした石に当たると黄金色であり、杏色であり、琥珀色であり、光と平穏の美しい奔流だった。一匹の蜜蜂が頬をかすめて飛んだ。

傍らに柘榴《ざくろ》の木があった。実が豊かな陽光を浴びて輝いている。昨夜の実のひんやりした手触りと、サイモンの声がよみがえった。〝ただちに食べよ、ペルセポネ。そうすれば、そなたはデルフィにとどまることになる……〟。

ええ、わたしはとどまるわ。まだここを離れない。

誰かがわたしのすぐそばで、はっきりと言った。「そこまで上ったら、ちょうどいい色みが出そうだぞ」

わたしはぎくっとして、あたりを見回した。少し前までこの道に人の姿はなかった。ここにはやはり誰もいない。すると、ちょっと下のほうで、白髪の男が映画撮影用のカメラを手にして、円形劇場の真ん中に立っていた。カメラを片目に当て、階段状の座席の部分を写している。その娘らしき若い女は急な階段をゆっくり上りながら、はにかんだように振り向くと、座ってカメラのほうを向いた。隣から聞こえたようにはっきりと、カメラが回るブーンという音がした。さっき話していたのは彼であり、仕上げはすばらしい音響効果が引き受けていた。昨夜、誰かがこの劇場の上段に立っていたとしたら、さぞやびっくりしたことだろう。静まり返った暗い井戸から、復讐を求める『エレクトラ』の一節が朗々と響いてきたのだから……。

呼吸が元に戻った。癒やし神アポロンはちゃんと仕事をしていた。

わたしは落ち着いて階段を下り、日に照らされた舞台を歩き、神殿を縁取る香りのいい松林を抜け、本道沿いにホテルに着いた。

夕食に備えて入浴していたときにも、腕に乾いた血の筋が――ディミトリオスの切れた親指の血だ――残っていて、一瞬ぞっとした。わたしは愚かで空想にふけるたちで、怯えてしまった。それだけのこと。

でも、なぜかサイモンが来る前に階下に下りる気になれず、今夜はアトリエに泊ることになりませんようにと、ひどく熱心に祈っていた。

第十三章

……うつろな悲鳴をあげ、
デロス島（ギリシャ神話でアポロン神が生まれたとされる島）の急坂を離れる。
『聖誕賛美』（ミルトン作）

午前三時になろうとしていた頃、なぜか目が覚めた。わたしの部屋は長い廊下の端から二番目で、ダニエルの部屋の隣であり、向かい側が玄関のドアで、その近くがふたりの男性の部屋だった。オランダ人画家は昼間に出ていったので、わたしたち四人だけがアトリエに泊まっていた。

わたしはしばらく、とろとろとまどろみ、ついてくる雲のような夢から現実を解放できなかった。何かのきっかけで目覚めたものの、物音を聞いたのか、夢を見ていて目が覚めたのか、はっきりしなかった。外は物音一つしない。デルフィの静かな空気に包まれていた。硬い枕――ギリシャの枕は必ずレンガのような出来になる――に頬を当てて、わたしはまた眠りに落ちようとした。

隣の部屋で人が動く気配がして、続いてベッドがきしむ音が聞こえた。二つの音はいかにも正常な、予想されたもので、わたしはもう刺激されないはずだった。ところが、同時に第三の音がして、暗闇で目が大きくひらき、頰が枕から浮いて、その夜が正常ではなくなった。誰かが、ひそひそと話している。男だ。

まず、声を聞きつけてきまりが悪くなり、次にいらいらしてから、うんざりした。ダニエルがどうしても恋人を部屋に入れたいとしても、わたしが薄すぎる壁を隔ててさらし者にされ、眠れなくなるのはごめんだ。わたしは寝返りを打った拍子に寝具をばたばたさせ、ベッドのスプリングをきしませて、相手に壁の薄さを思い知らせた。さらにシーツを――毛布をかけるには暑いので――頭の上まで引き上げて、ひそひそ話に続く物音に耳を傾けまいとした。

眠気は消し飛んでいた。わたしはシーツの下で身を固くして、暗闇で目を見開き、両手で耳をしっかり押さえた。わたしはお堅いほうではない。ただ、誰かの秘密の時間に聞き耳を立てるはめになったのはいい気持ちがしないし、ダニエルの秘密の時間を一部であれ、断片であれ、知りたくなかった。彼女が人前にいる時間には、どぎまぎさせられるのだから。

それにしても、あの不愉快なディミトリオスはどうやってアトリエに入ったのだろう。ダニエルを訪ねて来ただけだとしても、あの人がここを自由に出入りできるなんて。彼女の部屋の窓から入ったのかもしれないし、そうだとしたら、そのうち同じ場所から出ていくはずだ。彼が窓を這い出て十二フィートあまり飛び降り、アトリエの立つ岩だらけの足場に着地する音は聞こえるに違いない。わたしは聞き耳を立て、自分をこんな目に遭わせたダニエルに腹を立て、神経を使っている自分に腹を立て、ディミトリオスが彼女の勝手放題に応えることに腹を立てていた。それは嫌な経験だった。

いつになったら隣の部屋は静かになるのだろう。長くかかりそうだ。だが、ひとしきりすると、隣室は静まり返り、再びささやきが始まり、やがて誰かが床をこそこそと動く音がした。窓の物音と、そっと地面に飛び降りる音をわたしは待ち受けていた。ところが、それが聞こえない。すると、廊下側のドアがひらき、足音が忍びやかに、わたしの部屋のドアの前を通り過ぎた。

それを聞いて胸がぐっと締めつけられ、わたしはすばやくベッドに起き上がった。ダニエルが自分の部屋に男を出入りさせたいなら、勝手にすればいい。でも、ディミトリオスのような男をアトリエで野放しにする権利はない。彼女は――本当に?――鍵を渡したのかしら?

そのとき暗闇で別の考えが頭にひらめき、再び神経を刺激された。

ひょっとすると、あれはディミトリオスではないのかも。

もしかしたら、ナイジェルかもしれない。

わたしはベッドを出てスリッパを履き、ドレッシングガウンにもなる薄手のサマーコートを肩をすぼめるようにはおり、自分が何をしようとしているかに気がついた。そして小さな部屋を駆け抜け、そっとドアをあけて、廊下を盗み見た。

思うに、この部分は楽しい話ではない。もしもナイジェルがダニエルの部屋に忍んでいき、待ち焦がれていたものを手に入れたとしても、それはわたしには関係ないことだ。でも、ナイジェルのことを考えたとき、脳裏に突然、ありありと浮かんだのは、彼の若々しく意気込んだ顔だった。おどおどとした目と弱々しい口元とおばかさんの顎鬚。さらに、わたしは彼のスケッチも見た。あれほど完璧でありながら情熱のこもった技術で伝えられた、木と花と石のイメージを。もしも、これもまた、ナイジェルだとしたら……放っておけなかった。なんなら、はしたない女の好奇心だと言ってもいいが、わたしはどうしても知りたかった。あの手に負えないダニエルは、本当にナイジェルをあんなふうに自分のものにできるのか——彼女は本気でナイジェルに、嫌っている相手に、自分の粗末な神殿を拝ませて、一生を棒に振らせようとしているのだろうか。

あのときわたしはとりとめもなく、ダニエルがナイジェルをだめにする前になんとかしなければ、と考えていた。それから、さらにとりとめもなく、サイモンのことを考えていた。明日、サイモンに相談しなくては。サイモンなら、どうしたらいいかわかるはず……。

わたしは忍び足で部屋を出た。廊下の突き当たりにある玄関ドアの上半分はガラスであり、戸外の暗がりに夜明けがじわじわと近づいていた。ガラスの枠は灰色だった。それを背景に男の姿が見えた。

彼は廊下の奥で、あるドア——ナイジェルの部屋のドア——の外にたたずんでいた。まるで、何かを待って足を止めたかのようだった。わたしは壁に背中をつけて身をすくめたが、たとえ彼が振り向いても、こちら側の突き当たりは暗いので、わたしの姿は見えなかっただろう。冷たい大理石に体を押しつけたまま、じっとして、恥ずかしいやら腹が立つやら情けないやらだった。知らなければよかった、いまも深い眠りの底にいられたらいいのに、できるものならナイジェルを作品で記憶したい。ダニエルのうっとうしいささやきを通してではなくて……。〝男ってみんな同じよ、たいていは……うんざりさせられる……サイモンが欲しいの。心からそう思ってる……〟。

廊下の奥で、人影がついに動いた。彼は一歩進み出て、ドアのノブに手をかけた。それからまた、一瞬、耳を澄ませるようにうつむいて立ち止まった。

わたしは自分が物音を立て、それが相手に聞こえたに違いないと思った。なぜなら、そのとき初めて、相手はあのギリシャ人ではないとわかったからだ。背が高すぎる。あれはナイジェルでもない。あれはサイモンだ。

わたしの頭が働いていたら、たちまち反旗を翻した体じゅうの神経と筋肉が、ついでに脳を流れる血液も一滴残らず、最後には自分自身とサイモンのことを教えてくれただろうに。だが、何を見ていたのか理解できないうちに、その夜はしらじらと、騒々しく明けていった。

サイモンはナイジェルの部屋のドアを押しあけた。明かりのスイッチを探るように手を伸ばしたが、同時に室内の暗闇から懐中電灯の光が広がって、顔と胸をまともに照らした。光で目を殴られたように、彼は思わず身を引いたものの、立ち止まったのは一瞬であり、飛び出すに当たって緊張しているだけだった。一度瞬きする間もなく、彼は一筋の光に沿って体を投げ出していた。弾丸並みの速さで。衝撃と、悪態と、足が石の床を目まぐるしく踏み鳴らす音が聞こえ、室内は大騒ぎになった。

わたしは廊下を駆け抜け、問題の戸口で足を止めた。狭い部屋は取っ組み合いの修羅場と化しているようだ。明るく輝き、くねくねと進む光を浴びて、ふたりの男は巨大に見え、影が天井と壁にグロテスクにそびえて揺れていた。サイモンのほうが背が高く、つかの間、有利だと思われた。彼は片手で相手の手首を握ってねじりあげ、懐中電灯でその顔を照らそうとしているようだ。相手が抵抗するにつれて光が荒々しく揺れ、崩れた弧になって闇を激しく貫いた。その光は、入口に立っていたわたしを照らし、コートの下に着ているナイトドレスと足にまばゆいカーブを描いた。誰かがギリシャ語で意味のわからないことをうなった。男はサイモンに握られた腕を振り払っていて、うんと一声あげ、サイモンの頭めがけて重い懐中電灯を振り下ろした。サイモンはとっさによけ、懐中電灯は恐ろしい音を立てて首筋に当たった。彼は筋肉を傷めたと見え、手の力が抜け、ギリシャ人が逃げ出した。

あれは結局、ディミトリオスだったに違いない。揺れる光でずんぐりした体と広い肩が見えたと思ったら、サイモンが彼に飛びかかり、懐中電灯が投げ出され、わたしのそばの壁に当たってベッドの裾に落ちた。瞬時に闇が下りた。ディミトリオスのことを考える暇はない。彼がなぜナイジェルの部屋に来ていたのか、サイモンはなぜ彼を追いかけていたのか、さらに——何より不思議なのは——なぜここにナイジェルその人が現れないのか。ふたりの男はまたつかみ合い、わたしの前を勢いよく通り越してシャワー室のドアに衝突したのに。板張りがバリバリッと壊れた。床のどこかでガラスが割れている音がする。もろい椅子の一つがバキッと割れて倒れた。次に二つの体がいっせいにベッドに突っ込んだとたん、スプリングが甲高い音を立てて壊れた。

わたしはうねっているベッドから二フィート足らずのところに両膝をつき、やみくもに懐中電灯を手探りした。このあたりで転がった音がして……近くよね？……こういう物は半円形に回転して……ほら！　あった。懐中電灯をつかんでスイッチを探した。落ちた拍子に電球が壊れていないかしら……。

それは重い懐中電灯で、スイッチが硬かった。嵐の海を行く船のように揺れているベッドは、鋭い音を立てるキャスターに乗って壁から飛び出し、また戻っていった。あの調子では壁の漆喰がはがれ落ちたはずだ。スプリングがきしみ、しなり、再びすさまじい音を立て、ふたりはベッドの端にずると滑って床に落ちた。

一瞬の息をのむ静寂が訪れたあと、ふたりはまた立ち上がった。ちょっと間《ま》があき、室内は荒い息遣いで満たされた。わたしは懐中電灯に苦戦したまま立ち上がると、手の中でぱっと明かりがついた。その夜二度目に、光がサイモンの目をまともに照らした。すると今回は、ギリシャ人がすかさず優位に立ち、まぶしい懐中電灯の明かりに突進した。サイモンは部屋を揺るがす音を立てて倒れた。肩がベッドの端にぶつかったのが見えた。この一撃でサイモンはしばらく動けなくなったが、意外にも、ギリシャ人は攻撃の手を止めた。わたしには向き合おうともしなかった。彼がこちらに背を向けると、揺らめく光ががっちりした肩と黒い巻き毛につかの間釘づけになって……。それでも彼は振り向かなかった。フランス語のあえぐような悪態が聞こえた。「そいつを消しな」

わたしは彼の頭を思いっ切り殴った。

ところが殴りそこなった。ちょうど腕を振り下ろしたとき、相手に虫の知らせがあったようだ。彼は光のほうを向かなかった。曲げた肘をうしろに引いて懐中電灯をつかみ、放り投げると、さっと近づいてわたしの胸を殴りつけ、ベッドの裾にへたりこませた。懐中電灯は二度目にひゅうっと飛ばされ、どこかへ行ってしまった。わたしが倒れる際に、飛んでいく明かりの閃きで見たのは、ギリシャ人が出口へ駆け寄り、そこへサイモンが突進するところだった。出口にはダニエルが、きちんと服を着て、ぱっちりした目と半開きの唇で立っていた。

ダニエルは機敏に下がってギリシャ人に道をあけた。それから、けだるく、なおかつ蛇のようにすばやい動きで、走ってきたサイモンの進路に入った。もうひとりの男がダニエルの部屋を目指して廊下を駆け抜け、窓があく音がしたとき、サイモンは彼女とぶつかった。ダニエルはドアの側柱に叩きつけられ、あえいだ。サイモンは、はたと立ち止まった。

廊下の薄暗い明りでは大まかな動きしかわからないが、ダニエルはサイモンにすがりついていたようだ。彼は息を弾ませて「放せ!」と言い、彼女はくっくっと笑っていた。廊下の途中でドアがばたんと閉まった。サイモンが身をよじり、声を落として言うのが聞こえた。「いいか。その手を放せ。さもないと怪我をするぞ」

サイモンが声を荒らげたのを初めて聞いた。彼が怒っていると気づいて、ちょっと衝撃を受けた。ダニエルは大したことだと思わなかったらしく、かすれた声でハアハアと息を漏らして、ささやいていた。「そのまま続けてよ。気に入ったわ……」

一瞬の凍りついた静寂ののち、ふたりはドアの近くの薄闇でとっさに動き出した。ダニエルは反対側のドアの側柱に投げ飛ばされ、息を切らして甲高い悲鳴をあげた。彼女が立ち直る前にサイモンは室内に戻り、窓に駆け寄って留め金に手をかけた。

その窓枠は錆びついていて硬かったようだ。窓がキーッとひらくと、建物の反対側でこだまするように、錆びた蝶番《ちょうつがい》がきしみ、重い体がドサッと地面に下りた。続いて、足音がバタバタ、ズルズルと闇に消えていった。

サイモンは窓敷居にのり、灰色がかってきた空を背に黒い塊になっていた。ところが、飛び降りて相手を追う間もなく、一目散に走り寄ってきたダニエルにかじりつかれた。

「サイモン……サイモン、あの人を見逃して、ねえったら……」手荒な真似をされたばかりなのに、ダニエルはサイモンに泣きついていた。あのセクシーな声音の陰に不安が押し込められているのだろう。「サイモン、だめよ！　彼はあたしと一緒にいたの。わからない？　一緒にいいいたのか」

サイモンの手が窓の留め金から下りるのが見えた。彼は振り向いた。「なんだって？　どういう意味だ？」

「言ったでしょ。あの人はあたしの部屋にいた。あたしに会いに来ただけなの」

わたしは相変わらず座っていたベッドのそばの床で声をあげた。「嘘じゃないわ。わたしがふたりの声を聞いたから」

またダニエルの笑い声がしたが、そこにいつもの自信満々な響きはなかった。サイモンは彼女には目もくれずに払いのけ、窓敷居から軽やかに飛び降りた。「ああ——そうか。どのみち逃げられたし……そこにいるのはカミラか？　大丈夫かい？」

「なんでもないわ。明かりはつくかしら？」

「電球が切れているのかな。ちょっと待って」サイモンはポケットの中を手探りしているようだ。

「そこで何をしているんだ？　あいつに殴られたのか？」

「ええ、でも大丈夫。ずっと——ずっと邪魔しないようにしていたから」わたしがふらりと立ち上がり、ベッドの端に腰かけたとき、ちょうどサイモンがマッチを見つけて一本擦った。彼はその明かりでわたしをしげしげと眺めた。わたしは弱々しくほほえみかけた。すると、彼は灰色のフランネルのズボンしか身につけていないとわかった。マッチの明かりで、胸に光る汗と首の根元の切り傷から暗く滴る血が見えた。深いV字型に日焼けしたところだ。呼吸はいつもより少し速く——すごく速くはないが、感じ取れるほど速く——なっていて、目は珍しく落ち着きを失い、ちっとも愉快そうではなかった。だが、マッチは揺るぎない手で安定して燃えている。わたしは心配になった。「あなたは大丈夫？」

「気にしないでくれ。名誉が傷ついたのは、ほぼ互角だった……残念ながらね」

ダニエルは口を尖らせた。「どうして喧嘩なんかしてたのよ？」

サイモンはさらりと答えた。「それはね、向こうが襲ってきたからさ。ぼくにどうしろと言うんだ？」

サイモンはマッチをもう一本擦っていて、室内を見回して電球を探していた。

わたしは訊いた。「あれはディミトリオスだったんでしょう？」

サイモンは驚いた顔をこちらにちらっと向けて、洗面台から電球を取った。ダニエルがはっとしたように振り向き、例によってほくそ笑んだ。「わかったの？　当たり前でしょ」

サイモンは木の椅子の一脚を押しやり、それにのって電球をソケットにはめた。明かりが点き、殺風景な小部屋の散らかりようが目についた。サイモンはわたしを見ながら椅子を下りた。「本当に大丈夫？」

「ほんとに。それよりサイモン——ナイジェルはどこ？」

「見当もつかないな。寝ていなかった。それだけは確かだ」ベッドが乱れているのに、シーツはきちんとたくしこんである。誰もそこで眠らなかったのだ。サイモンはためらい、それからダニエルのほうを向いた。彼女はドアのそばに立ち、物憂げな様子で壁にもたれていた。目は長いまつげの下で眠そうだ。彼女はポケットから煙草を取り出して火をつけている。マッチの燃えさしを床に放った。一連の動作のあいだ、きらりと光る細めた目はサイモンに……彼の全身に向けられていた。

サイモンは淡々と言った。「あの男はきみの部屋にいたと言ったね。どうやって入ったんだ？」

「あたしが入れたの」

「玄関から？」

「ううん。部屋の窓から」

「よせよ、ダニエル。きみの部屋の窓は地面から十二フィートの高さだ。まさかシーツを何枚も組んで縄にしたとか、その髪を下ろしたとかいうわけじゃなかろう。きみが玄関の鍵をあけてやったのか、それとも奴は鍵を持っているのか？」

サイモンに冷たい声で問いただされ、ダニエルはぶすっとして答えた。「あなたになんの関係があるかわからないけど、そうよ、あたしが玄関の鍵をあけたわ」

「ぼくにも関係は大ありだよ。きみの客は入る権利のない場所をうろついていた。しかも、ぼくに危害を加えようと、それ以上ではないにしろ、明白な意志を持って襲いかかったんだから。あの男はナイジェルの部屋で何をしていたんだ？」

「知るわけないでしょ」

「彼は結局、きみの部屋の窓から飛び出した。最初からそうしていればよかったじゃないか。なぜそうしなかった？」

「玄関から出るほうが簡単だし、静かだわ。鍵は錠に差してあるし」

「では、なぜここに入った？」

ダニエルは肩をすくめた。「あなたの足音を聞きつけて、逃げ込んだんでしょうよ。理由なんてわかりゃしないわ」

「この部屋に誰もいないとは知らなかったはずだが」

「ほとんど空き部屋だと教えておいたの。思い切って入ってみたのね。もうこの話には飽き飽きしたわ。あれこれ訊かれるのもうんざり。あたしは寝るわよ」ダニエルは猫のように背筋を伸ばし、わざと優美にあくびしながら、きれいな歯と淡いピンクの舌をすっかり見せた。そして頭を巡らし、眠そうな大きな目を厚かましくもわたしに向けた。サイモンはズボンのポケットから潰れた煙草の箱を取り出していて、わたしに一本くれた。彼がこちらにかがみこんで、煙草に火を点けた。息遣いは元に戻っていた。懐中電灯の光がとらえた切り傷と、肌で乾きつつある汗の筋がなかったら、数分前に暗がりで格闘していた人に見えなかった。

ダニエルがふと辛辣な口ぶりで言った。「それはそうと、ここで何してるのよ、カミラ?」

「物音がしたから来てみたの」

ダニエルがにやりとした。「で、弾き飛ばされたのね。痛い目に遭わされた?」

「わたしがあちらを痛い目に遭わせたほどじゃなさそうよ」

ダニエルが一瞬はっとして、わたしは滑稽な満足感を覚えた。「彼を痛い目に遭わせた? どうやって?」

「懐中電灯でうなじを殴りつけたの。思い切り」

ダニエルはなおもわたしを見つめていた。なんとも奇妙な顔で。「あ、あなたが彼を殴った?」声がひどく震えている。「どういうこと――あなたにそんな権利はない……。彼はあたしの恋人で、あたしがここに呼びたいと思ったら――」

わたしは手厳しく言い返した。「あの人はなんとかしてサイモンを殺そうとしていたわ。それに、わたしも彼に借りがあるの」

ダニエルは間《ま》の抜けた顔でわたしを見た。「あなたが――彼に借りがあるって?」

「ええ。被害者ぶらないでちょうだい、ダニエル。今日の午後、〈輝く岩〉では被害者に見えなかったわよ」

「ああ……まあね」

ダニエルは息を吐いた。サイモンが詰め寄った。「なんの話だ? 何があった?」

「何もないわ。カミラの気のせいよ。彼女、ディミトリオスのことを――もう、ばかばかしくて言いたくない。ほんの冗談だったのに。この話は嫌気が差したわ。じゃあね」ダニエルは吸いさしの煙草を床に捨て、すばやく向きを変えた。わたしは立ち上がった。

「ちょっと待って」サイモンが陽気な声で言った。「いや、まだ行かないでくれ、カミラ。ナイジェルのことを忘れているよ。ダニエル、彼がどこにいそうか、わかるかい？　ゆうべ何か言って――」

ダニエルは憎々しげに言った。「なんであたしがあのばかの行く先を知ってるの？　知らないし、どうだっていい。あたしに言わせれば、死んだも同然よ」

わたしは言った。「わたし、知っているような気がするわ」

サイモンは切れた首筋をハンカチで押さえている。彼の眉が吊り上がった。「今夜はあれこれ知っているようだね」

「でしょ？」ダニエルは出口で足を止めていて、ぱっと振り向いた。声はサイモンの声と違って、愉快そうではない。「いいわ、教えてよ」

「あてずっぽうよ。ただ……ええと、サイモン、この前の晩にここで話したことを覚えているかしら。ナイジェルとスケッチと、戦略が必要なこと、ヨアニナから歩いてきたオランダ人の若者とか？」

「覚えているよ。まさか、ナイジェルがその若者のスケッチブックからページを一枚失敬したとは言わないよな？」

「神殿の上の発掘現場からラバが一頭盗まれていたの。けさ、ガイドが教えてくれて……きのうの朝と言うべきね。ほら、わたしがその朝早くにナイジェルを見かけたとき、彼は人目を避けるように行動していて――」

「どこで？」ダニエルが口を挟んだ。

「このアトリエのすぐ外よ」

「どっちへ行ったの?」

「さあ。パルナッソス山をどんどん登って——競技場へ向かっていくように見えたけど」

「ああ、なるほど」サイモンは言った。「そうかもしれない。たぶん、ナイジェルは自分の作品に取りかかっていて、落ち着かない気分でいたんだろう。二、三日は戻らないかもしれないな」彼は振り向いて、血のついたハンカチを水道で洗った。「この部屋を片づけてから出たほうがいいと思う。洗面台に血がついているし、床は目も当てられない。損害を調べて、できるだけのことをしないと」

わたしは言った。「大丈夫よ。わたしが洗面台を掃除するから。それより、その傷を見せてちょうだい。ダニエル、床を掃除してガラスの破片を拾うくらいしてくれるでしょう?」

ダニエルはいつもの嫌悪感に満ちた鋭い目を向けてきたが、今回は無理もなかった。「ひとりでやってもすぐ終わるわよ。あたしは疲れてるの。今夜はまだ寝てないんだから、もう眠くてしかたないったら……」彼女はあくびをして、また目を細めてわたしを見ると、ドアを閉めて出ていった。鏡の中でサイモンと目が合った。わたしは言った。「ダニエルを追い払いたかったのね?」

「エンジンがかかったな、読心術者さん」

「どうして?」

笑顔が消えた。サイモンは振り向いてわたしを見下ろした。その目は暗く、陰気ですらあった。

「この一件の感触が気に入らないからさ、カミラ」

「感触?」

「ああ。あれやこれやと起こりすぎている。無関係なこともあるだろうし、極めて重要なこともあるだろう。たとえば、ダニエルと例の男……そしてダニエルとナイジェルだ。どうも気になってきたよ」

「じゃあ、わたしが正しかったのよ。明かりのほうを向いて、その傷を見せて……わたしにダニエルの前でナイジェルの話をさせたくなかったの？」

「違う」

「傷口は浅いけれど、あざになって肩が痛みそうよ。部屋に消毒剤はある？　ナイジェルがロバを連れて山地に入ったと思う？」

「ああ。違う、いいや。いいや、ナイジェルが旅に出たとは思わないが、ああ、部屋に消毒剤はある」

「じゃあ、忘れずに塗って。傷跡はきれいだし、血は止まっているわ」わたしは身を引いて、サイモンをしげしげと眺めた。「それで、ダニエルとナイジェルと彼女の大事なギリシャ人は、わたしたちと――つまり、あなたとどんな関係があるの？」

サイモンは慎重に答えた。「あのギリシャ人――ダニエルのあの恋人だが……ディミトリオスという名前だと言ったね？」

「ええ。きのう、窪地からの帰り道に出会ったの。〈輝く岩〉の上のほうで、ダニエルと一緒にいたわよ」

「なるほど。〈輝く岩〉か。それはそうと、あそこで何があった？　きみはディミトリオスにどんな〝借り〟があるんだい？」

「なんでもないの。あの人はねちねちした感じで、崖から投げ落とされた人たちのことをさんざん聞かせたのよ。ちょうど崖っぷちに立っていて、彼はわたしが嫌がっているのがわかって、面白がっていた……ダニエルもそう。それはただのいたずらで、わたしを愚かに見せようと――事実、そう見えたんじゃないかしら。わたし、逃げ出したの」

サイモンは眉間に皺を寄せた。「わかったよ、カミラ、きみの身に何もなかったんだね。この――ディミトリオスの件で」

「何かあった？　どんなことが？　わたしはあの人が嫌いだけれど、別に――」そう言いかけて、わたしは口をつぐんだ。そして、深々と息をついた。「ディ、ミ、ト、リ、オ、ス！」

「そのとおり。思い出したかい？　アンゲロスにはディミトリオス・ドラゴミスという従弟がいて、その男はイテアに移住した。イテアだよ」

「それに、わたしはイテアでジープを見かけた……ダニエルはアテネであの車に乗って、イテアに直行したのね！　あれが同じディミトリオスだとしたら……ディミトリオス・ドラゴミスはダニエルの恋人で、わたしが見たのは彼の家だったのよ。ダニエルは、〝エレーナ〟とかいう友達ではなくディミトリオスを訪ねていて、ジープがそこにあった以上、わたしが家の前を通り過ぎたときは彼女が中にいたんだわ！」

「間違いなく同じジープだった？」

「もちろん。ほら、フロントガラスに下がった人形で見分けがついたの。エンジンを修理している人がいて、それはディミトリオスではなかったけれど、とにかく、わたしたちが正しいんじゃないかしら。あれは同一人物よ。それなら、ダニエルがあなたにすごく興味を示す説明がつくもの」わたしは続けた。「それも理由の一つかと」

サイモンはそこを聞き流した。

「じゃあ、ぼくたちが正しいとして、こちらでつかんだ事実を整理すると……ディミトリオス・ドラゴミスはダニエルの恋人である。エレーナなる人物が実在するか否かにかかわらず、確かにダニエルはよくイテアあたりで泳いで午後を過ごしていた。以前に、奥まった小さな入江に水がきれいなところがある（そもそもイテアの水は汚い）と言っていたが、その場所を教えてくれなかった。たぶん、ダニエルが海水浴で出会った相手は〝エレーナ〟ではなく、〝ディミトリオス〟で、彼と親しくなったのだろう。向こうは漁をしに来たのかもしれない——彼は漁師で、手漕ぎ舟を持っていると言ったっけ？」

「わたしはガイドだと聞いたわよ」

「ぼくが知る限り、デルフィにその名前のガイドはいない。わざわざ嘘をついたとすれば……」サイモンは言葉を切った。険しい顔で煙草に見入っている。「まあ、先を続けよう。アンゲロスの従弟のディミトリオスは、ダニエルをアテネに行かせて車を借りさせた——生きるか死ぬかの問題で。要するに、ばかに急いでいた」

「つまり？」

サイモンが目を上げた。「高くつく要求さ。しかも、ディミトリオスは船乗りだ。なぜ車が必要なんだろう？」

わたしはまたベッドに腰を下ろした。「わからないわ。続けて」

サイモンは上の空で、煙草の灰を洗面台に振り落とした。

「ダニエルはディミトリオスのために車を借りたが、フランス人の知り合いエルヴェ・クレマンから条件のいい申し出を受け、話が決まった。彼女はレンタカー会社に戻って事情を知らせず……ドラゴミスの名前も伝えていなかった――そこで、〝ムッシュー・サイモン〟をめぐる悶着が起こり、ミス・カミラ・ヘイヴンのよけいなお世話だが善意の努力も生まれた。しかし、ダニエルの行動には何か意味があるんだね」

「緊急性」わたしは慎重に言った。「そうよ。それに、秘密主義？」

「確かに。ダニエルと、アンゲロスの従弟ディミトリオスのどこに緊急性と秘密があるのか、知りたくてたまらないね」

第十四章

勇気は大切なものだ。

人はみな、高く評価する。考えてみるんだな。

こんなことをしたら、あなたやわたしの名声がどうなるのかと。

『アイアース』　（ソフォクレス作）

短い間《ま》があいた。一匹のカブトムシがひらいた窓から入り込み、銃声のような音を響かせ壁に衝突して、再び闇に消えていった。

「でも――あの車は?」わたしは自分にとってまだ謎である点に飛びついた。「ディミトリオス・ドラゴミスは漁師だと言ったわね。どうして車が必要なの?　アテネから、あんなにこっそり運ばせて?」

「まさにそこさ」サイモンが言った。「あの男は漁師で、舟を持っている。今度はジープも……アテネで手に入れ、地元でひそかに保管した。それは一つのことを指すとしか思えない。輸送手段だ」

わたしは奇妙に響く声で言った。「緊急の、秘密の、輸送手段……」それから、きびきびと体を起こした。「でも――違うわ、サイモン。ばかばかしい話よ」

「なぜ?」

「何を言おうとしているかはわかる……アンゲロスの従弟がこの緊急かつ秘密の輸送手段を必要とした理由ね。あなたの考えでは、ディミトリオスはアンゲロスが隠した物を見つけた――マイケルがパルナッソス山で見つけた物がなんであろうと。そして、ジープと舟の役目は――あっ!」

「どうした?」

「あのラバ! サイモン――あのラバよ!」

サイモンは頷いた。「ジープをパルナッソス山に上げられないだろう? ラバは、ぼくがステファノスに会った夜に盗まれた。ダニエルはその日にジープでやってきた。賭けてもいいが、ディミトリオスの舟は、しばらくアンフィサの先の小さな入江に隠されているだろうね」

「ねえ、ちょっと待って、サイモン。それはただの推測よ。ラバを盗んだのはナイジェルかもしれないでしょう。彼はどこかへ出かけていて、わたしたちがオランダ人の画家の話を聞かせて――」

「ナイジェルなら、あのロバ――タダ同然になったやつ――をオランダ人の若者から買ったほうが手っ取り早かったよ」サイモンは言った。「発掘現場からラバを盗むのは一苦労だぞ。ナイジェルは金に困っていなかったし、秘密主義になる必要はまったくなかった。それどころか、スケッチ旅行に出るとしたら、むしろ宣伝するべきだと思っただろう」

「ええ、そうでしょうね。それでも、きのうの朝、ナイジェルが山中をうろついている姿は、こそこそした感じだったわ」

「そうかい？　しかし、やはりナイジェルがラバを盗んだとは思えないな。あのラバが消えたのは月曜の夜で、その夜ナイジェルはここにいた。もちろん、あとでダニエルと散歩に出たことは出たが、まさか――」

わたしは硬い表情で言った。「あなたの言うとおりよ。盗んだのはナイジェルじゃない。たったいま、あることを思い出したの。劇場にいて、あなたが暗唱をしていたとき、わたしは最上段あたりの席に座っていたら、山の上のほうで何かが登っていく音が聞こえたの。ほら、無意識に聞いていたことが、あとになって何かを気づかせるものでしょう。まあ、そんな感じなの。その場ではなんとも思わなくて――仮に聞こえたとしても、風の音か、群れからはぐれた山羊かロバか何かの足音だと。でも、いま、金属音がしたのを思い出したの。カチンと鳴る音で、蹄鉄か、ブーツの鋲の音に似ていたわ」

サイモンはふっと笑った。「ここの家畜は蹄鉄を打たれていない。気がつかなかった？　それに、地元の人間は山では麻底のエスパドリーユを履く。どうやら、きみは本当にラバが盗まれた音を聞いたらしいね。よき友ディミトリオスが、ラバを山へ連れ去ったところだ。やれやれ」

しばし沈黙が続いた。やがて、わたしは言った。「でも、サイモン、そんなはずはないわ。本当にばかげているもの。ひょっとしたら、ディミトリオスは悪事を企んでいて、ダニエルがそこに一枚噛んでいて、ふたりは現にラバを盗んで車を借り、何かを運ぼうとしたかもしれない。でも、それはいくらなんでもマイケルの〝宝〟ではないわよ！」

「なぜ？」

「ディミトリオスが十四年以上も宝を探し続けて、いまになって見つけたなんて、納得できない。いつまで探したところで徒労に終わった可能性もあったわ。特にアンゲロスから正確な情報を聞かなかったとしたら——おそらく聞かなかったはずよ。政情が落ち着いたら、アンゲロスはユーゴスラヴィアから帰ってくるつもりでいた。ディミトリオスには何も教えなかったでしょう。ディミトリオスは、アンゲロスが何かを隠していると睨んだだけで、どこから探せばいいかわからなかったんじゃないかしら。でも、どうも腑に落ちないのは、ディミトリオスがいまになってアンゲロスの隠した物を発見したという見方よ。今週、あなたがデルフィにいるその週に。偶然にしては出来すぎで、信じられないわ」

「そうかな?」

「どういう意味?」

サイモンはおもむろに切り出した。「きみは逆に解釈しているよ。その二つの出来事が、実際に同時に起こったとしてみよう。ぼくはここデルフィにいて、ディミトリオスはパルナッソス山でアンゲロスの隠した物を発見する。きみはそれを偶然だと言う。ぼくなら原因と結果と言うね」

「つまり——?」

「二つの出来事は確実に結びついているが、偶然からではない。ディミトリオスは隠し場所を見つけた。ぼくがたまたま今週はここにいるからではなく——単にここにいるからさ」

わたしはサイモンをまじまじと見つめた。舌で唇を撫でた。「つまり——あの人はきのう、わたしたちのあとをつけて窪地まで行ったと?」

「そうとも。ディミトリオスはぼくたちが出かけたことに気づいただろうし、スパイすることもできたはずだ」

わたしはかすれた声で言った。「そうよ。わたしが窪地で座って、あなたがほかのふたりと洞窟を捜索していたとき、崖の上で何かが動いたような気がしたの。誰かが見張っていたのかもしれない」

サイモンの視線が鋭くなった。「間違いない？」

「そう言われると困るわ。でも、何かが動いた気配がして、見上げると、何も見えなかった。日光で目がくらんだせいよ」

「なるほど。よし、それはディミトリオスかもしれないな。彼はぼくたちを追って山を下り、〈輝く岩〉の上でダニエルと落ち合うつもりでいた。そうかもしれないな」

「ダニエルに悪いことをしたわ。あのふたりは一緒にいたようだったのに、邪魔をしてしまったの」

「ディミトリオスにはきみより先に下山する暇はなかった。もしも先を歩いていたら、山道はほとんど見晴らしがいいから、彼の姿が見えていただろうに」サイモンはしばらく考えた。「そうだな、この一連の出来事を考えてみよう。いいかい、ディミトリオスは、ステファノス――マイケルの死に場所について確実なことを知る唯一の人間――から、マイケルの死にまつわる事実をできるだけ探ろうとした。ところが、何も聞き出せなかった。そこで、自力で場所を探そうとしたんじゃないかな。従兄が出国する前に聞いた、わずかな手がかりを集めたんだろう。だが、たとえアンゲロスから正確な指示があったとしても、ディミトリオスはやはりいままで山地を探し回って、何も見つけられなかったはずだ。〈猫の歯〉のような目印という目印がなくなり、なんでも地震で岩屑《がんせつ》に埋もれて十四年――いや千四百年か――発見されない場合もある。アンゲロス自身、まだ生きていて、様子を見に戻ってきたら、まったく同じ目に遭うだろうね」

わたしは息を弾ませて訊いた。「ニコがこの山には幽霊が出ると……光が見えると……覚えてる?」

「ニコはあきれた話ばかりするが、それは本当だったらしいな。ディミトリオスが山で探していたんだろう。しかし、この話を手がかりにするには——仮にディミトリオスがずっと退蔵物資を探していても見つからなかったが、何年もたって、ぼくが、マイケル・レスターの弟がデルフィに来ると聞きつけたら、どうするか。これは絶好の機会になりそうだ。なにしろステファノスは、ぼく、マイケルの弟に現場を案内する可能性が高い。ぼくがここに着いたとき、ステファノスはレヴァディアに出かけていたが、ディミトリオスには戻ってくる時間の察しがついた。ぼくは今回のデルフィ行きをかなり前から計画していた。ディミトリオスがそれを知って、周到な準備をしたとしても不思議はない。この見方が正しくて、ディミトリオスはダニエルが毎日のようにジープでイテアへ泳ぎに来るのを気づいたとしたら? そこに必要な輸送手段とやらがあるじゃないか。彼は地元で輸送手段を調達しなかった。知り合いが大勢いて、あれこれ詮索されるからだ。ただ、ダニエルと親しくなり、金で口止めをする——さらに手伝わせる——のは造作もなかった。最後の積み荷の分け前をやると約束したのさ。あとはラバかロバを連れてくるだけだが、それもダニエルが解決した。ラバを盗んだに違いない。何週間も考古学者たちと働いていたから、荷物を保管する場所も、入手する方法もわかって……。どうした?」

「ちょうど思い出したの。ラバだけじゃなかったわ。そう言えば。あのガイドは〝道具をいくつかとラバ一頭〟と言ったのよ」

「本当に?」サイモンの声は相変わらず静かだけれど、日に焼けた顔で明るい灰色の目が輝いていた。

「さて、さて……。それは筋が通っているか、いないか? あるいは、ぼくは結論を急ぎすぎているのかな？」

「急ぎすぎよ。その話はレンガのくずで、藁がちょっとしか入っていないけれど、丈夫になるかもしれないわ（古代エジプトではレンガを作る際に、粘土に藁を混ぜて強度を高めた）。さあ、続けて」

「どこまで話したっけ？　そうそう。ディミトリオスは、サイモン・レスターがここに到着して、彼をマイケルの死んだ場所へ案内する日に備えて、抜かりなく手はずを整えた。ところが、彼――ディミトリオス――は悪運に襲われたんだ」

「ダニエルの雇い主がデルフィを発ち、彼女も立ち去るはめになる――あのジープで？」

「そのとおり。ダニエルは日曜日に、やむを得ず動き出した。さっそくアテネのレンタカー会社に行き、翌日、ムッシュー・クレマンから解放され次第、車を受け取る手配をした」サイモンはほほえんだ。「その後のことは、ぼくたちも知っている。ダニエルの手違いがあった。だが、再び幸運に恵まれ、ダニエルはエルヴェを言いくるめてジープを借りた。そして戻ってくると、ジープをイテアに運んだんだ。その夜、ディミトリオスを乗せたかどうかわからないが、乗せたに決まっている。彼女――あるいは彼――が神殿の上の作業小屋からラバとバールなどを盗んだ。そうだろう《エヴォワラ》」

「じゃあ、ディミトリオスはわたしたちのあとをつければよかったのね。楽勝だわ」

「楽勝もいいところさ。ステファノスの話を聞いて、その可能性を考慮するべきだったのに、ミックが見つけた物がまだ隠れているかもしれないとは（現地で地震の被害を目にするまで）思ってもみなかった。ところが、隠れていたんだ。きのうディミトリオスは山にいたに違いない。あとは、あの崖の限られた範囲を捜索すれば、彼とダニエルは一生遊んで暮らせる」サイモンはわたしにほほえみかけた。「そう、大量のレンガにごくわずかな藁しか入っていないが、ほかに藁の使いようがない。ぼくたちはある程度の事実をつかんだからには、それをどこかに当てはめないと。よき友ディミトリオスがよからぬ企てをしているのはわかっているんだ」

「しかも、ディミトリオスはアンゲロスの従弟で……。ええ、あなたの言いたいことはわかる。でも、彼はどうして今夜ここに来たのかしら？　またダニエルに会うため？」

　サイモンは真面目な顔で答えた。「うん、それは……。それこそ、ぼくがこの一件の感触が気に入らないと言ったところだ。ぼくたちがこれまで発見した――推測した、と言ってもいい――ことは単純明快だが、ナイジェルは……」彼は言葉を切り、振り向いて、煙草の吸殻をあいている窓から投げ捨てた。「ナイジェルだよ。あいつはこの件のどこかに入っていて、それがどこなのかを知りたいんだ」

「ディミトリオスは彼に会いに来たと？」

「いいや。ディミトリオスはここに来て何かを探していた。それが何か知りたい」サイモンは部屋を見回した。「ナイジェルの居場所も知りたいね」

「絵がなくなっているわ」

「絵が？　ああ、壁に掛かっていたものか。そうだね。ふうむ、ほかにも何がなくなっているか、早く調べたほうがよさそうだ……」サイモンは話しながら、殺風景で散らかった部屋を歩き始めた。

「じきにわかるが、ディミトリオスにもくろみがあったのか――いや、いいんだよ、カミラ。座っていて。この狭い部屋では、大して探すものはない。いくら二匹のゴリラが何もかも引っくり返したとしてもね……」

「とにかく、ディミトリオスは何も盗まなかったわ」

「ああ、そのようだ。盗む暇がなかったんだろう。それは今夜の事件で一つの満足すべき点だね」

「ダニエルは本当のことを言っていたんじゃないかしら。ディミトリオスはあなたの足音を聞いて、ここに隠れただけかもしれない」

「ありえないね」サイモンは洗面台の戸棚をあけて、中をくまなく探していた。「あの男には、ぼくの足音を聞いてから電球を外す暇はなかった。この部屋に入ったとたんに外したんだ。要するに、ここで少し時間がかかる用事があり、人に驚かされたり見られたりしたくなかったんだろう。ぼくはディミトリオスの立てた音をすぐに聞きつけたはずだ――一睡もせずにナイジェルの行方を考えていたから、物音がしたとたんに起き上がった。急いでベッドを下り、ズボンをはき、このドアに近づいた。ディミトリオスはドアをきちんと閉めていなかったので――音を立てないためだろう――室内で懐中電灯の光が動いているのが見え、ナイジェルではないとわかり、慎重に進んだ。ドアを押しひらくと、光が部屋じゅうを揺れ動いていて、何かを探しているようだった。それだけだ。彼がこっちを向いたからね」

わたしは笑った。「ええ。それであなたは彼に襲われたとダニエルに言った――先生、それは嘘です。わたしは見ていたんですもの。あの気の毒な人はあなたに突進されて、〝こんばんは〟と挨拶する間もなかったわ！」

サイモンはにやりとした。「それにはもっともな理由があった。ディミトリオスは戸口でぼくの足音を聞いてぱっと振り向き、ナイフを取り出した。武器を使わせてはまずいと思ったんだ」

わたしは深々と息を吸った。「そういう――ことなの。この一件の感触については、あなたが正しかったわね。わたしに言えるのは、あなたはお堅い職業の人間にしては、行動が――まあ、かなり敏捷で――果敢だということかしら」

サイモンはまだ笑っていた。「二年の徴兵期間を陸軍特殊空挺部隊というきつい部署で過ごして……そのうえマイケルから将校らしからぬ態度で仕込まれた。それが実を結んだよ――おまけに、ぼくは楽しんだような気がする。取っ組み合いが好きなんだな……なあ、カミラ」

「はい」

「ナイジェルの荷物が全部消えている」

「何もかも？　画材だけじゃなくて？」

「何もかも、じゃないかな。リュックサック――ほら、ナイジェルはあれをこの釘に掛けていた。確か剃刀は持っていなかったが、タオルもなくなっている。石鹸と、身につけていたものも。ぼくと違って、あいつはこの天候でも昔気質で、パジャマを着て寝ていた。シーツの下に押し込んであるんだろうか？」

「そこにはなさそうね。ええ、ないわ」

サイモンは困惑したと同時に安心した声を出した。「いずれにせよ、ナイジェルは出ていく気だったのか。あいつめ、言ってくれれば、こっちは二時間も不眠に悩まずにすんだのに。さてと、ナイジェルがほかのどんなことに首を突っ込んだのか知らないが、とりあえずパルナッソス山のどこかで足首をくじいて座り込んではいない。ぼくはここに何もないのを確かめて……おっと、あのギリシャ人のナイフがあった。ベッドの下に飛んだ音がしたと思ったが。ぼくたちが立てた騒音は、ナイジェルのゴミ箱を倒した音で……。ああ、なんて散らかりようだ！　オレンジの皮や鉛筆の削り屑、放り投げた描き損じの絵。真面目な話、賄賂を贈ってここから逃げ出すしかなさそうだぞ、カミラ」

「頼むから手伝わせて」わたしはベッドを滑り降りて床に立ち、紙を集めた。それを、ナイジェルがゴミ箱代わりにしていたビスケットの缶に入れた。「このゴミを捨ててくるわ。あなたはあの椅子が修理できるかどうか確かめて、テーブルを起こして。損害は割れたガラスだけだから、それは朝まで放っておいて、ほうきと――サイモン！」

サイモンはせっせと家具を起こしていた。わたしの声を聞いて、彼はぱっと振り向いた。「どうした？」

「この紙だけど……。これは〝描き損じ〟なんかじゃない。これは――完成品よ。ナイジェルが手がけていた古代ギリシャ人の類型だわ！」わたしは紙束をぱらぱらとめくった。「そうよ、見て、ほらね！　ちょっとステファノスに似ている頭部があり、彫像のようにほほえんでいる顔がある。これはナイジェルが話していたミノアの少女に違いないし――これは羊飼いの少年ね。まだあるわ……ほら」紙を手早くめくっていった。手が震えがちだった。「ナイジェルはしかたなくこれを描いていて、生きる張り合いをなくしていたのに、捨てるわけにいかなかったのね、サイモン？　いったい――？」わたしは口をつぐんだ。

頭上でサイモンが険しい声を出した。「なんだい？」

震える声で答えた。「この一枚。これはあの頭部よ。すばらしい、すばらしい頭部。変わった顔をした若者。見て、これは引き裂かれている。ほかは無事なのに、これだけよ。まっすぐ裂かれているの」わたしは膝にのせた紙片を見下ろして、物悲しい声で言った。「引き裂くことはなかったのに。美しい絵だったわ」

サイモンはかがみこんでわたしから紙片を取り、しばらく黙って眺めていた。

ようやく彼が口をひらいた。「ほかにはどんな絵がある？　あの花の観察画はないだろうね？」

「ええ、ない。これはみんな〝類型〟で、例外はあのすばらしい頭部だけよ」

サイモンはほっとしたように息をついた。彼が話し出すと、わたしと同じく、つかの間不安を覚えたのだとわかった。「じゃあ――なぜナイジェルが出ていったにせよ――あまり心配する必要はなさそうだ。あの憂鬱の発作で、愚かなことを仕組んだわけではなかったね。出来のいい作品は持っていったし。これ以外は……」サイモンは指を広げ、紙片をわたしの膝にぱらぱらと落とした。そのしぐさは肩をすぼめるようだった。ため息をつくようだ。「やれやれ、あいつは何が気に入らないのかな。ただ、知りたいのは――」

わたしは唐突に言った。「シ、ク、ラ、メ、ン」

サイモンは急に疲労困憊した声を出した。「結局、それも残っていたのかい？」

「いいえ。ここにはない。その話じゃないわ。でも、あることを思い出したのよ、サイモン。大事なことだと思うの。きのう、窪地――マイケルの窪地――にいたとき、岩に一株のシクラメンが生えていたの。そのときは気づかずにいて――無意識に気づいたには違いないわ。だって、花を見てナイジェルを思い出したの――あれはスケッチに描かれたのと同じ花よ。ただし、そのときは二つを結びつけなかった。でもいまは、スケッチの話をしながら頭の中で見直してみたの。やっぱり、同じ花だわ。間違いなく。つまり、ナイジェルもあの窪地にいたということよ！」わたしは深く息を吸った。「たぶん、ナ、イ、ジ、ェ、ル、が洞窟を見つけたとしたら、彼が月曜日の夜に言ったことのいくつかは説明がつくわ！　サイモン、ナイジェルはあの窪地にいて、ナイジェルが洞窟を見つけたのよ！　だから、アンゲロスの退蔵物資はまだあそこにあるわ！」

サイモンは鋭い声で言った。「じゃあ、ナイジェルがあの窪地で何かを発見したとしたら、それは月曜日のことだな。そのスケッチを月曜日に描いたのか」

「ええ。ナイジェルはその日は仕事をしなかったとあなたに言っておいて、ポルミスの頭部とシクラメンの絵を描いたと口を滑らせた！」

サイモンは慎重に言った。「そうかもしれないな。ぼくは日曜日にナイジェルと一緒に山道を途中まで歩いた。彼はひとりで道を戻り、窪地にたどり着いたんだろう。めったにない確率だが、実際に起こるものだ。ああ、あいつは見つけたのか？」

わたしたちは顔を見合わせた。わたしは言った。「きのうの朝、ナイジェルはまた出かけていき……こそこそしていたわ。サイモン、ラバを盗んだのはナイジェルじゃないかしら。わたしたち、ダニエルを誤解しているのかもしれない。ナイジェルが物を、それがなんであれ、ひとりで移動させようとしている可能性もあるわね」

サイモンは、さりげなさがみじんもない、かすれた声で言った。「もしも、そうなら？　ナイジェルが作業中にあのギリシャ人を怒らせたとしたら？　あの男もこの一件のどこかに絡んでいるのを忘れてはだめだ」

「ナイジェルはあのギリシャ人と手を組んでいるのかも」

「そうだね」

「サイモン、あまり心配しないで。一つだけ明らかなことがあるわ。ナイジェルは出ていくと決めていたのよ。ここを引き払って、不要な物を処分している。何をするつもりでも、用事がディミトリオスの用事と絡み合って、わざと姿を消したとしても。ナイジェルは、違法行為か、道義に反する行為に手を染めているかもしれないけれど、それは本人が決めたことで――そう、あなたはそこまで面倒を見切れないでしょう？」

サイモンは躊躇して、急にほほえんだ。「そうだね。とにかく、夜が明けるまでは」

わたしはきっぱりと言った。「もちろん、あなたは現場に行くのよね」

「もちろん。なんとしても行くつもりだし、こうなると行くしかないような気がするね」

「何時に出るの？」

サイモンは一瞬わたしを見下ろした。またあの仮面をつけていた。わたしは彼がなんと言うと思っていたのだろう。十人中九人の男性が言いそうなことならわかる――フィリップなら、それを二度言いそうだ。

サイモンは言わなかった。こう言っただけだ。「ぼくが呼びに行く。さあ、きみはもう寝たほうがいい。明日は朝早く出発するからね」

わたしは立ち上がった。「ステファノスとニコを連れていくの？」

「いいや。理由の一つは、時間がかかりそうだから。もう一つは、〝ナイジェルまたはディミトリオス〟または〝ナイジェル及びディミトリオス〟が発見して移動していない物がまだあるとしたら、ナイジェルがどこから入ったか、それは誰の所有物か、どちらも判明するまで目撃者は欲しくないんだ。万一、退蔵物資が武器と金《きん》だったら、現在の情勢では微妙な政治問題になりかねない」

「まあ、そのとおりね。考えもしなかったわ」

「じゃあ、きみが部屋に戻るのを見送らせてくれ……。ところで、よき友ディミトリオスの頭を殴ってくれた礼をまだ言っていなかったね」

「本当なら、あの人には近づかなかったの」わたしは正直に言った。「ダニエルと間違えられなかったら。でも、どのみちわたしは殴り損なったけど」

「それでも、大したものだ」

サイモンがドアをあけ、わたしは彼の前を通って冷え冷えとした廊下に出た。

「大いに役に立ったわ」悠然として言ってのけた。「セント・トリニアンズ校（漫画に登場する架空の女子校。生徒は反抗的で荒っぽい）という、きつい部署で働いた経験は」

第十五章

明るい砦は地に落ちると皇帝に告げよ。
アポロンはもはや避難所も、神託の月桂樹も、物言う泉も持たぬ。
響き渡る小川すら、流れを止めてしまった。
（ローマ皇帝ユリアヌスに下されたデルポイの神託）

サイモンに起こされたとき、六時をさほど過ぎていなかったはずだ。ノックの音に寝ぼけた声で「どうぞ」と応えてから、もうホテルに泊まっていないことを思い出し、あれはお茶を運んできた部屋付きメイドではなさそうだとわかった。頭を巡らして、寝ぼけまなこのまま戸口を見ると、ドアがあいて、サイモンは入ってこなかったけれど声がした。

「カミラ」

「んん？　ああ――サイモンね。なあに？」

「もう起きてもらえるかな。そろそろ動き出したほうがいい。コンロでコーヒーを沸かしておいた。

きみが着替えて、こっちに来たら飲めるようにね」

「わかったわ」

「よかった」ドアが閉まった。わたしは目が覚めてベッドを飛び出し、手早く着替えを始めた。部屋の窓から、朝日が杏の花のようにシルフィス山の丸いてっぺんを横切っているのが見える。

室内はまだひんやりしていて、ありがたかった。水道の蛇口――両方の蛇口――から流れ出す氷のような水はありがたくもないけれど、どのみち、デルフィで体を洗うのは罪滅ぼしの苦行なのだ。水は軽石並みの硬水で、どちらも同じくらい肌にいい……けれど、おかげで完全に目が覚め、新しい冒険に乗り出す気分にぞくぞくして、ようやくサイモンの部屋のドアをノックした。

「どうぞ」

今朝のサイモンは、声を抑えていないようだ。また、部屋に入ってきたわたしの顔に疑問の色を見たに違いなかった。見ていたコンロから顔を上げ、簡単に説明したからだ。「ダニエルは一時間前にここを引き払ったよ」

「そうなの?」

「上の道路まで追いかけた。村のどこに行ったかはわからなかったが、ジープが北へ向かったことだけは確かめたよ」

「つまり、ダニエルの行き先はイテアとも、その先のアンフィサともとれるのね?」

「そうだ。コーヒーを飲む?」

「いただくわ。サイモン、これはすごくいい匂い。ロールパンもあるの? 手回しがいいのね」

「ダニエルを敷地の外で見送ってから、パン屋まで行ったんだ。砂糖もあるよ」

「ありがとう。ダニエルはどこに行ったと思う?」

「さあね。考えようにも、手がかりがあまりない。ディミトリオスを迎えにイテアへ行ったのか——もっとも、ジープはデルフィにあったわけだし、きのうの夜、彼がアトリエを逃げ出したときに乗らなかったのは妙な話だ。ところで、今朝の気分はどう?」

「おかげさまで快調よ。あなたは? 肩の具合は? 本当にほかに悪いところはないの?」

「ないよ。それに、肩もこわばってやしない。なんでも来いだ」

サイモンはベッドの端に座っていて、片手にコーヒーのカップ、もう片方の手にロールパンを持ち、いつものように落ち着き払っていた。「きみはどう? 冒険に出る準備ができた?」

わたしは笑った。「嘘みたいよ。二日前には、わたしには何も起こらないと友達に手紙を書いていたなんて。神々への願い事には用心しなくてはいけない、かなえられるかもしれないからだ、とどこかに書いたのはゲーテだった? わたしは冒険を願って、それを手に入れたみたいね」

サイモンは笑顔を見せなかった。わたしがついさっき言ったことを考え込んでいるのか、やがて真顔で言った。「きみを来させてはいけなかったね」

わたしはなぜかと訊かなかった。コーヒーを飲みながら、日光が窓枠の端をかすめるのを眺めた。そこを一匹の蝶が舞い、吹き飛ばされて、日の当たる細長い石にしがみついた。羽根がひらひらして、黒のベルベットに金の斑点が散っていた。

サイモンは言った。「誤解しないでくれ。何もぼくたちに——きみに危険が迫ってはいないだろうが、きつい一日になりそうだ。きのうと夜中のことがあっただけにね。唯一の危険は、山にいそうなディミトリオスに出くわすことだが、きちんと注意すれば、それも避けられるはずだ。ぼくがもう現地を確認して満足したと、奴はそう思っているさ」

「とりあえず、ダニエルにはレヴァディアの馬市に行くと言ってあるの」

「へえ？　それはお見事。で、ダニエルは興味を示した？」

わたしはにっこりして言った。「ええ、興味を示したわ。あなたが今日はどこへ行くのかと、あからさまに尋ねたの。わたし――ええと、どうしてもダニエルを信用できなくて、嘘をついたのよ」わたしはカップを置いた。「ディミトリオスのほうも、わたしたちを探さないでしょうね」

「けっこう」サイモンは言った。「そう、ぼくが窪地を再訪しそうな理由はないからね。ぼくが〝宝〟の存在に気付いていることをディミトリオスは知らない。マイケルが家族になんらかの情報を送っていたとしたら、ぼくがとっくに来ていたと、ディミトリオスは思っただろう。煙草をどう？」

「ありがとう」

サイモンは身を乗り出して、ライターを持っていてくれた。「そうさ」彼は続けた。「ディミトリオスは、ぼくの旅は巡礼であり、もう終わったと思うだろう。なおさらけっこうだ。しかし、それでも慎重に慎重を期さないと。うまくすると、どういう事態になっているかわかり、ナイジェルの役目もはっきりして――援軍を呼ぶことも検討できるかもしれない」彼はわたしに笑いかけて立ち上がり、ショルダーバッグに手を伸ばした。「それはさておき、心配しなくていいさ。すべての条件が同じなら、ぼくはよき友ディミトリオスと渡り合える。ナイジェルのことは心配したくない。金目当てによからぬ行為に手を染めていたとしても、決して暴力を振るったりしないよ。とにかく、そう思っている」

「そうね」

「そのふたりのほかにダニエルがいる」あのすばやいほほえみが戻ってきた。「まあ、ダニエルとまともに〝渡り合える〟とは言いたくないが、怖くはないというところかな」

「ダニエルたちを誤解しているかもしれないわ。窪地には誰もいないかも。ナイジェルのほかには」

「それもありえる——」サイモンはショルダーバッグに荷物を詰めながら話を続けている。焼き立てのロールパン、果物、チョコレート、水。スパルタ式の質素な食事だけれど、それにもかかわらず、今回の旅にふさわしい。「確かに、ぼくたちがディミトリオスとダニエルを誤解しているとも考えられるが、いずれにせよ、ぼくはマイケルの〝発見物〟が見つかった状況は気にしていない。それがナイジェルと無関係ならば」彼はわたしを一瞥した。「きみはスケッチに描かれた花について、自信があるんだね」

「もちろん」

「では、当て推量の迷路の中で、それだけは確信が持てる点だね。ディミトリオスとダニエルについては何もわからないが、ナイジェルがあの窪地に行っていたことは確実だし、その晩に彼がなんらかの事情で興奮していたことも間違いない。それにディミトリオスもここに、なんらかの目的で来て、ナイジェルの部屋に忍び込んだ。こうした事実を忘れず、残りが明らかになるのを待とう……。もう出られるかい?」

「ええ」

「じゃあ、行こうか」

すでに朝日が頭上で暖かく差していたが、岩はまだ夜気で冷たかった。墓地の脇を通る道は、ふたりで並んで歩けるほど広かった。

サイモンは言った。「今日はとにかく――きみの言うとおりなら――ナイジェルを見つけて、何をもくろんでいるのか確かめ、彼が抜き差しならない状況に陥る前に分別を叩き込みたいよ。ついでに――これは競技場に通じる道だ――洞窟を見つけたいね」

サイモンは、歩いてきた道から小道が分かれたところで止まっていて、わたしが追い越すのを待っていた。わたしは立ち止まり、彼をまともに見た。「一つ教えて。どうしてわたしを連れてきたの?」

サイモンが妙に途方に暮れたように見えたのは、知り合ってから二度目のことだった。適当な言葉を探しているのか、サイモンはためらっている。

わたしは言った。「そりゃあ、ステファノスとニコには来てほしくないでしょうね。でも、ひとりのほうがずっと速く行けるし、身軽に動けるじゃないの、キリエ・レスター。それに、わたしたちが本当にディミトリオスに出くわしたら、ひどく不愉快な一行になってしまう。どうしてわたしに留守番させて、編み物をさせなかったの?」

松の枝がサイモンの顔に影を差していたが、淡い灰色の瞳の奥に笑みが見えたような気がした。

「理由はいくつかあると、よく知っているじゃないか、キリア・ヘイヴン」

「いくつか?」

「そうだ」

「ええと、最初の理由はわかる。わたしはしきりに冒険を望んだから、チャンスをつかんでいいし、あなたがナイジェルと洞窟を見つけたいなら、二つの目より四つの目のほうが役に立つから?」

「ちょっと違う。ぼくは、きみが自分のために何かを必死に探していると感じた」

わたしはさっと振り向いて、松林を縫う狭い道を歩いていった。少ししてから言った。「そうかもしれないわ」ややあって続ける。「あなたって、いろいろなことに気づくのね」

「そう言うきみは、第二の理由を知っている」

そこは松の木陰だったが、わたしの頬はほてっていた。「そう?」と言ってから、無性に自分に腹が立ったのは、いまの言葉が答えを招いているように聞こえたからだ。わたしは慌てて続けた。「シクラメンが咲いている場所に案内できるからよ。もちろん」

「もちろん」サイモンも調子を合わせた。

そこはもう競技場だった。わたしたちは、スタート位置に斜めに差す影を横切って木立を離れた。背後のトキワガシと糸杉の森に、鳥たちがぱっと現れて歌い出した。歌声はこだまして石灰岩の崖に響いた。

わたしたちは黙って競技場を歩き、パルナッソスの岩だらけの山地に至る険しい道に入った。


窪地に行く途中で誰にも会わなかった。

デルフィからの道はほとんどわかりやすく、〈輝く岩〉の上を離れて間もなく一本のひらけた直線になるばかりか、岩だらけの谷を縫うように走っていて、そこなら多くの避難所を提供してくれそうだった。けれども、砕けた岩が転がる暑い砂漠は、きのうと同じく人気《ひとけ》がなかった。わたしたちはそこを一気に進んだが、木陰でたびたび足を止めて息をつき、周囲を見渡して動くものがないかと確かめた。

やがて、急勾配の乾いた水路を登ると、わたしは右側を見上げ、一連の崖が窪地を囲っているのがわかった。先を行くサイモンが、立ち止まって振り向いた。

「ここで様子を見ながら食事にしよう。ほら、もってこいの場所がある。あの二つの巨岩に挟まれた日陰がいい。こちらの姿は見られずに、谷とあの崖を見張っていられる。あたりに誰もいないことを確かめてから近づきたいんだ」

わたしは指示された場所にありがたく腰を下ろし、サイモンはショルダーバッグから食べ物を取り出した。ロールパンは涼しい朝に食べたときより味が落ちたけれど、食事をとると気分がよくなった。ぬるい水は祝福であり、果物は神々の食物そのものだ。

見張りはサイモンに任せた。わたしが食後は岩にもたれて陽射しに目を細めると、サイモンは煙草に火をつけてくれた。彼は慌てたり焦ったりする気配を見せず、好奇心さえ示さない。ふたりで黙って煙草を吸っていたところ、彼の目は風景をのんびりとなぞり、窪地を見上げ、崖を伝い、壁面を下り、窪地に戻った。

視界の片隅で何かが動いた。

わたしは目を大きくあけて、ぱっと振り向いた。何も見えない。でも、何かが動いていた。それだけは確かだ。サイモンの腕に触れようとしたとき、また何かが動いた。まるで、がれ場の岩が動き出したような……山羊だった。ただの山羊だ。歩きながら、崩れた岩の隙間で形を現していき、合わせて二、三頭が、山羊だけが使う昔からの道を、目的を持って進んでいた。群れがいるのかしら、とわたしはぼんやり考えていた。あれは群れからはぐれた三頭だとすれば、崖の上のずっと向こうで、笛の音が聞こえたような気がした。その音が聞こえてメロディに耳を澄ましたと同時に、音が消えていき、空耳で片づけてしまった。あのかぼそく、切れ切れの節はいかにものどかで、アルカディアの神話、ニンフと羊飼いとパンの笛と緑豊かな谷から生まれたものだった。だが、ここはパルナッソス山であり、もっと恐ろしい神々の住むところだ。

わたしはまたくつろいで、自分の煙草から陽射しに立ち上る煙を眺めた。あのときは、その日の予定を全然考えていなかった。頭を占めていたのは、パルナッソスと、そこに住む神々と、サイモン……。

わたしはサイモンを盗み見た。なんだか夢見心地で崖を見上げている。緊張して隙がない姿は、学寮対抗クリケット試合の五時間目に臨んでいるようだ。彼はわたしの表情を見てほほえみ、手をのろのろと動かして煙草の灰を落とした。わたしは言った。「何を考えているの?」

「あの山羊を連れた人間はいるのかと考えていたんだ。いそうもないね」

「笛が鳴る音が聞こえたような気がしたけど。ずっと向こうで」わたしは言った。「でも、気のせいね。何か聞こえた?」

「いいや。だが、聞こえても不思議はないね。あの三頭がここまで勝手に登ってきたとは思えない。きみはすごく耳がいいんだな。ぼくには何も聞こえなかった」

サイモンは煙草をもみ消して立ち上がり、わたしに手を差し伸べた。「そろそろ行こうか。誰にも見られていないようだが、広い空地を通って窪地の〝入口〟に近づきたくない。そこを避けてあの岩溝を登れば、見つかる危険を冒さず、きのう登った崖の上に出られるはずだ。ちょっと骨が折れそうだが。疲れたかい?」

「ちっとも」

サイモンは笑った。「それでこそイギリス女性だ。さあ行こう。ここからは本当に忍び足で進んでいくぞ」

サイモンは窪地の縁に腹這いになり、下を見ていた。わたしはその隣で、崖っぷちから少し下がってしゃがんでいた。サイモンの合図をじっと待っていたのだ。

長い時間が流れたように思えてから、やっとサイモンが動いた。そして、頭を巡らせて片手を上げた。それじたいで警告を告げる、ゆったりした用心深い動きで。

知らず知らず、緊張感で神経が張り詰め、冷たい針金が肌に触れる感じがした。わたしはじりじりと前進してサイモンに近づき、そばで腹這いになった。こうして、背の低いトキワガシの一本に隠された。おもむろに顔を上げると、視線が崖の縁を越えた。あの窪地を見下ろしてみた。そこには誰もいなかった。

驚いた顔で問いかけるようにサイモンを見ると、彼はわたしの耳に唇を当てた。「ディミトリオスがここにいる」

またしても心臓がドキンとした。全身の血管が縮んでいき、体が締めつけられ、筋肉が言うことを聞かなくなった。気がつくと、わたしはまたトキワガシの陰に頭を引っ込めて、熱い地面で頰に片手を当てていた。手が冷たかった。

サイモンがわたしの耳のすぐそばで息を吸った。「この下のどこかで消えてしまった。隅のあの岩の下にかがんだのを見たんだ」彼は顔を少しそちらへ向けた。「あそこは、きみがきのう探検に行ったところかい？」

わたしは頷いた。息をのみ、なんとか冷静に話すことができた。「あの人は何をしていたのかしら？」

「わからない。単にぶらぶらしていたようだ。誰かを、あるいは何かを待ちながら。ナイジェルかもしれないし――」

サイモンは言葉を切り、どんどん姿勢を低くしていくようだ。隣でわたしは小さくなった。トキワガシが体を隠してくれたので、下をのぞいてみた。

そのときディミトリオスが見えた。眼下のどこかから現れ、ひょいと頭を下げて、崖を支えている格好の岩壁の下を通り過ぎた。煙草を吸いながら、目を細くして灼熱の陽射しを避けていた。窪地の岩だらけの床を慎重に歩いて、壁面の北側の裂け目に向かっている。ときどき足を止め、耳を傾けるように首を傾げた。

ディミトリオスは窪地の入口に着くと、そこで立ち止まり、アンフィサのほうを見下ろした。次は反対側を、わたしたちがデルフィから来たほうを振り向いた。それから窪地に戻った。煙草の吸殻を放り捨て、別の一本に火をつけた。浅黒い顔に汗が浮かび、服に薄茶色の埃がついているのが見て取れた。今日は黒っぽいスーツ姿ではない。色褪せた青のオーバーオールとカーキ色のシャツを身につけ、首元に赤いハンカチを巻いている。

もう煙草に火が点いた。ディミトリオスはマッチを捨て、決めかねたように周囲を見回した。彼は窪地に二、三歩踏み込んだ。あのシクラメンが咲いている片隅に戻っていくのかと思ったら、何かを待ち切れないのか、急に立ち止まり、くるりと踵を返し、今度は早足で、ついに心を決めたように窪地を出ていった。

サイモンがわたしの耳元で話しかけた。「ナイジェルか、ダニエルに会いに行ったのかな? 一、二分様子を見よう」

五分待ってみた。ずいぶん長い時間に思えた。わたしたちの息遣いを除いて、暑い朝に物音一つしない。地面に寝そべっているわたしたちに太陽が照りつけた。ようやくサイモンが動き出して、わたしはほっとした。

わたしたちはすばやく立ち上がり、曲がりくねった山道を二頭のシロイワヤギのように進んだ。窪地の底を走るように横切り、落下した岩をくぐって片隅に向かった。

ほらそこに、鮮やかな緑の一画と、青い釣り鐘形の小花の群生と、山に雨が降った名残がある。でも、今日はどこかが違う。

サイモンは確認を済ませていた。「ここが例の場所かい?」

「ええ、ただ――」わたしは息をついてサイモンを押しのけ、崖をじっと見つめた。

シクラメンが消えていた。あの花が張りついていた岩肌の裂け目は、いまはもぬけの殻だった。裂け目が広がり、割れ、ぱっくりと口をあけていた。まるで、風雨でもろくなった岩に圧力がかけられたように。バールが喰い込んだところに白く跡がついている。

同様に跡がついた一枚岩が、わたしたちの足元に新たに落ちて、みずみずしい草を潰していた。きのう、これは岩肌に寄りかかり、背後にあるものをわたしの何気ない視線から隠していた。今日は岩肌が、高さ七フィート、幅一フィート半ほど割れて――上まで鋭く曲がっている狭い裂け目がある。その先は暗闇だった。洞窟。マイケルの洞窟だ。

口の中がからからになった。わたしはかすれた声で言った。「きのう、あの一枚岩は崖に、斜めに立てかけてあったわ。そのうしろに裂け目があったのよ。細い裂け目が。いま、思い出したの。何かの入口には見えなかったけれど、そうだったに違いないわ」

サイモンは頷いたが、わたしのことも、洞窟の入口も見ていなかった。わたしの体の向こう側を見て、崖の上や、窪地の壁面や、四方八方に目を向けた。

なんの気配もない。物音一つしない。

草の上にラバの糞が山になっている。きのうはそこになかったものだ。わたしが黙ってそれを指さすと、サイモンは頷いた。彼は声を落とした。「じゃあ、ぼくらの読みが当たっていた……。入ろう。きみはここでちょっと待ってくれ。耳を澄まして。すぐに戻るよ」

サイモンは裂け目の暗闇に消え去った。わたしは待った。またしても、遠くでかすかな音色が、パンの笛のはかない響きが聞こえた気がした。今回、この暑く過酷な窪地で聞こえた音色は、もうアルカディアも、羊と牛の慈悲深い神も語ってはいない。それは肌がぞくぞくする恐怖感だった。

サイモンが裂け目の暗闇から現れた。まるで手招きしている幽霊のようだ。わたしは走るように彼に近づき、洞窟の冷たい闇に飛び込んだ。

外でどぎつい陽射しを浴びていたので、そこは真っ暗闇だった。黒いベルベットの幕にぶつかったようだ。わたしは立ち止まり、目をしばたたいた。サイモンの腕が体に回され、闇の中で導かれるのがわかり、彼が懐中電灯を点けた。昼間のまばゆい日光に比べれば、その光は頼りなくて手探り状態だが、それでも周囲が見えた。

そこは広い通路で、ゆるやかに五、六ヤードほど下ってから急に左折していた。元の入口は広かったのだろうが、次々と落下した石でふさがれて、わたしたちが通り抜けた狭い裂け目だけが残ったのだ。通路じたいに落石はなく、すがすがしい匂いがした。

サイモンが言った。「この坂はだんだん急になるね。もう一度右に曲がって、洞窟そのものが……。

ここだ。立派なところじゃないか」

そのとおりだ。洞窟の中心部は広く、新しい大聖堂ほどもある天然の大洞窟で、弧を描く高い天井が闇に消え、割れ目と窪みが懐中電灯の弱々しい光を呑み込んだ。鍾乳石と石筍《せきじゅん》が、いびつで巨大な柱となっている。落石はここにもあった。ぼんやりと見える奥の一部に、巨岩と大量の粗い石がのぞき、薄暗い光を浴びて、大聖堂の柱に挟まれた大きな墓石群のようだ。どこかで、かすかに水が滴る音がする。この場所はすばらしく、壮観でさえあるけれど、廃墟だった。そこらじゅうが土埃と岩屑《がんせつ》だらけで、中には新しく見えるものもあり、明らかに何世紀も放置されていたものもあった。

懐中電灯の光が動き、さっと通り、確かめ……。

サイモンが言った。「そこだ」

穏やかな、のんびりとした口調だけれど、わたしはもうサイモンという人を知っていた。興奮のあまり、胸が震えた。明かりがぼんやりした円に何かを捉えている。円は明るく、鋭くなり、焦点が絞られたようで……。大洞窟の入口の左手の柱に、岩屑の山があった。一見、ほかの落下した岩屑の山と変わらないが、そのとき崩れた岩の中に、整った形が見えて……角が四角い……土で汚れた箱だった……。その脇の岩屑の中で、金属が鈍く光った。バールとシャベルだ。

懐中電灯の光がなおも縦横に走った。「あれが見える？　彼らはすでに一部を移動したんだ。あそこの地面を引きずっていったのがわかるかい？」サイモンは光を大洞窟のほかの部分に走らせた。何もない。別の折なら、あの幽霊のような石の氷柱《つらら》やアーチ、片隅にある空洞を抱える暗がりに感嘆していただろうが、いまの関心は、懐中電灯と同じく、もっぱら岩屑の山とその中身に向けられていた。

サイモンはちょっと立ち止まり、首を傾げた。どこかで水の滴る音が、そこはかとなく聞こえるだけだ。彼は隣にいるわたしと並んで、あらわになった箱の角にかがみこんだ。

それでも箱をいじらなかった。懐中電灯が役に立った。「イギリス政府の印が押してある。これは金《きん》じゃないよ、カミラ。銃だ」

「銃？」

「そうとも。小型で便利なステンガン（第二次大戦中に英国で開発された短機関銃）だ」サイモンは背筋を伸ばし、ちょっと懐中電灯のスイッチを切った。真っ暗闇で、彼の声は小さく陰鬱に響いた。「この手の物品をさばく格好の市場が、いまでは地中海の数地点にある。まいったな」

「ナイジェルがそんな真似をするとは思えないわ」

懐中電灯の明かりが再び点いた。「そう言われると、ぼくにも思えないね。どうかな……」サイモンは岩屑の山の周囲から離れ、大きな石筍の向こうの闇に踏み込んだ。

「サイモン」わたしは言った。「これは戦争中にここに空輸されたってこと？」

「そうさ。前にも言ったね。金と武器が大量に運ばれたと」

「でも、それは一九四二年のことでしょう？　悪くならないのかしら？」

サイモンの笑い声が聞こえた。「魚じゃあるまいし。〝悪くならない〟に決まっているよ。グリースを塗って詰めてある。新品同様の状態で出て……。おっと……」

「どうしたの？」思わず声に熱がこもる。

「弾薬だ。山ほどある。驚いたな、この量を移動するには二、三日かかるぞ。だから……」サイモンの声が消えていった。

「サイモン？　なんなの？」

サイモンは淡々と答えた。「金だよ」

慌てて進み出たわたしは石筍の根元につまずき、転びそうになった。「どこ、どこ？」

「落ち着いて。きみは宝の山を見ると、慌てふためくのか。ほら」懐中電灯の光が崩れた岩をまっすぐ照らしている。土埃と岩の破片に交じって、二つの小さな箱の角が見えた。それは金属製だが、一つは角をこじあけられていて、埃っぽく口をあけた金属の下には、目の覚めるような輝く金があった。

サイモンが話している。「これがマイケルのささやかな発見だよ、カミラ。だからミックは殺されたんだ。しかし、まだ腑に落ちないのは……」サイモンは口ごもり、眉間に皺を寄せたが、しばらくして冷静な声で先を続けた。「まあ、ぼくたちの読みは当たっていた。いまのところはね。とりあえず箱が二つあって、岩屑の下にはもっとあるかもしれない」

「ずいぶん小さな箱なのね？」

「やはり、ひとりで一箱持つんだろうね。金の重さは鉛の倍近くだと知っているかい？　連中がここにあるものを移動するのは骨が折れるぞ」

「連中って？」

サイモンはわたしの顔つきに答えた。「ナイジェルの件ではきみが正しかったようだ。おそらく、彼はきのうの朝ここに来ていたんだろう。ディミトリオスがデルフィにいたあいだ、ここで作業をしていたのはナイジェルだったんだ」

わたしは恐る恐る言った。「でも、あのふたりが手を組んでいたかどうか、まだわからないわ。ディミトリオスがゆうべ、あるいは今朝早く来て、ここでナイジェルを見つけ、わたしを脅したように彼のことも――」

サイモンは首を振った。「違う。よく考えてごらん。この一件にはふたりがかかわっているはずだ。この品を見直してみるんだよ。この箱がどうやって埋められていたか。アンゲロスは岩屑と小さな石を放って隠したんだろうが、あの岩の山を載せたりしなかった。これを落としたのは弱い地震――洞窟の入口をふさいで、上の崖を崩した揺れだろうね。この手の物を移動させるのは大変な重労働で、ディミトリオスが何もかもひとりでこなす時間はなかった」

「というと――?」

「頭を働かせて。ふたりの男が関係しているんだよ、カミラ。ナイジェルがこの洞窟を見つけたとしても、きのうはまだ入口があいていなかったし、その箱を運び出せなかった。ナイジェルがここをディミトリオスに見せたのか、それともぼくたちが窪地を離れた直後にディミトリオスが自分で見つけたのか、どちらであれ、あの男が単独でこうした作業をする時間はなかった。彼はぼくたちを追って、ほぼまっすぐデルフィまで下りてきたんだ。保管場所から道具を取り出して、例の一枚岩を動かす暇はなかっただろう。たとえ、あとで戻って動かしたとしても、夜中にはデルフィに戻っていたしね」

「ダニエルはどう?」

「ダニエルには無理だ。〈輝く岩〉できみと会った時間と、ゆうべ寝室に引き上げた時間のあいだに、ここに登ってから取って返せない。そもそも体力がなくて、こういう仕事はできないのさ」

サイモンは耳を澄ますように一瞬言葉を切り、それから続けた。「それに、この現状を見てごらん。ダニエルがジープで北に向かったのはわかっている。アンフィサの道路からここに上がる時間はない。ディミトリオスは誰かを待っているが、それはダニエルではないよ。発掘現場にラバがいて、消えたんだったね。ディミトリオスが待っていたのは、ラバを盗み、荷物を載せ、ジープまで連れていった人間だろう。ナイジェルだよ」

懐中電灯の光が再び、ちらっと金の上をかすめた。サイモンは言った。「ほら、ステファノスが言ったじゃないか。古道はアンフィサ付近の使われていない石切り場に通じていると。そこは、連中がラバで山の向こうに品を運ぶまで、人目を避けてジープを停めそうな場所に思えるんだ。まず銃から運んだと見える。たぶん、道路の近くに戦利品を積み上げ、全部運び出すまで繰り返すんだろう。連中に常識があれば、金はぎりぎりまでここに残しておく……。何か聞こえなかったかい？」

わたしたちは懐中電灯を消して、じっと立っていた。「いいえ」わたしは答えた。それから、ぽつりと言った。「わたし――ディミトリオスを信用しない」

闇の中で笑い声らしきものが聞こえた。「今日はすばらしく冴えているね、カミラ？　驚かせてくれるよ」

わたしだってサイモンに驚かされたが、それが声に出なければいいと思った。「ナイジェルのことを考えていたの。たとえ、いまはディミトリオスと手を組んでいるとしても、それはナイジェルが先にその品を見つけたせいであって、ディミトリオスは荷物を運ぶ人手が欲しいのよ。作業が終われば――」わたしは口をつぐみ、乾いた唇を舐めた。

「だろうね」今度は愉快そうな響きがなかった。「そう、ぼくたちがここにいるからには、手が打ってあっても不思議はない」

「ええ。でも、サイモン――」われながら、このささやきはおろおろとした声に聞こえた。「サイモン、わたしたちはどうすればいいの？」

「待つ。待つしかないさ？　まだ事情はわからないが、もうじきわかるはずだ」

サイモンがまた懐中電灯のスイッチを入れると、光が大洞窟を駆け巡った。「ここには隠れ場所がたくさんあるから、相手の話がちょうどいいときに——少なくとも、きみには聞こえるぞ。もしナイジェルがひとりで来たら、かえって好都合だが、戻ってくるのがディミトリオスだとしたら……」

サイモンはこちらを見下ろして笑ったが、かえってわたしは不安になった。ふと、非難がましく言った。「あの人に戻ってきてほしいのね」

「もし、そうだとしたら?」わたしの表情を見て、サイモンの笑みが広がった。「なあ、カミラ、わからないかい? ぼくはディミトリオスが戻ってくるよう祈っている。きみだけでなく、ぼくだって奴には借りがあるし、あの浅はかな若者を正して……。ディミトリオスが来れば、そのほうが助かる。わからないか?」

「ああ、そうね、わかったわ」

サイモンの手が伸びて、一瞬、わたしの頬に触れた。蝶がとまるように軽い触れ方で。「怖がらないで。むざむざ殺されて、きみを狼どもの元に置き去りにしないから」彼は小さく笑った。「正々堂々と戦う気などさらさらない……懐中電灯を払い落とすという手なら、こっちも使える」

わたしは言った。声が落ち着いていればいいけれど。「向こうは武器を持っているかも」

「絶対に持っていないね。あのオーバーオールには銃を入れるところがない」

「たぶん、ナイフをもう一本持っているでしょう」

「たぶんね。ちなみに、ぼくも奴のナイフを持っている。この手も使えるわけさ」

「サイモン!」

サイモンが身を離すときにまた笑い声が聞こえた。「心配性のカミラ……。さあ、ちょっと待っててくれ。ここを動かないで。すぐに戻る」

懐中電灯を用心深く光らせて、サイモンが洞窟を抜け出し、小さな光はしだいに薄れて入口のカーブに消えていった。彼は二分ほど姿を消していただろうか。わたしはその場を動かず、足元には金があり、ポケットに入れたあのギリシャ人の懐中電灯の胴をそわそわといじっていた。そのとき、沼地の鬼火のような光が通路の壁を舞い戻ってきて、サイモンがわたしの隣にいた。

「ふたりともいる気配がないから、この品を調べてみよう」

「手伝いましょうか？」

「いや、大丈夫だ。そのへんを探して、ディミトリオスが来たときに備えて隠れ場所を見つけてくれ」サイモンは早くも忙しそうに、岩屑の傍らにしゃがんで、埃っぽい表面を両手で撫でていた。

あとはサイモンに任せた。彼が土埃の中で両手を動かしているように、マイケルも同じ発見をした十四年前に両手を動かしていたに違いなかった。わたしは懐中電灯で背後をちらっと照らしてあとずさりした。サイモンのしゃがんだ体が、集中している顔が、両手が見えた……。マイケル・レスターは連合軍に対する裏切りの証拠をつかんだ。どうしたことか、身震いがした。幽霊は歩くと言われているのよね？　しかもアンゲロスの幽霊は、ほほえみを浮かべて殺すとか？　〝幽霊が本当にいるんなら〟とニコは言っていた。〝いまでもパルナッソス山を歩いてるな〟。

洞窟は思っていたより広かった。わたしはデルポイのアポロン神殿の柱ほどに巨大な石筍の柱の合間を抜け、お屋敷の礼拝堂のように奥まった控えの間に入った。そこには十分な隠れ場所があった。サイモンとわたしはどこにでも隠れられる。ディミトリオスが来ても……。

持っている明かりはぼんやりしている。光が四方の壁面に、控えの間をふさいでいる落石に触れ、広がって、暗いくぼみに囲まれた無に吸い込まれた。ところが、わたしが引き返すと、明かりの端がつかの間《ま》、ゆらゆらと光った。足を止めてみた。また水が滴る音が、さっきよりはっきりと聞こえる。懐中電灯で前方を探りながら進んでいった。床が少し上がり、一筋の湿気が光をとらえた。洞窟の埃っぽい臭いを越えて、空気のすがすがしさを感じ、水が滴る音がますます近く、大きくなってきた。内部に泉があるに違いない――おそらく、同じ泉から湧き出る水が外の草や花を潤しているのだろう。わたしは歩調を速め、明かりで熱心に岩を探った。そこに、いまでは見慣れた、割れた岩の積み重なりが、洞窟の奥の壁にもたれていた。その壁じたいに、湿気で黒い亀裂が走り、壊れた石筍が寄りかかる一枚岩は、壁に立てかけられて……。

その一枚岩には見覚えがあった。なぜだかすぐにわかった。それは、きのうは洞窟の入口をふさいでいて、今日は外で草の上に倒れていた一枚岩と、同じ形で、同じように寄りかかっていたのだ。

何が見つかるかわかったうえで、わたしはゆっくりと近づいた。一枚岩のそばで立ち止まると、水滴の音がはっきりと聞こえた。すると、再び腕と背中がぞくぞくした。

水音とともに別の音がした。わたしがその日すでに二度耳にしながら信じなかった、こうして聞きながらも信じていない音だ。笛の音。パンの笛……。それがかぼそくなる旋律を奏で、もう一度奏でた。またもう一度。静寂、そして水の滴る音。

水の音は、立てかけられた一枚岩のうしろから聞こえてきた。やっぱり。そこに隙間がある。狭くて、幅八インチほどだろうが、隙間に変わりはない。さらに、それはほかの洞窟の入口と違って、暗闇に通じていなかった。その先で暗闇が薄れていた。

あのとき、わたしはディミトリオスの存在を忘れていたらしい。小声で話すと、自分の声なのに奇妙に聞こえた。「ここから向こうに抜けられる。様子を見てくるわね」

サイモンが返事をしたのかどうか、わからなかった。わたしは体を押し込むようにして、狭い隙間を通ろうとしていた。岩がこすれ、服に引っかかり、なんとか抜けた。そこは広い通路で、緩やかなカーブを描いて上に続いていた。床は滑らかだ。周囲の暗闇はどんどん薄れ、懐中電灯の光で回廊の壁がくっきりと形を現した。それは前方で鋭く右手に曲がり、カーブの先で光がますます明瞭になった。水の滴る音がよく聞こえる。

そのときまた、水がぽたぽたと落ちる音に重ねて、別の音が聞こえた。忘れがたいほど調子外れの、短い節の曲……。

わたしは角を曲がった。前方に光が見え、輝きを縁取っている回廊のアーチの色が、揺れる緑で和らいでいた。ちらっと見えたのは、草と、通路の入口で日光をまだらにしている細い木から張り出した枝だった。

走るようにして残りの道を進んだ。アーチをくぐると、突然、目がくらむほど明るくなり、小さな谷間に出た。

ここは出口ではない。狭い囲い地、光の井戸のようなものだ。何世紀も前、ここは円形の洞窟で、そこに回廊が続いていたが、天井部分が崩れて陽射しと草と野葡萄の種が入り、泉が植物を育てたため、こうして、山の奥深くで、この輝く光の井戸が、数本の繊細な木が揺れる緑の屋根に覆われていたのだ。

音楽はやんでいた。聞こえるのは、泉の水音と木の葉がさらさら擦れ合う音だけだ。

でも、わたしはパンの神とその音楽に時間を割くつもりはなかった。アポロン神みずからがここにいる。通路を出た十フィート足らずのところに、彼が立っているのだ。半裸で、片手に弓を持っている。彼はこの二千年間立っていたように、わたしの頭の向こうを見ながら立っていた。

背後の通路をサイモンがやってくる足音がした。わたしは脇にどいた。サイモンは暗いアーチ道を早足で抜け、まだらな光に入った。「カミラ――」そこで喉がつかえたように黙り込んだ。やがて、「驚いたな」と言う押し殺した声がした。彼はわたしの真後ろで足を止めた。

冷たい風が木の葉のカーテンを動かした。金でできた弓から光が揺らめいて輝き、青銅でできた喉と顔へ伝わった。壊れた金の矢が、彫像の足元の草に落ちている。

かなり長い時間がたってから、わたしは自分が震える声で言うのを聞いた。「これが……これが、ナイジェルの見つけたものよ。彼はここにいたんだわ。見て」

わたしはかがんで、足元の湿った苔に置かれた小さなじょうろを持ち上げた。

第十六章

アポロンはあらゆる者の前に姿を見せず、
善良なる者の前にのみ現れる。
かの神を見る者に小さき者はなし。
彼方へ駆ける者よ
われらは決して小さくならぬ！

（カリマコスの『讃歌』より）

「そうだ」サイモンは手の中でじょうろを引っくり返した。「これはナイジェルのものだよ。外でシクラメンを描いていて、水の音を聞きつけ、洞窟に入ってここまで……さらにこれまでたどり着いた」サイモンの目は、わたしの目のように、青銅像に釘づけだった。顔は神々しい。よそよそしく、思慮深く、静謐でありながら、若々しく、平らな眉の陰に一種の熱意を漂わせている。
わたしは息を弾ませた。「これはあの絵に描かれていた顔よね――ナイジェルが引き裂いた美しい絵……わたしはあれを彫像のようだと言った。彼があの絵をつかみ取るようにして取り戻したことを覚えている？」

　サイモンは慎重に切り出した。「それはダニエルがそばにいたときだね。だが、その前に――ぼくがこう言ったのを覚えているかな？　ナイジェルはぼくに何か言いかけたが、ダニエルが入ってきて口をつぐんだと」

「覚えているわ。じゃあ、ダニエルはこの場所を見つけられなかったのね？　ナイジェルはその日に洞窟を見つけたばかりで、どう考えても彼女には教えようとしていなかったわ！」

「そうとも、ナイジェルが正しかった」サイモンは言った。「銃と金《きん》は別ものだ。ある意味で、ああいう宝庫はディミトリオスのような悪党には格好の獲物なんだ。ナイジェルが銃の密輸で恩恵に預かれると考えたならば、まあ、それは彼の問題だ。しかし、これは……」彼は草地に片膝をついた。そっと金の矢を持ち上げた。矢が置かれていて白くなった草の根元にくっきりと跡がついている。彼はまた矢を下ろした。「思ったとおりだ。触った跡がない。よき友ディミトリオスが、落ちている金を少しでも盗まずにいられたかどうか」彼はほっと息をついて立ち上がった。「無理だね。ナイジェルは黙っていたし、外側の洞窟には、ディミトリオスの注意をここに引き寄せる物がある。ナイジェルの良心に感謝するよ。しかし、彼を早くつかまえたほうがよさそうだ」

「まさか――ディミトリオスがわたしみたいに探しに来て、それを見つけると？」

　サイモンは声を潜めて笑った。「来やしないさ。一つには忙しすぎて、もう一つは、考えてみると、たとえ喉が渇いて死にそうだとしても、あの隙間を通れないからね」

「それはそうね。でも、いったいその彼はどうやってここに入ったの？」わたしは片手を頭に置いた。

「わたし――いまはどんなことも理路整然と考えられそうにない。混乱してしまったわ」

「無理もないよ。道理で、ナイジェルはあの晩〝高揚して〟いたわけだ。興奮のあまり、頭がまともに働かなかったんだろう。道理でミックも――まあ、それはもうどうでもいい。このアポロン像がここに持ち込まれた方法と理由がわかるかどうか怪しいものだが、見当はつきそうだ。知ってのとおり、デルポイの聖地は、あの地域と莫大な富を自衛できなくなってから、たびたび略奪された。盗まれた彫像の一部はいまだに行方がわからない。盗まれたのは金属の像だった。言うまでもなく、最初に黄金の像が消え、次に青銅の像が、溶かされて兵器になった……。この像の様子からして、極めて貴重で、間違いなく極めて美しい逸品だ。どこかの司祭か信者の団体は、なぜこれを救おうとせず、デルポイの外に運んで避難所を見つけ、過酷な時期が過ぎるのを待たなかったのか？」

「でも――どうしてここに？　だいいち、どうやって？」

「以前はここまで道が通じていた――地元では〝古道〟と呼ばれていて、それがどれほど古いかは神のみぞ知るさ。さっきは途中までその道を歩いたんだ。道があったとしても、昔は大変な山登りだったに違いない。ぼくだったら、像をラバの輿《こし》に載せて運んでくる。きっと、世の中が安全になったら彫像を取りに来るか、あるいは、さらに非常事態になったら、山の高所に小さな秘密の聖地を作る計画だったのだろう。とにかくその像を隠したいだけだったら、埋めてもよかったのに、ここに置いて、ある。そうだよね？　それに、ギリシャ人の演劇の才能があれば、像を暗い通路の奥の、まぶしい光の中に置いて、装飾品で囲み……。きみはこの洞窟のどこかに感銘を受けたかい、カミラ？」

「ここはちょっと大聖堂――というより神殿を思わせるってこと？」

サイモンは頷いた。「円天井に鍾乳石などがついた広い場所としてはありふれた雰囲気だが、かといって印象的ではない。この像を必死に救おうとした司祭たちは、昔からこの洞窟の存在を知っていたに違いないね。それだけでなく……この内殿がある。光にあふれた、ある神に捧げる完璧な〝明るい砦〟──だからここに彼がいるんだ。あの葡萄と、あの木を見てごらん、カミラ」

わたしはぽかんとサイモンを見た。「葡萄？　あれは野葡萄でしょう？　木のほうは──月桂樹の仲間かしら？」

「ベイだよ。アポロンの月桂樹だ」サイモンは穏やかに言った。

「でもサイモン、二千年もたって──」

「木は長生きして、死ぬときに若木を残す。野葡萄の蔓ははびこる。あれは植えられたんだよ、カミラ。アポロンはせり出した壁の下に置かれていて、野葡萄の蔓とあの華奢な木が目隠しになっているね？　きみがこの光の井戸のてっぺんに登って、下を見下ろせるかどうかわからないが、何も見えないだろう……。それに、ここには泉がある。そう、ここはかつて聖なる洞窟で、聖なる泉があった。自分の神を必死に救おうとした司祭が、彼をここに隠すのは何より自然じゃないか？　よく調べたら、内側と外側のどちらの洞窟の入口も人為的にふさがれているとわかるはず──」

「そこは気がついたわ。ディミトリオスがどかした一枚岩は、この内部通路に渡されたものと同じだったから」

「すると、長い長い歳月のあとで、地震が再び扉をあけて……アンゲロスを招き入れた。そしてマイケルを」

「マイケル、マイケル！」わたしは気まずそうにサイモンを見た。マイケルのことを忘れていた。「もちろんよ。あの手紙。明るい砦。ああ、サイモン」

サイモンは小さく笑って、静かに引用した。「〝明るい砦は地に落ちると皇帝に告げよ。アポロンはもはや避難所も、神託の月桂樹も、物言う泉も持たぬ。響き渡る小川すら、流れを止めてしまった〟。そうさ、ミックはデルポイの巫女が間違っていたと証明したんだ。それがあの手紙の意味だった」

「ねえ、いままで言わなかったけれど、お兄さんは武器の隠し場所について、たとえ金の隠し場所であれ、あんな書き方をしなかったんじゃないかしら。適正な使用をさせれば、それでよかったんですもの」

「確かに。ぼくもそう思ったよ。しかし、これは考えもしなかった」サイモンの声音は変わらなかったが、わたしはふと激しい興奮を覚えた。「まいったな。こんなことだとは、誰が想像しただろう？」

わたしたちは並んで彫像を見つめていた。それは、わたしがいままでに見た物の中で一番美しかったという気がする。胴体の曇った青銅に影が踊り、目はわたしたちの頭越しに遠く離れた場所を、ライオンの目がそうするように見つめていた。彫像の目は不思議なくらい生き生きしていて、琺瑯《ほうろう》と黒い石が丁寧にはめ込まれているため、光と影の動きにつれて、黒い瞳がちらちら光ったり輝いたりして見えた。こんな目のある彫像は、ほかに一体しか知らない。

サイモンがわたしの考えていたことを口にした。「御者像だよ」

「そう思う？　あれも同じ人が作ったと思うの？」

「皆目わからないが、彼がぼくにそう思わせる」

「彼がマイケルにそう思わせたのね」

サイモンは頷いた。「それに、ナイジェルにも。覚えているかな……。アトリエで御者像の話題になったとき、ナイジェルは急にこれの話をしようと決めたようだった。それはただ、彫像を見つける話をしていたせいかもしれないが、そうは思えない。御者像の話題が出ると、緊張感が漂ったことを思い出したんだ」

「あの目だけじゃない」わたしは言った。「力強さに優雅さがともなう全体の印象……いわば流麗な性質――いいえ、この言葉ではふさわしくない。響きが弱すぎる。いっぽう、この像は――ええ、すばらしいわ。サイモン、これは同じ作者が作っただけでなく、同じ彫像群の一部じゃないかしら。ただの推測だけれど、確かあの御者像は、どこかの権力者のために作られた優勝記念像の一部じゃなかった？　まあ、デルポイに六千体の彫像があったとして、アポロン自身の神域のどこかに、アポロンの二輪馬車像があってもおかしくないでしょう？　それに、あの御者が乗り手なら、これ――神そのもの――が馬車の所有者でなかったはずはないわ」

「わかったよ」

「どうして笑っているの？　興奮せずにいられないわ。わたしが仮説を立てちゃいけない理由がどこにあるの？　わたしから見て――」

「理由なんかないさ。ぼくから見ても、ある説は別の説に劣らず優れている。きみの説は、手に入る中では最も胸が躍る……。ああ、ぼくはまったく違うことを笑っていたんだ。ディミトリオスを」

「まあ！」なんだか冷たい水の中から日なたに引っ張り出されたような気分だった。「わたし――あの人のことをすっかり忘れていたわ」

「忘れたいな……いまは」サイモンは言った。目は彫像に注がれたままだった。「しかし、あの男がここに戻って来ないうちに、ささやかな問題を片づけないとね」

「どうすればいいのかしら？」わたしはぼんやりと尋ねた。

サイモンは像を一度じっくり見てからこちらを向いた。「これは、ここの明るい砦に残していって、ぼくたちは影の国に戻ろう。これでマイケルが見つけた物はわかったし、マイケルが殺された理由もわかった。さっきの箇所は、たぶん、アンゲロスが死んだときに閉鎖されたんだろう。だが、まだあいているところは、いまから調べられる。ナイジェルも明るい砦を見つけた。はっきり言って、ディミトリオスとダニエルに一枚嚙んでもらっては困る……これにね」

わたしは息まいた。「わたしに止められるものなら、指一本触れさせない」

「じゃあ、洞窟に戻って見張りをしたほうがいいね、カミラ……」

「ええ」

少しのあいだ、サイモンは立ってわたしを見下ろしていた。用心深い顔に戻り、涼やかな目の奥に、これからどうなるのかと思わせる表情があった。けれども、彼はいささか頼りなげに、こう言っただけだった。「きみを来させなければよかった」

わたしは答えなかった。

「怯えているんだろう?」

そう訊かれても黙っていた。サイモンを見ていなかったのだ。なぜ胸の内を知られても平気なのかと、いっとき考えていた。突然、サイモンがすぐそばに来て、片手をわたしの顎の下に添え、そっと顔を上げて視線を合わせた。「ぼくがなぜきみを連れて来たのか、わかっているんだね?」

「ええ」

「だから、ぼくは正しかった」

「ええ。そうよね」

「きみは自分を恐ろしく過小評価しているよ、カミラ。もう脇役に回ってはだめだ。いいかい？」

「ええ」

サイモンはためらい、それから唐突に切り出した。「きみは、きのう発見をしたじゃないか。〝何人も孤島ではあらず〟。これはいろいろな意味で真実だ。自分にできなかったり、自分ひとりで立ち向かえなかったりすることがあるからといって、自己嫌悪に陥るのはやめろよ。誰だってできない。きみは、ぼくや、ぼくのような人間にはできた程度に、どんな出来事にも対処できなければだめだと思っているようだ。それはばかげている。あるべき姿ではないからと自分を蔑むのは、そろそろやめたほうがいい。きみはそのままでいいんだよ、カミラ。本当に」

わたしは自信がなくて答えられなかった。しばらくして、陽気に言った。「わたしが神々に願うのはこれだけよ。いつかあなたも、その――その落ち着きをなくして、わたしみたいな人間の座に下りてくるところが見たいわ！　その日が来たら、わたしがアポロンの生け贄になる！」

サイモンはにっこりした。「約束は守ってもらわないとね。ただし、その役目を果たすのはよき友ディミトリオスではない。ぼくはそろそろ戻って、奴が――あるいはナイジェルが近くにいるかどうか、見てくるよ。きみはここにいたほうがいいかな？」

「いいえ。一緒に行くわ。わたし――ことの成り行きを知りたいの」

サイモンの手がわたしの頰に触れた。さっきと同じ、蝶がとまるような触れ方で。「だったら、怖がらないでくれ。ディミトリオスをきみに近づけたりしないから」

「いいわ。何をすればいいの？」

「まだ何もしなくていい。ただ隠れていて、言われたとおりのことを、やれと言われる前にしてくれ」

「それほど簡単なことはないわね。了解」

「さあ、戻ろう」

アポロンがわたしたちの頭上を穏やかに眺め、わたしたちは振り向いて、陽射しに別れを告げた。


洞窟は相変わらずがらんとしていた。わたしたちは割れ目の隠れ家に潜んで聞き耳を立ててから、サイモンが懐中電灯を使わず、体を縮めて通り抜けた。一、二分たって、暗闇で彼の声が静かに聞こえた。「大丈夫だ。くぐっておいで」

わたしは狭い隙間を滑り抜けた。サイモンの懐中電灯の光がわたしに道を照らしてから、傾いた一枚岩を照らした。「ほらね？　あれは鑿《のみ》を使った跡だ。きみの言うとおりだった。この一枚岩は、切られて隙間をふさいでいたんだ。あの上の割れ目は……おそらく、あそこは地震で岩が動いて洞窟がひらき、きみとぼくと……マイケルを迎えたところだろう」

わたしは震えがちな指で跡の一つをなぞった。「二千年……。ああ、サイモン、わたしたちにわかればいいのに――」わたしはふと黙り込んだ。

「うん？」懐中電灯の光はなおも古い工具疵をなぞっていた。サイモンは没頭しているようだ。

わたしはやっとのことで小声を出した。「戻って来るわ。聞こえるの」

懐中電灯がパチッと消えた。一瞬の息を止めた沈黙。「そうだな。きみは割れ目から戻って、相手の目的がわかるまで待ってくれ。あれはナイジェルだといいが」

小声で伝えた話が終わると、サイモンの手がわたしの腕に触れたのを感じた。言われたとおり、狭い隙間を通って戻り、また心臓を激しく高鳴らせて、一枚岩の裏側にある岩にもたれた。サイモンが傍らで、割れ目の端に体をぴったり押しつけているのがわかる。

足音が近づいてきて、洞窟の扉でためらった末に入ってきた。音は土埃ですぐにぼやけ、洞窟の反響でうつろになっていく。続いて、ほかの音が聞こえた。鍬が岩屑《がんせつ》の山を叩きつける鈍い音。それが石に当たり、次に金属にぶつかるカチンという音。そして、息遣いと奮闘の音。ギリシャ語で低く罵る言葉に続いて、木材が裂ける音とドサッという音。何かを引きずっていく音……。彼は箱の蓋を取り、それを運び出す準備を整えようと、洞窟の入口のそばまで引きずっている。

すぐそばで、サイモンの体がスタートラインに立つランナーのように緊張した。サイモンの片腕がわたしに渡され、彼の体に押しつけられた。まるで鋼《はがね》の棒のようだ。彼はいまからディミトリオスを襲うのだろうか。暗闇を出て……。

けれども、サイモンはその場を動かず、肩と頭をわずかに動かしただけなので、彼には一枚岩の端が見えるのだとわたしは思った。かなり長いあいだ、彼はそのまま、じっとしていた。彼の肘の裏で脈が打っているのがわかる。ゆっくりしている。その下で、わたしの脈はとにかく転げ回っていて、故障したエンジンのようだ。

サイモンの腕から力が抜けた。彼が頭を巡らして、息がわたしのこめかみにかかった。あるかなきかのささやきが聞こえた。「また出ていった。ラバの声が聞こえる?」

「聞こえないみたい」

「ここにいて。すぐ戻る」

片腕がすばやく、説得力のある強さでわたしに回され、持ち上がった。隣で動きがあり、服が石にこすれ、サイモンは消えた。割れ目が冷たく湿っぽくなった。わたしは急に寒くなって肩を上げ、両腕を脇に下ろし、耳を澄まして様子をうかがった。わたしの弱虫の脈拍の反響が、洞窟に満ちるようで……。

土埃を進む足音が聞こえたと思ったら、サイモンが割れ目に戻って通り抜けてきた。そばにいてくれると暖かい。彼はうつむいて、小声で言った。「入口の内側に箱を置いて、また姿を消した。焦っているようだ。誰だか知らないが、ラバを連れてくる人間に何かあったのかと思っているんだろう。ぼくは奴を追ったほうがよさそうだ」

サイモンはわたしに触れていないので、わたしの心臓がぴくっとしたのは伝わらなかった。こう言ったのを聞いただけだ。「そう?」と、いとも穏やかに。

「ナイジェルの身に何かが起こって遅れたに決まっているが、何があったのか知りたいんだ。連中が使っている経路も確かめたい。あの山道はじきに先細りになって消える。ぼくはディミトリオスを追って目的地を突き止め、機会があれば……そうだな、手を打つよ」

「殺すってこと?」

「まさか、冗談じゃない。だが、ディミトリオスの動きを封じておいて、ぼくたちなりにこの一件を解決したいな……。さて、もう行かないと、ならず者を見失う」

いつの間にか、わたしの手がサイモンのシャツの胸元まで伸びていた。それを彼の手が、温かく、なだめるように覆った。わたしは声の震えを抑え切れなかった。「サイモン、気をつけて」

「もちろんさ。ほら、心配しないで——心配しないで。ぼくは大丈夫だし、きみも大丈夫だ。ここにいて、隠れていてくれ。きみは洞窟のこのへんにある家のように安全だし、ぼくがディミトリオスから目を離さない。いいね？」

「い、いいわ」

サイモンのもう片方の腕がわたしの肩に回され、一瞬、胸に抱き寄せられた。そのしぐさが与えたのは慰めと安心、それだけだ……。でも、彼の唇がわたしの髪をかすめたような気がした。

二度目にその腕がわたしの肩から落ち、サイモンは幽霊のようにすうっと背を向けた。今度は懐中電灯を点けると、影が飛びのき、巨大になり、割れ目のある壁を伝い、彼は反対側へ通り抜けた。わたしは岩壁に体を押しつけ、外の洞窟をのぞき込めた。小さな光の円が、かすかに音が反響する暗闇を舞うように遠ざかる。柱と柱壁と岩の塊がそびえ立つ影を引き上げ、岩壁を引き伸ばして円天井の暗黒に埋没させていた。足早に歩いているサイモンは、やはり影のように、がらんとした暗がりで小さくなっていき、生霊のごとく外側の通路に姿を消した。影が一つ、岩の上でつかの間《ま》ちらちらして、闇に呑み込まれた。

わたしは一枚岩の内側で両手の指を広げた。闇を見つめると、目が痛んだ。また冷えてきた。自制心をフルに働かせないと、ここを出て洞窟を走り抜け、サイモンのあとを追って日なたへ飛び出してしまいそうだ。

とうとうわたしは浮かない気持ちで引き返し、明るくさびしいアポロンの聖所に戻った。

そこでどれくらい待ったのだろう。初めは片隅で静かに、木の葉が太陽を隠していない場所に座り、神像を見つめて、外で何が起こっているのかという不安を忘れ去ろうとした。

でも、しばらくして、この場所のまさに美しさと静けさが重苦しくなってきた。これ以上じっと座っていられず、ナイジェルのじょうろを拾って、泉に持っていった。細い滴りでじょうろをよくゆすぎ、水を飲んだ。サイモンのショルダーバッグの中を探して、食べ物の残りを見つけた。半分はわたしが食べたものだった。それから、水をもう一杯飲んだ。その後、小さな空地をそわそわ歩きながら、彫像をさらによく眺め、草の上の金の破片を見て――しかし触らず――葉っぱとシダをいじった……。

泉の水を飲もうと三度目に身をかがめたとき、恐怖は一種のじれったさに取って代わっていた。陽射しと静謐が十二分に使命を果たしていた。わたしは、いまや完全にそわそわしていた。気がつくと、ほぼ一秒ごとに腕時計を眺めている――この無意識の動作にますます神経がとがった。サイモンと離れてからどのくらい時間がたったか、さっぱりわからなかったからだ。わたしは通路の入口付近にたたずみ、懐中電灯をいじっていた……。

だって、あなたは完璧に安全なのよ、と自分に言い聞かせた。サイモンがディミトリオスの相手をしているし、ナイジェルのほうはちっとも怖くない。わたしは、何かすることが欲しかった。外の動きを知りたい。サイモンにそばにいてほしい……。

通路を慎重に進んで暗闇に戻り、一枚岩の避難所でためらい、隙間を通って洞窟の中心部に入った。今度はわたしも自分の懐中電灯を使った。さっきはばかみたいに震え上がり、円天井の闇に光を一周させた。まるで、結局ディミトリオスは立ち去らなかったことを確認する気でいたように。ところが、そこに人影はなかった。本当に怖がらなくていいのだ。万一、彼が戻ってきても、物音がするし、また聖所に逃げ込む余裕はある。それに、サイモンがディミトリオスを尾行している。あちらが戻ってきたら、サイモンも来てくれるはず。

懐中電灯の光が安定した。別の通路のアーチまで歩いていって、そこで明かりを消した。曲線を描く道の岩肌を手探りして、ついに最初のカーブを曲がると、暗闇が薄れ、前方が見えるようになった。入口のそばに箱はなかった。ディミトリオスが運び出したに違いない。いっそ好都合だわ、とぼんやり考えた。彼はジープに直行したことになる。つまり、足取りが遅くなり、サイモンが追いつきやすくなるはずだ。

わたしはじりじりと歩を進め、外の窪地が見える場所に着いた。

そこでも、やはり、あの意外な感じに襲われるほど変わりがなかった。めまいがするほど暑く、静かで、人気《ひとけ》がなく……。

まぶしい光が目を射る。土埃とラバの糞と、何かの芳香植物の匂いがする。隣の岩に置いた手の下で、植物が粉々になっていた。物音一つしない。動くものはない。熱気でさえよどんでいた。

わたしはためらった。洞窟を出たいという衝動は強かった。頭上の崖道を登り、山のどこかもっと高いところ、自由になれると同時に隠れてもいられる場所に避難したい。それより大事なのは、窪地に近づく動きを見張りたい。でも、サイモンとはぐれては困るし、ここを動かないように言われている。ここを動いてはだめだ。

そう言えば、あのときはそこに数分あまり立って、所在なげに周囲を見回していた。わたしは地震が起こる前のこの場所を思い描こうとした。地震で最初に岩屑の一部が落とされ、通路と柱のあいだのくぼみがふさがれたのだ。ここが聖なる洞窟だった可能性は高い。ここへアポロン像が、敬虔な人々の手で慌てて運ばれてきた。おそらく、ここで生け贄が捧げられ、ほかの礼拝も行われてから、聖所は最終的に封印されて隠され、二千年の沈黙にゆだねられてきたのだろう。

懐中電灯の光が急に薄暗くなり、また明るくなった。でも、この警告がわたしを動かした。一度だけ入口をちらっと振り返り、二秒だけディミトリオスの足音に耳を澄ませると、洞窟の念入りな探検に取りかかった。

あのときは何を探していたのだろう。あれ以上の〝宝物〟は――アンゲロスの退蔵物資のたぐいであれ、アポロン崇拝の遺物であれ――見つかると思っていなかった。けれども、ほどなく隠し場所がもう一つある証拠を見つけた。二本の柱に挟まれた深い柱間で、積まれた箱からさほど離れていない洞窟の端に、岩屑の山が――岩のくぼみで、浅い手押し車に山積みになって――最近荒らされたように見える。

そこに近づいてかがみこみ、見る見るうちに薄れていく光で破片を調べた。

箱や品物が隠れていそうな気配はないが、足元の土埃にくっきりと、エスパドリーユの底の跡がつき、そばに何かが引きずられた形跡が残っていた。

もっと近づいて、腰を落としてじっと眺めてみた。懐中電灯の光が岩屑の山を滑り、何かをとらえ、そこで止まった。光はわたしの手の中で、一度がくんと揺れ、安定し、動きを止め、今度はひどく明るくなって、岩と土の陰に横たわるものを照らした。

殺人者はナイジェルを埋めようともしなかった。死体は引きずられ、この貧弱な隠れ場に放り出されて、いまでは硬直して言いようもなく奇怪な姿で、岩屑と岩肌の合間に転がっていた。

恐怖に身がすくんで、わたしは感覚を失った手から懐中電灯を取り落とし、再び慈悲深い闇が落ちるに任せ、ナイジェルの身に起こったことを確かめた。激しい恐怖とショックを受ける一瞬に、人はいろいろなものを見て取る。そのとき脳に刻まれる画像は完全であり、これから何度も何度も繰り返す悪夢の材料になる。見逃したものはない。どのおぞましい細部も記憶をよみがえらせ、熟考させ、絶え間なく頭の中に光景を再現させるのだ。

ナイジェルは縛られていた。ロープはもうなくなっていた――殺人者に必要だったに違いない――が、若者の手首はもがいたところがすりむけていた。縛られたまま拷問されたのだ。一目見れば、あのみすぼらしい緑のシャツが片方の細い肩から引き裂かれているとわかった。腕に、むけた皮に、一連の不愉快なしるしがついていて、その不気味な規則性はただ一つのことしか意味しない。ナイジェルは四、五回火を押しつけられていた。入念に。当時、わたしがほかに見たものは取るに足りないが、その瞬間の恐怖が再現された悪夢を、あとから何度も見たり認識したりした。それを説明するつもりはない。ナイジェルは死んだままにしておこう。苦痛の末に。目はあいていた。あれが懐中電灯の光でぎらりと光った様子を覚えている。さらに、歯が食いしばられ、むき出しになり、皮膚だったと思しき断片をくわえて……ディミトリオスの噛みちぎられた親指……きのう薔薇色の崖でわたしの腕を滑り降りた、あの残忍な手だ。

気がつくと、懐中電灯が落ちて闇が下りた。あのとき何があったのかわからない。覚えているのは、懐中電灯が照らす光景が、生々しく、恐ろしく、完全だと思うと、次の瞬間は暗く、岩が冷たくなったことだ。それがわたしを押しつぶし、わたしの服を引き裂いていき、走っている足取りをつまずかせていた。それはわたしの倒れていく、すすり泣く体に柔らかく……。

わたしはアポロンの足元のじめじめした苔の上で横になっていた。髪は湿り、両手とワンピースの胸も湿っていた。草の上で右手に何かが押しつけられ、痛かった。金の矢の壊れた先端だ。座ってそれを長いこと見てから、ようやくなんだかわかった。

ディミトリオス、とわたしは愚かにも、困惑しながら考えた。ディミトリオス……。きのう彼は、ナイジェルを殺した。わたしたちがここの窪地で、まぶしい日光を浴びていたあいだ、ナイジェルは洞窟で殺人者と一緒にいて、縛られて痛めつけられ――いいえ、それには無理がある。ナイジェルは猿ぐつわをされていなかったから、声がわたしたちに聞こえたはずだ。彼はわたしたちがここに着く前に殺され、ディミトリオスはデルフィに下りて彼の部屋を荒らした……。

手の中の見事に細工された金の断片を見下ろして、わたしは考えようとした……。けれども、頭に浮かぶのは、あのナイジェルが、間《ま》の抜けた、若く張り切っていたナイジェルが、才能あふれる画家が、ディミトリオスに殺されたことだけ……。

ディミトリオス！ 今回、この考えが浮かんで混乱したどころではなかった。この名前が脳に切り込んだのは、手のひらを突き刺されたようなものだった。わたしは立ち上がり、金の矢が回り、きらきら光り、忘れられ、草に落ちた。ディミトリオス、サイモンとわたしが〝手を打ち〟やすい相手として取り合わなかった――ディミトリオスは山腹にいて、サイモンがあとをつけていて、襲う機会をうかがっている。あのギリシャ人は、従兄のアンゲロスがそうだったような、卑劣で血も涙もない人殺しだという事実に気づかないまま……。

つかの間《ま》、わたしは哀れなナイジェルを忘れていた。洞窟に何があるかを考えもせず、通路に駆け戻った。

暗闇が絡みついている網のように衝突してきた。通路の最初のカーブを曲がると、急に立ち止まるしかなく、あとは手探りでそろそろと進んだ。両手が震え、冷たい岩で滑ってばかりいた。

一枚岩にたどり着いた。狭い割れ目に体を押し込み、首を伸ばして洞窟をのぞき込んだ。ところが、何も見えない。暗闇が見開いた目に当たり、相変わらず、さまざまな形とキラキラとはじけている色また色で沸き立った。懐中電灯を持たず、明るい場所から舞い戻ってきて、こんなふうに目がくらみ、どうしても洞窟を横切れなかった。目を閉じて、あふれていく闇が消えるのを待った。広げた手のひらの下で、一枚岩は冷たくて湿っぽかった。

そのとき、彼の足音がした。

初めは、わたしを岩に釘づけにした心臓の鼓動かと思ったけれど、エスパドリーユが土埃の上を近づく柔らかい足音だとわかった。

わたしはその場に立ちすくみ、岩にしがみついて目をあけた。

もう見える。光が洞窟の中を動いている。強力な光だ。サイモンではない——サイモンの懐中電灯はわたしのものと同じで、光が弱まっていて……いずれにせよ、さっきの足音はサイモンのものではなかった。でも、とにかくディミトリオスがいれば、そこにサイモンもいるはずだ。ギリシャ人が余《よ》裕綽《ゆうしゃくしゃく》々の足取りで洞窟へ近づく動きからすると、まだサイモンの存在に気づいていない。

そう考えたとき、洞窟の外で小さな音がした。わたしはギリシャ語を聞き取り、目を見開いた。彼は明かりのうしろにいて、姿こそ見えないが、動いている光は揺るぎがない。向こうには何も聞こえていなかったのだ。またさっきの音がして、今度はあるがままに聞き取れた。金属がジャラジャラ鳴る、ちょっと神経に障る音だ。ディミトリオスはラバを連れてきていた。

ギリシャ人がわたしの狭い視界を通り抜けた。待っていると、聞き覚えのある音がした。箱が動かされ、積まれた石が崩れる音、うなり声と息切れ。わたしは一枚岩の端ににじり寄り、一センチ進むごとに周囲の様子をうかがった。

ディミトリオスは頭上の小さなくぼみに懐中電灯を置いていたので、光は岩屑の山に向けられていた。ぶ厚い体がそれにかがみこんでいる。背中はこちらに向いていた。上着は傍らに広げられ、青いシャツの下に突き出た腹が見え、彼が埋もれかけた箱の一つを引っ張るたびに筋肉が揺れるのがわかった。やがて、彼は箱を引っ張り出して両手に抱え、背筋を伸ばした。これまで気がつかなかったけれど、腕っぷしの強い男に違いない。彼は箱をゆっくりと洞窟の入口まで運び、視界から消えて通路に入った。そこで箱をどさっと落とす音がした。戻って来る足音がする。ゆったりした足取りのまま通路を出て、洞窟を照らす光の中に入ってきた。

この数分で二度目に、わたしは心臓に激しいショックを覚えた。

それはディミトリオスではなかった。わたしが会ったことのある人物ではなかったのだ。けれども、ショックと困惑のひとときに続いて、自分の勘違いに気がついた。わたしはこの男に会ったことがある。それも、一度ならず。こうして、奇妙に照らされた暗闇を向いた、がっしりした頭、雄牛の毛のようにきつくカールした黒の濃い巻き毛、にこやかな厚い唇に向かって浅黒い頬骨を波打つ様子で、彼だとわかった。これはナイジェルが描いたポルミスの頭だ。これはアルカイック期の彫像を思わせる顔であり、幅が広くて肉付きのいい頬骨と、口角を上げた笑みがある。さらに――これはわたしが、気づきも覚えもせずに見ていた顔で、ディミトリオスのコテージの外でジープのエンジンにかがみこんでいた。アポロン（ダニエルがこちらを見たことがないのは確実だ）ではなく、やはりこの顔を、彼女はナイジェルのスケッチの中で見分けたに違いなかった……。

しかし、この思案を進める前に、ほかの二つの記憶がぱっとよみがえり、恐怖の火口《ほくち》に火花が散って……。ナイジェルがダニエルに言った言葉。〝今日、パルナッソス山で会った奴……〟。そして、サイモンの声が闇の中で、ステファノスに言われたことを訳してくれた。〝あの男は殺し、笑みを浮かべて殺すんですよ。必ず、あの笑みを……〟。

アンゲロス。アンゲロス本人だ。では、ディミトリオスのほうはどこにいるのか。サイモンは彼と一緒にいる。

アンゲロスは岩屑の山に戻った。懐中電灯の光が、汗でてらてらする厚い皮膚を滑った。きっと、ディミトリオスと手を組んでナイジェルを殺したときも、彼はほほえんでいたのだろう。きっとサイモンが、ディミトリオスをやっつけて、この洞窟にわたしを堂々と探しに来たときも、彼はほほえんで……。

アンゲロスはぶ厚い体を起こしてじっと立ち、耳を澄ましているようだ。彼は振り向いた。外で物音がした。今度は蹄鉄の音ではなく、誰かが洞窟へ走ってくる音だ。

そう言えば、当時はいわば麻痺した落ち着きで、悲鳴をあげればサイモンに警告できると考えていた——だが、それはアンゲロスにも警告になってしまう。彼はディミトリオスを待っていて、サイモンとわたしがここにいるとわかるはずもない。彼は懐中電灯を消そうとしなかった。しかし、いっぽうで、サイモンがすでにディミトリオスに手を打っていたら、サイモンもまた、油断するだろう。

足音が迫ってきた。もう通路の中だ。アンゲロスの片手がポケットに入った。わたしは息をのんだ。

つまずきながら、大急ぎで、息せき切って、ダニエルが洞窟に駆け込んできた。

第十七章

天に正義の女神がいるように、
神の手に火があるように
報いを受けさせせよ
『エレクトラ』（ソフォクレス作）

その男は緊張を解いたけれども、声は怒っていた。「ここで何してる？」

ダニエルは懐中電灯の明かりの端で立ち止まった。この前会ったときより若く見えると同時に、きれいにも見えた。青緑色のブラウスと緋色の綿のスカートを身につけている。急いだせいで顔が紅潮して、呼吸が浅くなり、ごく自然に、あまりひねくれずに自制しているようだ。さっきからアンゲロスのことは見ていなかった。目は隠し場所に残された箱に釘づけなのだ。

「じゃ、あれなのね？」アンゲロスのように、ダニエルもフランス語で話した。

「あれだ」アンゲロスはむっとして答えた。「ゆうべ、見つけたと言っただろうが。なのに、どうして言われたとおりに、おれが行くまで隠れてなかったんだ?」

アンゲロスが話しているあいだ、ダニエルは彼の足元の品に目を据えたまま、ゆっくりと前へ歩いていた。今度はまつげの下から見上げ、あの挑発的な笑顔を向けた。「どういうことになってたのか、自分の目で確かめたかったのよ。怒らないで……誰にも見られなかったから」

「途中でディミトリオスを見かけたか?」

ダニエルは首を振った。岩屑《がんせつ》の山にかがみこみ、金の輝きがのぞいている壊れた箱を爪先でつついていた。興奮したせいか、胸が波打つのが見えた。アンゲロスが問い詰めた。「奴は影も形もないんだな?」

「ないわ」

アンゲロスは悪態をつき、野蛮と言えるほどの勢いで鋤を石に突き込んだ。「じゃあ、どこにいる? おれは上の道から来た――このあたりを知ってれば、そっちが近道だからな……おまえも奴の姿を見てないとすると――」

「あたしも上の道から来たの」またしても、あの艶然とほほえんでいる表情が美しいまつげから見上げている。「ここまで来られたのはどうしてだと思う? あなたが来そうなところで待ってて、あとをつけたのよ」

アンゲロスはうなった。「やるじゃないか。すると、奴は反対の方角に下りて、おれを探しに行ったわけだ。あの野郎。ビクビクしやがって、使いものにならん。それからおまえは――こっちに手出しをせず、おれの迎えを待つはずだった。ここには来るなと言ったじゃないか」

ダニエルは笑った。「あなたを信用してなかったのかもね、アンゲロス。迎えに来なかったかもしれないもの」

　アンゲロスはふっと笑いを漏らした。「かもな」

「そう、これが見たかったし」ダニエルは子供じみた言い方をした。「それに、一日じゅう麓でうろうろしたくなかったのよ。とにかく、あのジープはやばいわ」

「なんでだ？　まだブツは積んでないぞ」

「ええ、ただ――」

「指示した場所に停めたか？」

「当たり前でしょ。アンゲロス、なんで真っ昼間にこんなことしなきゃいけないの？　どうかしてる」

「おれのやることに抜かりはない。いまはほとんど月が出ないし、この国じゃ、殺しは闇夜にラバを使うもんだが、おれは明かりも使わない。ここと、おれがブツを積んでる場所のあいだには誰もいないはずだからな、そこから一切合切を夕暮れ後の二時間でジープまで運ぶ」さらに、いわば痛烈な皮肉が続いた。「それもこれも、おまえが指示を守り、冷静な従弟が戻ってきて力仕事を手伝ったらの話だがな！」

　ダニエルは笑った。もう呼吸が落ち着いていて、それとともに、あの独特のかすれた声も戻っていた。彼女は背筋を伸ばし、いつものように長いまぶたをちらりと見せた。「なるほどね。あたしが代わりに手伝えばいいでしょ。もう連れて帰ってくれない？　あたしに会えて、ちょっとは喜んでるふりをしてもいいって思わないの、優しい人《ムー》？」

　ダニエルが話しながら近づいていくと、アンゲロスは彼女を抱き寄せ、おざなりでいてみだらなキスをした。ダニエルは細い体をアンゲロスに押しつけ、両手を這わせて彼の後頭部の豊かな巻き毛を撫でた。

わたしは岩の割れ目で少し身を引いて、この新しい発見を否定するように、一瞬目を閉じた。アンゲロスはダニエルの恋人。アンゲロス。恐怖と混乱の渦を抜け、数々の事実がよじれて違う模様を描いていった。

イテアであの長い午後にダニエルと親しくなっていったのは、ディミトリオスではなく、アンゲロスだったのだ。故意に近づいたのは、暇潰しのためだけでなく、彼女のジープを狙った計画でもあった。ほかで交通手段を調達すれば、あれこれ尋ねられ、従兄弟たちが避けねばならない噂話を招く。

同じ理由から、昨夜アトリエに押し入ったのはディミトリオスではなく、アンゲロスだった。いま、はっきりと思い出した。懐中電灯に伸びた手の親指は、引きちぎられていなかった。そう言えば、わたしはダニエルの笑みを見て、彼女の恋人をディミトリオスだと早合点して……。

アンゲロスは、ちょっと荒っぽくダニエルを押しのけた。「おまえはここに来ちゃいけないってよくわかってただろう。おれの企てには、やわな神経の人間を引き入れる余地はないんでね」

ダニエルは煙草に火を点けていて、噛みつくように言った。「問題は神経じゃなくて、好奇心よ。あたしにはどうなってるのか知る権利があるもの。そりゃあ、やわな神経になるわ。あんなに尽くしたあとだけに！　あたしがいなけりゃ、ジープが手に入らなかったのよ。それに、月曜の夜に道具とラバを用意してあげたじゃないの。おまけに、イギリス男と彼が連れていったあの不細工な女に探りを入れた――あなたときたら、ゆうべいきなり部屋に入ってきて三十分過ごしても、今日が決行の日だとは言わずじまい。あたしは石切り場にジープを取りに行くことになってて、あなたはそれを当てにしてる！　あなたのせいで、こっちはゆうべ大ピンチになったかもしれないのに、知らんぷりね！」

「なんの話だ？」アンゲロスは作業を再開していて、二個の箱に食い込んでいる岩の塊をてこで動かしていた。取り除かれた土と小さな石が、うなるような音を立てて床に落ちた。彼はダニエルの話をろくに聞いていないらしい。

ダニエルは尖った声を出した。「なんの話か百も承知してるくせに。ゆうべあたしの部屋に来たとき、あなたはナイジェルに会わなかったと言って――」

「ナイジェルだと？」

「イギリス人の画家よ。言ったでしょ。あの坊やは月曜の夜に、金持ちの有名人になると匂わせて、酔っ払ってたの。ほかのふたりが出てってから、あたしは彼にウゾをまた二、三杯飲ませて、散歩に連れ出した……。この話はしたかしら？」ダニエルは煙草の細くたなびく煙越しに男を見ている。刺激するような口調だった。相手は顔を上げるでもなく、わずかな注意を向けるでもなかった。

ダニエルはすねたようなしぐさで灰を落とした。「どう？　ナイジェルが山の上で何か見つけたのはわかりきってた。あなた、きのうここで彼を待ち伏せして確かめると言ったわね。何を、どこで見つけたのか――」

「だからどうした？　そんな必要なかっただろ？　おまえのイギリス人の仲間が来て、案内してくれたんだ」

「この洞窟も見せてくれたわけ？」

アンゲロスはふふっと笑った。「ばか言え。奴らがきのう洞窟を見つけていたら、いま頃おれたちは近づくこともできなかった。入口に人垣が三重にできてたさ！」

　ダニエルはそわそわした。「そんなつもりじゃなかったわ。そりゃあ、あの人たちにはここが見つからなかったのよ。さもなければ、今日はレヴァディア見物なんかしてないわ。それにしても、あなたはずいぶん早く見つけたものねえ。ディミトリオスが〈輝く岩〉で言ってたけど、あなたがこの場所を見つけそうだ、あなたが探しているうちに自分は始末にかかるって」

　アンゲロスはバールを脇に置き、鋤を使って小さな岩屑をどけていた。掘る音が鈍く響いた。彼は顔を上げなかった。「ステファノスが連中に、おれがマイケルの首の骨を折った場所を教えたとき、洞窟がどこにあるかわかった。何もかも変わっちまったが、あの割れ目が洞窟側にあいてるのはわかってた。昔みたいに通れなかったが、ディミトリオスを下にやってから仕事にかかって、入口をあけたんだ」

「そうそう。ゆうべ教えてくれたものね」ダニエルは、いつもと違って煙草をくわえていなかった。ぎくしゃくした動きで煙草を吸い続け、それは張り詰めた神経を物語っていた。彼女はなじるような言い方をした。「でも、ナイジェルのことは言わなかった」

　アンゲロスは手を止めて体を起こし、ダニエルを睨みながら雄牛のように頭を突き出した。顔つきは恐ろしいと同時に用心深かった。厚い唇に張りついた三日月形のほほえみは、それなりにおぞましい。彼はしゃがれた声で言った。「いいかげんにしろよ。なんの騒ぎだ？　なんでおれがナイジェルの話をしなきゃいけない？」

　ダニエルは長く渦巻く煙を吐き出して、それから淡々と言った。「ゆうべ、あたしの部屋を出てナイジェルの部屋に行ったわね。どうして？」

「訊くまでもないだろ？　奴がおれのスケッチを写真並みに仕上げたと、おまえに聞いたからさ。その絵を始末したかった」

「でも、ナイジェルはもうアトリエを引き払ってた——荷物をまとめて出てったわ。知ってたじゃない。あたしが教えたんだから。あの夜、あたしもあの絵を探そうとしたけど、荷物は全部なくなってた。彼が持ってってたのよ」

「いいや」アンゲロスは言った。「違うね」

「どういうこと？　ナイジェルに会わなかったくせに。彼が何を持って出たか、なんでわかるのよ？」

ダニエルは黙った。アンゲロスの表情を見て、彼女の目が見開かれたのがわかった。唇がひらいて煙草がぽとりと地面に落ち、そこでくすぶった。彼女はそれに目もくれない。アンゲロスをまじまじと見ている。彼は微動だにせず、鋤に寄りかかり、彼女を見つめている。肉付きのよい顔と毛深い腕に汗がにじんでいた。

穏やかな調子で、アンゲロスはまた言った。「それで？」

ダニエルの声から気取った響きが消え失せていた。はっきりした、か細い声だった。幼い女の子のように。「やっぱりナイジェルに会ったのね？　きのう？　彼は洞窟の場所を教えたんでしょ？」

「ああ、会ったよ。だが、奴は何も教えなかった。そこは本当のことを言ったじゃないか」

「じゃあ——じゃあ——どうしてナイジェルに会わなかったと嘘をついたのよ？」

微笑が広がるにつれ、厚い唇がひらいた。「そりゃわかるだろうが。なあ？」

長い間《ま》があいた。ピンクの舌が出て一度、トカゲのようにすばやく、口紅が引かれた唇を舐めた。

「あなた――彼を殺したの？　ナイジェルを？」

返事はない。アンゲロスは身じろぎもしなかった。ダニエルが息をのみ、喉の筋肉が動くのが見えた。その顔に恐怖も後悔も不安もなかった。うつろな表情に、ひらいた唇、見開かれた目が男に据えられていた。ただし、呼吸は速い。「ふうん……なるほどね。教えてくれなかったじゃないの」

アンゲロスの口調は穏やかで、愉快そうですらあった。「ああ、教えなかった。おまえが怖がって逃げ出しちゃ困る」

「でも――まだわからないわ。ナイジェルは洞窟のことを知ってたんじゃなかった？　そうじゃなかったの？」

「知ってた。そいつは間違いない。しかし、奴は口を割らなかった。縛り上げても、筋が通ったことを言おうとしなかった」

ダニエルはまた息をのんだ。アンゲロスから目を離していない。両目と喉で引き攣る筋肉を除けば、蠟人形であってもおかしくなかった。「だから――殺すしかなかったの？」

アンゲロスはがっしりした肩をすくめた。「殺さなくてすんだ。ある意味ではな。あのむかつくオカマ野郎は、おれたちの目の前で死んだよ。残念だ」彼の頭がうつむいていった。微笑の形がくっきりしたようだ。「どうだ？　怖いか？　悲鳴をあげて逃げ出すか？」

すると、ダニエルが動いた。再びアンゲロスに近づき、彼のシャツの胸に両手を這わせた。「これが逃げたい顔に見えるかしら、優しい人？　やわな神経の女だったら、仲間に引き入れた？」両手がアンゲロスの肩を滑ってうなじに回された。彼女はますます体を押しつけた。「あなたのことならお見通しよ、アンゲロス・ドラゴミス……。違うなんて言わないで。あなたの噂はいまでもあれこれ流れてる。ここデルフィでは……」

笑い声がアンゲロスの体を揺らした。「驚いたな」

ダニエルがアンゲロスの頭を引き下ろし、彼の唇にささやいた。「ほんとに？　だからあたしがここにいるとわかったら、あなたは驚くかしら？　だからあなたが好きだとわかったら？」

アンゲロスはダニエルにキスして、今度は心ゆくまで楽しんでから、空いたほうの手で突き放した。「驚かないね。驚くもんか。おまえみたいな女に会ったのは初めてじゃない」もう片方の手に鋤を握ったまま、アンゲロスは作業に戻った。ダニエルはすねた目で広い背中を見た。「彼はどこ？」

「すぐ近くにいる」

一瞬ダニエルの目が白眼になり、影になった片隅を肩越しに振り返った。それから肩をすくめ、ポケットからまた煙草を取り出した。「何があったか教えてくれてもいいじゃない」

「わかった。うしろに下がってたらな。それでいい。さてと……。おれたちはデルフィの山道の脇で、あの小僧を待ち伏せしてたが、奴はその道から来なかった。朝早くに出て、回り道をしたんだ。初めて見かけたときは、はるか向こうにいて、この崖のてっぺんに近づいてたからな。おれたちは姿を見られずになるべく距離を詰めたが、ここの東にある岩溝に這い上がったとき、奴が消えちまった。おれたちは崖筋の上に登り、二手に分かれ、様子をうかがった。しばらくして、奴が見えた。ちょうどこの窪地を歩いて出てきたところだ。いたって冷静だったね。そこで、おれたちは崖を下りて、奴をつかまえたんだ」

「どうしてそんな真似をする必要があったの？　あのイギリス人のふたり組が向かっていたのに。あなたはマイケルが死んだ場所を見たら――」

「確実な利益」とアンゲロスが短く言うと、またしても微笑がくっきりとした。「ステファノスは正確な場所を覚えちゃいまいが、おまえの画家のお友達がどこかの隠れ場所から出てきたのは確実だった。だいいち、奴はおれの絵を描いた。顔を見たんだぞ」

ダニエルはまた煙草に火を点けていた。マッチの炎が揺らいでいる。目が炎の上で大きく、きらめいて見える。「あなた、何をしたの？」

アンゲロスは冷淡な言い方をした。「最初は脅して言わせようとしたが、奴は頑として口を割らなかった。正直言うと、おまえが勘違いして、奴はブツを見つけてないのかと思ったら、奴が洞窟と〝値がつけられない貴重品〟のことをぺらぺらしゃべり出して、おれたちには指一本触らせないと言いやがった。で、こっちもいよいよ本気になった……」彼は背筋を伸ばして煙草を取り出した。口にくわえ、身を乗り出してダニエルの煙草から火を点けた。

あの笑顔を夢に見そうだ、とわたしは思った……。

「ところがだ、話は相変わらず支離滅裂だった」アンゲロスは言った。「水のことだの、花のことだの……」だみ声で話されるフランス語の卑語は、みだらに響いた。「おれの英語はまずまずだが、全部は聞き取れなかった。ついに金《きん》の話が出たはずだが、おれたちがそこに飛びついたとたんに奴は死んじまった。始めたか始めないうちにだぞ。心臓がイカレてたと見えるな」

「それからナイジェルはどうなったの？」

「奴を満足に始末できないうちに、ステファノスとアラホヴァから来た坊主がイギリス人のふたり組を連れてきた。おれたちは死体を岩陰に放り、様子を見ていると、あの老いぼれはふたりを窪地へ案内して、中を見せていた。そこはすっかり様変わりしてたよ。ここ二年はもちろん、長年見てたんだがな。連中が行ってしまうと、おれは窪地に下りてあたりを見て回った。楽勝だったね。おまえのナイジェルが、結局あの与太話で手を貸してくれたからな。草が生え、花が咲く場所は一カ所しかないし、ステファノスの記憶が正確だとしたら、そこに洞窟があると踏んだ。入口はすぐにわかった。入るとなると話が違ったが、おれたちは小僧を死なせただけに、なんの痕跡も残さず逃げ出すまで、警察が入らないようにしなくちゃならない。おれがひとりで仕事にかかり、手はずどおりに、ディミトリオスはおまえに会わせた。よく言い含めて、ナイジェルのことをおまえに教えず、アトリエに忍び込んで小僧の部屋を空っぽにさせ、奴が荷造りして出てったように見せかけさせた。ディミトリオスはそのとおりにした。小僧の荷物は全部、ジープの後部座席の麻布の下にあるはずだ。ディミトリオスはスケッチの入ったでかい紙挟みを持ってきたが、あのばかは慌てて調べたから、そこにおれの絵がないことに気づかなかった……。どうでもよさそうだが、こういう些細な点が実に重要な場合があるんでね。とにかく、手を打つだけのことはあると考えた。おれは表向きには死んだ人間だ、絶対に死んだままでいて、生きてる噂なんか立てさせるか！」

「絵は見つかった？」

「いいや。時間がなかった。小僧の部屋にあった缶には、ゴミと一緒に紙が詰まってた。間抜けなディミトリオスは、それに手を出すまでもないと考えたんだ。しかし、実は、そこがスケッチのありかだとしたら、誰もそれに目をつけない。小僧が片づけて出てったと思われるだけだ」

「そのとおりよ。イギリス人のふたり組は、ナイジェルが山越えの旅に出たと思ってるわ――ラバを連れて」

「そうか」アンゲロスは愉快そうだ。「ま、そういうことだろ？」

すでにアンゲロスは箱にかぶさった石をどけていた。かがみこみ、箱の一つを岩屑から出そうとした。ダニエルは何も言わず、たくましい筋肉の動きを眺めていた。ややあって、繰り返した。「彼はどこ？」

「誰だ？」

「もう、ナイジェルに決まってるでしょ！　表に放り出してハゲタカの餌食にしたの？」

「冗談じゃない。そんなことをしたら、おれたちがいるのがあっという間《ま》にばれただろうよ。奴はここにいる」

ある強い感情がダニエルを突き動かすのを初めて見た。まるで、バネがぴんと張ったようだった。

「こ、ここに？」

アンゲロスは頭をぐいっと横に引いた。「あっちだ」ついに箱をもぎ取り、背中を伸ばして、洞窟の外に運んだ。懐中電灯は相変わらず柱のくぼみから強烈な光を放っている。ダニエルはしばらくその場で立ちすくみ、ナイジェルの死体が横たわる暗い片隅を見つめていたが、力を振り絞るように進み出て、懐中電灯をつかんで、痛ましい死体を隠した岩屑の山に向けた。その明かりは、幸いわたしの視界より下を照らした。

そのとき、自分の懐中電灯がナイジェルの死体のそばに落ちていることを思い出した。ダニエルにあれを見られたら……彼女の懐中電灯の光が当たって地面が光ったら……。

アンゲロスが戻ってきた。いらいらしているようだ。「まだ影も形も見えない。あいつは小さな箱を一つ持って、下の道を下りたようだ。さもなけりゃ、見かけてただろう」次に向かいを見て、ダニエルがいると気がついた。彼女はアンゲロスに背中を向けたままだ。それを見つめている肉付きのいい顔は、表情こそ変わらないが、その目つきがわたしの血を凍りつかせた。「それで？」

ダニエルは急に振り向いた。「ここに置いてく気？」

「ほかにどこがある？　ジープに乗せてガラクシジオンの入江に運ぶか？」

ダニエルは皮肉を聞き流した。「埋めるんじゃなかったの？」

「おいおい、そんな暇があるか。おれはパルナッソス山の半分を掘り返してこのブツを手に入れた。なんなら、こいつに土をかけてやりゃいいが、どうでもいいさ。おまえが用事を済ませるあいだに、おれは荷物を積む」

ダニエルは洞窟のなかばまで早足で戻ってきた。「あたしは残らないわよ」

アンゲロスが笑った。「勝手にしろ。おまえは神経質じゃないと思ったがな、おれの娼婦《マ・プール》？」

「違うわ」ダニエルは不機嫌に言った。「でも、彼をここに置いてっちゃだめだとわからない？　いくら隠したとしてもよ。ここですでに作業してた人がいたのは一目瞭然だし、誰かが来ちゃったら、どうしても――」

「なんで誰かが来るんだ？」

ダニエルはアンゲロスを見ながら口ごもった。「あのイギリス人の、サイモン――」

月曜の夜に、あの劇場で……。わたしは岩にもたれかかり、立ち込める緊張と不安のもやを通して思い出そうとした……。あの場に座って聞いた音。チリンチリンという小さな音……あれはやはりダニエルが、盗んだラバを男たちの元に連れていったのだ。サイモンとわたしは、あの劇場で話していて……。『エレクトラ』の引用だけでなく、あのすばらしい音響効果が、わたしたちの頭上の暗がりにいたダニエルに届いたのだった。しかも、ダニエルには英語がわかる……。あのとき、どんな話をしたかしら？　いったいどんな話をしたの？

それがなんであれ、ダニエルはアンゲロスに報告しておいたらしい。彼は笑った。「ああ、それか。今更どうってことはない。確かに、奴はマイケルが殺されたと知ってる。ステファノスが教えるに決まってるじゃないか。そんなこと、どっちだっていいさ。誰にも理由なんかわからない」

「でも、彼があなたはまだ生きてると睨んだら――」

「彼だと？」だみ声には愉快そうな軽蔑の響きがするだけだった。「とにかく、来るわけがないだろうが。ナイジェルが死んで、あの絵が誰だかわかる人間はいない」

「あそこに金があったわ」

暗闇がわたしの周囲で煮えたぎっていた。まるでサイモンがすぐ隣にいるように、再び彼の声が聞こえる。〝まだ終わっていない……ぼくは見つける。マイケルが見つけた物を……金だよ〟。

「金、金、金――どこにだって見えるよな、おれの娼婦《マ・プール》？」アンゲロスはまた笑った。どうやら気分が高揚しているらしい。「あれは金に見えなかったんだろ？　女が何かを拾ってそれが光るのを見たら、あとはおまえが勝手に決めつけたんだ」

「あれは金だと言ったでしょ。あの女がじっと見ていたのよ」

暗闇がゆっくりと晴れた。それを背景にある光景が見えた――ふたりが話している場面ではなく、そのあとの場面だ。サイモンが、舞台の中央のしるしから歩み出た直後に暗唱を始めて……。ダニエルには聞こえなかった。ギリシャの神々の慈悲により、ダニエルには聞こえなかったのだ。

アンゲロスは背を向けていて、岩屑からまた別の箱を引っ張り出していた。「ほらよ。哀れなラバがいっぺんに運べるのはこれくらいだ……。さてと、五分間はくだらない話を忘れて、荷物を積む手伝いをしろ。あのイギリス人は、きのう金を見つけなかった。それは本当だ。ここに戻ってくる理由はない。奴はここにいて、見られる限りのものを見た。なぜわざわざ戻ってくる？　マイケルに花を供えるためか？」また笑い声があがり、不愉快に響いた。「いや、戻ってくれりゃよかった！　奴には貸しがあるからな」

ダニエルは悪意に満ちた口調で言った。「それに、あの女も。あなたを殴ったのよ」

「あの女がねえ」アンゲロスはさも愉快そうだ。「ディミトリオスが来るまで待とう。もうじき来るはずだ」彼は言葉を切り、洞窟を見回した。「妙なもんだが戻ってきても……全然変わらない。まったく同じだ。あの柱、ライオンの頭のような岩、どこかで滴り落ちてる水。泉がどうしても見つからなかった……。水音が聞こえるか？」

ダニエルはじれったそうに言った。「それよりナイジェルよ。死体をなんとかしなくちゃ。わからないの――？」

「そうかもしれんな」アンゲロスの口調は曖昧だ。明らかに、ナイジェルのことはずっと前からどうでもよくなっている。「いや、その小僧は生きてるより死んだほうが役に立つ……。あいつはジープで崖を越えりゃいい。ああ、川があったぞ。確かそうだ。向こうのあたりに……」

ダニエルの声が、動き出したアンゲロスを引き止めた。その声には、わたしが以前に聞いたことのある響きがあった。「ジープで？　崖を？　そんな計画があるとは知らなかった」

「おまえはおれの計画の全容を知らないんだよ、お姫さま」アンゲロスは言いながらダニエルに背を向けたので、わたしは彼の顔が見えなくなった。ダニエルの顔は見える。急にやつれ、怯えた浮浪児のようだ。彼は言った。「今度はどうした？　あのジープは始末するしかないだろうが。小僧がジープに乗って海で発見されりゃ、死んだ説明がつく」

ダニエルはささやくような声で言った。「あれはあたしの車よ。みんな、あたしがアテネから乗ってきたのを知ってる」

「だからどうした？　みんな、おまえもその車に乗ってると思って、それで終わりだ」

やはりダニエルは身じろぎせず、アンゲロスを見つめた。青緑色のブラウスと緋色のフレアスカートという格好は、とても幼く見える。アンゲロスが迫っていき、ダニエルは頭をそらして彼の目を見るしかなくなった。彼の口調には焦りと、何かほかのものが含まれていた。「今度はなんだ？　怖いのか？」

「いいえ。ただ、ちょっと考えてて――」

「何を？」

相変わらず、ダニエルは早口のささやき声で話していた。「ジープはどうする気だったのよ。もしも……それに乗せて崖から落とすナイジェルの死体がなかったら」

アンゲロスは慎重に答えた。「そりゃ、同じことだ。おまえが乗ってたことになるだろうし――」

ふと言葉が途切れ、彼の笑い声が聞こえた。「いやはや……。哀れなかわいこちゃん、おれがおまえをそんな目に遭わせると本気で思ったのか？」

ダニエルは微動だにしない。細い腕が脇にだらんと垂れている。頭はのけぞり、大きな目がアンゲロスの顔を探っている。彼女はあの生気のない声で言った。「さっき、こう言ったじゃない。〝あいつはジープで崖を越えりゃいい……〟。それは別の人に計画したことみたいに。まるで――」

アンゲロスはダニエルの体に片腕を回して、引き寄せた。彼女は逆らわなかった。彼の声がしゃがれてきた。「で、おれがおまえのことを言ったと思ったか？　おまえを？　かわいいダニエル……」

「じゃ、誰のこと？」

アンゲロスは答えなかったが、ダニエルの目が細くなり、ぱっと見開かれるのが見えた。彼女は小声で訊いた。「ディミトリオス？」

アンゲロスの手がすばやくダニエルの口を覆い、笑っているように体が揺れた。「静かに、このばか、静かに！　ギリシャではな、山に耳ありなんだよ」

「でも、優しい人――」

「それで？　おまえはおれを知ってると言ったよな？　わからないか？　おれはあいつの手と、舟を借りるしかなかったが、あいつはいつお宝の半分の分け前を手に入れる？　ブツはおれのもんだ。十四年も待って、やっとこさ手に入れた。それを分けるとでも思うか――誰かと？」

「それじゃ――あたしはどうなの？」

アンゲロスはダニエルの逆らわない体を抱き寄せた。喉の奥で、また笑い声があがる。「そりゃ分けるとは言わない。おれとおまえは一心同体じゃないかおれの娼婦《マ・プール》……」彼のあいたほうの手がダニエルの喉に伸び、顎の下に回り、頭を上向かせて唇を合わせた。「だいいち、おまえはまだ必要だ。この期に及んで、それをわからせなきゃだめか？」アンゲロスの唇がダニエルの唇を覆い、むさぼるうち、ダニエルは一瞬抗おうとしたのか、身を固くしたものの、くつろいで彼の胸にもたれ、両手を彼の首に巻きつけた。アンゲロスが彼女の唇に向かって笑い、しゃがれた声で言うのが聞こえた。

「あっちだ。急げ」

　わたしは目を閉じた。顔をそむけたので、両手と同じく、頬は冷たい岩に押しつけられた。岩はさわやかな匂いがして、雨を思わせた。左手の下に、笠貝の形をした小さな岩のこぶがあったことを覚えている……。

その後どうなったかは書きたくないけれど、書いておかねばならないと思う。わたしが目を閉じたとき、あの男はダニエルにキスしていて、片手で彼女の服をまさぐり出した。ダニエルはアンゲロスにすがりつき、彼と一体になり、両手で彼の頭を強く引き下ろしてキスをした。それから何も見えなくなり、彼の話し声が聞こえた。息を弾ませた言葉。ギリシャ語と、訛りが強い流ちょうなフランス語の混じり合った言葉で、わたしには聞き取れなかった──聞き取ろうとしなかった。アンゲロスが石を蹴飛ばして、ダニエルを洞窟の埃っぽい床に引き下ろした。岩屑の山のそばに……ナイジェルの死体のそばに……。

ダニエルからは一つの音しか聞こえなかった。それはかすかなため息と、かすかな喜びの声だった。あれは間違いなく喜びの声だった。

わたしはぶるぶる震えていて、汗にまみれ、ひんやりした岩の割れ目はオーブンであるかのように暑かった。左手の下で石の笠貝が壊れていた。丸めた指で破片を握り締めていて、それが肉に食い込み、痛んでいた。

どのくらい時間が過ぎたのだろう。洞窟の中が静かになり、荒い息遣いが響くだけだとわかった。やがて、アンゲロスが立ち上がる音がした。呼吸は荒いけれども安定している。彼は何も言わず、立ち去る音もしなかった。ダニエルは物音一つ立てない。

目をあけると、薄れていく懐中電灯の光が見えた。アンゲロスは岩屑の山の傍らに立ち、ダニエルを見下ろしてほほえんでいた。彼女はそこに横たわり、まだ彼を見上げている。その目の輝きが見えた。彼の顔に浮かぶ汗は、肉付きのいい頬を石鹸石のように光らせた。彼はじっと立って、ほほえみながら若い女を見下ろしていた。ダニエルは彼の足元に横たわって見つめ返し、鮮やかな色のスカートは土埃の中でまくれたように見える。

わたしは取るに足りないことを考えた。なんて窮屈そうなのかしら。やがて、突然こう思った。死んでいるように見える。

じきにアンゲロスはかがみこみ、ダニエルの両肩をつかんで洞窟内を引きずっていき、ナイジェルの傍らの岩屑に投げ込んだ。

これが、ダニエル・ラスコーがわたしから二十ヤード足らずの場所で殺され、わたしは助けようともしなかった顚末である。

第十八章

状況が悪くならないうちに行け
　わたしの助言では……。
『フィロクテテス』　　　　（ソフォクレス作）

神の慈悲により、わたしは気を失わなかった。もしも失っていたら、懐中電灯の光に身を投げ出していただろう。しかし、狭い割れ目に体を支えられ、頭（ショックの連続で麻痺したもよう）は起こったことをゆっくりと把握していったらしい。

まるで、ある種の感知器がわたしと洞窟の光景とのあいだに紗幕を下ろしたようだったので、そこにかなりの距離が生じて、殺人者は遠く離れたところでおぞましい作業に励んでいた。芝居の登場人物がライトに照らされた舞台に進むように。わたしは目に見えず、音も立てず、無力で、ある夢を見ていた。明かりがあれば正気が戻り、悪夢は消えるだろうに。

あの奇妙な恍惚状態のまま、わたしはアンゲロスを見つめた。あのときこちらを向かれていたら、わたしには身を引く機転が働かなかっただろうが、相手は振り向かなかった。彼はダニエルの死体をナイジェルの隣の地面に落とすと、しばし見下ろして、両手を軽くはたいていた。やはりふたりの死体に土をかけるのかと一瞬考えたところ、ダニエルの無駄なひらめきが正しかったとわかった。ナイジェルをジープに乗せて処分するというアンゲロスの計画は、ちょっと出来すぎていた。ここまでジープに乗ってきたのはダニエルであり、車の残骸とともに発見されるのはダニエルだ……。それが初めからの計画だったのだ。もうはっきりした。アンゲロスには従弟のディミトリオスを殺す気などさらさらない――けれど、それが本当だとしても、アンゲロスは間違いなくダニエルに何も分け与える気がなかった。ダニエルが差し出すものは、ほかでもあっさり手に入るから。同様に間違いないのは、アンゲロスはここでダニエルを殺したくなかったことだ。作業が終わったら、彼女を殺して死体を運ぶ手間を省くつもりだったに違いないが、あの怯えた問いかけに痛いところを突かれてしまった。すぐに彼女を殺して、夕暮れ後に荷物をよけいに下ろさなくてはだめだ。

アンゲロスは懐中電灯が置かれた柱に背を向けていた。わたしはその姿を見ていた。相変わらず、芝居の中の俳優――へたな俳優――を見るような目で。顔は無表情で、恐怖も、不安も、好奇心さえうかがえない。彼は片腕を上げ、懐中電灯を取り、スイッチを切った。暗闇が重苦しい箱の蓋のように下りた。耳を澄ましているようだ。静かな息遣いが聞こえ、ダニエルの死体の下に土を撒く、さらさらという音がした。外からは物音一つしない。

アンゲロスはまた明かりを点けて、洞窟を出た。くつわが鳴ってラバが動き出したが、まだ縄を解かれていないようだった。彼が立ち去る音が聞こえたが、柔らかい足音は動物の鋭い足音を引き連れていなかった。窪地を偵察してからラバを連れ出すことにしたんだわ……。

足音は小さくなっていく。もう聞こえない。わたしは耳をそばだて、待ってみた。聞こえるのは、窪地で土埃が舞う音と、片隅でせわしなく動くラバの蹄の音だけだ。アンゲロスは窪地を出たに違いない――たぶん、ディミトリオスがやってくる道を探すために。

一つだけ確かなことがあった。アンゲロスは、サイモンがこの窪地にさらなる興味を持つ理由があるとは知らない。この人里離れたパルナッソス山の奥地で、月の山地にいるほど安全だと感じている。

では、サイモンは？　サイモンもやはり……。

わたしは岩の割れ目を出て、暗い洞窟を走り抜けた。明かりはなかったけれど、必要だったという気がしない。体がひとりでに、夢遊病者のように動いていたし、夢遊病者のように、障害物をことごとく本能的によけていた。頭脳もまた……具体的な計画はなく、筋の通った考えでさえないが、なぜか心の奥底で、あの洞窟を出て、サイモンの元へ行かなくてはいけないとわかっていた……。虫の知らせで、ディミトリオスが戻ってきそうだし、サイモンに……サイモンに警告して、ひとりの狡猾な悪党ではなく、殺人者であるふたりの男を相手にするのだと……サイモンに大切な話が……。そして何より肝心なのは、どうしても暗闇を出て、息詰まる岩の牢を出て、至福の光の中へ……。

陽射しがまばゆい斧のように襲いかかってきた。わたしは片手を目にかざし、実際に一撃を受けたかのようにたじろいだ。目がくらみ、光の海でふらふらした。もう片方の手は、前方を手探りしているうち、何か温かくて柔らかく、動くものに触れた。はっと息をのんで手を引くと、それはラバだとすぐにわかった。洞窟の外の片隅につながれているのだ。ラバは鼻面を草むらに埋め、白っぽい目をちらっと向けると、また草をがつがつと食べ始めた。毛皮の温かいアンモニア臭が一瞬、慰めにならないニコの記憶を運んできた。わたしはそこをすばやく通り過ぎ、柱壁の下を無頓着にくぐり抜け、窪地へ走り出た。

アンゲロスの気配はない。わたしは向きを変え、崖道の下を目指して走った。

窪地の底の熱気がはっきりと感じ取れた。影を出たとたん、全身に汗が噴き出した。走っていると空気がのしかかる。肺が必死に空気を吸い込み、土埃で喉がヒリヒリした。この窪地は熱気の井戸であり、わたし以外に動くものはなかった。わたしは自分にパニックの鞭をくれて、そこをやみくもに突き進んだ……。

崖の下に着いた。アンゲロスが従弟と落ち合うとしたら、この崖ではなく、窪地の入口から行ったはずだと、わたしにはわかったと思う。ところが、これまた具体的な考えではなかった。わかっていたのは、立ち上がり、熱い岩の囲いを出て、崖の上の広い空き地に登らなくてはいけないことだけだった。

午後の陽射しが、山道が通る崖に照りつけていた。白い石灰岩のまぶしさが目を射った。険しく、曲がりくねる山羊の小道をずんずん登っていたら、靴底が岩に焼かれて熱い金属のように感じた。崖の岩肌に手を触れると、皮膚が焦げそうになった。

音を立てないように全速力で登った。足の下で土埃が砂のようにジュッとうなった。小石が転がって崖の下に落ち、銃声のような乾いた音を立てた。わたしの息遣いは、静かな空気の中ですすり泣きを思わせた。

半分も登らないうちに、彼が戻ってくる音がした。

わたしははたと立ち止まり、むき出しの岩にさらされて、そこにしがみついた。石の上のトカゲだった。岩が薄手のワンピース越しに熱くなった。相手が入口に差しかかったとたん、こちらの姿が見えてしまう。とてもてっぺんまで登る暇はない。どこかに隠れる場所があれば……。

隠れる場所はどこにもない。ジグザグに走るむき出しの山羊道。日なたに通じる一本の急な石段。茶色の低木を支えている岩棚……。

足音を立てるのもかまわず石段に駆け寄り、わたしは道を出て岩棚に入り、枯れた茂みという貧相な避難所の陰に飛び込んだ。

そこに一本の背の低いトキワガシが緑に輝いていて、それを囲む高さ一フィートの茂みは、錆びた金網が絡まっているようだった。触れるとちくちくするが、その避難所のそばまで這い上がり、体を押しつけると、助けを求めるわたしの両手の下でぼろぼろに崩れた。記憶では、あれは悪夢のごく自然な部分に思え、茂みに触れた時点でわたしと殺人とを隔てる壁が崩れた気がした。

わたしは枯れた茂みから身を引いて、岩棚の土に身を押しつけた。モグラよろしく地面に穴を掘って隠れられるとでもいうように。熱い地面に頬を当て、じっと横たわった。頭上に張り出した岩が細い影を作っているが、わたしが岩棚で腹這いになっている場所は日に当たっていた。背中と片手につらい重みを感じても、気にしていられなかった。金網に似た低木越しに、眼下の窪地を見張っていた。

アンゲロスが近づいてきて入口に入り、足早に斜面を進んで窪地を横切った。彼は顔を上げなかったが、まっすぐ洞窟に向かい、わたしの視界の片隅から消えた。

わたしは焼けつく地面に張りついて、様子をうかがった。アンゲロスは現れず、何も聞こえない。いま頃、ラバに荷物を載せているのか。それとも、彼が視界に戻ってくる前に、わたしが崖のてっぺんに登り、隠れる暇があったのだろうか。

ちょうどわたしが動き出そうとしたとき、またアンゲロスの姿が見えた。日光の中に歩み出て、いまでは忍び足で歩き、周囲を見回していた。洞窟から上着を持ってきていて、丁寧に片腕にかけている。もう片方の腕に抱えたものが、日光を浴びて輝いた。わたしがナイジェルの死体のそばに落とした懐中電灯だ。アンゲロス自身の懐中電灯。

アーチを描く黒い眉が目の上でひそめられていた。

あのほほえみが厚い唇を引き上げた。アンゲロスは窪地の真ん中で立ち止まり、手の中で懐中電灯を引っくり返した。

わたしはじっとしていた。何も見えず、ラバはしきりに動き、金属がチリンチリンと鳴った。

アンゲロスが頭をもたげ、窪地を一度じっくり見渡した。視線は崖を探り、わたしに触れ、通り過ぎた。やがて、たくましい肩を小さくすくめ、彼は懐中電灯を上着のポケットにしまった。彼がほかのポケットに手を滑り込ませ、銃を出すのが見えた。一瞬、手でその重みを確かめて、それから洞窟のほうへ戻った。

わたしは両手を地面についていた。アンゲロスはあれが自分の懐中電灯だと気づいたのだろう。間違いない。あれを落とした人間を探そうと、洞窟に戻っていく。今回は彼の帰りを待つ気はなかった。ここでぐずぐずしていて、壁から払われるトカゲみたいに、あの銃で崖から払い落とされたくない。筋肉がぐっと引き締まる感じがした。アンゲロスは窪地の底をゆっくりと歩いている。じきに姿が見えなくなりそうだ。

何かが手に落ちて強い痛みを覚え、危うく声をあげそうになった。丸石だ。続いて土埃と小石の雨が、頭上のどこかから降ってきて、小規模な銃撃のように崖をガタガタ転がった。

アンゲロスがふと立ち止まり、向きを変え、こちらをまっすぐ見上げた。

わたしは動かなかった。あの角度からアンゲロスにわたしが見えるとは思わなかった。だが、頭は暴走して、さらにひどいパニックを起こし、崖のてっぺんに近づく足音を聞いていた。ディミトリオスは、いまのところサイモンが追っているのかしら？　それともサイモンは、〝昨夜の略奪者〟に正義が行われたと、陽気な顔で知らせに来るのだろうか？　彼はディミトリオスの口からアンゲロスのことを聞いていたかもしれないという望みは、向こう見ずな足音を聞くなり消えてしまった。

アンゲロスは体を硬くして、突き出た岩の陰にすばやく消えた。

足音が近づいてくる。頭を巡らして、目玉をぐるりと回すと、崖のてっぺんが見えた。あれがサイモンだったら、大声をあげなくちゃ……。口はいつでも叫べるようにあいていて、唇についた土埃を舐めた。そのとき、空を背景に、何かが崖っぷちをパッと横切った。それがなんなのかわかった。

山羊だ。また一頭。全部で三頭の大きな黒山羊が、黄色の目をして、パタパタ動く耳をして、崖の先で枯れた茂みにのんびりと鼻を突っ込み……。三頭は崖っぷちで脇を向き、わたしの頭上をゆっくりと横切り、透き通るような紺碧の空を背景に輪郭が浮かび上がった。三頭が遠ざかると、また山羊飼いの笛の甘い旋律が遠くから聞こえるような気がした。涼やかな田園の音色は、アポロンの泉で滴る水のように暑さを和らげた。

この安心感はめまいがするほどだった。岩はまぶしい日光を浴びている。わたしは目を閉じて、埃っぽい茂みの傍らでうつむいた。何か甘くかぐわしい香りがする――土埃から細くたなびいてきた記憶は、ポプリや英国式庭園やタイムの茂みを群れ飛ぶ蜂……。

あの午後はまったく音がしないと気がつくまで、どのくらい時間がかかったのだろう。

再び視線を下に向けると、アンゲロスが隠れがを出ていて、先ほどの場所に立っていた。窪地の底の真ん中だ。じっと立ち尽くし、わたしではなく、頭上の山羊がいた崖っぷちを睨んでいる。わたしは彼の視線を慎重にたどった。頰に当たる熱い岩の息遣いが聞こえるようだ。

山羊たちはまだそこにいた。三頭もまた、崖っぷちに並んでじっと動かなかった。下を見ながら、耳を突き出し、興味津々の目で……六つのサテュロスの黄色い目が、四十フィートほど下にいるわたしを見据えていた。

アンゲロスはそばの巨岩に上着を放り、崖の下へ歩き出した。

彼が動くと、山羊たちが土埃と小石を蹴散らして逃げる音が聞こえた。それがわたしの心臓の激しい鼓動にこだました。でも、わたしは動かなかった。本能にでも従って、隠れている動物のようにじっとしていたのか、恐怖が血管にどっと押し寄せては引いたせいで、動く力が失せたのか、自分でもわからない。とにかく、わたしが身を伏せていた決定的な瞬間、あのギリシャ人は窪地を歩いて山羊道を登り、こちらに向かってきたのだ。すぐ近くに迫っているようで、今更逃げられない。さっきの銃を思い出し、わたしは息を止め、熱い地面に身を伏せた。

ここより下にちょっとした避難所があり、ここより上の張り出しも、ある程度は身を隠してくれそうだった。山羊道は急傾斜して、わたしが寝そべっている岩棚の突き当たりを過ぎる。アンゲロスがそこを早足で、振り向きもせずに通り過ぎ、わたしが崩れかけた茂みの陰に伏せていると気づかない可能性もある――十分にあるわよね？　ワンピースは淡い色のコットン製で、土埃にまみれている。ギラギラ光る岩と赤い丸石が散らばった土埃を背景に、わたしを見過ごすかもしれない。そのうち――きっと？――見過ごすだろう。

アンゲロスがちょうど真下に来た。そこで立ち止まった。彼の頭がこの岩棚の数フィート下にある。

どうしても――絶対に――目を向けなかったけれど、登ってくる足音が止まり、真下で息遣いが聞こえた。こちらを見上げているのだ。わたし自身の息は、口の下の土埃をろくに動かさなかった。

山道が次の傾斜に差しかかれば、アンゲロスは登ってきて、わたしが寝そべっている岩棚の端を通り過ぎる。足音はちょっと止まり、それから静かに続いていった。けれども、道を登ってはこなかった。用心深く左側にそれ、この岩棚の下に向かった。

枯れ木というお粗末な防壁越しに、アンゲロスの頭のてっぺんが見えた。いまでは向こうを向いている。道を外れたに違いない。浮石《うきいし》がずるずる滑って岩に飛び散る音と、彼が枯れた植物を踏みつけるカサカサという音がした。足取りはひどく慎重で、ほぼ一歩ごとに立ち止まっていた。アンゲロスが何をしているのか、確かめずにいられなかった。頭をわずかに動かすと、彼がよく見えた。

この岩棚の下にも岩棚があり、植物がまばらに生え、浮石が転がり落ちていた。先ほど必死に避難所を探していて、目に留まったのだった。子供でなければ隠れられなかった場所だろう。しかし、アンゲロスは銃を片手に、その岩棚を念入りに、犬のように捜索している。

やがてアンゲロスはそこを離れ、用心深く道に戻った。彼がまた少し足を止めたので、わたしは考えていた。これで納得したかしら、山羊たちが蛇を眺めていたと思って、窪地に戻っていくかしら……。ところが、彼は迷わず振り返り、こちらに向かう険しい斜面を登り始めた。

いまとなってみれば、怖かったとは思いもしない。恐怖感が絶頂に達して、自然に消えたようだ。光は消える直前にまばゆいほど明るくなるように。わたしは、あの薄暗い、遠く離れた幻の劇場に戻った。これはわたしに起こっていることではない。

誰も、心の奥では、自分が死ぬとは思わないだろう。この信念だけを元に、あまたの哲学書が書かれてきた。ましてや、誰も殺人のようなひどい目に遭うとは思わないはずだ。何かが止めてくれる。まさか起こらない。他人には起こっても、自分たちには起こらない。いくらなんでも、このわたしには。

わたしがほとんど力を抜き、運を天に任せ、熱い土埃に寝そべったところへ、アンゲロスが道を突き進んできた。いまにもこの岩棚の端に着いてしまう。すぐにわたしに気づくか、あるいは道をそれて茂みをつつき、怯えて埃だらけのわたしを隠れ場所から追い立てるのか。敵はすぐそこにいる。わたしを見逃すはずがない……。

どこかで読んだことがあるが、人が命を狙われたときに遭遇する大きな危険の一つは、降参したいという衝動に駆られ、そうしてしまうことだという。その説を信じたためしはなかった。恐怖心は人を倒れるまで突き動かすと思っていたのだ。追いつめられた兎のように。それは本当だった。わたしが汚れて怯え、あの男の足元でしゃがんでいる姿を見つけさせてはいけないと、何かに禁じられたのかもしれなかった。ただ、狩られる側のやみくもな本能だったのかもしれない。しかし、衝動が沸いて、わたしはそれに逆らおうとしなかった。

立ち上がり、服についた埃を払った。

アンゲロスのことは見なかった。向こうが完全に立ち止まったので、こちらが動き出したのだ。彼はわたしの岩棚がちょうど道を離れるところに立っていた。岩棚を下りるには、彼を通り越すしかない。

夢の中を歩いているように、わたしは茂みと石のあいだを縫っていった。アンゲロスと目を合わせず、でこぼこ道を行く足元を見ていた。途中で、少し片側に寄った彼とすれ違った。そして、再びゆっくり道を下りて窪地の下に向かった。彼がすぐうしろからついてきた。

平地に着くと、わたしはつまずいて転びそうになった。背後からアンゲロスの手が伸びて腕をつかまれ、触られた皮膚が縮み上がったような気がした。わたしは立ち止まった。

手に力がこめられ、ぐいっと引っ張られて、わたしはアンゲロスに向き合った。あのまま手を握られていたら、その場で悲鳴をあげていたけれど、彼が手を離したので黙っていた。叫ぼうとしたら、即座に殺されるとわかった。でも、わたしは一、二歩あとずさり、脚の裏に巨岩がぶつかった。無意識に腰を下ろした。立っていられなかったのだろう。石の熱い表面から強さを引き出せるとでもいうように、わたしはそこに両手をついてアンゲロスを見た。

アンゲロスは五フィートほど離れ、少し脚を広げて立っていた。片手を無造作にズボンのウエストに突っ込み、もう片方の手は脇に下ろして銃をぶら下げている。頭はやや前かがみで、突進しようとしている雄牛を思わせた。肉付きのいい顔は恐ろしい。急カーブを描く笑み、完璧なアーチを作る黒い眉。漆黒に見える冷酷な目には、虹彩がなく、内側から放つ光がない。大きな鼻孔は膨らみ、呼吸が速くなっていた。額を囲む雄牛のような巻き毛が汗でじっとりしている。

言うまでもなく、アンゲロスはわたしが誰だかわかっていた。わたしを眺め回す視線で、それが見て取れた。昨夜、彼は懐中電灯の光でわたしの顔をはっきり見ていたに違いなかった。

アンゲロスが切り出した。「これはこれは、アトリエのお友達じゃないか」ダニエルとの会話で使った、早口のだみ声のフランス語で話している。

何か言おうとしたが、声が出てこなかった。咳払いをすると、相手の笑いが大きくなった。ようやく声が戻った。「あのとき、あなたに痛い思いをさせたならいいけど」

「そのスコアだが」アンゲロスはさも嬉しそうに言った。「じきに同点になる」わたしの両手は温かい岩に押しつけられた。わたしは何も言わなかった。すると、彼が唐突に訊いた。「あのイギリス野郎はどこだ?」

「知らないわ」

アンゲロスにじわじわと迫られ、わたしはすくんで巨岩に張りついた。彼の表情は変わらないが、声が変わった。「とぼけるな。おまえはひとりじゃここに来なかった。奴はどこだ?」

わたしはかすれた声で答えた。「わたし――わたしたち、この崖の上に座っていたら、男がひとり、うろうろしているのが見えた……あのディミトリオスという人よ。彼はガイドで……。あなたの知り合いかどうか、わからないけれど。サイモン……わたしの友人は……彼と話をしに行ったの。サイモンは――ゆうベアトリエにいたのは彼だと考えて、たぶん――たぶん、彼が何を狙っていたのか突き止めたかったのよ」

その話は真実に近かったので、アンゲロスがサイモンの件に関しては納得するかもしれないとわたしは思った。しかし、それでは助からない。何をしてもだめだ。

「で、おまえはずっと崖の上にいたわけか?」

「わたしは――その、いいえ。山を少し歩いてから、サイモンが戻ってくるかもしれないと思って――」

「で、洞窟には入らなかったのか?」

「洞窟?」

「おれが訊いたんだ。洞窟だよ」

陽射しが冷たい。岩が冷たい。わたしはこのときまで愚かな希望を持ち続けていたが、ついに確信したような気がする。やっぱり、わたしはもうじき死ぬ。何を見たにせよ、見なかったにせよ――ラバ、洞窟、宝、ナイジェル、ダニエル――とぼけたふりをしたところで埒が明かない。いずれも、こうしてアンゲロスを見ていた一つの事実に比べれば、無意味なのだから。

アンゲロスは二歩離れて、上着を放った巨岩に近づいていた。片手をポケットに入れ、懐中電灯を取り出した。「おまえがこれを置いてきたんだろ？」

「ええ」

黒い目に驚きの光が宿り、彼は否定されると踏んでいたのがわかった。わたしは淡々と言った。

「ナイジェルの死体を見たときに落としたの。それに、ついさっき、あなたがダニエルを殺したときも、洞窟の中にいたわ」

懐中電灯の金属が光り、アンゲロスがにわかに動いた。曲がりなりにも、わたしは彼を驚かせて注意を引いていた。このまま話をさせられれば……。あと数分だけ生きていられれば……奇跡が起こるかもしれず、死なないで済むだろう。殺人者はうぬぼれが強いわよね？　これまで重ねた殺しを自慢するとか？　でも、アンゲロスは殺人を軽く見ていて、話すどころか明言する気も起こらないようだ……。いっぽう、彼はサディストでもある。あれこれ聞かせて脅かしてから殺すのだろう……。

わたしはかすれた声で言いながら、石を握った。「どうしてナイジェルを拷問したの？　本気でダニエルを殺す気だったの？」

この手はうまくいきそうもない。アンゲロスは懐中電灯を上着の上に落とし、環状の崖に目を走らせた。それから銃をそっと懐中電灯の脇に置いて、わたしのほうを向いた。

なんとか動こうとしたが、両手を岩から勢いよく放した弾みで、一歩アンゲロスに近づいた。くるりと向きを変えて走り出すと、背後から捕まえられ、ぬいぐるみのようにあっさり引き戻された。わたしは抵抗したと思う。覚えているのは、狼狽した気持ちと彼の手の感触と汗のつんと鼻を突く匂いと、異常な腕力がわたしを捕まえ、人間の手が蛾をつかんでいるにも等しかったことだけだ。口を押さえられ、唇が歯に押しつけられたが、相手の手のひらは汗でぬるぬるしていた。それが滑り、わたしは頭をよじると同時に、敵の向う脛の骨を思い切り蹴飛ばした。その優位に立った一瞬が高くついた。体をひねって逃げようとしても無駄に終わった。彼が再びわたしを引き寄せて黙らせようと突進しかけ、浮石を踏みつけて、わたしもろとも転んだのだ。

わたしが下になっていたら、大怪我をしていただろう。気絶しなかったとしても、アンゲロスは体格のいい男だ。けれども、彼は横を向いてよろめき、わたしを引きずって転んだ。そのときでさえ握り締めた手を緩めず、一緒に倒れるなり、すばやく動き、わたしに飛びかかって地面に押さえつけた。

そしてアンゲロスが手を握り替えた。わたしは仰向けになり、左腕が体の下でねじれたので、そこにふたり分の体重がかかり、腕が折れそうになった。右の手首を握られ、傍らの岩に押しつけられた。彼のあいているほうの手がわたしの喉にさっと伸びた。重い体にのしかかられた。動けなかったが、いよいよ恐怖に駆られて悲鳴をあげ、彼の体の下でやみくもにもがき、頭を振り、喉を滑ったり探ったりしながらつかもうとする手を逃れようとした。彼はギリシャ語で悪態をついて、わたしの口元をひっぱたいた。わたしの頭が岩にもたれると、ついにあの手が喉にかかり、じわりと動き、締めつけて……。

わたしはまだ生きていた。あれから長い時間がたち、あの猛烈な苦悩を表す暗黒が消えていて、わたしはまだ生きていた。熱い土埃に仰向けになったまま。頭上で空が弧を描き、光を放ち、振動している青い円天井になっていた。アンゲロスの体重はわたしにかかったままだ。彼の荒い息遣いがわかる。汗の匂いはむかつくようだ。わたしの口を覆った手は湿り、不快で、汚らしい。もう片方の手はわたしの喉にかかったままだが、そこに緩く置かれていて、そして離れた。

アンゲロスは立ち去らなかった。その場にじっと横たわり、筋肉をこわばらせ、わたしから顔を上げて、窪地の入口に視線を移した。そのとき、彼の手がわたしの顔を滑り、頭のそばにある埃まみれの石に伸びた。彼を転ばせようとした石だ。広がった髪をつかまれ、思い切り引っ張られて痛かったことを覚えている。わずかな痛みは拍車のようだった。その刺激で、わたしはわれに返った。振動している青空を見上げて瞬きするのをやめ、少し頭を動かして、アンゲロスがどこを見ているのか確かめようとした。

アンゲロスは太陽をまっすぐ見つめていた。初め、窪地の入口はまばゆくて何も見えなかった。そのうち、ひとりの男の姿が目に入った。

まぶしい光の影でしかなかったが、すぐに誰だかわかった。それでも、背筋を悪寒が駆け上るのが感じ取れた。アンゲロスの心臓が一度びくっと動いたのがわかり、しゃがれた声がこう言ったのだ。

「マイケルか？」

第十九章

アポロン神の水で体を清めたばかりで……

……二つの血の借りを返しに来た。

『エレクトラ』　　　　　　（エウリピデス作）

はっきり悟り、衝撃を受け、理解した――わずか数秒の出来事だったはずだが、長い時間がかかったような気がした。

サイモンが入口の逆光を受け、一瞬立ち止まってシルエットになったと思うと、アンゲロスはわたしから飛びのき、ダンサーのような身のこなしで立ち上がっていた。銃を地面に置いたことは忘れてしまったのだろう。あのとき、片手が反射的に腰に伸びていた。ちょうどサイモンがスキージャンプ並みのスピードで斜面を駆け下り、土埃と頁岩《けつがん》を蹴散らして五ヤード足らずの距離に迫った。

アンゲロスはわたしの真上に立ち、手を腰に当てたままサイモンを見ていた。

サイモンはその場に棒立ちになっていた。彼の表情は見えなくても、アンゲロスの表情が見えたので、またしてもわたしの血管に苦しいほど恐怖感が入り込んだ。凍傷にかかった部位を温めると痛みが増すようなものだ。わたしは土埃にまみれて身じろぎし、何かを言おうと、アンゲロスが何者で、どんな人間か、サイモンに伝えようとした。だが、喉が腫れて痛み、動くにつれ、周囲でまぶしい光が吐き気を覚えるほど揺れて、声が出なかった。アンゲロスは、足元でわたしが動いたのを感じたに違いないが、こちらに目もくれなかった。サイモンも、わたしをちらりとも見なかった。ふたりの男はお互いを見つめている。用心深く、慎重な様子は、二匹の犬が喧嘩の前に円を描いているようだ。

サイモンが昨夜そうしたようにアンゲロスに飛びかかるのを、わたしは心待ちにしていた。そのときは、サイモンがどんなに荒い息遣いをしているか、わたしの悲鳴に向かって険しい坂道を駆けつけたあとで、必死に心臓と肺を鎮めようとしていたか、それに気づかなかった。また、サイモンの考えも読めなかった。彼はまだこう考えていた。敵は武装しているだろう……カミラは銃かナイフが届く場所にいて、助けられないと……。わたしはそのいずれにも考えが及ばなかった。わかったのは、サイモンが動かなかったことだけだ。怖いのかしらと、冷ややかな気持ちになったのを覚えている。そのうちサイモンがごくゆっくりと、二歩踏み出して、わたしと太陽のあいだから消え、彼の顔が見えた。冷ややかな気持ちが消え、もう怖くなかった。不安とともに緊張感が体から出ていき、思わず力が抜けて震え出した。ギリシャ人につけられたあざが痛み始めた。わたしは横を向いて、もう少しアンゲロスから身を引こうとした。立ち上がれなかったが、一フィートばかり這ってしゃがみ、震えたり息を切らしたりして、前に座っていた巨岩にもたれかかった。

アンゲロスはこちらを見向きもしなかった。もう相手にしたので、放り出して、今度はサイモンを相手にしようというのだ。わたしなら、いつでも始末できる。

サイモンが愛想よく声をかけた。「きみがアンゲロスだね？」息遣いはいまなお早すぎるが、声はいたって冷静だ。

「いかにも。で、おまえはマイケルの弟だな」

「いかにも」

ギリシャ人は満足したとも軽蔑したともつかない口調で言った。「よく来たな」

サイモンの唇が引き結ばれた。「挨拶はいらない。アンゲロス、ぼくたちは会ったことがあるはずだ」

「ゆうべのことか」

「そうだ」つかの間《ま》、サイモンはアンゲロスを黙って見た。声は淡々として、抑揚がなかった。わたしはもうサイモンという人を知っていたので、胸が痛いほどにどきどきしてきた。彼は話を続けた。

「わかっていたらよかったよ——ゆうべのうちに」

わたしは苦労して頭を巡らし、なんとかして言った。「この人はナイジェルを殺したの……ダニエルも」少しして、声が出ていなかったと気がついた。

「おまえは兄のマイケルを殺した」サイモンはわたしを一顧だにしなかった。呼吸はもう落ち着いているが、顔から表情が消え去り、あの快活で注意深い面持ちだけが残っていた。わたしはそれをありのままに受け入れた。何年も前にマイケルがここでアンゲロスと対峙したとき、まさにそういう顔をしていたに違いなかった。まさにそういう、このかんかん照りの空が見下ろして、あの無関心な岩は目もくらむ熱気を投げ返していたに違いなかった。時間が逆戻りしていた。アンゲロスは再びマイケルと対峙したが、今回はマイケルに勝ち目があった。

アンゲロスはそうは思っていないらしく、げらげらと笑った。「ああ、おれがマイケルを殺した。おまえも殺すよ、弟くん。おまえの国じゃ、男が男になれと教わらない。この国じゃ、わけが違うんでね」

サイモンはじりじりと歩を進めていた。一歩、また一歩。

「兄をどうやって殺した、アンゲロス？」

「首の骨を折ってな」わたしはギリシャ人が後退していることに驚いた。アンゲロスはいかにも彼らしいしぐさでうつむいていた。生気のない黒い瞳が日光に向かって収縮したのが見えた。彼は一、二度すばやく瞬きして、角が痛む雄牛がするように頭を振った。それから、ゆっくりと一歩あとずさり、横に進み……。

アンゲロスは自分と太陽とを結ぶ直線上からサイモンを追い出そうとしている、と一瞬わたしは考えた。同時に、アンゲロスはなぜこんなふうに相手に時間稼ぎをさせるのか、不思議に思ったとき、ふと、闇夜に閃光が走ったように、彼の行動が読めた。そう言えば、あの銃はサイモンの視界の外に、アンゲロスが落とした上着の中にある。

わたしは必死に動いた。かき乱された土埃から粘土の詰まったマットレスを担ぎ上げるようなものだったが、転がって、魚のように、体を一気に折り畳んで地面を蹴り、揺れている上着の袖をつかんだ。ちょうどそのとき、アンゲロスがさっと一歩横に出て、かがんで銃を拾おうとした。

わたしは袖を握った。力いっぱい引っ張った。すると、上着が小さな岩に引っかかり、破れ、勢いよく飛んできた。懐中電灯がロケットのように宙を飛び、頭のそばの石に当たって壊れた。銃は舞い上がって、三ヤード離れた石の山に当たり、ずるずる滑って見えなくなった。それをつかもうとしたギリシャ人の手に当たったようだ。アンゲロスは悪態をついて振り向き、わたしを蹴ると、サイモンに猛烈な勢いで殴られて巨岩に倒れ込んだ。

サイモンはその一撃で参戦した。アンゲロスは岩に倒れながらも、喉を狙った平手の一撃が続くのは腕で巧みに防ぎ、一連の動作でサイモンのみぞおちに肘撃ちをしたたか食らわせた。サイモンの全身で痛みが炸裂するのがわかり、彼がたじろぐと、ギリシャ人は岩を踏切板代わりにして、全体重をかけて突進していった。サイモンの口が血糊で見えなくなった。頭はもう一発殴られて跳ね返り、首の骨が折れたように見えた。サイモンは倒れたが、片脚をアンゲロスの膝に引っかけ、相手の勢いを利用して引きずり倒した。アンゲロスが地面に倒れる前にサイモンは転がっていて、彼に馬乗りになった。アンゲロスは片足で蹴りかかったが、空を切り、平手で小刻みにサイモンの首を狙った。サイモンはアンゲロスの喉を殴り、やがてふたりは取っ組み合い、あえぎながら転がって、土煙をぐんぐん広げていった。

見えない……見分けがつかない……。アンゲロスが仰向けになり、サイモンは相手にのしかかり、敵の片腕を押さえつけようとしていた。アンゲロスがわたしの腕を引っ張ったように、引っ張っていこうというのだ。アンゲロスはサイモンの顔を何度も叩いた。リーチが短くなったパンチはさして威力がなかったが、サイモンの口から血が流れていた。すると、連打していたこぶしがパッとひらき、爪を立て、サイモンの頬骨を滑り降りるように横切り、大きな平べったい親指が突き立て、突き立て、目に向かい……。

わたしは傍らの巨岩につかまり、よろよろと立ち上がっていた。サイモンにはやっぱり無理だ。絶対に無理……。彼のほうが若く……戦い方も心得ているのに、アンゲロスには体重があり、あれだけの死に物狂いの年月を過ごしてきて……。もしも、わたしに手を貸せたら……手を貸せさえしたら……。

くらくらして身をかがめ、小さな岩に手を伸ばすと、木の葉のように震える両手で持ち上げた。ゆうべのようにアンゲロスを殴りつけてもいい……武器さえ見つかれば――懐中電灯が――。

あの銃。

わたしは岩を落とし、むせび泣いて、銃が消えた石の山に飛びついた。確か、ここに当たって、滑り落ちて見えなくなったのよね？　影も形もない。じゃあ、こっちは？　ない。ここ……ああ、もしかして、ここに……。

そこは、石灰岩に白く、引っかき傷で通り道がついていた……。わたしは詰まった石のあいだに震える手を差し入れた。皮膚がすりむけて痛かったが、ほとんど気づかなかった。できるだけ腕を押し込んだ。指が伸びて、何かに触れた。冷たくて滑らかな……金属だ。届かない。指先が表面を滑り、そこまでだった。唇がわなわな震えて涙が塩辛い。わたしは石の山にもたれかかり、狭くなる隙間に片腕をますます押し込んだ。無慈悲な石が皮膚をこすり、血が手首を伝うのがわかった。指がさらに滑り、丸まり、握った。わたしは銃をつかんだ。それを引き上げようとした。ところが、今度は手が銃の台尻を回り、石のあいだから引き抜けなかった。絶望して、ばかみたいに銃を引っ張り、手が痛くて泣き叫んでも、銃を引き抜けなかった……。

サイモンは身をよじり、目に突っ込まれそうな親指から逃れていた。アンゲロスは相手の締め付けが緩むなり片側に突進して、どうにかして自由になった。あの体格の人間とは思えないほど身軽に、すばやく脇に転がり、体を丸めて立ち上がろうとしていた。そのとき、アンゲロスがわたしのようにこぶしを固め、尖った岩を握っているのが見えた。でも、すばやさではサイモンも負けていなかった。敵の爪を逃れたのと同じ動きで、すでに立ち上がっていた。彼はギリシャ人が岩をつかんだところを見た。アンゲロスのこぶしが固まって腕の筋肉が締まったと同時に、サイモンはジャンプして、相手の手を踏みつけた。岩に手を叩きつけられたアンゲロスが不気味な声をあげた。ところが、アンゲロスは身を翻して足を上げ、すさまじい勢いでサイモンの股間に蹴り入れた。サイモンはそれを予測して、かわそうとした。相手の足は彼の腿の内側をかすめた。襲いかかる足首の下からサイモンの手が伸びる。持ち上げたりねじったりして、ギリシャ人は雄牛が倒れるように転倒し、サイモンはまた土埃を上げて地面に倒れた。もう一発、肉と骨がぶつかるぞっとする音がして、次はアンゲロスが上になり、こぶしがハンマーのように叩き込まれ……。

わたしは手をひらいて銃を放した。石の山の土台へ飛び降り、役立たずの、震える指で石をつかんでいき、重いものをどけようとした。背後でふたりの体が地面に倒れたり滑ったりする音や、苦しげな息遣いがして、再び、いきなり苦痛の叫びがあがった。サイモンの声だとわたしは思った。

手の下で石が崩れ、わたしはそれを放り投げ、次に取りかかった。そして次。それから乾いた土と尖った小石の山。

ついに、鉄紺色に光る銃が見えた。

最後の岩の塊をどけ、手を押し入れた。銃口がこちらを向いている。それをつかんで銃を引っ張り上げた。そんなふうにつかんでは危険だと、考えもしなかった。でこぼこの石のあいだから銃を引っ張り出し、振り向きざま、震える手で握った。なんて重いのだろうと思ったことを覚えている……。

銃に触ったのは生まれて初めてだった。でも、使い方はすごく簡単だ。狙いをつけて、引き金を引けばいい。それはわかっていた。もしも、わたしが十分《じゅうぶん》接近できて……ふたりがつかの間離れ、息苦しいほどの土埃を見通せたなら……。銃を突きつけて引き金を引くだけで、アンゲロスは死に、瞬く間《ま》にこの世から吹き飛ばされる。これは決して間違っていることだとも、由々しいことだとも思わなかった。わたしはよろよろと二、三歩進み、地面でくんずほぐれつしている体のほうへ向かった……。

おかしな話だが、なかなか歩けなかった。地面がぐらぐらして、土埃に足を引っ張られ、銃は重すぎ、空はやけに明るいのに、目がよく見えない……。

地面で組み合った体が動いた。組み敷かれた男が超人的な力を発揮したようだ。ふたりとも土埃にまみれている。どちらかわからないが、片方がうつぶせになって片腕をねじ曲げられ、背中に押さえつけられて……片方は相手に馬乗りになり、手を持ち替え、全力で締めつけている。ふたりが離れてくれさえすれば……どちらがアンゲロスか見分けがつけば……。

馬乗りになった男が相手を押さえ込み、片手で手首をわしづかみにして、あいたほうの腕をうつぶせになった相手の首にすばやく回して締めつけた。締めつけはなおも強くなり……。伏せた男の顔が苦しそうにのけぞった。黒い巻き毛に赤土がびっしりとついている。大きくて冷酷な顔も赤く汚れ、赤色砂岩で彫られたアルカイック期の仮面が顔をゆがめているようだ。地面に伏せているのはアンゲロスであり、にやりとした唇から荒い息を漏らし、弱々しくなる動きでサイモンを払いのけようとしていた。

わたしはそこで、銃をぶら下げて立ち、猛烈な意志に駆られ、夢の中の人物のように目の前を見つめた。足元の地面で二つの体が一つになって波打ち、息をしている。

サイモンの肩の筋肉が盛り上がった。ギリシャ人の頭がまたわずかにのけぞる。その笑いは恐怖に引き攣り、こわばっていて、不気味だった。アンゲロスの体は殺人者から逃れようとして、最後にもう一度必死に持ち上がり、横ざまに岩を転げ回った。それでも、サイモンは手を緩めない。二つの体が、組み合ったまま、埃っぽい岩を一ヤードばかり滑ってケルンに衝突した。そこはマイケルが殺された場所だ。サイモンの腕がこわばり、さっと引かれ、アンゲロスの息が喉から絞り出される音は、ぷつりと途絶えた喘ぎ声のようで……。

そのとき、サイモンにはわたしも銃も必要ないとわかった。わたしは脇によけて、巨岩に腰かけた。疲れ果てて熱い岩にもたれ、目を閉じた。

しばらくして、静寂が訪れた。

アンゲロスはじっと横たわり、小さなケルンに顔を伏せていた。サイモンはのろのろと立ち上がった。つかの間《ま》、下を見ながら立っていた。顔は土埃と血で汚れ、極度の疲労による皺が寄っている。そこに立っているだけで、ぐったりしていた。手の甲を上げて、顔の血を拭った。両手もまた血まみれだ。

それからサイモンは向きを変えて、初めてわたしを見た。話すようなしぐさをしたが、舌が出て、土埃のこびりついた唇を湿したのが見えた。その顔つきに、わたしは慌てて答えた。

「わたしは大丈夫よ、サイモン。こ、この人に傷めつけられなかったわ」声が戻り、かすれて不安定になっていた。けれども、言うことがない。わたしはささやいた。「ラバの首に縄がかかっているわ。洞窟のそばよ」

「縄だって?」サイモンの声も本来の声ではなかった。彼はゆっくりと近づいてきた。「なんのために？」

「この人を縛るのよ、もちろん。意識が戻ったら――」

「やれやれ、カミラ」サイモンは言った。ややあって、わたしの表情を見ながら、怒ったように訊いた。「こうする以外、どうしろと言うんだ？」

「わからない。いえ、あなたはこの人を殺すほかなかった。ただ――それしかなかったわね」

サイモンの唇がゆがんだ。それは微笑になりきっていないが、彼の様子は何から何まで、その時点では彼らしくなかった。見知らぬ人がわたしの前で、まばゆい陽射しを浴びて立っている。声は見知らぬ人のものになり、顔にあったとわたしが記憶していた何かが失われていた。彼は黙ってその場に立ち、自分の両手を見下ろした。そこについていた血をわたしはいまでも覚えている。

吐き気が治まって、世界が安定した。恥ずかしさのあまり、わたしは必死にまくしたてた。「サイモン。ごめんなさい。あの――まだ頭が働かないみたいで。当然、こうするしかなかったわよ。さっきは……危ないところだったもの。でも、あなたが正しかった。人はいつか必ず……こういうことを……受け入れなくてはならないときが来る。わたしは情けないわ」

すると、サイモンは確かにほほえんで、すこぶる愉快そうな形跡が疲労の陰から現れた。「そうでもないさ。ところで――それで何をする気だったんだい？」

「それって？」わたしはサイモンの視線をたどり、手に握った銃をばかみたいに見つめた。

サイモンは身を乗り出して、わたしの手から銃をそっと取った。血のついた指がわたしの指に触れないようにして。彼の指は震え気味だった。彼は銃を慎重に脇に置いた。「こうしたほうが安全だと思うよ」

静寂。サイモンはわたしを見下ろして、相変わらず、あの見知らぬ人の表情を浮かべていた。

「カミラ」

わたしはサイモンの表情を見た。

「きみがあれを遠ざけてくれなかったら」とサイモンは言った。「ぼくは死んでいた」

「わたしだってそうよ。でも、あなたが来てくれた」

「そりゃそうさ。しかし、奴がその銃を持っていたら……」あるかなきかの、わずかな間《ま》だったので、サイモンの言葉に大事な意味がありそうに思えなかった。「きみはあいつを撃つところだったのかい、カミラ？」

突然、わたしは抑えが効かないほど震え出した。そして、一気にまくしたてた。「ええ。ええ、そうだった。ちょうど撃とうとしていたのに、あなたが……あなたがその手で殺してしまって……」あげくに泣き出し、なすすべもなく、両手をむやみに差し伸べて、サイモンの両手を血ごと握り締めた。


サイモンはわたしの隣で巨岩に腰かけ、腕をわたしの体に回していた。彼が言ったことは覚えていない。ときどき、小声で悪態をついていたような気がする。それはあまりにも彼らしくないため、わたしは吹き出すまいとして、泣きじゃくりながら震えていた。

こう言うのがやっとだった。「ごめんなさい。大丈夫よ。ヒステリーを起こしたわけじゃないの。これは――反動か何かで」

サイモンは憤然として言った。彼がそんな口調で話すのを初めて聞いたので、なおさらびっくりさせられた。「当分は自分を許せないよ。きみをこんなことに引っ張り込んで！　ぼくにいい考えがあったら――」

「あなたに引っ張り込まれたんじゃないわ。自分で仲間に入れてと頼んだから、当然の報いを受けたのよね？　ああいう結果になったのは、あなたのせいじゃない。人はなすべきことをするもの。あなたはマイケルにそういう気持ちを抱いていたから、実行したのよ。それだけね」

「マイケルに？」

「ええ。前に言ったでしょう。悲劇は終わったけれど、アンゲロスがまだ生きているとわかったら――」

「ねえ、きみ」サイモンは言った。「ぼくが本当にミックのためにあいつを殺したと思っていないだろうね？」

わたしはぼんやりとサイモンを見上げた。「違うの？　でも、あなたは確かアンゲロスが――」

「ぼくは奴にわかる言葉で話していた。ここはいまでもオレステスの国だからね」サイモンは足のあいだで舞い上がる土埃を見下ろした。「そう、一つにはミックのためでもあった――ぼくがここに来てみると、アンゲロスに出くわした。まだ生きていたとわかって、殺してやりたいと思った。ディミトリオスにほかの話を聞く前からね」

「ディミトリオスに？　それはそうね。彼が話したの？」

「説得されたら、すぐに話したよ。ニコが現れて、ぼくに加勢してくれた」一瞬、間《ま》があいた。「あのふたりがナイジェルにしたことを、ニコに聞いたんだ」

「じゃあ、あなたは知っていて……」わたしが息を吸ったのは、すっかり安心したからだ。サイモンの目のあの表情を、アンゲロスを殺したひたむきさを思い出した。わたしは軽い身震いをした。「わかったわ」

「それから」サイモンが言った。「きみがいた」

その言葉には答えなかった。視線が向かう先は、窪地のはるか上の明るい空でゆっくりと円を描いている、二つ——いや、三つの斑点だった。隣にいるサイモンは座ったまま、踏みつけられた土埃に目を落とした。ふと、言葉では言い尽くせないほど疲労困憊して見えた。岩の上に横たわった証拠がなかったら、アンゲロスではなく、彼のほうが殴られていたと思われそうだった。何人のみまかりゆくもこれに似て、みずからを傷つける……。ナイジェルが岩屑《がんせつ》の山の陰でむごたらしく倒れていたことを思い、わたしは納得した。

静寂が長々と続いた。山のどこか遠くで、何か聞こえたような気がした。石がガタガタとぶつかる音、息を切らした呼び声。サイモンは動かない。わたしは言った。「アンゲロスのことを教えて。どうやってこんなことを起こしたの？　なぜいままで戻ってこなかったの？」

「以前から戻っていたんだ。誰かが金《きん》を探している——光と複数の声、ディミトリオスの問いかけ——という、ぼくらの読みは当たっていたが、探している者の名前が外れていた。ディミトリオス本人じゃなかった。退蔵物資について、彼はそもそも何も知らなかったんだ。アンゲロスは一九四四年の末にギリシャを出てユーゴスラヴィアに向かったとき、できるだけ早く戻るつもりでいた。しかし、亡命先で殺人——今回は政治絡みの殺人——を犯して、〝一生〟ぶち込まれた。ところが二年で釈放され、ひそかに帰国して従弟を捜した。そしてディミトリオスに秘密を教えた。隠れ家と仲間が必要だったからね。ふたりはあの物資を探した——ぼくたちが考えたとおり——が、見つけられなかった。

ディミトリオスは躍起になってステファノスから探ると同時に、地震の被災地を春と夏にかけて、ときどき従兄と探し回った。やがて、当面はあきらめて、アンゲロスはイタリアで暮らした。今年の春、雪が融けたら戻ってくるつもりだったんだろうが、その頃にはぼくがステファノスに手紙を出していて、デルフィに来るという噂が広まっていた。そこで様子を見て、ぼくたちに宝の隠し場所へ案内させることにしたんだ。それだけさ」

サイモンはわたしを見下ろした。「ところで、きみはどうしたんだ？　どうしてあの洞窟から出てきたんだい？　あそこにいれば、聖所なら、絶対に見つからなかったのに」

「そうね」そこで、わたしは一部始終を話した。サイモンがディミトリオスを追って出ていってからの出来事を細大漏らさず。もう冷静に話せるとわかったのは、洞窟で感じていた、あの妙に突き放した感覚のおかげだ。まるで、あれはお芝居であるかのように、あの数々の出来事は、自分の身の上ではなく、読んだ物語の中で起こったというように。でも、サイモンの腕に肩を抱かれた嬉しさを、あの太陽の暑さを、わたしはいまでも覚えている。

サイモンはじっと耳を傾け、わたしが話し終わっても、しばらく何も言わなかった。それから、おもむろに口をひらいた。「ぼくはまだまだ、自分を許すわけにいかないようだ。きみをあれに巻き込んだだけじゃない――」このとき初めて、サイモンの目は死体が横たわっているケルンに戻った。表情はわたしが最初に目を留めたとおり、生き生きとして、険しく、冷ややかだ。「多くの人だ」とサイモンは続けた。「ミック、ナイジェル、哀れなダニエル。もちろん、きみも……。オレステスの出番と言ってよさそうだね」彼は息を吸った。「いいや、復讐の女神たち、あの慈悲深い女神たちは、今日の所業のせいでぼくを苦しめるんじゃないかな、カミラ」

「いいえ、そんなことないわよ」

背後の入口で叫び声がした。石が転がる音とともに、ニコが窪地に飛び込んで、駆け下りてきた。

「美人さあん！」ニコは叫んだ。「キリエ・サイモン！　もう大丈夫！　おれが来たよ！」

ニコは滑り込んで、わたしたちの目の前で止まった。と、驚いた目でわたしたちふたりの姿を見届けた。わたしの破れた汚いワンピースとあざ、すりむけた手首と両手。サイモンは血と土埃にまみれ、格闘した跡があること。「なんだい、じゃ、あいつがここにいたのか？　アンゲロスがここに？　奴は逃げ出したのか？　やつは――」

ニコはふと黙り込んだ。ケルンにもたれる死体が目に入ったのだ。息をのみ、サイモンをちらっと見た。いまにも話し出しそうにこちらを見たが、また口をしっかり閉じて、歩いて――気が進まない様子で――アンゲロスが横たわる場所に近づいた。窪地の入口からゆっくりとした足音がして、ステファノスの姿が見えてきた。老人は一瞬、ちょうどサイモンがそうしたように立ち止まってから、慎重に斜面を下りてきた。サイモンはぎくしゃくとした身動きで立ち上がった。老人はわたしのすぐそばで足を止めた。やはり、アンゲロスを見ている。それから、サイモンを見た。口をきかないが、おもむろに頷いた。やがて、笑みを浮かべた。次はわたしに話しかけたところだろうに、ニコが背筋を伸ばしていて、駆け戻ってきた。ギリシャ語の洪水がサイモンに浴びせられ、彼が答え、今度は彼の事情を話しているようだった。マイケルという名前が数回聞こえ、次にイギリス男とフランス女とスペレオという言葉が聞こえた。最後のギリシャ語は〝洞窟〟という意味だと思った。でも、どっと疲れが出てしまい、話を聞いていられなくなった。わたしが一筋の日陰に入って待つあいだ、三人はわたしを挟んでしゃべっていた。じきにサイモンの言葉で、彼とステファノスはわたしを置いて、洞窟に向かった。

ニコはしばらくその場にとどまった。「具合が悪いんだろ、美人さん?」彼は心配そうに訊いた。「あいつ――あのブルガリア野郎に痛い目に遭ったのか?」

他人をブルガリア人と呼ぶのは、ギリシャ人が思いつく最大の侮辱だ。しかも、彼らはさまざまな侮辱の言葉を駆使する。「そうでもないわ、ニコ。ちょっと動揺しちゃって、それだけよ」わたしはニコにほほえみかけた。「あなたがいてくれればよかったのに」

「いられたらなあ!」ニコが横目でケルンを見た視線には、声ほど熱がこもっていなかっただろうが、殺人があったくらいで目の輝きは消えなかったようだ。彼はまばゆい感嘆の面持ちを向けてきた。「おれがあいつをやっつけりゃよかったよ、おれがさ。おじいさんの従弟のパノスのためじゃなく、あなたのためだよ、美人さん。だけどまあ、キリエ・サイモンは」彼は気前よく付け足した。「よくやったよね」

「イギリス男にしては」わたしは自嘲気味に言った。

「そうそう、イギリス男にしてはさ」ニコはわたしの表情に気づいて、恥ずかしげもなく、にっこりした。「もちろん」彼は続けた。「おれはディミトリオス・ドラゴミスの件でサイモンに手を貸す。このおれ、ニコがね」

「サイモンから聞いたわ。どんなことをしたの?」

黒い目が大きく見開かれた。ニコは驚いた様子だった。「それは言えないな。あなたはレディだし――あ、そうか」魅惑的なほほえみがぱっと浮かんだ。「あとで、ってことだね? 奴を道路まで連れてくけど、デルフィまでは行かない。おれは戻ってキリエ・サイモンを手伝いたいからね。わかるだろ。トラックが通りかかったら、乗ってる連中に説明して、ディミトリオスをデルフィの警察まで連れていかせる。あとで警察が来る。おれはじきに警官と落ち合って、ここまで案内するんだ。そういうわけ」

「そういうわけ」わたしはいかにも疲れ果てた言い方をした。それは一日の最高の締めくくりのように思えた。

わたしの日陰の向こうで、陽射しが焼けつくようだ。ニコのシャツは鮮やかな青で、緋色の菱形模様がついていた。おかげで目がくらみそうだ。彼の輪郭がチカチカ光っているように見えた。

ニコの陽気な声がした。「疲れてるんだね。しゃべっちゃだめだ。あのふたりには、おれの加勢が必要だよね。行ってくる」

目を閉じて岩にもたれると、ニコがいつものせっかちな駆け足で窪地を横切る音が聞こえた。

長い時間がたったように思えてから、三人が再び洞窟を出て陽射しの中へ現れた。

ニコが先頭になり、ラバを引いていた。しゅんとして、やや青ざめている。もうこちらに近寄らず、ラバの背中に飛び乗り、蹴りを入れて渋々ながらも歩かせ、わたしに手を振って、ガタガタと窪地を出ていった。

ステファノスとサイモンはしばらく立ち話をしていた。ステファノスは憂鬱そうだ。サイモンが言ったことに頷いて、頭上で空が焼けつくアーチを描くほうを指し示した。そこにはまだあの黒い斑点があり、円を描いている。やがてステファノスは振り向き、とぼとぼ歩いて、死体のそばの日陰に向かった。そこに座り、待つことにしたのか、前かがみになって、杖を握り締めた両手に頭を預けた。

せいで。

彼は目を閉じた。めっきり老け込んで見えた——あのホメロス風の頭と、皺だらけの閉じたまぶたの

それは忘れられない光景だった。悲劇に訪れた静かな終章。からりと晴れた空に青いアーチがかかる。あの死体になった男は、慈悲深い女神たちに追い詰められた末、自身が他人の命を奪った、まさにその現場で殺された。老人は、本物のゼウス神さながらに髭をたくわえ、日陰でうなだれている。崖の手前では、黒山羊たちが見下ろしている。

どこからか、あまり遠くないところで、旋律が聞こえてきた。あの山羊飼いの笛の音が、光の井戸を流れ落ち、聖なる泉のアポロン神の元にわたしをいざなっていた。その音を聞いた山羊たちが顔を上げ、振り向き、動き出し、空を背景に黒く、アッティカ様式の浮き彫りをゆったりと作っているようだった。

サイモンの影がわたしの上に落ちた。

「ニコは警察をここへ案内しに行った。きみをデルフィへ送っていきたいと言ったが、まだ山歩きのできる体じゃないと断っておいた。ぼくたちには、やり残したことがあったよね?」

わたしはその質問をろくに聞いていなかった。そこで、おずおずと問い返した。「警察を?」

「心配ないよ。厄介なことにならないさ。なんと言っても、アンゲロスには余罪が多い。きみを殺そうとしたんだ」サイモンはほほえんだ。「さて、一緒に来るかい? あの様子だと、ステファノスは眠っているから、どこへ行ったのかと思わないだろう」

「彼とニコに神殿の話をしなかったのね」

「ああ。あの銃と金をどうするかという問題は、もうぼくたちの手を離れたが、あとは自分たちで答

える問題だ。きみは答えを知っている?」

わたしは問いかけるようにサイモンを見た。たぶん、ちょっと自信なさそうに。

すると、サイモンは頷いて、わたしはゆっくりと言った。「知っているような気がするわ」

サイモンはにっこりして、わたしに手を差し伸べた。

わたしたちは黙って洞窟に入った。サイモンの懐中電灯は消えかかっていたけれど、道を照らしてくれた。ただ、影の奥まで探れるほど強い光ではない。彼は中に入るなり立ち止まった。脇へ寄り、箱が隠してあった岩屑の山のそばで、何かにかがみこんだ。そして、アンゲロスのバールを一本持って背中を伸ばした。さらに詳しくは見なかったが、薄れていく光を、柱のある円天井までたどると、あの一枚岩にさえぎられた。

光は石に施された古い飾り細工で止まった。「ほら」サイモンがささやいた。「この岩は簡単にずれて戻ってくるはずだ。あと三、四インチあれば、入口をふさいでもおかしくないが……。とりあえず、これはここに置いていこう」

サイモンはバールを下ろし、わたしたちは最後に岩壁の割れ目を通り抜け、曲がりくねった通路を歩いて明るい砦に入った。


彼は動きもせず変わりもせず、そこに二千年立っていた。いまだに手をつけられず、変わらないままでいるのは奇跡のようなものだ。太陽はますます西へ傾いていて、光が木の葉の合間からいよいよ斜めに差し込んでいた。それだけだった。

わたしたちは彼の足元にひざまずいて水を飲んだ。わたしは手で杯を作って泉に入れ、顔と首に水をかけ、両の手首を冷たい流れに浸した。あざとすりむいた手首が痛み、激痛は、それまでさまよっていたショック状態から肉体が戻ってきた合図のようだった。わたしは腰を下ろして、両手から冷たい水滴を振り払った。

そのとき気がついた。左手の薬指から跡が消えている。フィリップの指輪がはまっていたところにあった薄い輪が跡形もない。

わたしは両手をじっと見ていた。

サイモンが身を乗り出して、彫像の石の台座に何かを置こうとしている。そこに金の輝きがあった。わたしの表情を見て、サイモンはほほえんだ。苦笑気味だ。「アポロンに捧げる金だよ。ぼくはアンゲロスを連れ戻してほしいと頼み、アポロンはそれを聞き届けた。たとえ、それが神託を曖昧に解釈できるデルポイ式で行われ、人は駆け引きを忘れてしまう生き物だとしても。しかし、事実は事実だ。あれは誓いだった。覚えているかい?」

「覚えているわ」

「確か、きみもまさにこの神殿で誓いを立てたね」

「ええ。わたし、あなたの金貨を使わせてもらわなくちゃ、サイモン。お供物になる物を持ってこなかったから」

「じゃあ、一緒に使おう」サイモンは言った。それだけだった。あのさりげない口調はそのままで。だが、わたしはすばやく振り向いて彼を見上げた。一瞬、生き生きとした灰色の目と目が合い、わたしは何気なく視線を移して、ナイジェルのじょうろを拾った。「これも置いていきましょうね」

何かが、草むらの奥にある台座の端の下できらりと光った。わたしは草の長い茎をかきわけて、光る物を拾い上げた。それもまた金貨だった。

「サイモン、これを見て！」

「それはなんだい？　タラント金貨（古代ギリシャの通貨）？　まさか、アポロンがこの茂みに雄羊を与えて――」サイモンは言葉を切った。わたしが彼に手を伸ばしたのだ。

「これはソヴリン金貨よ。つまりナイジェルは、この像はもちろん、金も見つけたのね。彼がこの金貨をここに置いていったんだわ」

「そうかな？」

「あら、ほかに誰が――？」そのときサイモンの顔を見て、わたしは口をつぐんだ。

サイモンは頷いた。「そうだ。言うまでもない。マイケルも、やはり供物を捧げたんだ」

サイモンはわたしの手から金貨をそっと取り、じょうろのそばに置いた。アポロン神の足元に。

訳者あとがき

わたしには何も起こらない――。

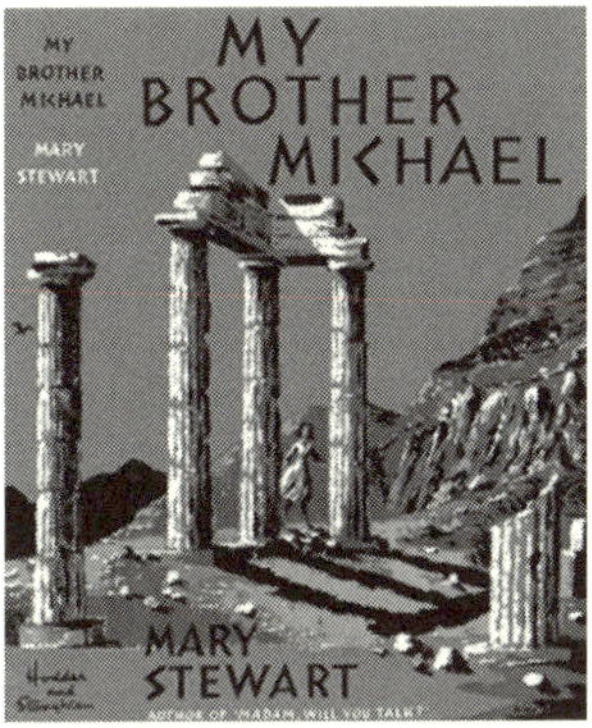

My Brother Michael（1960,Hodder & Stoughton）

カミラは二十五歳、イギリス人の古典語教師。婚約を解消したのち、かねてから憧れていたギリシャ各地をひとりで旅している。異国の空気に刺激を受け、ひそかに冒険を求めているが、あいにく「何も起こらない」のだ。

ところが、アテネで友人への手紙にそう書いた直後、見知らぬ小男にレンタカーを押しつけられ、デルフィでムッシュー・サイモンが車を待っている、生きるか死ぬかの問題だ、と謎めいたことを言われる。ふとした衝動から、カミラはその車を運転してデルフィに向かう。途中で出会ったイギリス人男性サイモン・レスターは、デルフィに滞在中だが、車を借りた人物ではないという。彼は、第二次大戦中に殺害された兄マイケルの死の真相を探っていた。

マイケルが死の直前に「発見した物」は何か？　レンタカーは誰が、なぜ借りたのか？　ふたりは協力して謎を解き明かしていく。カミラの願いがアポロン神に通じたのか、行く手に波乱万丈の冒険が待っていた。それだけでなく、悪夢のような危険も……。

二〇一七年刊行の『霧の島のかがり火』に続いて、メアリー・スチュアートのサスペンス『銀の墓碑銘《エピタフ》』をお届けします。本作の舞台は一九五八年のギリシャ、第二次大戦後の混乱から勃発した内戦がようやく終結して、復興に向かっている時代です。そのため、大戦中のドイツ侵攻、レジスタンスと英軍の共同作戦など、物語には現代史が重要な役割を果たしています。そこに古代史と古典文学も絡み合い、明かされた事実がパズルのピースのように組み合わされていきます。現代と古代を結びつけ、登場人物を引き寄せる魔法の地がデルフィなのです。

デルフィ（古代名デルポイ）は、アポロン神の託宣所であり、「世界の中心地」とされていました。神話によると、最高神ゼウスが地平線の両端から放った二羽の鷲が出会ったところがデルポイだったとか。作中、カミラが「谷でゼウスの鷲につつかれて」と言うのは、このためでしょう。現在のデルフィも、オリーブの樹海を見下ろし、〈輝く岩〉と呼ばれる斜面に挟まれた神域に、作中に登場するアポロン神殿や宝庫、競技場、劇場などが残っています。アポロン神殿は、もはや床面と数本の柱しか残っていませんが、かつては入口に「汝自身を知れ」と記されていたそうです。カミラは異国の地で初めて自分自身に出会います。彼女は横柄な婚約者に六年間もおとなしく従っていて、「奴隷」に甘んじる状態でしたが、本来は負けず嫌いで冒険心旺盛で、大胆な女性でした。サイモンは元婚約者とは正反対の、物静かでいて、鋭い知性とユーモア、行動力を備えた男性です。彼はカミラの葛藤を見抜き、「二度と脇役に甘んじてはいけない」と説いて、彼女に干渉せず、自信を持たせます。男性優位の国ギリシャで、無視されたり、嫌がらせをされたりしながら、カミラが少しずつ強くなる姿も読みどころの一つです。

ギリシャの地名、人名等の表記は、訳者が一般的であると判断したものを使用しました。アテネやテーベ等、日本での慣用表記は例外として、大半は現代ギリシャ語の表記とし、一部にデルポイ、アテナイ等の古代名も入っています。各章のエピグラフのギリシャ悲劇や詩の訳文などは、ストーリーに合うよう、既訳とは少々内容を変えてあります。どうかご了承ください。

『霧の島のかがり火』は、訳者が論創社編集部の黒田明さまに持ち込んだ企画です。スチュアートの代表作とされる作品ではありませんが、テンポよく進むサスペンスであり、本格ミステリとしても通用するので、現代の読者にも受け入れられると考えました。翻訳の機会をくださった黒田さま、すばらしい解説を寄せてくださった真田啓介さまに感謝いたします。また、本作に解説を書いてくださった三門優祐さまにも心から感謝を。「もう一人のマイケル」を探し出した手腕には脱帽です。

末筆ながら、スチュアートのロマンチック・サスペンスは面白い、もっと読みたいと評価してくださった海外ミステリ愛好者のみなさまに、この場をお借りしてお礼を申し上げます。今回は『銀の墓碑銘《エピタフ》』をお届けできることになりました。これからもスチュアートの作品を紹介していければ幸いです。

メアリー・スチュアートの三つの魔法、あるいはもう一人のマイケル

三門優祐（クラシックミステリ研究家）

■『銀の墓碑銘《エピタフ》』とアントニイ・バークリー

恋愛《ロマンス》と謎解きと冒険とがほどよく混淆し、スカイ島という謎めいた舞台設定の中で一個の作品として昇華された良作『霧の島のかがり火』（原著一九五六、論創海外ミステリ〔以下すべて原著初出年を示す〕）から一年半、メアリー・スチュアート待望の新作である。前作でスチュアートの魅力に取りつかれ、既訳の『この荒々しい魔術』（一九六四、筑摩書房）や児童書を読み漁った読者も（私を含め）少なくないだろうが、ようやくその渇が満たされることになり、まずは大変嬉しく思う。

この『銀の墓碑銘《エピタフ》』（一九五九）という作品には、単純にスチュアートのファンとしてという点に加えて、ある点で強く興味を惹かれていた。というのも本作は、我が敬愛するアントニイ・バークリーがガーディアン紙に寄稿した書評の中で「今年自分が読んだ中で最も優れた作品の一つ」と記した作品だからだ。以下、バークリーの書評を引用する。

メアリー・スチュアートは新作『銀の墓碑銘《エピタフ》』（ホダー・アンド・スタウトン刊）の中で、ギリ

シャをユーモラスに、かつ愛情深く描いている。かの国に対する彼女の書き方は、これまで書かれたどの作品よりも現代ギリシャをリアルに捉えているように、私には思えた。本作は、現代スリラーの中でも図抜けた傑作である。（中略）本作は、一九六〇年のベスト・エンターテインメントの地位を争う作品に、必ず残ると確信する次第である。

（拙編訳『アントニイ・バークリー書評集 第3巻』、一九六〇年二月二十六日号。一部に変更を加えた、また傍線は筆者による）

このバークリーの予言は見事に的中した。本作は、英国推理作家協会が与えるゴールドダガー賞こそライオネル・デヴィッドスン『モルダウの黒き流れ』（一九六〇、ハヤカワ・ミステリ）に譲るものの、ジュリアン・シモンズ『犯罪の進行』（一九六〇、ハヤカワ・ミステリ）と並んで次点を獲得したのだ（シルヴァーダガー賞が設置されるのは一九六九年からである）。なお、『犯罪の進行』は翌一九六一年のエドガー賞受賞作であり、『銀の墓碑銘《エピタフ》』が本当の意味で一九六〇年度のトップを争う作品だったということが良く分かる。

さて、バークリーは『銀の墓碑銘《エピタフ》』という作品の、特に二点を称賛している。すなわち、

①作者のギリシャへの愛着が良く表れている

②現代ギリシャをリアルに描いている

という点である。とはいえ、字数が限られていたこともあり、これらは具体的には説明されていない。またバークリーは書評を書く際に表現を意図的にぼかすことが良くある（ネタバレ防止の観点

と併せて、実際に読んだ読者に自ら美点を発見して欲しいということもあるだろう）。ということで、以下は、バークリーの評に追随する形で、それぞれのポイントについて具体的に見て行くことで、読書の幅を広げる一助としたい。

■「魅惑の土地」ギリシャ

古来、ギリシャは西ヨーロッパ諸国の、特に上流階級の間では憧れの土地であった。神話、美術、哲学などヨーロッパ文化の発祥の地であるギリシャへの憧憬は、遠方であり容易には訪れることができないことも相俟って、さらに増幅していったに違いない。

十六世紀から十八世紀にかけて、イギリスを中心として大学を卒業した子弟を、語学の習熟および知見の拡大という名目でヨーロッパ一周旅行《グランド・ツアー》に送り出すという風潮が広まり、その最終目的地点としてしばしばギリシャが挙げられるようになった（実際にそこまで行くものは少なく大半がローマに留まったようだが）。しかし、特に十九世紀前半に起こったオスマントルコからの独立戦争（ロマン派詩人バイロン卿が参加したことでも知られる）以降、ギリシャは政情の不安定さもあり、決して気軽に観光旅行ができるような状況ではなかった。観光客が安定して訪れることができるようになるのは、一九四九年に内戦が終了し、復興の過程で国策として観光業に焦点が当てられるようになった五〇年代以降である。[※1] スチュアートがギリシャを訪れたのもこの時期のことであろうと推測される。なお、この時期には「クセニア・ホテル計画」として、ギリシャ各地、特にアテネやデルフィに積極的に新しいホテルが建造されていた。[※2] 本作のヒロイン、カミラが宿泊したホテルもこのうちの一つをモデルにしているのかもしれない。

スチュアートと同じく、一九五〇年代初頭にギリシャを訪れた人物として、アメリカ人のロバート・マケイブを挙げることができる。彼はプリンストン大学在学中、若干二十歳にして一台のカメラを手にギリシャを訪れ、美しい風景や人々の暮らしを数葉のモノクロ写真に留めた。大学で行った個展が好評だったこともあり、その後、彼は依頼を受けて何度もギリシャを訪れることになる。彼の写真は大判の写真集 *Greece: Images of an Enchanted Land [1954-1965]* に収められているが、この本をじっと見つめていると、スチュアートが見風景、聞いた風や波の音、また人々のさざめきや土地土地の匂いまでもが眼前に再現されるような気さえしてくる。

残念ながら写真集に収められたマケイブの写真はすべてモノクロだが、我々はその鮮やかな色彩をスチュアートの文章を通じて味わうことができる。『霧の島のかがり火』においてスカイ島の情景を見事に描いた彼女だが、本作においてもその能力は遺憾なく発揮されている。


迂回する山々が大きくなるたび、土地はむき出しになり、その輪郭を描くものは、赤から黄土色へ、黄土色から焦げ茶色、黄褐色へ大きく変わっていく色と、何よりも、灼熱の、無限の美しい光になった。そして、その先に、灰色の幽霊のような山塊が長々と連なっている。紫ではなく、もっと気候が温和な国ではるかに望む山のような淡い青ではなく、亡霊の白、荘厳な銀灰色だった。あれがパルナッソス山、古代の神々の幽霊の棲みかだ。（本書、pp 30-31）

また、アテネのホテル前の賑やかな広場の様子、田舎の村アラホヴァの長閑な情景、デルフィの神殿や劇場での神秘的な筆捌きなど、ギリシャを愛し、また知悉する作者ならではの描写が随所に光っていると言える。なお、彼女の作品を読んでギリシャに魅せられ、遂には実際に訪れてしまったという（多くは女性の）読者の言葉を、インターネット上のブログや読書ポータルにおける書きこみという形で大量に見つけることができる。メアリー・スチュアートのかけた魔法は、現代においても有効なのである。

■美しいギリシャの「現代性」

このように、メアリー・スチュアートの目と手は、「今現在のギリシャの風景」を見事に切り出している。それは、「内戦から復興に向かおうとするギリシャの「現在」を的確に表現している」と言い換えることもできるだろう。しかし、スチュアートが描こうとする、またバークリーが評価したこの作品の「現代性」は、そのような皮相的な、短いスパンには収まるものではない。「現代」を描くということは、それ以前にあった「過去」をもその中に含めるということに他ならない。スチュアートは本作の主たる謎として、第二次世界大戦中にゲリラ組織を援助するために英陸軍から派遣された「マイケル」という人物の死とその周辺に十五年後の今も残る「謎」を提示している。しかし本作を読み解く中で明らかになるのは、その「謎」の裏にある本質、つまり生活の土台となる国家が今も変わらず不安定であり、人々は物質的・精神的に困窮していることが「現在」においても変わっていないという事実である（それでもなお、気高さを発揮する人物の行動に読者は感動させられる訳だが）。それらを「過去」を通じて描いているからこそ、「現在」の「現実性」に厚みが出てくるし、結果的に「現代」を描くことにも繫がっている……バークリーの謂う「現代ギリシャのリアル」とは、このような意味と受け取るべきだ。

また、スチュアートが本作において掘り下げているものに、遥か「古代」の物語がある。

本作がデルフィを舞台にしている理由の一つが、「アポロン神殿の太陽の馬車」の謎だ。神託を与える巫女がいたとされる神殿に現在残されているのは「御者の像」のみで、彼が御していた馬車の像も、あるいはそれに乗っていただろうアポロン神の像も行方知れずになって久しい。果たしてそれらの像はどこへ行ってしまったのか。

作者が「像の謎」を持ち出しているのは決して単なる思い付きではないし、観光案内本の一ページを貼り付けたという訳でもない。古代の雰囲気を今も残しているギリシャが舞台であるからこそ、「現代」を描くに当たっては「古代」もまた描かなくてはならないと、彼女は考えたのだろう。本作の結末では、現在と近い過去と遠い過去、三つの時間がスチュアートの魔術的手腕によって溶けあい、一つの大きな絵が描き出される。この大がかりな構図はギリシャを舞台にしてしか描くことができないものだ。本作が傑作と呼ばれる由縁はここにあると言えるだろう。

■もう一人のマイケル――「現代の英雄」パトリック・リー・ファーマー

さて、作中直接的には一度も登場しないにもかかわらず、カミラやサイモンのような主要人物を食ってしまう圧倒的な存在感を持つのが「我が兄マイケル」。実は彼にはモデルと思われる人物がいる。パトリック・リー・ファーマー（一九一五〜二〇一一）は、日本ではほとんど知られていないが、ギリシャにおける対ナチスドイツのゲリラ戦を援助したイギリス陸軍（ＳＥＯ）の将校で、戦後には旅行記や小説を書いている。「インディー・ジョーンズとグレアム・グリーンを足したような」※3とも称される人物で、特に「クライペ将軍誘拐事件」※4を指揮、実行したことで有名になった。ナチスドイツに占領されたクレタ島を舞台に、ハインリヒ・クライペ将軍を誘拐し、その後厳重な警戒線を突破してカイロに護送した活躍は、一九五七年に『将軍月光に消ゆ』（Ill Met by Moonlight）という映画にもなっている。この映画は、当時ファーマーの部下であったＷ・スタンリー・モスが書いた回想録を元にしているという。

ファーマーの人生は、まさに「事実は小説より奇なり」を地で行くもので、これほどまでに濃密な前半生を送った人物が現実に存在したとは驚きである。

語学や古典に抜群の成績を示しながらも、寄宿学校の近くにある八百屋の娘の手を握ったことがきっかけで放校された彼は、作家となることを目指し、親戚の遺産で食い繋ぎながらしばらくロンドンのスラム街で仲間たちとボヘミアン的生活を送る。十八歳の時に、さらなる自由を求めて一念発起、ヨーロッパ徒歩横断旅行を計画。最低限の衣服、帳面と大量の鉛筆、それから数冊の詩集を手に、一九三三年十二月にオランダの港を出発した彼は、トルコのイスタンブールまでの長き道のりを約一年かけて踏破した。[※5] その後ギリシャに渡り、王党派のゲリラ組織に身を投じ、年上の未亡人とロマンスを演ずるものの、母国とドイツの開戦を受けて帰国。ギリシャ語を能くすることから、上で示した通り対独ゲリラの支援部隊に配属され、将校として部下を率いて戦った。戦後は、同じくギリシャに魅せられたカメラマンの妻と世界中を旅して回り、二〇〇四年にはナイトの称号を与えられている。

今書き連ねた内容は、本当に信じがたいが小説でも映画でもなく、紛れもない事実である。

ファーマーのもう一つのミドルネームがマイケルであること、また、当時の大スターが一堂に会する（スチュアートも観たかもしれない）右の映画の中でも「ミハリス」（Mihalis。ギリシャ語圏における Michael）と呼ばれていること（一種のコードネームとして使っていたようで、彼の伝記においてもそのエピソードが紹介されている）[※6]、『銀の墓碑銘』における「マイケル」の設定（亡くなった一九四四年には二十代後半だった）などの観点から、二人の「マイケル」が同根の人物である可能性は十分に考えられる。

上の映画が広く公開されていた以上は、本作を鑑賞する上で当時の読者が「もう一人のマイケル」の存在を、少なくとも十五年前のギリシャにおけるゲリラ活動の実態を踏まえて本作を読んでいた可能性は高い。しかし、本作はそれらを知らない現代の読者にとっても十分に面白く、内容にも普遍性がある。

第二次世界大戦における知る人ぞ知る英雄「ミハリス」は、メアリー・スチュアートの魔法によって、まさに永遠の存在となったのである。

これは余談だが、パトリック・リー・ファーマーは後年、友人への手紙の中である女性作家を絶賛し、彼女の作品の一文について質問の手紙を書き送ったと記している。[※7]その作家こそ、本書の著者メアリー・スチュアートである。残念ながらスチュアートがファーマーにどのような内容の返事を送ったかは、彼女の書簡集が刊行されていないこともあり不明である。しかし、自分にとっての英雄から自著を称賛された彼女の誇らしさは如何ほどであったか。想像に難くない。

参考文献リスト

〔邦語文献〕
メアリー・スチュアート『霧の島のかがり火』（木村浩美訳、論創海外ミステリ、論創社、2017）
メアリー・スチュアート『この荒々しい魔術』（丸谷才一訳、世界ロマン文庫、筑摩書房、1970）
パトリック・リー・ファーマー『ヨーロッパ徒歩旅行〈1〉贈物の時』（田中昌太郎訳、海外旅行選書、図書出版社、1994）
パトリック・リー・ファーマー『ヨーロッパ徒歩旅行〈2〉遥かなるドナウ』（田中昌太郎訳、海外旅行選書、図書出版社、1995）
クリストファー・マクドゥーガル『ナチュラル・ボーン・ヒーローズ』（近藤隆文訳、ＮＨＫ出版、2015）
アントニイ・バークリー書評集制作委員会編『アントニイ・バークリー書評集 第3巻』（私家版、

2014）
映画『将軍月光に消ゆ』（パウエル&プレスバーガー監督作品、1957）

〔英語文献〕
Cooper, Artemis, *Patrick Leigh Fermor.* An Adventure, John Murray, 2012
Fermor, Patrick Leigh, *Abducting A General - The Kreipe Operation and SOE in Crete*, John Murray, 2014（kindle版）
McCabe, Robert A., *Greece: Images of an Enchanted Land [1954-1965]*, Quantuck Lane, 2006
Moss, W. Stanley, *Ill Met by Moonlight*, Weidenfeld and Nicolson, 2014
Sisman, Adam（ed.）, *Dashing for the Post: the Letters of Patrick Leigh Fermor*, 2017
Stewart, Mary, *My Brother Michael*, 1959

Buhalis, Dimitrios, “Tourism in Greece: Strategic Analysis and Challenges”, Current Issues in Tourism, Vol. 4, No. 5, 2001
Moussa, Myrianthe, “Constructing Tourism in Greece in 50s and 60s: The Xenia Hotels Project”, Journal of Tourism Reserch, 2017
Cooper, Artemis, “Sir Patrick Leigh Fermor: Soldier, Scholar and Celebrated Travel Writer Hailed as the Best of His Time”, The Independent, 11 June, 2011（2019/3/16 WEBサイトにて確認）

Woodward, Richard B., "Patrick Leigh Fermor, Travel Writer, Dies at 96", The New York Times, 11 June, 2011（2019/3/16 WEBサイトにて確認）

注釈

※1：Buhalis, 2001, pp 444-445
※2：Moussa, 2017, pp 270-271
※3：Woodward, 2011
※4：マクドゥーガル『ナチュラル・ボーン・ヒーローズ』、2015、pp 5-8
※5：ファーマー『ヨーロッパ徒歩旅行〈1〉贈物の時』、1994、pp 23-24
※6：Cooper, 2012, p.3
※7：Sisman（ed.）, 2017, pp 364-365

〔著者〕
メアリー・スチュアート
本名メアリー・フロレンス・エリナー・レインボウ。1916年、イングランド北東部、ダラム州サンダーランド生まれ。38年、ダラム大学英語科を卒業後、ダラム大学で英語や英文学の講師を勤める。55年、メアリー・スチュアート名義の著書"Madam,Will You Talk?"で作家デビューした。2014年死去。

〔訳者〕
木村浩美（きむら・ひろみ）
神奈川県生まれ。英米文学翻訳家。主な訳書に『守銭奴の遺産』や『霧の島のかがり火』（ともに論創社）、『シャイニング・ガール』（早川書房）、『悪魔と悪魔学の事典』（原書房、共訳）など。

銀《ぎん》の墓碑銘《エピタフ》
——論創海外ミステリ　232

2019年4月20日　初版第1刷印刷
2019年4月30日　初版第1刷発行

著　者　メアリー・スチュアート
訳　者　木村浩美
装　丁　奥定泰之
発行人　森下紀夫
発行所　論 創 社
〒101-0051　東京都千代田区神田神保町2-23　北井ビル
TEL:03-3264-5254　FAX:03-3264-5254　振替口座 00160-1-155266
WEB:http://www.ronso.co.jp

印刷・製本　中央精版印刷
組版　フレックスアート

ISBN978-4-8460-1803-0
落丁・乱丁本はお取り替えいたします